部長序

　　十二月，是豐收的季節。在此時刻，國立臺灣文學館執行已十年的
「臺灣現當代作家研究資料彙編」計畫，再次推出十位重量級作家研究
彙編：吳漫沙、隱地、岩上、林泠、席慕蓉、吳晟、張系國、李渝、季
季、施叔青，為叢書再添基石。

　　文化是國家的靈魂，文學如同承載這靈魂的容器，舉凡生活日常、
思想智慧，或是歲月淬鍊的情感、慣習，點滴匯為龐大的「文化共同
體」，莫不需要作家之眼、文學之筆，將之一一描摹留存，讓後世得以
記憶，並了解自身之所來。

　　文化部近年來致力保存全民歷史記憶，透過「重建臺灣藝術史」計
畫，找回屬於我們的記憶、我們的靈魂，承繼各個時代、各個領域的藝
術家們為我們銘刻留下的時代精神。「臺灣現當代作家研究資料彙編」
的出版，恰與此呼應：藉由重要作家與作品研究的系統化整理，從檔案
史料提煉出臺灣文化多元、豐富的史觀，並透過回顧作家生平、查找文

學夥伴的往來互動及社團軌跡，再加上諸多研究者的評述，讓讀者不僅能與作家的生命路徑同行，更能由此進入臺灣特有、深邃的文學世界。我相信，當我們對於臺灣文學的認識越深入，對於這塊土地的情感也將更踏實，文化的創發也會更活潑光燦。

是故，欣見臺灣文學館將計畫第九階段的編選成果呈現出來。名單不乏讀者耳熟能詳的文學大家，但更有意義的，是讓許多逐漸為讀者甚至研究者遺忘的作家，再度重登文學舞臺，有重新被更多人閱讀、討論的機會，這正是我們重建文學史價值之所在。在此向讀者推介這一套兼具深度與廣度的文學工具書，提供國內外研究或關心臺灣文學發展者，期待我們能持續點亮臺灣文學的光芒。

文化部部長　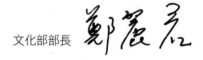

館長序

　　臺灣文學的範圍，遠比想像的長遠寬廣。以文字方式留存的文學、年代至少已三百有餘，原住民口語形式的傳統，歷史更是深厚而靈動。可以說，文學聚攏了我們一整個社會的集體記憶。然而文學不只有創作的努力，作者完成的工作，其實也經由文學的「研究」而散發更多意義。

　　國立臺灣文學館的使命，既是保存臺灣的文學創作史，也就必須借助文學的研究力。雖然臺灣曾有一段時期因為政治情境的壓制，致使臺灣文學科系在 1990 年代後才陸續成立，從而更加辛勤在重建我們應該集體記得的「文學史」。

　　針對作家和作品的評介和賞析，固是文學研究的明確入口，然而閱讀者的回應甚至反擊，其實也是隱含文思交鋒的珍奇素材，很值得系統性的保存、便於未來世代可以補足先人的思想圖譜。臺灣文學館因而開啟「臺灣現當代作家研究資料彙編」的編纂計畫，自 2010 年委託臺灣文學發展基金會執行，以「現當代」文學作家為界，蒐羅散布各處、詮釋多元的研究評論資料，以勾勒臺灣文學的整體面貌。

　　「彙編」由最早預定出版三個階段、50 冊的計畫，在各界期許中幾度擴編，至今已是第九階段，累積出版已達 120 冊。這一段現當代的範圍，始自 1920 年代臺灣的新文學世代，並融接戰後由中國大陸跨海而來的創作社群。第九階段彙編計畫包含吳漫沙、隱地、岩上、林泠、席慕蓉、吳晟、張系國、李渝、季季、施叔青十位作家的研究資料，探討了含括不同族群、性別、階層而匯聚在臺灣文學的歷程。

　　「彙編」計畫選定 1945 年以前出生的世代，為的是在勾勒他們共同經歷的特殊史跡——那個寫作相對艱辛、資料相對散佚、意識型態也格外沉重的時期。當然，部落社會的無名遊吟者、清末古典文學的漢詩人、以及在各個時代留下痕跡的文學家們，都同樣是高度值得尊崇的文學瑰寶。臺灣文學館的「彙編」期待能夠是一個窗口，引我們看見臺灣短短歷史撞擊出的這麼多種各異的文學互動，也寄望未來的資料科技協助我們將更多文學史料呈現給臺灣。

國立臺灣文學館館長　蘇碩斌

編序

◎封德屏

緣起

　　1995 年 10 月 25 日，在臺灣師範大學教育大樓的 201 室，一場以「面對臺灣文學」為題的座談會，在座諸位學者分別就臺灣文學的定義、發展、研究，以及文學史的寫法等，提出宏文高論，而時任國家圖書館編纂張錦郎的「臺灣文學需要什麼樣的工具書」，輕鬆幽默的言詞，鞭辟入裡的思維，更贏得在座者的共鳴。

　　張先生以一個圖書館工作人員自謙，認真專業地為臺灣這幾十年來究竟出版了多少有關臺灣文學的工具書，做地毯式的調查和多方面的訪問。同時條理分明地針對研究者、學生，列出了十項工具書的類型，哪些是現在亟需的，哪些是現在就可以做的，哪些是未來一步一步累積可以達成的，分別做了專業的建議及討論。

　　當時的文建會二處科長游淑靜，參與了整個座談會，會後她劍及履及的開始了文學工具書的委託工作，從 1996 年的《臺灣文學年鑑》起始，一年一本的編下去，一直到現在，保存延續了臺灣文學發展的基本樣貌。接著是《中華民國作家作品目錄》的新編，《臺灣文壇大事紀要》的續編，補助國家圖書館「當代文學史料影像全文系統」的建置，這些工具書、資料庫的接續完成，至少在當時對臺灣文學的研究，做到一些輔助的功能。

　　2003 年 10 月，籌備多年的「臺灣文學館」正式開幕運轉。同年五月《文訊》改隸「財團法人台灣文學發展基金會」，為了發揮更大的動能，開

始更積極、更有效率地將過去累積至今持續在做的文學史料整理出來，讓豐厚的文藝資源與更多人共享。

於是再次的請教張錦郎先生，張先生認為文學書目、作家作品目錄、文學年鑑、文學辭典皆已完成或正在進行，現在重點應該放在有關「臺灣現當代作家評論資料目錄」的編輯工作上。

很幸運的，這個計畫的發想得到當時臺灣文學館林瑞明館長的支持，於是緊鑼密鼓的展開一切準備工作：籌組編輯團隊、召開顧問會議、擬定工作手冊、撰寫計畫書等等。

張錦郎先生花了許多時間編訂工作手冊，每一位作家的評論資料目錄分為：

（一）生平資料：可分作者自述，旁人論述及訪談，文學獎的紀錄。

（二）作品評論資料：可分作品綜論，單行本作品評論，其他作品（包括單篇作品）評論，與其他作家比較等。

此外，對重要評論加以摘要解說，譬如專書、專輯、學術會議論文集或學位論文等，凡臺灣以外地區之報刊及出版社，於書名或報刊後加註，如中國大陸、香港、新加坡等。此外，資料蒐集範圍除臺灣外，也兼及中國大陸、香港、新加坡、日本、韓國及歐美等地資料，除利用國內蒐集管道外，同時委託當地學者或研究者，擔任資料蒐集工作。

清楚記得，時任顧問的學者專家們，都十分高興這個專案的啟動，但確定收錄哪些作家名單時，也有不同的思考及看法。經過充分的討論後，終於取得基本的共識：除以一般的「文學成就」為觀察及考量作家的標準外，並以研究的迫切性與資料獲得之難易度為綜合考量。譬如說，在第一階段時，作家的選擇除文學成就外，先考量迫切性及研究性，迫切性是指已故又是日治時期臺籍作家為優先，研究性是指作品已出土或已譯成中文為優先。若是作品不少而評論少，或作品評論皆少，可暫時不考慮。此外，還要稍微顧及文類的均衡等等。基本的共識達成後，顧問群共同挑選出 310 位作家，從鄭坤五、賴和、陳虛谷以降，一直到吳錦發、陳黎、蘇

偉貞，共分三個階段進行。

　　「臺灣現當代作家評論資料目錄」專案計畫，自 2004 年 4 月開始，至 2009 年 10 月結束，分三個階段歷時五年六個月，共發現、搜尋、記錄了十餘萬筆作家評論資料。共經歷了三位專職研究助理，近三十位兼任研究助理。這些研究助理從開始熟悉體例，到學習如何尋找資料，是一條漫長卻實用的學習過程。

接續

　　「臺灣現當代作家評論資料目錄」的專案完成，當代重要作家的研究，更可以在這個基礎上，開出亮麗的花朵。於是就有了「臺灣現當代作家研究資料彙編暨資料庫建置計畫」的誕生。為了便於查詢與應用，資料庫的完成勢在必行，而除了資料庫的建置外，這個計畫再從 310 位作家中精選 50 位，每人彙編一本研究資料，內容有作家圖片集，包括生平重要影像、文學活動照片、手稿及文物，小傳、作品目錄及提要、文學年表。另外每本書分別聘請一位最適當的學者或研究者負責編選，除了負責撰寫八千至一萬字的作家研究綜述外，再從龐雜的評論資料中挑選具有代表性的評論文章，平均 12～14 萬字，最後再附該作家的評論資料目錄，以期完整呈現該作家的生平、創作、研究概況，其歷史地位與影響。

　　第一部分除資料庫的建置外，50 位作家 50 本資料彙編（平均頁數 400～500 頁），分三個階段完成，自 2010 年 3 月開始至 2013 年 12 月，共費時 3 年 9 個月。因為內容充實，體例完整，各界反應俱佳，第二部分的 50 位作家，分四階段進行，自 2014 年 1 月開始至 2017 年 12 月，共費時 4 年，並於 2017 年 12 月出版《百冊提要》，摘要百冊精華，也讓研究者有清晰的索引可循。2018 年 1 月，舉行百冊成果發表會，長年的灌溉結果獲文化部支持，得以延續百冊碩果，於 2018 年 1 月啟動第三部分 20 位作家的資料彙編，為期兩年。2019 年 12 月結束費時十年，120 本的文學工具書之旅。

成果

　　雖然過程是如此艱辛，如此一言難盡，可是終究看到豐美的成果。每位編選者雖然忙碌，但面對自己負責的作家資料彙編，卻是一貫地認真堅持。他們每人必須面對上千或數百筆作家評論資料，挑選重要或關鍵性的評論文章，全面閱讀，然後依照編選原則，挑選評論文章。助理們此時不僅提供老師們所需要的支援，統計字數，最重要的是得找到各篇選文作者，取得同意轉載的授權。在起初進度流程初估時，我們錯估了此項工作的難度，因為許多評論文章，發表至今已有數十年的光景，部分作者行蹤難查，還得輾轉透過出版社、學校、服務單位，尋得蛛絲馬跡，再鍥而不捨地追蹤。有了前面的血淚教訓，日後關於授權方面，我們更是如臨深淵、如履薄冰，希望不要重蹈覆轍，在面對授權作業時更是戰戰兢兢，不敢懈怠。

　　除了挑選評論文章煞費苦心外，每個作家生平重要照片，我們也是採高標準的方式去蒐集，過世作家家屬、友人、研究者或是當初出版著作的出版社，都是我們徵詢的對象。認真誠懇而禮貌的態度，讓我們獲得許多從未出土的資料及照片，也贏得了許多珍貴的友誼。許多作家都協助提供照片手稿等相關資料，已不在世的作家，其家屬及友人在編輯過程中，也給予我們許多協助及鼓勵，藉由這個機會，與他們一起回憶、欣賞他們親人或父祖、前輩，可敬可愛的文學人生。此外，還有許多作家及研究者，熱心地幫忙我們尋找難以聯繫的授權者，辨識因年代久遠而難以記錄年代、地點、事件的作家照片，釐清文學年表資料及作家作品的版本問題，我們從他們身上學習到更多史料研究可貴的精神及經驗。

　　但如何在規定的時間內，完成每個階段資料彙編的編輯出版工作，對工作小組來說，確實是一大考驗。每一冊的主編老師，都是目前國內現當代臺灣文學教學及研究的重要人物，因此都十分忙碌。每一本的責任編輯，必須在這一年的時間內，與他們所負責資料彙編的主角——傳主及主編老師，共生共榮。從作家作品的收集及整理開始，必須要掌握該作家所

有出版的作品，以及盡量收集不同出版社的版本；整理作家年表，除了作家、研究者已撰述好的年表外，也必須再從訪談、自傳、評論目錄，從作品出版等線索，再作比對及增刪。再來就是緊盯每位把「研究綜述」放在所有進度最後一關的主編們，每隔一段時間提醒他們，或順便把新增的評論目錄寄給他們（每隔一段時間就有新的相關論文或學位論文出現），讓他們隨時與他們所主編的這本書，產生聯想，希望有助於「研究綜述」撰寫的進度。

在每個艱辛漫長的歲月中，因等待、因其他人力無法抗拒的因素，衍伸出來的問題，層出不窮，更有許多是始料未及的。譬如，每本書的選文，主編老師本來已經選好了，也經過授權了，為了抓緊時間，負責編輯的助理們甚至連順序、頁碼都排好了，就等主編老師的大作了，這時主編突然發現有新的文章、新的資料產生：再增加兩三篇選文吧！為了達到更好更完備的目標，工作小組當然全力以赴，聯絡，授權，打字，校對，重編順序等等工作，再度展開。

此次第三部分第二階段共需完成的 10 位作家研究資料彙編，年齡層與活動地區分布較廣，步履遍布海內外各地，創作類型也更為豐富多元。出生年代較早的作者，在年表事件的求證以及早年著作的取得上，饒有難度。以出生年代較近的作者而言，許多疑難雜症不刃而解，有些連主編或研究者都不太清楚的部分，作家本人及家屬絕對是一個最好的諮詢對象，對解決某些問題來說，這是一個好的線索，但既然看了，關心了，參與了，就可能有不同的看法，對於選文、年表、照片，甚至是我們整本書的體例，也會有更多想法，於是又是一場翻天覆地的大更動，對整本書的品質來說，應該是好的，但對經過多次琢磨、修改已進入完稿階段的編輯團隊來說，這不啻是一大挑戰。

1990 年開始，各地縣市文化中心（文化局），對在地作家作品集的整理出版，以及臺灣文學館成立後對日治時期作家以迄當代重要作家全集的編纂，對臺灣文學之作家研究，也有了很好的促進作用。如《楊逵全

集》、《林亨泰全集》、《鍾肇政全集》、《張文環全集》、《呂赫若日記》、《張秀亞全集》、《葉石濤全集》、《龍瑛宗全集》、《葉笛全集》、《鍾理和全集》、《錦連全集》、《楊雲萍全集》、《鍾鐵民全集》等，如雨後春筍般持續展開。

　　經過近二十年的努力，臺灣文學的研究與出版，也到了可以驗收或檢討成果的階段。這個說法，當然不是要停下腳步，而是可以從「臺灣現當代作家評論資料目錄」所呈現的 310 位作家、11 萬筆資料中去檢視。檢視的標的，除了從作家作品的質量、時代意義及代表性去衡量外、也可以從作家的世代、性別、文類中，去挖掘有待開墾及努力之處。因此這套「臺灣現當代作家研究資料彙編」，大部分的編選者除了概述作家的研究面向外，均有些觀察與建議。希望就已然的研究成果中，去發現不足與缺憾，研究者可以在這些不足與缺憾之處下功夫，而盡量避免在相同議題上重複。當然這都需要經過一段時間去發現、去彌補、去重建，因此，有關臺灣文學的調查、研究與論述，就格外顯得重要了。

期待

　　感謝臺灣文學館持續推動這兩個專案的進行。「臺灣現當代作家評論資料目錄」的完成，呈現的是臺灣文學研究的總體成果；「臺灣現當代作家研究資料彙編」的出版，則是呈現成果中最精華最優質的一面，同時對未來臺灣文學的研究面向與路徑，作最好的建議。我們可以很清楚的體會，這是一條綿長優美的臺灣文學接力賽，經過長時間的耕耘灌溉、風搖雨濡，百年臺灣文學大樹卓然而立，跨越時代並馳而行，120 冊作家研究資料彙編得千位作家及學者之力，我們十分榮幸能參與其中，更珍惜在傳承接力的過程，與我們相遇的每一個人，每一件讓我們真心感動的事。我們更期待這個接力賽，能有更多人加入。誠如張恆豪所說「從高音獨唱到多元交響」，這是每一個人所期待的。

編輯體例

一、本書編選之目的，為呈現季季生平、著作及研究成果，以作為臺灣文學相關研究、教學之參考資料。

二、全書共五輯，各輯內容及體例說明如下：

輯一：圖片集。選刊作家各個時期的生活或參與文學活動的照片、著作書影、手稿（包括創作、日記、書信）、文物。

輯二：生平及作品，包括三部分：

1.小傳：主要內容包括作家本名、重要筆名，生卒年月日，籍貫，及創作風格、文學成就等。

2.作品目錄及提要：依照作品文類（論述、詩、散文、小說、劇本、報導文學、傳記、日記、書信、兒童文學、合集）及出版順序，並撰寫提要。不收錄作家翻譯或編選之作品。

3.文學年表：考訂作家生平所進行的文學創作、文學活動相關之記要，依年月順序繫之。

輯三：研究綜述。綜論作家作品研究的概況，並展現研究成果與價值的論文。

輯四：重要文章選刊。選收作家自述、訪談紀錄以及國內外具代表性的相關研究論文及報導。

輯五：研究評論資料目錄。收錄至 2019 年 11 月底止，有關研究、論述臺灣現當代作家生平和作品評論文獻。語文以中文為主，兼及日文和英文資料。所收文獻資料，以臺灣出版為主，酌收中國大陸、香港、日本和歐美國家的出版品。內容包含三部分：

1.「作家生平、作品評論專書與學位論文」下分為專書與學位論文。

2.「作家生平資料篇目」下分為「自述」、「他述」、「訪談」、「年表」、「其他」。

3.「作品評論篇目」下分為「綜論」、「分論」、「作品評論目錄、索引」、「其他」。

目次

【輯五】研究評論資料目錄

輯一◎圖片集

影像◎手稿◎文物

1947年9月12日，三歲的季季，與周歲生日的大弟李新輝（右）合影。7天後，大弟因急性腸胃炎猝逝。（季季提供）

1956年夏，季季（前左一）與永定國民學校的防空演習救護組的學姊及老師、校長劉作雲（三排中）於校門口合影。（季季提供）

1957年7月，永定國民學校第11屆畢業生留影。一排右三起李如桂、莊宏模、袁茂祿皆曾任季季導師，右七校長劉作雲；二排左一：季季。（季季提供）

1957～1963年，季季就讀於虎尾女中時的學生證照片。（季季提供）

1959年6月，季季（一排左五）的虎尾女中初三戊班畢業紀念照。二排右一為英文老師馬國珍；左一為國文老師胡素美。（季季提供）

1962年3月31日，季季參加《雲林青年》作者座談會，並任主席。（季季提供）

臺灣省立虎尾女子中學高中第十六屆畢業學生合影
中華民國五十二年六月二十二日

1963年6月，季季（後排左三）的虎尾女中高中部畢業紀念照，一排右12為校長曹金英。（季季提供）

1963年7月，季季參加「救國團文藝寫作研究隊」，結訓時以〈兩朵隔牆花〉榮獲小說組冠軍，與散文組冠軍黃勝惠（左）合影。（季季提供）

1964年6月，與「皇冠基本作家」合影於宜蘭太平山頂。右起：司馬桑敦、司馬中原、季季、聶華苓、瓊瑤、平鑫濤、段彩華。（季季提供）

1965年4月6日，以短篇小說〈擁抱我們的草原〉榮獲救國團「青年文藝獎金」第三名。
右起：救國團主任祕書許大路、舒凡、季季、段彩華。（季季提供）

1965年4月11日，與文友同遊宜蘭。左起：劉慕沙、季季、王明書、張菱舲、段彩華。
（季季提供）

1965年5月9日，季季（右一）與楊蔚（右二）在臺北鷺鷥潭畔結婚。下圖分別為兩人寄給親友的「結婚通知」與當年《皇冠》六月號特別推出的「結婚進行曲」專輯首頁。（季季提供）

■各位朋友：
■我們已經於五月九日，在宜蘭鷺鷥潭舉行了一個簡單的婚禮，請幾子雲、瘂弦、朱西寧、段彩華、禎時，五位朋友作證。
■婚後，有許多朋友希望我們請大家吃一杯喜酒；但是，再三考慮的結果，我們決定不請了。我們認為：我們的婚姻，以及我們跟大家的友情，並不一定用這種方式來表達和溝通。
■我們前天接到家長的信，他們也抱了同樣的看法。
■他們在信上說：「請客不可以不請嗎？勞你們的請神，損你們的時間，結果還廠俐。你們的朋友也損時間，破大費，不可以不請嗎？寫一封信謝謝大家的關懷和祝福，是不是可以？」
■所以，我們寫這封信給您。
■我們謝謝大家！有空，請到舍下來玩。　　祝
■快樂！
　　　　　　　　　　　　　　季季　楊蔚　敬啓■■■■■

1965年秋，季季與楊蔚（右）唯一一張於相館拍攝的合影。（季季提供）

1966年4月12日，季季坐在文星書店創辦人蕭孟能贈與的書桌前寫作。（季季提供）

1967年2月，季季帶甫出生兩個月餘的兒子回娘家。左起：母親廖素、季季（懷抱兒子楊昇儒）、小弟李瑞炎。（季季提供）

1969年8月12日,季季與劉慕沙(右)合影於金門吳稚暉水葬紀念亭。(季季提供)

1970年1月24日,季季與友人回虎尾女中探望師長。右起:校長曹金英、季季、黃勝惠。(季季提供)

1971年6月27日,攜子與文友相聚於內湖。左起:兒子楊昇儒、季季、劉慕沙、朱天心。(季季提供;朱西甯攝影)

1974年11月23日,與文友在臺北鴻霖畫廊參觀陳庭詩畫展。右起:季季、陳庭詩、李藍、郭良蕙。(季季提供)

1977年2月10日，季季留影於京都金閣寺前的夕佳亭。（季季提供）

1976年10月26日，季季與《花蓮更生報》記者易理（左）訪問花蓮基督教芥菜種會「未婚媽媽之家」。（季季提供）

1978年4月29日，與文友合影於林海音、何凡家客廳。前排左起：鍾肇政、鍾台妹、巫永福、鄭清文；後排左起：鍾鐵民、季季、林海音、何凡、趙天儀。（文訊‧文藝資料研究及服務中心提供）

1979年6月，林海音（右一）邀請季季（右二）於臺灣大學史坦福語文中心演講「臺灣現代文學」。（季季提供）

1980年3月9日，參加《中國時報·人間副刊》同事王宣一與詹宏志婚禮。右起：季季、王宣一、詹宏志、馬以工。（季季提供）

1983年6月22日，季季與女兒楊小曼（左）合影於永定國小，母女皆曾在此就讀。（季季提供）

1982年11月11日，與文友在臺北春之藝廊參觀林淵石雕個展。左起：高信疆、林淵、季季、古龍、黃炳松。（季季提供）

1985年6月25日，與文友於臺北福華飯店聚餐。右起：夏祖麗、季季、趙天儀、林海音、心岱。（季季提供）

1983年11月，季季與榮獲吳三連文學獎的楊逵（左）於頒獎典禮合影。（季季提供）

1988年5月，赴外雙溪拜訪雕刻家朱銘。右起：朱銘、聶華苓、季季、保羅安格爾、陳富美。（季季提供）

1988年9月，赴美國愛荷華大學參加「國際寫作計畫」，與文友合影於愛荷華河畔。左起：白樺、聶華苓、季季、保羅安格爾、北島。（季季提供）

1989年秋，旅法雕刻家王克平拜訪《中國時報‧人間副刊》編輯部。左起：張治倫、林碧惠（左前一）、焦桐、洪政銘（左前二）、王克平、季季、張頌仁、路寒袖、應鳳凰、黃慶、孫修家。（季季提供）

1996年6月19日，季季與顧正秋（左）合影於上海書城。（季季提供）

1991年7月13日，季季與文友遊蒙古南戈壁騎駱駝；左為殷允芃。（季季提供）

1999年3月14日，為父親慶祝八六大壽，與父母合影。　2001年3月15日，季季於紹興魯迅臥房留影。（季
左起：父親李日長、季季、母親廖素。（季季提供）　　季提供）

2002年2月13日，季季與家人合影，其父時患肺腺癌末期，於該年6月辭世，此為最後的
合照之一。右起：大妹李瑞紅、季季、父親李日長、母親廖素、四妹李淑真、六妹李惠
卿。（季季提供）

2004年7月，季季出席文訊雜誌社舉辦的「作家年輕照片展」，
於個人照前留影。（文訊‧文藝資料研究及服務中心提供）

2005年3月8日，李季以〈鷺鷥潭已經沒有了〉榮獲九十三年度九歌散文獎。出席於金石堂書店大安分店舉辦的新書發表暨贈獎典禮，由該年度散文選主編陳芳明（左）頒獎。（季季提供）

2005年4月26日，李季赴印尼參加亞洲華文作家會議並拜訪〈梭羅河畔〉作曲人格桑（左）。（季季提供）

2005年10月，於臺北明星咖啡館舉辦《寫給你的故事》新書發表會。左起：林懷民、李季、簡錦錐。（季季提供）

2011年5月19日,應邀參加趨勢教育基金會於臺北中山堂舉辦的「向愛荷華國際寫作班致敬」茶會。前排右起:蔣勳、董啟章、向陽、楊青矗、季季、聶華苓、白先勇、余梅芳、鄭愁予、瘂弦、應鳳凰、吳晟;後排右起:宋澤萊、王拓、方梓、尉天驄、管管、愛荷華大學國際寫作計畫副主任Nataša Ďurovičová、格非。(趨勢教育基金會提供)

2013年7月15日，出席於臺北故事館舉辦的「謬思的星期五　文學沙龍」。左起：季季、陳芳明、蘇曉康。（季季提供）

2015年11月6日，季季出席文訊雜誌社於臺北紀州庵文學森林舉辦的「我們的文學夢」系列講座，演講「老虎之女與《行走的樹》」。與畫家王筆和（左，1954～2019）及其所繪製畫像合影。（文訊‧文藝資料研究及服務中心提供）

2018年10月20日，季季與鍾肇政（前）合影於桃園鍾肇政長篇小說獎頒獎典禮會場。（季季提供）

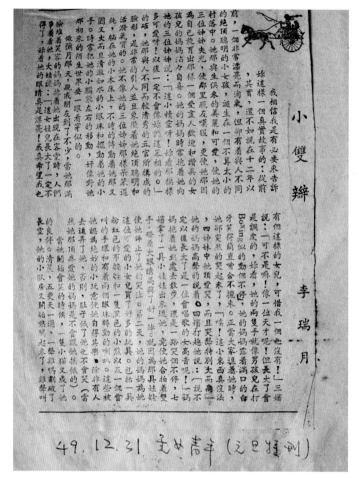

1950年12月31日，季季第一篇短篇小說〈小雙辮〉以本名「李瑞月」發表於《虎女園地》元旦特刊。（季季提供）

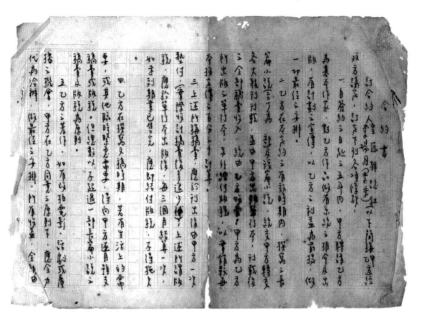

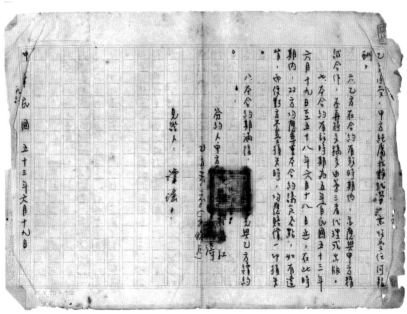

1964年6月19日，與皇冠出版社社長平鑫濤簽訂基本作家合約，見證人為瓊瑤。（季季提供）

1965年，劉其偉為季季繪製的水彩畫像。
（季季提供）

1974年，季季致朱西甯
函，提及楊蔚獄中之事。
（國立臺灣文學館）

1982.5.26(三)　2000字

人間副刊

P. 1

這是我伯父說給我听的故事。

我伯父的朋友乚君，青少時代做鐵匠，人的一生總免不了要做錯一些事情，這是經驗。後來，這是事，他的妻在四月底生產痛来不斷，身体还虚弱着，臨走那天晚上……

P. 2

時是五月廿三。五月的凌晨，天气還是凉的，一弯残月斜挂在屋稍。

乚君離家半年後，他自己也就回怎……

微風吹進……

我伯父說，乚君有頹長的身材，美麗的眼睛……

乚君走了，終於於……

1982年5月26日，季季發表於《中國時報‧人間副刊》8版的〈寫給你的故事　額〉部分手稿。（季季提供）

請勿副刊　方格
寄六頁

誰在誰的後面　季季

①因為生命需移動，我們出生不久就本能的學習爬行。爬去摸摸的小狗的耳朵、花貓的臉孔，爬去正在縫衣服的媽媽身邊，拉拉她的衣角，或爬去正在摺紙的姊姊身邊，抓一張紙揉碎。

然後我們學習走路。擺擺擺擺，走走停停，跌倒了又爬起來。如果跌倒了沒爬起來，當旁邊不是有人扶你一把。如果無人扶你一把，就在地上笑，笑著笑著就睡著了。一旦醒來，仍然爬起來，繼續擺擺擺擺，摸摸一夏模糊的路

②，繼續走著不知何時倒也不知何時爬起的路。

為了更快的移動，不久之後我們就學會了奔跑。奔跑到學校、奔跑到田野、奔跑到溪邊、奔跑到同學家跳繩、踢毽子、唱歌、畫圖。然後我們又學會騎腳踏車，踩著兩個輪子東闖西闖，彷彿只要我們願意，世界任何一個角落都近在眼前。其實我們騎車所及，無非只是去鎮上看場電影，或到西螺大橋的橋下玩堆沙的遊戲，看著浩瀚的濁水潺潺灇灇而來，又潺潺灇灇為天的另一回灇灇而去。

1995年9月，季季寄至《自由時報・副刊》編輯部的〈誰在誰的後面〉部分手稿。（季季提供）

輯二◎生平及作品

小傳◎作品◎年表

小傳

季季（1944～）

　　季季，女，本名李瑞月，筆名李瑞，籍貫雲林二崙，1944 年（昭和 19 年）12 月 11 日生。

　　虎尾女中（今虎尾高級中學）畢業。1959 年開始在《臺灣新聞報》發表校園短文，獲得該報主編田邦福賞識，為其取筆名姬姬，日後便據此自取筆名「季季」。1963 年從虎尾女中高中部畢業後，因大專聯考與救國團文藝寫作研究隊期程重疊，毅然放棄聯考選擇後者，並於結訓時以〈兩朵隔牆花〉榮獲小說創作組首獎。隔年獨自離家北上，展開專業寫作生活。曾任《聯合報》副刊組編輯、《中國時報・人間副刊》主編、時報出版公司副總編輯、《印刻文學生活誌》編輯總監，2007 年 12 月退休，現專職寫作。

　　創作文類以散文、小說為主。季季自青少年時期便展現出對文學創作的愛好，就讀虎尾女中時便常在《雲林青年》、《野風》、《亞洲文學》等刊物發表作品，1964 年與皇冠出版社社長平鑫濤簽定「基本作家合約」，正式步入文壇。早期多創作短篇小說，描繪少女青春心事，及對生命存在意義的困惑，頗受當時現代主義風潮影響。作品著重於情緒及意識堆疊，較少情節鋪陳，吳濁流認為，此時的季季「世界觀和人生觀，似乎沒有確定，也沒有深的哲學存在」，雖然前途未知，但正努力開發新的寫作方向，「如果走得通，將來也可以另樹一幟」。

　　1965 年 5 月，季季與楊蔚結縭，後於 1971 年 11 月公證離婚。這場為時六年半的婚姻對其生命與文學歷程都有莫大影響。此時期季季常將己身經歷投射於作品中，闡述在大城市中掙扎求生的青年女子之困厄處境與悲慘遭遇，怪誕冰冷的氛圍獨樹一格。如短篇小說〈蛇辮與傘〉，長篇小說《我不要哭》、《我的故事》皆充滿自傳性色彩。

　　歷經婚變的季季，創作方向亦大幅改變。1970 年出版短篇小說集《異鄉之死》，多描寫臺灣鄉間的外省籍小人物，以其本省籍女作家的身分，卻能細微刻畫該族群異地飄零的寂寞心緒，葉石濤認為這樣的共感表現：「以一個本地人的立場來寫大陸人生活的辛酸面，含有這麼強烈的同情心的作品，真難得一見」。1974 年發表的〈拾玉鐲〉更被視為「鄉土寫實」的代表作，自此，季季可以說是迎來創作生涯的高峰期。1976 年更有四部作品集出版，皆以社會批判、鄉土關懷為探討主題，具體而微地以女性敏銳的觀察，發展寫實小說的另一條路線。

　　有別於批判意味濃厚的小說，張瑞芬認為季季的散文是「喃喃向內傾訴的心語，醇厚細膩」。以簡明、誠摯的文字記錄生活瑣事及生命歷程，且特別注重對各種聲音的描摹，援引小說手法寫作散文。2006 年出版《行走的樹——向傷痕告別》，清晰刻畫、記錄文壇舊事，故人皆躍然於紙上。向陽謂此書：「不只是個人的回憶，更是動亂年代臺灣文壇的軼聞與變貌」。

　　早慧的季季具有多樣的創作面貌，每個時期的作品都反映了當下的生命狀態，唯一不變的是女性的細膩觀照與誠懇的態度。其曾自言：「我關心的是人的生存，以及因生存而產生的諸多問題」，正因為有如此胸懷，才能跨越省籍與性別藩籬，如陳芳明所說：「挺起一枝筆，寫出新舊世代錯肩而過的臺灣」。

作品目錄及提要

【散文】

夜歌
臺北：爾雅出版社
1976 年 8 月，32 開，214 頁
爾雅叢書 15

全書收錄〈你底呼聲〉、〈抽屜〉、〈我的鼻子〉等 19 篇。正文前有琦君〈猶有最高枝——序季季散文集《夜歌》〉，正文後有季季〈《夜歌》後記〉、夏祖麗〈季季的昨日、今日與明日〉、〈季季（李瑞月）寫作年表〉。

攝氏 20—25 度
臺北：爾雅出版社
1987 年 7 月，32 開，261 頁
爾雅叢書 106

本書選輯作者 1976 至 1987 年間發表於報章雜誌的散文，側寫生活體驗及社會變遷，經修訂後彙集成冊。全書分為「夢的記憶」、「永定記事」、「臺北影像」、「自然的話」四輯，收錄〈在我們的時光裡〉、〈黃昏來到好漢坡〉、〈小草之未知〉等 19 篇。正文前有季季〈走廊外的院子（代序）〉，正文後有季季〈「妳這十一年只有這二十篇散文嗎？」（後記）〉、〈季季書目〉、季季〈古典頭腦，浪漫心腸——向梁實秋先生請益散文〉。

寫給你的故事

臺北：印刻出版公司
2005 年 9 月，25 開，298 頁
季季作品集 01

本書為作者記述文友相交、故鄉往事之文章彙集。全書分為
「文星與明星」、「什麼是作家的財富」、「鷺鷥潭已經沒有了」、
「側看張愛玲」、「黃昏的故鄉」、「蘇曉康密使」、「往事怎能如
煙」七輯，共收錄〈衡陽路十五號〉、〈妳需要什麼禮物？〉、
〈文星與明星〉、〈革命咖啡・文學蛋炒飯——回首明星歲月〉、
〈謝冰瑩逛四馬路〉等 64 篇。正文前有季季〈代序——大貝湖
夜話〉，正文後有季季〈代後記——吳濁流・鬼鬼・再見〉。

印刻出版公司 2006

行走的樹——向傷痕告別

臺北：印刻出版公司
2006 年 11 月，25 開，215 頁
季季作品集 03

臺北：印刻文學生活雜誌出版公司
2015 年 7 月，18 開，351 頁
印刻文學叢書 448

本書為作者記錄、回顧婚變經過及「民主臺灣聯盟」案之作，
全書計有：1.搖獎機・賽馬・天才夢——九月的文學獎故事；2.
大盆吃肉飯碗喝酒的時代——追憶一個劫後餘生的故事；3.朱家
餐廳聚樂部；4.阿肥家的客廳（上）；5.音樂派與左派的變奏—
—阿肥家的客廳（下）等 12 章。正文前有季季〈自序：向傷痕
告別〉，正文後有季季〈後記：獻給那個時代的同行者〉。
2015 年印刻文學版：書名更為《行走的樹——追懷我與「民主
臺灣聯盟」案的時代（增訂版）》。正文經作者修改、增補，並
調整目錄，新增〈插曲：196×年之冬——楊蔚遺作〉、〈亡者與
病者〉。正文前刪去季季〈自序：向傷痕告別〉，新增季季〈自
序：地球上真的有一種會行走的樹〉，正文後刪去〈後記：獻給
那個時代的同行者〉，附錄劉大任〈生死皆為君——讀季季《行
走的樹》〉、向陽〈逝去的年代・感傷的歌——評季季散文集
《行走的樹》〉、楊蔚〈我是臺灣笨蛋〉、季季〈後記：張愛玲翻
譯的四句話〉、〈發表與出版索引〉。

印刻文學生活雜誌
出版公司 2015

我的湖

臺北：印刻文學生活雜誌出版公司
2008 年 7 月，25 開，239 頁
季季作品集 4

本書選輯作者發表於報刊雜誌的生活隨想及擔任文學獎評審的
意見回饋。全書分為「有涯」、「有人」、「有得」、「有思」四
輯，收錄〈我的白流蘇〉、〈我家和平鴿〉、〈寫在右腿上的字〉
等 27 篇。正文前有季季〈代序——伊的湖〉，正文後附錄陳家
慧記錄整理〈我們的六〇年代——兼及年度文選與編輯生涯〉、
蔡曉玲記錄整理〈兩代永定女子的臺北對話〉、季季〈代後記—
—此身〉。

【小說】

屬於十七歲的

臺北：皇冠出版社
1966 年 4 月，32 開，315 頁
皇冠叢書第 113 種

短篇小說集。全書收錄〈檸檬水與玫瑰〉、〈沒有感覺的感覺〉、
〈汽水與煙〉、〈舞臺〉、〈塑膠葫蘆〉、〈情婦〉、〈紅色戰役〉、
〈假日與蘋果〉、〈崩〉、〈口香糖〉、〈一把青花花的豆子〉、〈雨
後〉、〈花串〉、〈來自荒塚的腳步〉、〈午日〉、〈擁抱我們的草
原〉、〈褐色念珠〉、〈屬於十七歲的〉共 18 篇。

誰是最後的玫瑰

臺北：水牛出版社
1968 年 4 月，32 開，186 頁
水牛文庫 43

短篇小說集。全書收錄〈希利的紅燈〉、〈只有寂寞的心〉、〈夏
日啊！什麼是您最後的玫瑰〉、〈羅玫的鍋子〉共四篇。

泥人與狗

臺北：皇冠出版社
1969 年 5 月，32 開，297 頁
皇冠叢書第 185 種

短篇小說集。全書收錄〈泥人與狗〉、〈杯底的臉〉、〈山頂上那盞燈〉、〈在遠方的戰地上〉、〈聖誕節的童話〉、〈風暴之後〉共六篇。

晚蟬叢書 1970

大地出版社 1978

異鄉之死

臺北：晚蟬書店
1970 年 1 月，32 開，191 頁
晚蟬叢書 11

臺北：大地出版社
1978 年 2 月，32 開，192 頁
萬卷文庫 49

短篇小說集。全書收錄〈異鄉之死〉、〈幸福與噩夢〉、〈浪花〉、〈尋找一條河〉、〈河裡的香蕉樹〉、〈廿九歲的嬰兒〉、〈死了的港〉共七篇。正文前有蘇玄玄〈代序——季季的田畝〉。
1978 年大地版：正文與 1970 年晚蟬版同。正文前刪去蘇玄玄〈代序——季季的田畝〉。

我不要哭

臺北：皇冠出版社
1970 年 8 月，32 開，391 頁
皇冠叢書第 199 種

長篇小說。全書共 25 章，敘述因父親失業導致家中經濟拮据的女高中生顧雲為了貼補家計，在讀夜校之餘四處謀職，因而結識陶大利、妮妮等人的故事。

月亮的背面

臺北：大地出版社
1973 年 6 月，32 開，218 頁
萬卷文庫 13

短篇小說集。全書收錄〈月亮的背面〉、〈貓魂〉、〈蛇辮與傘〉、〈無聲之城〉、〈群鷹兀自飛〉、〈我的庇護神〉、〈寂寞之冬〉共七篇。正文前有季季〈序〉。

我的故事

臺北：皇冠出版社
1975 年 2 月，32 開，720 頁
皇冠叢書第 398 種

長篇小說。全書共 26 章，敘述主角「我」不滿大嫂擅自為其安排婚事，決心離鄉北上，獨自在臺北展開新生活，而後不意失身於陌生男子龍騰的故事。正文後有季季〈尾聲〉、季季〈從《我的故事》說起〉。

蝶舞

臺北：皇冠出版社
1976 年 8 月，32 開，323 頁
皇冠叢書第 451 種

短篇小說集。全書收錄〈蝶舞〉、〈鬼屋裡的女人〉、〈磁道之外〉、〈玫瑰之死〉、〈我不叫碧芹〉、〈花魂〉、〈吠〉、〈跨〉、〈債〉共九篇。

拾玉鐲

臺中：慧龍出版社
1976 年 10 月，32 開，260 頁
慧龍 701

短篇小說集。全書收錄〈琴手〉、〈大印〉、〈拾玉鐲〉、〈野火〉、〈手〉、〈鑰匙〉、〈矮屋下的臺北人〉（原名〈許諾記〉）、〈鐘聲〉、〈猴戲〉共九篇。

季季自選集

臺北：文豪出版社
1976 年 10 月，32 開，361 頁
文豪叢書

短篇小說集。全書收錄〈沒有感覺是什麼感覺〉、〈褐色念珠〉、〈屬於十七歲的〉、〈擁抱我們的草原〉、〈塑膠葫蘆〉、〈杯底的臉〉、〈異鄉之死〉、〈河裡的香蕉樹〉、〈寂寞之冬〉、〈拾玉鐲〉共十篇。正文前有魏子雲〈序——成長中的季季〉。

誰開生命的玩笑

臺北：皇冠出版社
1978 年 4 月，32 開，254 頁
皇冠叢書第 541 種

短篇小說集。全書收錄〈綠佛像〉、〈喜宴〉、〈失鐲記〉、〈胖先生〉、〈誰開生命的玩笑〉、〈紫紅蔻丹〉、〈水妹在臺北〉、〈我無罪〉、〈痂〉、〈小小羊兒〉、〈阿伯住在哪裡〉共 11 篇。正文前有季季〈第十三本書——代自序〉。

澀果

臺北：爾雅出版社
1979 年 12 月，32 開，242 頁
爾雅叢書 63

短篇小說集。作者有感於「未婚媽媽」個案逐年增加，成了棘手的社會問題，根據相關新聞報導和訪「未婚媽媽之家」所見聞的創作。全書收錄〈愁冬〉、〈遺珠記〉、〈澀果〉、〈傷春〉、〈初夏〉、〈苦夏〉、〈熱夏〉、〈秋割〉、〈菱鏡久懸〉、〈禮物〉共十篇。正文前有作者取材照片、季季〈序〉，正文後附錄季季〈未婚媽媽的漫長旅途〉、季季〈他們可以協助你！〉。

季季集

臺北：前衛出版社
1993 年 12 月，25 開，395 頁
臺灣作家全集・短篇小說卷／戰後第二代 14
林瑞明編

短篇小說集。全書收錄〈屬於十七歲的〉、〈尋找一條河〉、〈河裡的香蕉樹〉、〈月亮的背面〉、〈寂寞之冬〉、〈琴手〉、〈群鷹兀自飛〉、〈拾玉鐲〉、〈雞〉、〈苦夏〉、〈菱鏡久懸〉共 11 篇。正文前有作家照片及手稿、鍾肇政〈緒言〉、林瑞明〈尋找一條可以逆流的河——《季季集》序〉，正文後有吳錦發〈論季季小說中的男女關係〉、許素蘭編〈季季小說評論引得〉、方美芬編；季季增訂〈季季生平寫作年表〉。

【傳記】

我的姊姊張愛玲

臺北：時報文化出版公司
1996 年 1 月，25 開，320 頁
歷史與現場 73

本書為張愛玲生平傳記，由其胞弟張子靜提供資料，季季整理
撰寫。全書計有：1.家世——張家、李家、黃家、孫家；2.童
年——成長與創傷；3.青春——逃出我父親的家；4.早慧——發
展她的天才夢；5.成名——命中注定，千載難逢等十章。正文前
有照片集、張子靜〈前言：如果我不寫出來〉，正文後有季季
〈後記：尋訪張子靜，再見張愛玲〉、附錄宋淇〈張愛玲語
錄〉、李應平〈張愛玲生平‧作品年表〉。

時報文化出版公司
1997

休戀逝水——顧正秋回憶錄

臺北：時報文化出版公司
1997 年 10 月，25 開，524 頁
歷史與現場 90

臺北：時報文化出版公司
2007 年 7 月，16.5x20 公分，349 頁
藝術大師 22

本書為京劇名家顧正秋生平傳記，由顧氏提供資料，季季整理
撰寫。全書計有：1.麒麟與鳳鳴之女；2.白爾部路認「姆媽」；3.
易名改姓傷母心；4.上海戲劇學校；5.武戲情結等 18 章。正文
前有辜振甫〈詠牡丹——絕代風華〉、南懷瑾〈序〉、季季〈序
章〉，正文後附錄任祥〈讀我母親〉、李應平〈顧正秋生平大事
年表〉、臺灣省保安司令部軍法處〈任方旭‧任顯群判決書〉。
2007 年時報文化版：書名更為《奇緣此生顧正秋》。正文經作者
修改，並調整章節為：1.顧正秋的三個如果；2.輝煌的永樂戲院
傳奇；3.麒麟與鳳鳴之女；4.唯一的、永遠的第一名；5.緣、情
相伴青衣路等 14 章。

時報文化出版公司
2007

文學年表

1944 年 （昭和 19 年）	12 月	11 日，生於臺南州虎尾郡二崙庄（今雲林縣二崙鄉永定村）。本名李瑞月，父李日長，母廖素。排行一，有五妹二弟。
1947 年	9 月	19 日，大弟李新輝因急性腸胃炎夭折。
1951 年	本年	就讀永定國民學校（今永定國民小學）。因父母經常購買童書及《國語日報》、《東方少年》等報刊，啟蒙其對閱讀的興趣。
1957 年	本年	自永定國民學校畢業，考入虎尾女中（今虎尾高級中學）初中部。
1959 年	本年	開始在《臺灣新聞報》發表校園短文，獲得該報主編田邦福賞識，為其取筆名「姬姬」；其後據此自取筆名「季季」。
1960 年	12 月	短篇小說〈小雙辮〉以本名「李瑞月」發表於《虎女園地》元旦特刊。
1961 年	本年	在《雲林青年》、《野風》、《亞洲文學》等刊物發表作品，因而收到讀者來信，也藉此與第一個筆友林懷民相識，又經林介紹與馬各、隱地成為來往熱絡的「筆友」。
1963 年	3 月	短篇小說〈明天〉以本名「李瑞月」發表於《亞洲文學》，榮獲徵文第一名。
	7 月	自虎尾女中高中部畢業後，因大專聯考與救國團文藝寫作研究隊期程重疊，毅然放棄聯考選擇後者，並於結訓時以

〈兩朵隔牆花〉榮獲小說創作組首獎。該篇作品次月於《幼獅文藝》第 60 期刊出。

1964 年　　3 月　　8 日，獨自離家北上，落腳永和，展開專業寫作生活，並於臺大夜間補習班修讀修辭學、英文文法及理則學。

30 日，短篇小說〈假日與蘋果〉發表於《中央日報・副刊》6 版。

4 月　　6 日，短篇小說〈口香糖〉發表於《中央日報・副刊》6 版。

19 日，短篇小說〈檸檬水與玫瑰〉發表於《中央日報・副刊》6 版。

5 月　　16 日，短篇小說〈情婦〉發表於《中央日報・副刊》6 版；短篇小說〈午日〉發表於《中華日報・副刊》8 版。

6 月　　19 日，與平鑫濤簽訂為期五年的「皇冠基本作家合約」，期間內由皇冠出版社全權負責其文稿的代理、出版事宜。

7 月　　短篇小說〈花串〉發表於《幼獅文藝》第 80 期。

8 月　　短篇小說〈崩〉發表於《聯合報・副刊》7 版。

11 月　　短篇小說〈一把青花花的豆子〉發表於《皇冠》第 118 期。

12 月　　20 日，短篇小說〈沒有感覺是什麼感覺〉發表於《聯合報・副刊》7 版。

1965 年　　1 月　　19 日，〈曠野盡頭──隨婦協訪澎歸來〉發表於《中央日報・副刊》6 版。

2 月　　短篇小說〈第一朵夕願〉發表於《自由青年》第 379 期。

4 月　　5 日，短篇小說〈屬於十七歲的〉發表於《聯合報・副刊》7 版。

5 月　　9 日，與楊蔚在臺北鷺鷥潭畔結婚，由魏子雲擔任主婚人，瓊瑤、朱西甯為證婚人。

短篇小說〈擁抱我們的草原〉發表於《幼獅文藝》第 85
期。

短篇小說〈汽水與煙〉發表於《皇冠》第 135 期。

6 月　1～5 日，短篇小說〈塑膠葫蘆〉連載於《聯合報・副
刊》7 版。

7 月　4～6 日，短篇小說〈來自荒塚的腳步〉連載於《徵信新
聞報・人間副刊》7 版。

9 月　〈我看《西城記》・一股鮮紅的血泊〉發表於《皇冠》第
139 期。

10 月　17～21 日，短篇小說〈希利的紅燈〉連載於《聯合報・
副刊》7 版。

12 月　短篇小說〈聖誕節的童話〉發表於《皇冠》第 142 期。

1966 年　2 月　短篇小說〈波波，我要去看你了〉發表於《幼獅文藝》第
96 期。

4 月　短篇小說集《屬於十七歲的》由臺北皇冠出版社出版。

11 月　兒子楊昇儒出生。

12 月　13～25 日，短篇小說〈夏日啊，什麼是您最後的玫
瑰？〉連載於《聯合報・副刊》9 版。

1967 年　1 月　短篇小說〈只有寂寞的心〉發表於《皇冠》第 155 期。

7 月　6～11 日，短篇小說〈泥人與狗〉連載於《徵信新聞報・
人間副刊》9 版。

11 月　短篇小說〈風暴之後〉發表於《幼獅文藝》第 122 期。

12 月　30～31 日，短篇小說〈山頂上那盞燈〉連載於《徵信新
聞報・人間副刊》9 版。

〈前線組曲〉發表於《幼獅文藝》第 123 期。

1968 年　2 月　短篇小說〈杯底的臉〉發表於《皇冠》第 168 期。

4 月　短篇小說集《誰是最後的玫瑰》由臺北水牛出版社出版。

1969 年	5 月	短篇小說〈尋找那條河〉發表於《幼獅文藝》第 135 期。
		短篇小說集《泥人與狗》由臺北皇冠出版社出版。
	6 月	26～27 日，短篇小說〈異鄉之死〉連載於《徵信新聞報‧人間副刊》9 版。
	7 月	短篇小說〈河裡的香蕉樹〉發表於《幼獅文藝》第 145 期。
	9 月	短篇小說〈作家的臉〉發表於《幼獅文藝》第 147 期。
1970 年	1 月	31 日，短篇小說〈超渡〉連載於《中國時報‧人間副刊》10 版，至 2 月 2 日止。
		短篇小說集《異鄉之死》由臺北晚蟬書店出版。
	4 月	〈傾聽〉發表於《幼獅文藝》第 194 期，「散文專號」。
	6 月	28 日，短篇小說〈月亮的背面〉發表於《中國時報‧人間副刊》10 版。
	7 月	27 日，短篇小說〈鐘聲〉連載於《聯合報‧副刊》10 版，至 8 月 4 日止。
	8 月	長篇小說《我不要哭》由臺北皇冠出版社出版。
	10 月	短篇小說〈無聲之城〉發表於《皇冠》第 200 期。
	11 月	短篇小說〈秋霞仔再嫁〉連載於《幼獅文藝》第 203～204 期，至 12 月止。
	12 月	短篇小說〈我的庇護神〉發表於《文藝月刊》第 18 期。
1971 年	1 月	14 日，短篇小說〈蛇辮與傘〉發表於《中華日報‧副刊》9 版。
	5 月	女兒楊小曼出生。
		〈維拉‧凱瑟及其〈我的安東尼亞〉〉發表於《新文藝》第 182 期。
	11 月	16 日，由林海音、姚宜瑛陪同，於臺北地方法院與楊蔚公證離婚。

	12 月	短篇小說〈寂寞之冬〉發表於《皇冠》第 214 期。
1972 年	7 月	21 日,〈舊衣的聯想〉發表於《中華日報・副刊》9 版。
	9 月	1 日,短篇小說〈吠〉發表於《中華日報・副刊》9 版。
		14～17 日,短篇小說〈群鷹兀自飛〉連載於《聯合報・副刊》12 版。
1973 年	1 月	2 日,短篇小說〈跨〉發表於《中華日報・副刊》9 版。
		短篇小說〈磁道之外〉發表於《文藝月刊》第 43 期。
	2 月	25～27 日,短篇小說〈猴戲〉連載於《中國時報・人間副刊》12 版。
		28 日,〈我的鼻子〉發表於《中華日報・副刊》9 版。
		〈略論馬拉末及其代表作〈夥計〉〉發表於《新文藝》第 203 期。
	3 月	短篇小說〈玫瑰之死〉發表於《皇冠》第 229 期。
	4 月	24 日,短篇小說〈債〉發表於《中華日報・副刊》9 版。
	5 月	短篇小說〈我不叫碧芹〉發表於《皇冠》第 231 期。
	6 月	〈《月亮的背面》序〉發表於《中央日報・副刊》9 版。
		短篇小說集《月亮的背面》由臺北大地出版社出版。
	10 月	短篇小說〈鬼屋裡的女人〉發表於《婦女雜誌》第 61 期。
1974 年	6 月	1 日,〈春之戀歌〉發表於《聯合報・副刊》12 版。
		19 日,〈鄉下老婦〉發表於《中華日報・副刊》9 版。
	8 月	21 日,〈木瓜樹〉發表於《聯合報・副刊》12 版。
		短篇小說〈花魂〉發表於《婦女雜誌》第 71 期。
	10 月	20 日,短篇小說〈拾玉鐲〉發表於《中國時報・人間副刊》12 版,「當代小說大展」專輯。
	12 月	9 日,〈你底呼聲〉發表於《中國時報・人間副刊》12 版;〈抽屜〉發表於《聯合報・副刊》12 版。

1975 年　　1 月　19～21 日，短篇小說〈大印〉連載於《聯合報・副刊》
　　　　　　　　　　12 版。

　　　　　　2 月　13 日，〈那個人〉發表於《聯合報・副刊》3 版。
　　　　　　　　　　長篇小說《我的故事》由臺北皇冠出版社出版。

　　　　　　5 月　4 日，〈她底背影〉發表於《中國時報・人間副刊》12
　　　　　　　　　　版。

　　　　　　　　　　17 日，〈存心忍耐〉發表於《聯合報・副刊》12 版。

　　　　　　6 月　28 日，〈黃昏〉發表於《聯合報・副刊》12 版。

　　　　　　9 月　〈一個雞胸的人〉發表於《大學雜誌》第 89 期。

　　　　　10 月　短篇小說〈綠佛像〉發表於《婦女雜誌》第 85 期。

　　　　　11 月　短篇小說〈喜宴〉發表於《婦女雜誌》第 86 期。

　　　　　12 月　短篇小說〈失鐲記〉發表於《婦女雜誌》第 87 期。

1976 年　　1 月　15～16 日，短篇小說〈野火〉連載於《聯合報・副刊》
　　　　　　　　　　12 版。

　　　　　　　　　　28 日，〈一天裡的兩件事〉發表於《聯合報・副刊》12
　　　　　　　　　　版。

　　　　　　2 月　16～17 日，〈羊的故事〉連載於《聯合報・副刊》12 版。

　　　　　　3 月　〈她們做了什麼？〉發表於《中國論壇》第 11 期。

　　　　　　4 月　短篇小說〈痂〉發表於《夏潮雜誌》第 2 期。

　　　　　　5 月　10 日，〈夢幻樹〉發表於《聯合報・副刊》12 版。

　　　　　　　　　　24 日，〈小小說〉發表於《中國時報・人間副刊》12 版。

　　　　　　6 月　10 日，〈暗影生異彩〉發表於《聯合報・副刊》12 版。

　　　　　　　　　　28 日，〈風景〉發表於《聯合報・副刊》12 版。

　　　　　　7 月　8 日，〈號聲〉發表於《中國時報・人間副刊》12 版。

　　　　　　8 月　7 日，〈丟丟銅仔的旅程〉發表於《聯合報・副刊》12
　　　　　　　　　　版。

　　　　　　　　　　19 日，〈我見你走來〉發表於《中國時報・人間副刊》12

版。

31 日,〈《夜歌》後記〉發表於《聯合報・副刊》12 版。

短篇小說〈胖先生〉發表於《婦女雜誌》第 95 期。

《夜歌》由臺北爾雅出版社出版。

短篇小說集《蝶舞》由臺北皇冠出版社出版。

10 月　短篇小說集《拾玉鐲》由臺中慧龍出版社出版。

短篇小說集《季季自選集》由臺北文豪出版社出版。

11 月　短篇小說〈誰開生命的玩笑〉發表於《婦女雜誌》第 98 期。

短篇小說〈小小羊兒〉發表於《中華日報・副刊》8 版。

12 月　25 日,〈最小的老大──素描丁亞民〉發表於《聯合報・副刊》12 版。

1977 年　1 月　3 日,〈山中燈火〉發表於《聯合報・副刊》12 版。

赴韓國漢城（今首爾）訪問多位韓國作家。

2 月　1～2 日,〈北回歸線以南〉連載於《聯合報・副刊》12 版。

2 日,〈協奏四章〉發表於《中國時報・人間副刊》12 版;〈在旗津〉發表於《聯合報・副刊》12 版。

短篇小說〈紫紅蔻丹〉發表於《婦女雜誌》第 101 期

3 月　26 日,〈鄉土〉發表於《聯合報・副刊》12 版。

4 月　〈關於《六十五年短篇小說選》──編選序言及小說選評〉發表於《書評書目》第 48 期。

〈我訪韓國《女性東亞》雜誌〉發表於《婦女雜誌》第 103 期。

5 月　〈關於《六十五年短篇小說選》──編選序言及小說選評（續完）〉發表於《書評書目》第 49 期。

主編短篇小說集《六十五年短篇小說選》,由臺北書評書

目出版社出版。

短篇小說〈水妹在臺北〉發表於《婦女雜誌》第 104 期。

6 月　〈忙碌而不知疲倦的韓國作家孫素熙〉發表於《婦女雜誌》第 105 期。

7 月　7 日,〈獎券〉發表於《聯合報・副刊》12 版。

19 日,〈站牌〉發表於《聯合報・副刊》12 版。

〈大家庭裡的女作家韓戊淑〉發表於《婦女雜誌》第 106 期。

8 月　短篇小說〈我無罪〉發表於《婦女雜誌》第 107 期。

短篇小說〈阿伯住在哪裡〉發表於《文藝月刊》第 98 期。

10 月　10 日,〈收穫〉發表於《聯合報・副刊》12 版。

31 日,〈感謝與期待〉發表於《中國時報・人間副刊》12 版。

〈「未婚媽媽」的漫長旅途〉發表於《婦女雜誌》第 109 期。

11 月　22 日,短篇小說〈木球──獻給父親,感謝他多年來的寬容與鼓舞〉發表於《聯合報・副刊》12 版。

進入《聯合報》副刊組擔任編務。

短篇小說〈金銀窩〉發表於《婦女雜誌》第 110 期。

1978 年　2 月　〈末孀婆太的白馬王國〉發表於《文壇》第 212 期。

短篇小說集《異鄉之死》由臺北大地出版社出版。

短篇小說〈客串〉發表於《婦女雜誌》第 113 期。

3 月　17 日,〈讀春〉發表於《聯合報・副刊》12 版。

28 日,〈百合記〉發表於《聯合報・副刊》12 版。

4 月　短篇小說集《誰開生命的玩笑》由臺北皇冠出版社出版。

5 月　8 日,〈淚的告白──贈未知〉發表於《聯合報・副刊》

12 版。

17 日,〈聽之三部曲〉發表於《聯合報・副刊》12 版。

6 月　3 日,〈李昂回來了〉發表於《聯合報・副刊》12 版。

7 月　12 日,〈誰開生命的玩笑——我的第十三本書〉發表於《聯合報・副刊》12 版。

16 日,〈猛回頭・再出發——訪劉國松〉發表於《聯合報・副刊》12 版。

10 月　2 日,〈讚荷〉發表於《聯合報・副刊》9 版。

21 日,〈玻璃墊上的儷影——何凡、林海音美遊歸來〉發表於《聯合報・副刊》12 版。

12 月　12 日,〈心香但祝邦基固——追念葉榮鐘先生〉發表於《聯合報・副刊》12 版。

29 日,〈一段里程　幾句心聲——告別專業寫作生涯一年〉發表於《聯合報・副刊》12 版。

由花村(黃春秀)策畫之「季季作品研究專輯」刊載於《臺灣文藝》第 61 期。

1979 年　1 月　31 日,〈懸崖・溫室・竹籬〉發表於《聯合報・副刊》3 版。

2 月　7 日,〈變形的與實驗的——中韓現代藝術群展〉發表於《聯合報・副刊》12 版。

3 月　8～9 日,婦女節專訪〈她們——女作業員的文藝生活〉發表於《聯合報・副刊》12 版。(與彭碧玉、丘彥明共同採訪)

6 月　18 日,〈他山之石——側寫韓國文藝振興院院長宋志英先生〉發表於《聯合報・副刊》12 版。

9 月　〈一個孤立而擺盪的小社會——東年〈賊〉〉發表於《書評書目》第 77 期。

10 月　〈餘音繞樑──王禎和〈香格里拉〉〉發表於《書評書目》第 78 期,「每月短篇小說評介」專欄。

11 月　26 日,〈何處是我的立足點──「韓國的陳若曦」許槿旭〉發表於《中國時報‧人間副刊》8 版。

　　　27 日,〈剖看這頭血淋淋的牛──我讀許槿旭的《乳牛》〉發表於《中國時報‧人間副刊》8 版。

　　　〈從第四屆聯合報小說獎兼看廖蕾夫〈竹仔開花〉〉發表於《書評書目》第 79 期,「每月短篇小說評介」專欄。

12 月　〈冷水潑殘生──評黃凡〈賴索〉〉發表於《書評書目》第 80 期,「每月短篇小說評介」專欄。

　　　短篇小說集《澀果》由臺北爾雅出版社出版。

1980 年　1 月　1 日,應《中國時報‧人間副刊》主編高信疆之邀,與陳雨航、王宣一同時進入「人間副刊」任職。

　　　6 日,〈以個人經驗和理性見證大陸真實景況的陳若曦　我們歡迎妳回到自由祖國來〉發表於《中國時報‧人間副刊》8 版。

　　　9 日,出席《中國時報‧人間副刊》編輯部於外雙溪朱銘工作室舉辦的陳若曦返國後首度與藝文界晤談活動,與會者有王宣一、古蒙仁、朱天文、朱天心、吳念真等。

　　　10～11 日,〈與陳若曦會面〉以筆名「李瑞」發表於《中國時報‧人間副刊》8 版。(與林清玄合著)

2 月　14 日,〈曉風吹過中國　讓社會走得更好更遠〉以筆名「李瑞」刊載於《中國時報‧人間副刊》8 版。

　　　〈南國的哀愁──王璇〈再見南國〉〉發表於《書評書目》第 82 期,「每月短篇小說評介」專欄。

4 月　15 日,〈回到一個希望無窮的地方──蔡文穎初返國門〉以筆名「李瑞」發表於《中國時報‧人間副刊》8 版。

5 月　17 日，〈鐘聲為誰響──阿圖的成長與回顧〉以筆名「李瑞」發表於《中國時報・人間副刊》8 版。

〈站在相同的轉捩點──《六十八年短篇小說選》評介〉連載於《書評書目》第 85～86 期，至 6 月止。

7 月　主編短篇小說集《六十八年短篇小說選》，由臺北爾雅出版社出版。

10 月　3 日，〈生活在紅與黑之間──訪小說首獎作者吳信雄〉以筆名「李瑞」發表於《中國時報・人間副刊》8 版。

25 日，〈潮水永不退卻──訪陳偉明〉以筆名「李瑞」發表於《中國時報・人間副刊》8 版。

12 月　1 日，〈清澈智慧涓流久長──訪嚴曼麗〉以筆名「李瑞」發表於《中國時報・人間副刊》8 版。

21 日，〈在厚重的油彩前沉思──訪吳承明〉以筆名「李瑞」發表於《中國時報・人間副刊》8 版。

1981 年　5 月　29 日，〈在異鄉之外──訪侯榕生〉以筆名「李瑞」發表於《中國時報・人間副刊》8 版。

8 月　6 日，〈面對大師──藝術家、讀者與趙無極聊天〉以筆名「李瑞」發表於《中國時報・人間副刊》8 版。

28 日，〈且聽這兩位女學者說〉以筆名「李瑞」發表於《中國時報・人間副刊》8 版。

9 月　20 日，〈在藝術的門內重逢〉以筆名「李瑞」發表於《中國時報・人間副刊》8 版。

11 月　3 日，〈金東里會見紀實〉、〈大熱情走大道──訪李喬〉（筆名李瑞）發表於《中國時報・人間副刊》8 版。

30 日，〈小草之未知〉發表於《中國時報・人間副刊》8 版。

12 月　10 日，〈又見金東里〉、〈華裔子孫的文學盛會〉（筆名李

瑞）發表於《中國時報・人間副刊》8 版。

21 日，〈「東南亞寫作獎」得主──訪黃孟文〉發表於《中國時報・人間副刊》8 版。

| 1982 年 | 2 月 | 10 日，〈燈節前夜〉發表於《中國時報・人間副刊》8 版。 |

3 月　1 日，〈攝氏 20─25 度〉發表於《自立晚報・副刊》10 版。

4 月　5 日，〈舞蟬──林懷民的實驗演出〉以筆名「李瑞」發表於《中國時報・人間副刊》8 版。

5 月　25 日，〈寫給你的故事　序篇〉發表於《中國時報・人間副刊》8 版。

26 日，〈寫給你的故事　額〉發表於《中國時報・人間副刊》8 版。

6 月　2 日，〈寫給你的故事　契〉發表於《中國時報・人間副刊》8 版。

9 日，〈寫給你的故事　約〉發表於《中國時報・人間副刊》8 版。

16 日，〈寫給你的故事　結〉發表於《中國時報・人間副刊》8 版。

23 日，〈寫給你的故事　果〉發表於《中國時報・人間副刊》8 版。

8 月　5 日，〈寫給你的故事　還〉發表於《中國時報・人間副刊》8 版。

11 月　15 日，〈質樸的對話──林淵／侯金水聊天側記〉以筆名「李瑞」發表於《中國時報・人間副刊》8 版。

27 日，〈金色的采聲──第五屆時報文學獎贈獎典禮側記〉以筆名「李瑞」發表於《中國時報・人間副刊》8

版。

12 月　31 日，〈心靈的饗宴——「新詩：過去・現在・未來」座
談〉以筆名「李瑞」記錄整理於《中國時報・人間副刊》
8 版，至隔年 1 月 23 日止。

1983 年　4 月　16 日，〈破碎的夢中開出奇葩——一代伶王新馬師曾〉以
筆名「李瑞」發表於《中國時報・人間副刊》8 版。

5 月　20 日，〈寫給你的故事　望〉發表於《中國時報・人間副
刊》8 版。

8 月　17 日，〈姚一葦口角春風——暢談劇場沿革〉以筆名「李
瑞」發表於《中國時報・人間副刊》8 版。

18 日，〈大眾消費社會和當前臺灣文學的諸問題——第三
屆時報文學週講演摘要〉、〈刻畫鄉土小人物　傳達快樂人
生觀——王禎和細說個人寫作經驗〉以筆名「李瑞」記錄
整理於《中國時報・人間副刊》8 版。

20 日，〈永恆的尋求——談我的小說寫作經驗〉以筆名
「李瑞」記錄整理於《中國時報・人間副刊》8 版。

26 日，〈尋求和諧新方向〉發表於《中國時報・綜藝》9
版。

9 月　6 日，〈楊牧詳析新詩源流——沈君山應邀講評〉以筆名
「李瑞」發表於《中國時報・人間副刊》8 版。

7 日，〈李歐梵綜論「五四文學」〉以筆名「李瑞」發表於
《中國時報・人間副刊》8 版。

9 日，〈第三屆時報文學週圓滿結束〉以筆名「李瑞」發
表於《中國時報・人間副刊》8 版。

與周浩正、東年、呂學海、陳雨航、張大春共同擔任第六
屆時報文學獎小說獎初審委員。

10 月　3 日，〈誰能剖析時代的滄桑？——第六屆時報文學獎小

說獎決審會議記錄摘要〉以筆名「李瑞」記錄整理於《中國時報・人間副刊》8 版。

5〜6 日，〈走出一條散文新路——第六屆時報文學獎散文獎決審會議記錄摘要〉以筆名「李瑞」記錄整理於《中國時報・人間副刊》8 版。

12 月　31 日，〈黃昏來到好漢坡〉發表於《自立晚報・副刊》10 版。

1984 年　3 月　5 日，〈大海的夢〉發表於《自立晚報・副刊》10 版。

7 月　18 日，〈螞蟻世界〉以筆名「李瑞」發表於《中國時報・人間副刊》8 版。

9 月　12 日，〈文學與傳統——四位專攻西洋文學學者看中國傳統文學〉以筆名「李瑞」發表於《中國時報・人間副刊》8 版。

14 日，〈止戈為武以力渡人——吳宏一談「文學與武俠」〉以筆名「李瑞」發表於《中國時報・人間副刊》8 版。

15 日，〈不是說說就算了——唐德剛談「文學與口述歷史」〉以筆名「李瑞」發表於《中國時報・人間副刊》8 版。

17 日，〈文學裡看長城——逯耀東演講壓軸　文學獎圓滿閉幕〉以筆名「李瑞」發表於《中國時報・人間副刊》8 版。

10 月　5〜6 日，〈一場文史的對決——第七屆時報文學獎散文決審〉以筆名「李瑞」記錄整理於《中國時報・人間副刊》8 版。

24 日，〈左手的繆思與永恆拔河——側寫本年度吳三連文藝獎散文得主余光中〉以筆名「李瑞」發表於《中國時

報‧人間副刊》8 版。

12 月　30〜31 日，〈一九八四年三月〉連載於《自立晚報‧副刊》10 版。

1985 年　1 月　26 日，〈永定三傑漸凋零——追念日列大伯及他們的時代〉發表於《中國時報‧人間副刊》8 版。

3 月　4 日，〈油菜花與炊煙〉發表於《中國時報‧人間副刊》8 版。

4 月　4 日，〈戴國煇殷殷話「傷痕」〉以筆名「李瑞」發表於《中國時報‧人間副刊》8 版。

6 月　9 日，〈行走的樹——席慕蓉和她的畫〉發表於《中國時報‧人間副刊》8 版。

8 月　29 日，〈群星會‧唱老歌〉以筆名「李瑞」發表於《中國時報‧人間副刊》8 版。

10 月　6〜7 日，〈面對同質化的危機——第八屆時報文學獎散文決審會議紀實〉以筆名「李瑞」記錄整理於《中國時報‧人間副刊》8 版。

1986 年　3 月　1〜2 日，〈柯錫杰搜巡在中國的邊陲上〉連載於《中國時報‧人間副刊》8 版。

18 日，〈冬冬的假期〉以筆名「李瑞」發表於《中國時報‧人間副刊》8 版。

21 日，〈沒有月亮的晚上——冬冬從黑色噩夢走向黑色幽默〉以筆名「李瑞」發表於《中國時報‧人間副刊》8 版。

28 日，〈遇羅錦——從冬天走向春天〉以筆名「李瑞」發表於《中國時報‧人間副刊》8 版。

8 月　10 日，〈望海的人——馬漢茂與中國當代文學〉以筆名「李瑞」發表於《中國時報‧人間副刊》8 版。

13 日,〈中文的新危機?——余光中談中文西化〉以筆名「李瑞」發表於《中國時報‧人間副刊》8 版。

9 月　16 日,〈誰解其中味——逯耀東演講紅樓夢食譜〉以筆名「李瑞」發表於《中國時報‧人間副刊》8 版。

10 月　3〜4 日,〈徘徊在寫實與魔幻之間——第九屆時報文學獎小說類決審會議紀實〉以筆名「李瑞」記錄整理於《中國時報‧人間副刊》8 版。

11 月　19 日,〈傾斜大峽谷〉發表於《中國時報‧人間副刊》8 版。

20 日,〈古典頭腦　浪漫心腸——訪談梁實秋先生〉發表於《中國時報‧人間副刊》8 版。

30 日,〈穿過深秋的詩意——第九屆時報文學獎贈獎典禮紀實〉以筆名「李瑞」發表於《中國時報‧人間副刊》8 版。

12 月　19 日,〈在交會的時光裡——劉紹銘、葛浩文聚談近代中國文學〉以筆名「李瑞」發表於《中國時報‧人間副刊》8 版。

1987 年　1 月　7 日,〈仁者壽——賀梁實秋教授八十六歲生日〉以筆名「李瑞」發表於《中國時報‧人間副刊》8 版。

11 日,〈好書一起讀　《中國近代散文選》〉發表於《中國時報‧人間副刊》8 版。

3 月　6 日,〈流浪藝術家馬建〉以筆名「李瑞」發表於《中國時報‧人間副刊》8 版。

5 月　6 日,〈告別是再見的開始——談「十年來的文學」〉以筆名「李瑞」記錄整理於《中國時報‧人間副刊》8 版。

主編短篇小說集《七十五年短篇小說選》,由臺北爾雅出版社出版。

	7 月	23 日,〈走廊外的院子〉發表於《中國時報・人間副刊》8 版。
		《攝氏 20—25 度》由臺北爾雅出版社出版。
	8 月	7 日,〈文學是一種宗教〉以筆名「李瑞」發表於《中國時報・人間副刊》8 版。
		14 日,〈站在冷靜的高處——與蕭颯談生活與寫作〉發表於《中國時報・人間副刊》8 版。
	10 月	3～4 日,〈現實與歷史的糾結〉以筆名「李瑞」發表於《中國時報・人間副刊》8 版。
	12 月	14 日,〈長話短說十則〉發表於《中國時報・人間副刊》8 版。
1988 年	1 月	3 日,出任《中國時報》副刊組主任,兼《中國時報・人間副刊》主編。
	6 月	13 日,〈遙遠的樹——懷念離開「人間」一年的朋友王志明〉發表於《中國時報・人間副刊》18 版。
	7 月	主編短篇小說集《七十六年短篇小說選》,由臺北爾雅出版社出版。
	8 月	赴美出席愛荷華大學「國際寫作計畫」,至 11 月底歸國。
	9 月	24～25 日,〈鏡子與夢的交談〉連載於《中國時報・人間副刊》18 版。
	10 月	10 日,出席於芝加哥大學東亞研究中心舉辦的「臺灣海峽兩岸作家交換經驗座談會」,與會者尚有李歐梵、北島、蕭颯、白樺。
		14～15 日,〈文學的聯合國——十位各國作家學者看諾貝爾文學獎〉連載於《中國時報・人間副刊》18 版。
1989 年	6 月	6 日,〈火線上的見證者——我的記者朋友徐宗懋〉發表於《中國時報・人間副刊》23 版。

	10 月	20〜22 日,〈20 世紀出生的女性作家與諾貝爾無緣?──兼介以前獲獎的六位女性作家〉連載於《中國時報‧人間副刊》27 版。
1990 年	9 月	28 日,〈閱讀《四十歲的心情》的心情〉發表於《中國時報‧人間副刊》31 版。
1991 年	1 月	5 日,〈紅塵滾過生命──三毛太累了〉發表於《中國時報‧人間副刊》27 版。
	5 月	26 日,〈蝴蝶座位〉發表於《中國時報‧人間副刊》27 版。
	6 月	17 日,〈二十塊的命運〉發表於《中國時報‧人間副刊》27 版。
		28 日,〈雙週好書榜　《艷歌》〉發表於《中國時報‧開卷評論》30 版。
	8 月	12 日,〈白與黑──側記一九九一‧七月十七烏蘭巴托及其他〉發表於《中國時報‧人間副刊》27 版。
	9 月	20 日,〈雙週好書榜　《浮世》〉發表於《中國時報‧開卷評論》36 版。
1992 年	1 月	31 日,〈雙週好書榜　《黃昏過客》〉發表於《中國時報‧開卷評論》26 版。
1993 年	12 月	短篇小說集《季季集》由臺北前衛出版社出版,林瑞明主編。
1994 年	3 月	27 日,〈浪漫詩人嘟嘟〉發表於《中國時報‧人間副刊》39 版。
1996 年	1 月	傳記《我的姊姊張愛玲》由臺北時報文化出版公司出版。(張子靜提供資料)
1997 年	7 月	18 日,〈伊的湖──一個夢的開始和結束〉發表於《中國時報‧人間副刊》27 版。

8月　〈送牢飯的日子——名伶顧正秋的故事〉連載於《聯合文學》第 154～155 期，至 9 月止。

10月　傳記《休戀逝水——顧正秋回憶錄》由臺北時報文化出版公司出版。（顧正秋提供資料）

12月　〈顧正秋的武戲情結〉發表於《國魂》第 625 期。

1998年　3月　24 日，〈懷念朱西甯先生——韭菜盒子的香味〉發表於《中國時報・人間副刊》37 版。

2001年　8月　4 日，出席於女書店舉辦的《日據以來臺灣女作家小說選讀》（邱貴芬主編）新書發表會，與會者有范銘如、邱貴芬、李元貞等。

2003年　4月　2 日，〈阿嬤舞姬——李彩娥的點點滴滴〉發表於《中國時報・人間副刊》39 版。

　　　　　　7～9 日，短篇小說〈鳥與蜂的對唱〉連載於《聯合報・副刊》E7 版。

　　　　　　10 日，〈聽聞張愛玲在南京〉發表於《中國時報・人間副刊》E7 版。

　　　　5月　21 日，〈我的白流蘇〉發表於《中國時報・人間副刊》E7 版。

　　　　10月　9～10 日，〈一代青衣祭酒——顧正秋的八個傳奇〉連載於《中央日報・副刊》17 版。

　　　　　　18 日，〈恍惚的五分鐘——寫給春明與美音〉發表於《自由時報・副刊》45 版。

2004年　1月　7 日，〈憶寫西螺大橋五十年〉發表於《聯合報・副刊》E7 版。

　　　　3月　1 日，〈兩個月亮，在海邊〉發表於《聯合報・副刊》E7 版。

　　　　4月　7 日，〈我家和平鴿〉發表於《自由時報・副刊》47 版。

〈鴛鴦潭已經沒有了〉發表於《印刻文學生活誌》第 8
期。

5月　26 日,〈衡陽路十五號〉發表於《中國時報‧人間副刊》
E7 版,「三少四壯集」專欄。

6月　2 日,〈妳需要什麼禮物?〉發表於《中國時報‧人間副
刊》E7 版,「三少四壯集」專欄。

9 日,〈文星和明星〉發表於《中國時報‧人間副刊》E7
版,「三少四壯集」專欄

16 日,〈葉老妙言〉發表於《中國時報‧人間副刊》E7
版,「三少四壯集」專欄。

23 日,〈什麼是作家的財富?〉發表於《中國時報‧人間
副刊》E7 版,「三少四壯集」專欄。

30 日,〈林先生罵我的那句話〉發表於《中國時報‧人間
副刊》E7 版,「三少四壯集」專欄。

〈金山青年活動中心〉發表於《文訊》專題「少年十五二
十時」,第 224 期。

7月　8 日,〈楊逵的資生花園〉發表於《中國時報‧人間副
刊》E7 版,「三少四壯集」專欄。

14 日,〈聶華苓嗑瓜子〉發表於《中國時報‧人間副刊》
E7 版,「三少四壯集」專欄。

18 日,〈簡筆速寫　文化耆老──《比我老的老頭》〉發
表於《中國時報‧開卷》E2 版。

21 日,〈北島賣畫〉發表於《中國時報‧人間副刊》E7
版,「三少四壯集」專欄。

28 日,〈梁實秋與孫立人看戲〉發表於《中國時報‧人間
副刊》E7 版,「三少四壯集」專欄。

〈革命咖啡‧文學蛋炒飯〉發表於《聯合文學》第 237

期。

8月　4 日，〈慈悲的與悲涼的，夢想〉發表於《中國時報・人間副刊》E7 版，「三少四壯集」專欄。

11 日，〈韓菁清的未竟之夢〉發表於《中國時報・人間副刊》E7 版，「三少四壯集」專欄。

18 日，〈梁實秋的遺物與遺事〉發表於《中國時報・人間副刊》E7 版，「三少四壯集」專欄。

25 日，〈文夏的鄉愁〉發表於《中國時報・人間副刊》E7 版，「三少四壯集」專欄。

9月　1 日，〈謝冰瑩逛四馬路〉發表於《中國時報・人間副刊》E7 版，「三少四壯集」專欄。

8 日，〈星吟・晚蟬・寶斗里〉發表於《中國時報・人間副刊》E7 版，「三少四壯集」專欄。

15 日，〈允芃・琴手・南戈壁〉發表於《中國時報・人間副刊》E7 版，「三少四壯集」專欄。

22 日，〈林懷民的陳映真〉發表於《中國時報・人間副刊》E7 版，「三少四壯集」專欄。

29 日，〈陳映真・阿肥・在高處〉發表於《中國時報・人間副刊》E7 版，「三少四壯集」專欄。

10月　6 日，〈大貝湖夜話〉發表於《中國時報・人間副刊》E7 版，「三少四壯集」專欄。

13 日，〈蘇曉康密使〉發表於《中國時報・人間副刊》E7 版，「三少四壯集」專欄。

20 日，〈「建國同齡人」，臺灣製造〉發表於《中國時報・人間副刊》E7 版，「三少四壯集」專欄。

27 日，〈《河殤》之傷〉發表於《中國時報・人間副刊》E7 版，「三少四壯集」專欄。

11 月　3 日，〈李銳・蔣韻・寫作上班族〉發表於《中國時報・人間副刊》E7 版，「三少四壯集」專欄。

17 日，〈紫痕・冬哥・之生〉發表於《中國時報・人間副刊》E7 版，「三少四壯集」專欄。

24 日，〈鄭義・老井・五臺山〉發表於《中國時報・人間副刊》E7 版，「三少四壯集」專欄。

12 月　8 日，〈拉斯維加斯的書桌〉發表於《中國時報・人間副刊》E7 版，「三少四壯集」專欄。

15 日，〈夫妻逃亡寫作連續劇〉發表於《中國時報・人間副刊》E7 版，「三少四壯集」專欄。

22 日，〈書寫吃人的滋味〉發表於《中國時報・人間副刊》E7 版，「三少四壯集」專欄。

29 日，〈提著《神樹》流亡〉發表於《中國時報・人間副刊》E7 版，「三少四壯集」專欄。

2005 年　1 月　5 日，〈往事能否如煙〉發表於《中國時報・人間副刊》E7 版，「三少四壯集」專欄。

12 日，〈胡風與楊逵的鏡子〉發表於《中國時報・人間副刊》E7 版，「三少四壯集」專欄。

19 日，〈往事怎能如煙〉發表於《中國時報・人間副刊》E7 版，「三少四壯集」專欄。

26 日，〈兩個女人筆下的一個男人〉發表於《中國時報・人間副刊》E7 版，「三少四壯集」專欄。

〈三輪車，跑得快〉發表於《文訊》專題「親情圖：作家用照片說故事」，第 235 期。

2 月　2 日，〈兩個女人筆下的一個女人〉發表於《中國時報・人間副刊》E7 版，「三少四壯集」專欄。

9 日，〈虛無的筆名〉發表於《中國時報・人間副刊》E7

版，「三少四壯集」專欄。

16 日，〈錢家圓〉發表於《中國時報・人間副刊》E7
版，「三少四壯集」專欄。

23 日，〈九五楊絳〉發表於《中國時報・人間副刊》E7
版，「三少四壯集」專欄。

自時報文化出版公司退休。

3月　2 日，〈閱讀呂赫若長篇〉發表於《中國時報・人間副
刊》E7 版，「三少四壯集」專欄。

8 日，以〈鷺鷥潭已經沒有了〉榮獲九十三年度九歌散文
獎。

9 日，〈《呂赫若日記》的留白〉發表於《中國時報・人間
副刊》E7 版，「三少四壯集」專欄。

16 日，〈黃春明九彎十八拐〉發表於《中國時報・人間副
刊》E7 版，「三少四壯集」專欄。

23 日，〈皇冠牛肉麵〉發表於《中國時報・人間副刊》E7
版，「三少四壯集」專欄。

27 日，〈女性視角的鄉愁之歌──《那麼多的草葉哪裡去
了？》〉發表於《中國時報・開卷》B2 版。

30 日，〈張愛玲的海明威〉發表於《中國時報・人間副
刊》E7 版，「三少四壯集」專欄。

4月　6 日，〈唐文標的張愛玲〉發表於《中國時報・人間副
刊》E7 版，「三少四壯集」專欄。

13 日，〈張子靜的張愛玲〉發表於《中國時報・人間副
刊》E7 版，「三少四壯集」專欄。

20 日，〈黃凡問的那句話〉發表於《中國時報・人間副
刊》E7 版，「三少四壯集」專欄。

27 日，〈朱家媽媽劉慕沙〉發表於《中國時報・人間副

刊》E7 版,「三少四壯集」專欄。

5 月　4 日,〈捷運裡的《荒人手記》〉發表於《中國時報・人間
　　　副刊》E7 版,「三少四壯集」專欄。

　　　11 日,〈金門人黃東平的「僑歌」三部曲〉發表於《中國
　　　時報・人間副刊》E7 版,「三少四壯集」專欄。

　　　18 日,〈吳濁流・鬼鬼・再見〉發表於《中國時報・人間
　　　副刊》E7 版,「三少四壯集」專欄。

6 月　1 日,〈一艘雙身船,偵探多少事——我看《鏡中爹》〉發
　　　表於《中央日報・副刊》17 版。

7 月　2 日,〈舞過大浪,蔡瑞月安息〉發表於《聯合報・副
　　　刊》E7 版。

　　　〈蔡瑞月,真的睡了〉發表於《表演藝術》第 151 期。

9 月　〈搖獎機・賽馬・天才夢:九月的文學獎故事〉發表於
　　　《印刻文學生活誌》第 25 期,「行走的樹」專欄。

　　　《寫給你的故事》由臺北印刻出版公司出版。

10 月　1 日,出任《印刻文學生活誌》編輯總監。

　　　5 日,出席於明星咖啡館舉辦的《寫給你的故事》新書發
　　　表會,與林懷民、簡錦錐對談。

　　　18 日,〈巴金的最痛　終於解脫了〉發表於《中國時報・
　　　焦點新聞》A7 版。

　　　〈大盆吃肉飯碗喝酒的時代:追憶一個劫後餘生的故事〉
　　　發表於《印刻文學生活誌》第 26 期,「行走的樹」專欄。

11 月　〈朱家餐廳俱樂部〉發表於《印刻文學生活誌》第 27
　　　期,「行走的樹」專欄。

12 月　3 日,出席於國立臺灣文學館舉辦的「週末文學對談」,
　　　與隱地對談「我們的六〇年代——兼及年度文選與編輯生
　　　涯」。

6 日，〈人血不是胭脂——哀思劉賓雁先生〉發表於《中國時報・文化藝術》D8 版。

〈音樂派與左派的變奏：阿肥家的客廳〉連載於《印刻文學生活誌》第 28～30 期，「行走的樹」專欄，至隔年 2 月止。

2006 年	3 月	〈烤小牛之夜〉發表於《印刻文學生活誌》第 31 期，「行走的樹」專欄。
	4 月	1 日，〈高空中的政變〉發表於《鹽分地帶文學》第 3 期。

19 日，〈寫在右腿上的字〉發表於《中國時報・人間副刊》E7 版。

〈我的再生母親：走進林海音的第一個客廳〉連載於《印刻文學生活誌》第 32～33 期，「行走的樹」專欄，至 5 月止。

6 月　〈我家的文化革命〉發表於《印刻文學生活誌》第 34 期，「行走的樹」專欄。

7 月　〈暗夜之刀與《夥計》年代〉發表於《印刻文學生活誌》第 35 期，「行走的樹」專欄。

8 月　2 日，〈西螺追想曲〉發表於《中國時報・人間副刊》E7 版。

〈失蹤的《何索》與臺灣何索〉發表於《印刻文學生活誌》第 36 期，「行走的樹」專欄。

9 月　〈暗匣裡的答案〉發表於《印刻文學生活誌》第 37 期，「行走的樹」專欄。

11 月　《行走的樹——向傷痕告別》由臺北印刻出版公司出版。

2007 年　1 月　14 日，〈轉生與往生——文學獎頒獎典禮二則〉發表於《中國時報・人間副刊》E7 版。

2 月　5 日，〈發現張菱舲〉發表於《自由時報・副刊》E5 版。

7 月　傳記《奇緣此生顧正秋》由臺北時報文化出版公司出版。

11 月　24 日，出席中華民國筆會與中國文藝協會於文藝協會藝
文中心舉辦的「文學沙龍：臺灣的女性書寫──世代交
替，百樣風貌」，與會者有陳若曦、林黛嫚、張曉風。

28 日，〈在這裡，在那裡！──走訪噶瑪蘭公主的愛人〉
發表於《中國時報・人間副刊》E7 版。

本年　卸任《印刻文學生活誌》編輯總監。

2008 年　1 月　〈半指美人〉發表於《印刻文學生活誌》第 53 期。

2 月　19 日，〈中斷的戲碼〉發表於《聯合報・副刊》E3 版。

〈李新輝〉發表於《印刻文學生活誌》第 54 期。

3 月　〈兩個六月六日〉發表於《印刻文學生活誌》第 55 期。

4 月　9 日，〈馬英九的紅包〉發表於《中國時報・人間副刊》
E7 版。

〈海水天頂來〉發表於《印刻文學生活誌》第 56 期。

5 月　1～2 日，〈舒暢的眼睛──重讀《院中故事》之回想〉連
載於《聯合報・副刊》E3 版。

29 日，〈遇到賴志穎〉發表於《自由時報・副刊》D13
版。

〈芳田的路〉發表於《印刻文學生活誌》第 57 期。

6 月　〈雲霞盛宴〉發表於《印刻文學生活誌》第 58 期。

7 月　〈牛屎糊與金雞公〉發表於《印刻文學生活誌》第 59
期。

《我的湖》由臺北印刻文學生活雜誌出版公司出版。

8 月　19 日，〈我的湖〉發表於《自由時報・副刊》D13 版。

〈水底寮的楊桃樹〉發表於《印刻文學生活誌》第 60
期。

9 月　11 日，於臺北誠品信義店與胡淑雯對談「白色恐怖與文學書寫」。

〈辣椒水劇場〉發表於《印刻文學生活誌》第 61 期。

10 月　6 日，〈大眾池〉發表於《自由時報・副刊》D13 版。

9 日，〈薄暮之歌〉發表於《自由時報・副刊》D13 版。

13 日，〈假象與幻影〉發表於《自由時報・副刊》D13 版。

20 日，〈E 的宿命〉發表於《自由時報・副刊》D13 版。

27 日，〈哭嚎的父親〉發表於《自由時報・副刊》D13 版。

〈光輝的十月〉發表於《印刻文學生活誌》第 62 期。

11 月　3 日，〈耳朵之開關〉發表於《自由時報・副刊》D13 版。

13 日，〈馬車回來的時候〉發表於《自由時報・副刊》D13 版。

17 日，〈神聖的寶物〉發表於《自由時報・副刊》D13 版。

〈裸奔〉發表於《印刻文學生活誌》第 63 期。

12 月　9〜11 日，〈辭別〉連載於《中國時報・人間副刊》E4 版。

13 日，〈甘蔗雞之味〉發表於《中國時報・人間副刊》E4 版。

2009 年　2 月　23 日，〈袁老師的祕密〉發表於《聯合報・副刊》E3 版。

3 月　2 日，〈摸索與發現　耽溺與覺醒——側觀 2008 年度小說〉發表於《自由時報・副刊》D13 版。

9〜10 日，〈三叉路的交結與分離——告別葉老之懷想〉

連載於《中國時報・人間副刊》E4 版。

28 日，於雲林螺陽文教基金會導讀「文學地景」，並於講座後主持「戶外導覽」活動。。

4 月　23～24 日，〈張愛玲為什麼要銷毀《小團圓》？〉連載於《中國時報・人間副刊》E4 版。

28 日，〈城之基〉發表於《自由時報・副刊》D13 版。

5 月　7 日，〈縱橫人間的浪漫兒〉發表於《中國時報・人間副刊》E4 版。

7 月　〈漸層與切片〉發表於《文訊》專題「回顧關鍵年代：1949 文化事件簿（上）」，第 285 期。

8 月　10～11 日，〈一來生機動──「當代中國小說大展」與「人間雅集」之懷想〉連載於《中國時報・人間副刊》E4 版。

〈聽說林先生去買鼓〉發表於《印刻文學生活誌》第 72 期。

2010 年　7 月　16 日，〈送別商禽三章〉發表於《中國時報・人間副刊》E4 版。

8 月　〈新鄉土的本體與偽鄉土的弔詭〉發表於《文訊》專題「浪潮湧進　長流不盡──臺灣文壇新人錄（三）」，第 298 期。

9 月　17 日，〈冥誕還沒到，忌日已過去──張愛玲的生死日之謎〉發表於《中國時報・人間副刊》E4 版。

12 月　5 日，〈你們國家的作家都是這麼富有嗎？──關於尤薩首次訪臺前後的一些雜憶〉發表於《聯合報・副刊》D3 版。

2011 年　1 月　28 日，出席文訊雜誌社於臺北紀州庵文學森林舉辦的「世界之心：從參與愛荷華國際寫作計畫談起」講座，與

會者尚有吳晟、尉天驄、楊青矗。

3 月　8 日，〈平凡又如金石的信念〉發表於《聯合報・副刊》D3 版。

30～31 日，〈用微笑洗刷傷口　用喧嘩保持冷靜——素描楚戈，送別「袁寶」〉連載於《中國時報・人間副刊》E4 版。

4 月　〈從山林狩獵者到城市狩獵者——評里慕伊・阿紀《山櫻花的故鄉》〉發表於《文訊》第 306 期。

6 月　21 日，〈祝福「背面」的身影〉發表於《聯合報・副刊》D3 版。

〈「韓寒現象」在臺灣——從《他的國》到《1988——我想和這個世界談談》〉發表於《文訊》第 308 期。

8 月　25 日，於臺北金車文藝中心演講「回頭張望——我的散文學習與書寫」。

〈父子檔演異，孫行者說書——評張萬康《道濟群生錄》〉發表於《文訊》第 310 期。

10 月　〈唱得太忘情的老歌——評鍾文音《傷歌行》〉發表於《文訊》第 312 期。

11 月　2 日，〈多重意象的撼人書寫〉發表於《中國時報・人間副刊》E4 版。

〈當「臺灣老頭」遇到大陸「小紅」——評介蔣曉雲《桃花井》〉發表於《文訊》第 314 期。

12 月　26 日，〈不要臉的人之告白〉發表於《中國時報・人間副刊》E4 版。

2012 年　2 月　25 日，〈那些輕輕翻過的冊頁如此沉重〉發表於《聯合報・副刊》D3 版。

〈從廢墟中雕出的《臺北人》變體——評介胡淑雯《太陽

的血是黑的》〉發表於《文訊》第 316 期。

5 月　3 日，於雲林科技大學演講「小說寫作的技巧與想像」。

6 月　2 日，〈從肉體深處追索生命密碼的詭異旅程──蘇曉康以《寂寞的德拉瓦灣》再出發〉發表於《聯合報・副刊》D3 版。

7 月　14 日，〈「瘦」與「酷」的絕配〉發表於《聯合報・副刊》D3 版。

10 月　13 日，〈不要審判自己的親兄弟──祝福莫言得獎〉發表於《聯合報・副刊》D3 版。

14 日，出席臺灣民間與和解促進會於明星咖啡館舉辦的「幽暗土層中的禁錮與呼吸──家族視角下的白色恐怖文學」座談活動，與雷驤、胡淑雯對談。

12 月　20 日，〈我的七七事變〉發表於《中國時報・人間副刊》E4 版。

27 日，〈奇異果與胡椒的融合〉發表於《聯合報・副刊》D3 版。

30 日，〈冬山河卷軸之隨想〉發表於《自由時報・副刊》D8 版。

2013 年　4 月　4 日，〈三月十日記事──懷想秀麗兼致焦桐〉發表於《中國時報・人間副刊》E4 版。

6 月　8 日，出席文訊雜誌社於臺北誠品敦南店舉辦的「臺北文學季──我們的兩岸文學因緣」講座，與尉天驄、蘇曉康對談。

9 日，出席文訊雜誌社於臺北國際藝術村幽竹廳舉辦的「臺北文學季──大陸的八〇年代文化熱」講座，與蘇曉康對談。

21 日，出席臺積電文教基金會於臺北故事館舉辦的「繆

思的星期五　文學沙龍」，與蘇曉康朗讀；陳芳明主持。

2014 年　9 月　14 日，〈陳列割草〉發表於《聯合報・副刊》D3 版。

2015 年　1 月　5 日，〈灰衣婦人來訪之後的一些事──關於歐陽子的小說為什麼那麼少〉發表於《中國時報・人間副刊》D4 版。

6 月　24～25 日，〈宏遠的中音──「大頭」陳映真〉連載於《中國時報・人間副刊》D4 版。

7 月　2 日，〈地球上真的有一種會行走的樹〉發表於《聯合報・副刊》D3 版。

〈年度小說推手與「我想──」〉發表於《文訊》專題「爾雅不惑，文學無限」，第 357 期。

《行走的樹──追懷我與「民主臺灣聯盟」案的時代（增訂版）》由臺北印刻文學生活雜誌出版公司出版。

11 月　6 日，出席文訊雜誌社於臺北紀州庵文學森林舉辦的「我們的文學夢」系列講座，演講「老虎之女與《行走的樹》」。紀錄文章〈老虎之女與行走的樹〉刊載於 12 月《文訊》第 362 期。

本年　《行走的樹》由王小棣導演、編劇，改編為臺視「閱讀時光」同名系列短片。

2016 年　1 月　8 日，出席臺北教育大學臺灣文化研究所於該校至善樓國際會議廳舉辦的「人權文學講堂系列講座」，演講「從《行走的樹》追懷我與『民主臺灣聯盟』案的時代」。

2 月　3～4 日，〈1964 年初夏及其他──兼賀聶阿姨 93 誕辰〉連載於《中國時報・人間副刊》D4 版。

29 日，〈花落葉猶青──追索晚蟬書店與陳星吟傳奇〉連載於《中國時報・人間副刊》D4 版，至 3 月 2 日止。

3 月　4 日，〈那些非做不可的事〉發表於《聯合報・副刊》D3

版。

7 月　25～28 日，〈楊絳小書桌與〈車過古戰場〉〉連載於《中國時報‧人間副刊》D4 版。

8 月　5 日，〈顧正秋的骨氣〉發表於《中國時報‧人間副刊》D4 版。

9 月　19 日，〈一個作家的告別式之懷想──9 月 6 日羅生門〉發表於《中國時報‧人間副刊》D4 版。

10 月　27 日，〈妳是什麼顏色的作家？〉發表於《聯合報‧副刊》D3 版。

12 月　1 日，〈回首陳映真的歷史現場〉發表於《中國時報‧人間副刊》D4 版。

2017 年　1 月　14 日，〈不止是路過──陳柏言《夕瀑雨》之前後〉發表於《聯合報‧副刊》D3 版。

2 月　6～7 日，〈悽慘的，無言的，嘴──再回首陳映真的歷史現場〉連載於《中國時報‧人間副刊》C4 版。

〈陳映真──昂然跨過一個時代的風雷〉發表於《印刻文學生活誌》第 162 期。

3 月　20 日，〈怒馬來訪前後的兩件事〉發表於《自由時報‧副刊》D7 版。

5 月　2 日，〈頭上的白色恐怖〉發表於《聯合報‧副刊》D3 版；〈我的母校「省立虎尾女中」〉發表於《自由時報‧副刊》D9 版。

9 月　〈非典型回憶錄〉發表於《鹽分地帶文學》第 70 期。[1]

11 月　21 日，〈閱讀永定與永定閱讀〉發表於《聯合報‧副刊》D3 版。

---

[1]編案：「黃昏帖──非典型回憶錄」系列專欄文章皆先發表於《鹽分地帶文學》，經作者增補後再發表於《中國時報‧人間副刊》。

12 月　21 日，〈向前看，向後望──余光中先生的三幅畫像〉發表於《中國時報‧人間副刊》C4 版。

2018 年　1 月　8～10 日，〈黃昏帖──非典型回憶錄　我的復活儀式〉連載於《中國時報‧人間副刊》C4 版。

11 日，〈殷太太的晚宴〉發表於《聯合報‧副刊》D3 版。

〈黃昏帖──非典型回憶錄 2　一日之始，雜菜滋味〉發表於《鹽分地帶文學》第 72 期。

3 月　12～14 日，〈黃昏帖──非典型回憶錄　一日之始，雜菜滋味〉連載於《中國時報‧人間副刊》C4 版。

5 月　〈黃昏帖──非典型回憶錄 3　戰爭尾巴，心靈修補〉發表於《鹽分地帶文學》第 74 期。

6 月　18 日，〈聽葉老的話──寫作者與文學獎〉發表於《中國時報‧人間副刊》C4 版。

9 月　〈黃昏帖──非典型回憶錄 4　七月普渡，肉身修補〉發表於《鹽分地帶文學》第 76 期。

2019 年　1 月　〈黃昏帖──非典型回憶錄 5　無笑者與狂笑者〉發表於《鹽分地帶文學》第 78 期。

2 月　21 日，〈孤鷹飛過高空──李維菁《有型的豬小姐》及其他〉發表於《中國時報‧人間副刊》C4 版。

3 月　11 日，〈摸索與留白──評〈迷漾時光〉〉發表於《中國時報‧人間副刊》C4 版。

4 月　12 日，〈情感與感情有什麼不同？〉發表於《聯合報‧副刊》D3 版。

22 日，〈我與吳昊的〈樹〉緣〉發表於《中國時報‧人間副刊》C4 版。

23 日，出席虎尾科大通識中心於虎尾厝沙龍舉辦的「閱

　　　　讀——文學家的早餐」講座，與王厚森對談。

5 月　6～7 日，〈黃昏帖——非典型回憶錄　七月普渡，肉身修
　　　　補〉連載於《中國時報‧人間副刊》C4 版。
　　　　〈黃昏帖——非典型回憶錄 6　文旦與鐵馬的輪轉〉發表
　　　　於《鹽分地帶文學》第 80 期。

8 月　5 日，〈穿過那半個世紀（上）〉發表於《聯合報‧副刊》
　　　　D3 版（與陳雨航對談）。
　　　　6 日，〈四十前後二三事（下）〉發表於《聯合報‧副刊》
　　　　D3 版（與陳雨航對談）。
　　　　30 日，出席臺積電文教基金會於孫運璿紀念館舉辦的
　　　　「臺積電文學沙龍　穿過半世紀的朗讀會」，與陳雨航朗
　　　　讀；楊澤主持。
　　　　〈走過那條長巷〉發表於《皇冠》第 786 期，「平鑫濤紀
　　　　念特輯」。

參考資料：

‧方美芬編；季季增訂，〈季季生平寫作年表〉，《季季集》，臺北：前衛出版社，1993
　年 12 月，頁 389～395。
‧高敏軒，〈季季小說研究〉，中山大學中國文學系碩士論文，2005 年。
‧李麗敏，〈季季及其作品研究〉，政治大學中國文學系碩士論文，2006 年。

輯三◎
研究綜述

臺灣文學史上的季季

◎蘇敏逸

　　季季自 1964 年以 20 歲的青春之齡登上文壇，迄今已在臺灣文學界辛勤耕耘超過半個世紀。隨著生命經歷與生活狀態的變化，工作重心也在小說、散文創作與編輯工作之間遊走，不論是在文學創作或編輯事務方面都有重要的貢獻，而她的創作經歷既與臺灣戰後的文學發展相互呼應，又有其獨特的生命色彩。

一、季季的文學活動與創作歷程

　　季季本名李瑞月，1944 年出生於雲林縣二崙鄉永定村。季季在虎尾女中讀書期間即展現高度的文學愛好與創作天賦，寫出為數不少的新詩、小說和散文，發表在學生刊物與地方刊物上。1963 年高中畢業，因大學聯招考試日期與救國團文藝寫作研究隊營期重疊而選擇放棄參加聯考，由此選擇可見少女季季強烈的文學熱情與性格上的果決勇敢。救國團文藝寫作研究隊結訓時，季季以〈兩朵隔牆花〉獲得小說創作組首獎。1964 年，季季隻身北上，在永和租屋，開啟她的專業寫作生涯。這一年她相繼發表了十篇小說，並與高陽、魏子雲、聶華苓、朱西甯、司馬中原、段彩華、司馬桑敦、馮馮、瓊瑤、琦君、華嚴等前輩知名作家同時被皇冠出版社選定簽約為第一批「皇冠基本作家」，同時也是唯一的年輕的本省籍作家，成為臺灣文壇閃耀的文學新星。

　　自 1964 年登上文壇起，季季的文學工作大致可以 1977 年為界，分為前、後兩大階段。前段自 1964 年至 1977 年，這個階段是季季的創作高峰

期，她先後出版了《屬於十七歲的》（1966）、《誰是最後的玫瑰》（1968）、《泥人與狗》（1969）、《異鄉之死》（1970）、《月亮的背面》（1973）、《蝶舞》（1976）、《拾玉鐲》（1976）等中短篇小說集，《我不要哭》（1970）、《我的故事》（1975）等兩部長篇小說以及散文集《夜歌》（1976），辛勤筆耕，成果豐碩。後一個階段自 1977 年底進入《聯合報》副刊組工作，至 2005 年退休，季季的工作重心轉向報社副刊編輯與出版界，曾先後擔任《中國時報・人間副刊》撰述委員、《中國時報》副刊組主任、「人間副刊」主編、《中國時報》主筆、《中國時報周刊》副總編輯、時報出版公司副總編輯等職，並多次擔任年度小說選編選者與時報文學獎得獎作品主編。在忙碌的編輯工作外，這段期間還出版了短篇小說集《誰開生命的玩笑》（1978）、《澀果》（1979），散文集《攝氏 20—25 度》（1987），傳記文學《我的姊姊張愛玲》（與張子靜合著，1996）、《休戀逝水──顧正秋回憶錄》（1997）等。2005 年退休之後，季季擔任《印刻文學生活誌》編輯總監，出版散文集《寫給你的故事》（2005）、《行走的樹》（2006）、《我的湖》（2008），並修改重出顧正秋傳記《奇緣此生顧正秋》（2007）。

　　季季的創作大致分為小說、散文兩大類，小說創作時間較集中在 1960、1970 年代，任職報社編輯後，因工作時間壓縮而轉以寫作散文為主。季季的小說創作與 1960、1970 年代臺灣文學的發展有相互呼應之處。1960 年代是臺灣現代主義文學蓬勃發展的時期，臺大外文系以白先勇、王文興等人為核心所創辦的《現代文學》是當時譯介、評論西方現代主義重要作家與經典作品，並進行臺灣現代主義文學實踐的大本營。季季雖然並未在《現代文學》發表作品，但她在 1960 年代的作品也受此文學潮流的影響，如作家本人所述：

　　　　民國 50 年到 55 年之間，我們很流行看存在主義的小說、存在主義的電影，聽「世界末日」的流行歌曲等，都讓人覺得生命是有點浪漫而無可奈何的東西。當時年輕人的社會、氣氛是這樣，我當然是受影響，這不

是有意模仿，我也生活在那種氣氛裡。所以我表達的就是那樣的東西。[1]

在此時代氛圍影響下，季季 1960 年代的作品也呈現存在主義等現代主義思潮的生命感受與表現形式，包括探問生命的意義，描寫蒼白、空洞、虛無、孤獨的生命狀態，對生命內在景觀的挖掘、意識流的寫作手法等等。

然而，由於季季成長時期的臺灣南部鄉土生活經驗，以及青春時期從鄉土到城市的生活空間位移，使她 1960 年代現代主義風格的小說具有兩點個人獨特的風格。其一，季季的現代主義小說如〈屬於十七歲的〉、〈河裡的香蕉樹〉等篇章因取材自作家學生時代的青春記憶，因此在書寫青春生命的困惑、迷茫，對未知世界的好奇、探索與疑問之時，作品同時展現清新簡潔的筆觸與純樸親切的鄉土人情氣息，具有更為清晰的鄉土社會面貌，而不像多數現代主義作品專注於人物內心景象的描摹，弱化對社會背景的描寫。其二，在以都市為背景的現代主義風格作品，如〈假日與蘋果〉、〈沒有感覺是什麼感覺〉、〈希利的紅燈〉、〈杯底的臉〉、〈尋找一條河〉，以及稍晚的〈群鷹兀自飛〉、〈琴手〉等作品中，季季則常以男女情感為主要內容，並聚焦在女性命運與生命感覺上，摹寫女性在都市尋求生存之道與生命安頓時的孤獨寂寥與徬徨不安，以及男女關係的疏離感與荒涼感。正如范銘如所言，季季「最貼近西方現代主義的都會風格，她筆下的女性角色都是在都市廢墟中奔走、追尋的現代人」。[2]

1970 年代之後，以描寫鄉土為主的寫實主義小說逐漸取代現代主義文學而成為臺灣文壇的主潮，季季的作品也從早年對未知生命的探詢與困惑轉而為對現實社會問題的關懷。如同活躍於 1970 年代的現實主義小說家如王禎和、黃春明等人，季季的作品同樣關注臺灣經濟快速發展過程中的城

---

[1] 王津平、梁景峰、季季，〈解剖季季的神話──季季作品討論的紀錄〉，《臺灣文藝》第 61 期（1978 年 12 月），頁 199。
[2] 范銘如，〈臺灣現代主義女性小說〉，《眾裡尋她──臺灣女性小說縱論》（臺北：麥田出版，2002年），頁 103。

鄉變化與人情面貌,〈寂寞之冬〉、〈拾玉鐲〉、〈雞〉等作品都是其中的佳作。此外,她仍延續 1960 年代對於在都會尋求生存之道的女性命運的關懷與悲憫,並著重於描寫女性的命運宰制與身心痛創,例如《澀果》一書所收錄的「未婚媽媽系列」故事,描寫時代變遷與社會型態轉變的過程中,女性所遭遇的情感婚姻挫折與性別權力問題。

在散文方面,1970、1980 年代出版的《夜歌》與《攝氏 20—25 度》是季季在經歷婚變痛苦、獨立撫養兩個孩子的艱辛與忙碌的工作等各種生活重擔下,靜夜中的內省與獨語。如同季季在《夜歌》後記中所言:「我的夜沒有『睡』也沒有『夢』,我的『夜歌』其實是充滿了我對這人世底質疑和抗辯的;雖然其中也充滿了辛酸、寬容、喜悅與讚美。」[3]季季的「夜歌」是警醒冷靜的,這其中包含婚變後的難言之痛,在面對生命挫折時傾訴個人對寫作與生命的熱愛,有作家對於農村底層人物的觀察、描寫與同情、理解,對於童年、家族往事與鄉土人物的追憶,也有對於韶光飛逝、時代變遷的生命感慨。這些作品既可與季季 1970 年代展現社會關懷的小說合觀,也流露作家面對生命困境時的思索與體悟。

2000 年之後,季季出版的散文集包括《寫給你的故事》、《行走的樹——追懷我與「民主臺灣聯盟」案的時代(增訂版)》、《我的湖》等,這個系列的作品不論篇幅長短,都可見季季企圖通過個人的生命經歷記憶、記錄 1960 年代以來的文壇舊事與社會歷史。其中特別重要的作品是《行走的樹——追懷我與「民主臺灣聯盟」案的時代(增訂版)》,這部作品記錄了季季初到臺北,在文壇嶄露頭角的青春記憶與文壇交誼,以及她與楊蔚的婚戀、婚變故事,並以朱西甯、丘延亮、林海音等人的家庭聚會為核心,輻射出 1960 年代臺灣文學、文化、藝術界的人際網絡,更由此詳述導致陳映真等人入獄的「民主臺灣聯盟案」的前因後果。這部作品可以說是呈現 1960 年代至 1970 年代初,臺北文壇歷史的珍貴資料。

---

[3]季季,〈《夜歌》後記〉,《夜歌》(臺北:爾雅出版社,1976 年),頁 195～196。

二、季季文學研究概述

　　自 1960 年代中期季季在文壇嶄露頭角迄今，已累積豐富的季季相關資料、評論與研究成果，內容大致可分為以下幾類，一是季季初入文壇時的師長、友人如魏子雲、朱西甯、林懷民等人與季季的交誼，以及對季季其人其文的介紹；二是季季與其他作家或文壇、出版界同行的對談；三是文學界與學術界評論者、研究者對季季的訪談；四是季季小說、散文評論、作品整體評價與文學史定位等。

　　這些文章大多以散論方式散落在各文學刊物、研究期刊與評論集中，在眾多的評論成果中，這裡想特別提出兩組研究成果：一組是 1978 年 12 月刊登於《臺灣文藝》第 61 期，由花村（黃春秀）所策畫的「季季作品研究專輯」；一組是臺灣的學位論文對季季作品的討論。

　　《臺灣文藝》中「季季作品研究專輯」的重要性有二：第一，在時間點上，1978 年正是季季從專職寫作轉向報社副刊工作的分界點，而此時，季季從早期現代主義風格轉向現實主義關懷的小說創作發展歷程已基本完成，因此這個研究專輯可以說是對季季創作前一個階段的整體回顧與討論。第二，這個研究專輯包含季季作品的討論紀錄、季季小說論、散文論與對季季生命經歷和性格的描述，從不同角度呈現季季的文學觀與文學風貌。

　　其中，〈解剖季季的神話──季季作品討論的紀錄〉由王津平、梁景峰提出對季季作品閱讀後的疑問與想法，與季季進行對談。由現存紀錄可見當時的討論非常熱烈，內容包括季季的家庭背景、成長經歷、初到臺北的文壇氛圍與生活狀態、與楊蔚離婚後的生命感受等。而在作品方面，兩位討論人都注意到季季的作品具有較廣闊的社會視野，並關注大陸來臺的外省人的精神面貌，季季則回應個人對於現實社會與政治生活的關注，並強調文學創作不應受文藝理論與批評的束縛，作家應忠於自己內心真實的情感和關切。此外，葉石濤的〈季季論〉、彭瑞金〈生命中可以逆流的河〉、

花村〈試析構成季季小說的幾種風格〉與鄭明娳〈談季季散文風格〉等四篇評論分別討論季季的小說與散文。四位評論者中，花村是此專輯的策畫者，時任聖心女中國文教師，對季季作品有相當程度的研究，葉石濤與彭瑞金是著名的作家與文學評論家，葉石濤在 1980 年代後更成為著名的臺灣文學史家，鄭明娳則是學術界現代散文研究的專家，他們四人的評論都成為往後季季研究的重要參考資料。專輯最末是夏祖麗的〈堅強努力的季季〉，以溫柔感性的筆觸描述季季開朗、積極的性情與面對生命挫折時的堅強韌性。

　　除了 1978 年 12 月《臺灣文藝》的「季季作品研究專輯」，2005 年之後，學界湧現一批季季研究的學位論文。有意思的是，2005 年正是季季自時報出版公司退休之際，這些學位論文的出現更為完整地呈現季季四十年來辛勤工作的成果。這些學位論文包含以下七本：

　　1. 高敏軒：〈季季小說研究〉，中山大學中國文學系碩士論文，2005年。

　　2. 李麗敏：〈季季及其作品研究〉，政治大學中國文學系國文教學碩士班碩士論文，2007 年。

　　3. 黃淑娟：〈季季及其七〇年代小說探論〉，嘉義大學中國文學系研究所碩士論文，2008 年。

　　4. 方莊雅：〈季季小說人物研究〉，淡江大學中國文學系碩士論文，2009 年。

　　5. 江秀琴：〈女性‧家族‧地方——季季作品探析〉，中央大學中國文學系碩士在職專班碩士論文，2010 年。

　　6. 黃慧芬：〈七〇年代臺籍女作家鄉土散文研究——以丘秀芷、劉靜娟、謝霜天、季季、白慈飄、心岱為例〉，臺北教育大學臺灣文化研究所碩士論文，2011 年。

　　7. 鍾禎：〈世代、性別、家國——以季季、周芬伶、鍾怡雯散文為例〉，靜宜大學中國文學系碩士論文，2014 年。

　　由於季季的評論與研究成果均為散論，缺少專著，這些學位論文因篇幅較長而得以更為完整地呈現季季文學的整體風貌與創作變化，也能對個別作品進行細緻的文本分析，稍能補足季季研究缺少專著的遺憾。同時，碩士學位論文大多出自年輕讀者之手，既可見季季作品對於年輕讀者的吸引力，也可見年輕世代對於臺灣 1960、1970 年代文學、社會的認識、理解與詮釋。在這些學位論文中，前五本聚焦於季季個人，對季季作品（大多以小說為主）進行整體討論，後兩本則偏重在季季的散文創作，從性別、省籍、鄉土、世代等多重視角標註季季的發言身分與位置，並與其他女作家進行對照、比較，凸顯季季散文的獨特之處。

三、本書選篇概述

　　在兩百多篇的研究文獻中，本書經編選者篩選，再由季季本人增補部分篇章，並經評論者同意授權後，最後選定季季研究篇目共 19 篇。雖然因本書篇幅限制或作者授權意願之故，不免有遺珠之憾，但選篇上仍盡量從不同面向與論述角度出發，力求較為完整、多元地呈現季季研究成果的現況。選文按其內容，大致可分為以下五組。

　　第一組文章聚焦在季季的生命經驗、創作歷程、編輯工作經驗與文學觀等作家生平資料，是認識和研究季季文學的第一手資料。所選篇目包括季季演講內容、陳柏言記錄整理的〈老虎之女與行走的樹〉和季季、隱地對談、陳家慧記錄整理的〈我們的六〇年代——兼及年度文選與編輯生涯〉、魏子雲〈成長中的季季〉、朱西甯〈季季這顆景星〉、林懷民〈表現自我的季季〉、桂文亞〈不停的寫——季季與《我的故事》〉（節錄）等六篇。

　　前兩篇篇幅較長，較為完整地呈現季季的生命軌跡。在〈老虎之女與行走的樹〉中，季季以「老虎」和「樹」兩個鮮活的形象說明自己的生命根源與發展。「老虎」指的是季季肖虎的父親，由父親的品格氣質連結父親對作家生命教育的重要影響；「樹」則呼應《行走的樹》的書名，鋪展作家自 1964 年到臺北後的生命經驗與艱難跋涉，本文詳述作家的家庭背

景、父母性格、文學啟蒙、童年鄉土回憶與求學時期的青春記憶，並藉由
與楊蔚的婚姻說明臺灣文壇著名的「民主臺灣聯盟」案對個人生命的重大
影響。〈我們的六〇年代——兼及年度文選與編輯生涯〉透過季季與文壇
重量級出版人隱地的對談，詳述兩人的文學情誼、兩人記憶中 1960 年代的
臺灣文壇，其中包含季季初到臺北的工作經歷與初登文壇的交誼，並延伸
至季季編選年度小說選的工作經驗與季季的文學觀。在現有研究成果中，
對季季編輯生涯的成就與貢獻方面的探討較少，這篇對談能夠稍微補足這
方面的匱缺。

　　後四篇篇幅較短，都是與季季相熟的文壇前輩、友人對季季的描述。
魏子雲是季季學生時代參加救國團文藝寫作研究隊時的師長，也是讓季季
成為「皇冠基本作家」成員的牽線人與文壇貴人，他為 1976 年出版的《季
季自選集》作序，題為〈成長中的季季〉。在這篇文章中，魏子雲回憶與
季季的相識過程，讚美她即使經歷貧窮、寂寞與感情等各種生活挫折與打
擊，依然保持對寫作的堅定毅力，由此可見季季旺盛持久的文學熱情。文
中並指出季季早期的創作受到沙林傑、海明威等作家啟發，特別關注「現
代青年男女的內心迷失情態」，而自〈寂寞之冬〉、〈拾玉鐲〉等作品之後，
逐漸轉向客觀寫實之作。魏子雲對於季季創作發展的觀察，可與後來文學
史的論述相互呼應。

　　朱西甯與楊蔚是山東益都同鄉，也是季季與楊蔚的證婚人，季季在
《行走的樹》第二章「朱家餐廳俱樂部」中曾詳述了 1964 年冬天隨詩人洛
夫來到朱西甯家之後，與朱家人多年的難忘情誼。[4]作為文學前輩，朱西甯
在〈季季這顆景星〉中以疼惜的口吻詳述季季獨自在臺北開闢文學事業時
所經受飢餓、貧窮、疾病與婚變的艱辛與磨難，又以「景星」的形象讚美
季季柔韌堅強的生命力與在靜默中成長的耐力，並期許她繼續綻放景星般
的光芒。

---

[4]季季，《行走的樹——追懷我與「民主臺灣聯盟」案的時代（增訂版）》（臺北：印刻文學生活雜誌
出版公司，2015 年）第二章，頁 59～72。

　　林懷民是季季高中時期的筆友，兩人都是熱愛文學的文藝青年，是參加救國團文藝寫作研究隊的同學，也是情誼長達半個世紀的好朋友。林懷民的〈表現自我的季季〉寫於 1965 年，是文壇較早介紹季季的文章，文中敘述季季高中時期到初入文壇的生命經歷，並讚美季季具備豐富的想像力、對陌生事物抱持好奇心與大膽嘗試、深入探究的勇氣等文學家的潛質。

　　桂文亞的〈不停的寫——季季與《我的故事》〉一文看似圍繞著季季的長篇小說《我的故事》的對談展開，實則更為廣闊地展現季季的寫作態度與創作觀，因此將此篇放在第一組評論中。本文在桂文亞與季季的對談中，說明《我的故事》的創作與季季個人的婚變痛苦、季季閱讀猶太作家伯納德・瑪拉末的名著《夥計》（或譯《店員》）之後的啟發等等的連結關係，並展現季季強調真誠、將生命經驗沉澱之後加以藝術型塑、傾向平穩持久的情感表達模式等文學觀，以及「不停的寫」的寫作意志與自信。

　　第二組論文將季季的文學創作放置在臺灣文學的發展脈絡中，並給予定位與評價。所選篇目包括陳芳明《臺灣新文學史》一書中的〈臺灣鄉土文學運動中的論戰與批判——季季的意義：鄉土與現代的結合〉一節、范銘如〈臺灣現代主義女性小說〉（節錄）、張雪媃〈讀 1960 年代的季季〉和戴華萱《鄉土的回歸——六、七〇年代臺灣文學走向》一書中的〈進入鄉土的寫實小說——女性鄉土小說——季季〉一節等四篇論文。

　　陳芳明從臺灣文學史的視角出發，認為季季是鄉土文學浪潮中，特別值得注意的作家。她的作品經歷了從現代主義到對雲林故鄉的回眸，雖然處在鄉土文學論戰的硝煙之外，卻在家暴和婚變的痛苦中，於 1970 年代進入創作的巔峰，並展現對臺灣社會現實變化的高度關注。

　　范銘如的〈臺灣現代主義女性小說〉從性別與省籍的視角切入，關注臺灣以白先勇、王文興、七等生、陳映真和王禎和等男性作家為核心的現代主義小說家群體之外的本省籍女性現代主義小說家，包括前期的歐陽子和陳若曦，以及後期的施叔青、李昂和季季。她從臺灣女性小說史的脈

絡，強調這五位女作家的重要性：

> 這五位女作家的崛起，代表本省籍女性菁英正式涉入 1950 年代以降、由
> 大陸來臺新移民主導的女性文壇。她們選擇現代主義技法正適與以寫實
> 主義為宗的外省女作家形成明顯區隔；她們主要由學院文學雜誌發跡的
> 方式又與外省女作家以藝文報章為據點的陣營不同。[5]

　　而在五位女作家中，季季的創作量相當可觀，卻常被評論家所忽略。
范銘如認為季季的特殊之處，在於她「綜合歐陽子的城市及陳若曦的鄉野
歷程，另外開創了有別於施家姊妹的現代主義小說」[6]，她筆下的女主人公
在都市與鄉土間進退失據，遍尋不著生命安頓之所。由於范銘如的論文篇
幅較長，本書僅節錄前言、結論與專論季季的部分。

　　張雪媃的〈讀 1960 年代的季季〉同樣關注季季 1960 年代現代主義時
期的創作，從 1960 年代的時代氛圍與思想主潮切入，綰合季季的情感經歷
與創作中的愛情主題，提出季季 1960 年代現代主義時期的小說創作基調為
「愛情與死亡」、「存在與虛無」。

　　戴華萱的論文則與陳芳明的文學史相互呼應，論述季季的小說創作從
1960 年代現代主義風格轉向 1970 年代現實主義關懷的發展軌跡。她認為
季季 1970 年發表的〈秋霞仔再嫁〉是逐漸擺脫現代主義影響的起點，1974
年的〈拾玉鐲〉是鄉土寫實的代表作，1976 年是創作的豐收年，文中並分
析〈拾玉鐲〉的社會批判與《澀果》對女性生命經驗的關懷，以此展現季
季 1970 年代的社會視野。

　　第三組論文為季季小說創作論，從各種不同的視角討論季季小說創作
的精神、主題與藝術手法。所選篇目為葉石濤〈季季論——臺灣婦女生活
中的「詩與真實」〉、彭瑞金〈生命中可以逆流的河——試論季季的生命

---

[5]范銘如，〈臺灣現代主義女性小說〉，《眾裡尋她——臺灣女性小說縱論》，頁80。
[6]范銘如，〈臺灣現代主義女性小說〉，《眾裡尋她——臺灣女性小說縱論》，頁104。

觀〉、花村〈試析構成季季小說的幾種風貌〉、林瑞明〈尋找一條可以逆流的河——《季季集》序〉、吳錦發〈論季季小說中的男女關係〉等五篇。前三者為前述《臺灣文藝》「季季作品研究專輯」中的重要論文，後兩者為 1993 年前衛出版社所編《臺灣作家全集——季季集》的書序與書末所附評論。

　　葉石濤在〈季季論——臺灣婦女生活中的「詩與真實」〉一文中指出女性作家的創作大多以「家族的人際關係」為起點，擁有獨特的「細膩、幽怨、狹隘」的文學世界，但常局限在日常物質生活中，而較為缺乏廣闊的社會視野與歷史認識。他心目中理想的女性文學，是能突破狹隘的家族人際關係與日常生活，在描述社會歷史的變動中呈現女性解放過程的作品。他總結季季作品在「詩」與「真實」之間擺盪的特性，有些作品極具浪漫特質，但〈寂寞之冬〉、〈拾玉鐲〉等作品卻具備觀察臺灣鄉土社會變遷的獨特視角，是突破大多數女性作家作品局限性的重要潛質與才能。因此葉石濤期許季季能統合作品中浪漫與寫實的兩種特色，從而寫出表現臺灣婦女生活的「詩與真實」的作品。

　　彭瑞金的〈生命中可以逆流的河——試論季季的生命觀〉從季季早期有關愛情、婚姻主題的小說覺察季季的生命觀。他認為季季從經受過戰爭洗禮的異鄉人身上體悟到生命的本質是憂傷的，生命充滿死亡、疾病、饑饉、愛的幻滅等各種苦難，但生而為人，就必須好好地將生命之河延續下去。延續生命是生命的重大責任，也因此她的小說中總是帶有綿延不絕的生之毅力。婚姻、愛情有時是生命的重要救贖，但有時反而加重了愛之幻滅的痛苦感，因此，本文也強調季季在泛愛論者與對命運悲劇無可奈何的宿命性之間擺盪的特質，與此同時，論者期許季季能從對鄉土的回眸中，獲取更為廣袤的文學資源。

　　花村的〈試析構成季季小說的幾種風貌〉同時關注作家的創作關懷與文學表現形式，本文從季季小說敘述的主、客觀問題、小說意象的使用、季季創作的使命感與道德勸諭、小說的生命關懷等方面析論季季小說的整

體面貌，並兼及季季的散文寫作態度與風格。

　　林瑞明的書序〈尋找一條可以逆流的河──《季季集》序〉透過《季季集》所選的小說篇章勾勒季季作品的發展軌跡與關懷主題。論文指出季季出版於 1960 年代的作品顯現作家早慧的文學天賦，受到時代氛圍的影響，作品流露「熱情、幻想、虛無、浪漫的色調」，而出版於 1970 年代初的小說集《異鄉之死》與《月亮的背面》則代表季季邁入創作成熟期，季季的社會視野日漸開闊，善於從人物的精神面貌、城鄉差異與時代變遷等面向記錄轉型期的臺灣社會，也在作品中呈現對受苦女性的疼惜與關懷。林瑞明的書序可補足文學史對於季季作品發展的討論。

　　吳錦發的〈論季季小說中的男女關係〉從季季小說中的男女情感關係總結出「疏離感」的人際問題。吳錦發認為季季作品的最大特色在於「以女性為本位」的書寫位置和擁有優秀的社會透視力，她對男性自私、懦弱與不負責任的性格有深刻的觀察，而她對男女關係「疏離感」的書寫則可歸結於以下幾個生命觀察與創作精神：一是以溫和嘲弄的方式表達對不平等的男女關係的反抗；二是因對生命存在本質的疑惑而形成人際情感的疏離性；三是在對外省異鄉人的描寫中，歷史命運悲劇感的沉重包袱使其形成男女關係巨大的疏離感。吳錦發的論文頗可與彭瑞金關於季季生命觀的論述合觀。

　　第四組論文為季季散文創作論，所選篇目為鄭明娳〈談季季散文的風格〉與張瑞芬〈傾聽夜歌──論季季散文〉，鄭明娳與張瑞芬都是學術界專注於現代散文研究的重要學者。鄭明娳的〈談季季散文的風格〉刊載於《臺灣文藝》「季季作品研究專輯」，因發表時間較早，僅討論季季的《夜歌》一書。鄭明娳透過對《夜歌》文本的具體分析，論述季季散文的幾個特點，包括重視文字的聲音效果；素材取自身邊瑣事，因此文風篤實；明朗的自我表白與對現實的透視力等。

　　張瑞芬的〈傾聽夜歌──論季季散文〉先從臺灣女性文學發展的視角強調季季的重要性，再從季季的小說特色入手，特別著重於勾連、對比作

家小說與散文兩種文類，在文字風格、敘述特色與文章結構之間的關係：

> 季季的散文，承繼著她小說的迂緩調性，和冗長句式，有時甚且是文言稍勝口語的。她的文字故事性強，想像力飛躍，講究象徵意涵，每每能將意識流、時空替換種種技巧，嫻熟的加入寫實題材中。[7]

> 季季援小說入散文的手法，每每借重對白和細膩描寫推展劇情，而她敘述故事又習慣於文章結尾才揭出奇崛的主題，相當程度的挑戰著散文簡潔單線的傳統。[8]

本文精準地掌握季季散文的特色，並探究從《夜歌》到《攝氏 20—25 度》兩本散文集之間的延續與轉變，對季季 1970、1980 年代的散文進行整體評價。

第五組論文為季季作品分論，論者對季季的單部作品進行評論。這一類的評論文章頗多，礙於篇幅，僅選擇藍建春〈女性當自強——從《澀果》論季季小說中不幸的女性命運〉與向陽〈逝去的年代‧感傷的歌——評季季散文集《行走的樹》〉兩篇。兩人的文章一評小說，一評散文，而《澀果》與《行走的樹》恰好都是季季小說與散文創作歷程中較晚寫成的作品，尤能顯現季季創作成熟時期的社會關懷與歷史視野。藍建春的論文集中討論季季書寫「未婚媽媽系列」故事的《澀果》一書，而前述吳錦發的〈論季季小說中的男女關係〉是本論文重要的對話對象。本文透過對《澀果》所收十篇小說的人物設定、情節鋪展與結局安排的細讀、分析與統計，論述季季如何再現女性的不幸命運，並探究季季對女性命運的關懷與性別權力的思考，以及其文學表現與創作意圖之間的矛盾與歧出。向陽

---

[7]張瑞芬，〈傾聽夜歌——論季季散文〉，《五十年來臺灣女性散文‧評論篇》（臺北：麥田出版，2006 年），頁 208。
[8]張瑞芬，〈傾聽夜歌——論季季散文〉，《五十年來臺灣女性散文‧評論篇》，頁 209。

的文章則強調《行走的樹》不僅是季季作為一個作家和編輯的回憶錄，更重現 1960、1970 年代臺灣文壇的盛景與「動亂時代臺灣文壇的軼聞和變貌」。[9]

四、期待未來——季季作品全集的出版與研究上的突破

季季自 1964 年登上文壇以來，辛勤筆耕，創作甚豐。但因離婚之前替前夫楊蔚償還賭債，不得不把多部作品的版權賣斷給出版社。[10]由於早年出版的作品集均已售罄絕版，目前市面上流通的季季作品僅有前衛版的《季季集》、近十年出版的《寫給你的故事》、《行走的樹》、《我的湖》等散文集與傳記文學《我的姊姊張愛玲》、《奇緣此生顧正秋》等，作品取得不易也增加季季作品在閱讀、教學和研究上的不便。季季經過一年多的時間向出版社情商，終於拿回賣斷的著作權。[11]未來期待季季全集的整理和重新出版，並因作品的出版，吸引更多年輕讀者閱讀季季，更多研究者拉開歷史的縱深重讀季季，挖掘季季文學的豐富寶藏，並重新評價或補足季季在臺灣文學史上的重要性。

---

[9]向陽，〈逝去的年代‧感傷的歌——評季季散文集《行走的樹》〉，收入季季，《行走的樹——追懷我與「民主臺灣聯盟」案的時代》，頁 338

[10]參見李麗敏，〈季季訪談錄〉，《季季及其作品研究》（臺北：政治大學中國文學系國文教學碩士班碩士論文，2007 年），頁 269。

[11]參見李麗敏，〈季季訪談錄〉，《季季及其作品研究》，頁 278。

輯四◎
重要評論文章選刊

老虎之女與行走的樹

◎季季演講
◎陳柏言記錄整理

時　間：2015 年 11 月 6 日
地　點：臺北市紀州庵文學森林新館
主講人：季季

緩慢行走的樹

　　這個題目有兩個意象，一是「老虎」，二是「樹」。在一般人印象裡，老虎是會跑的兇猛動物；樹則是靜止挺立的植物。這種對比來自文學的想像，但這想像並非虛幻，而是和我的生命緊密相連的。

　　我要與各位分享的老虎，一點也不兇猛，而樹呢，則是會行走的。簡單地說，老虎是我父親；他出生於民國三年，屬虎。沒有我父親，當然就沒有我。老虎連結的是我的出生與成長，樹則指涉著我 1964 年到臺北後的生命流動。

　　2005 年 9 月起，我在《印刻文學生活誌》寫了一年「行走的樹」專欄，文前有一句序言：「每一個人都是一棵樹，每一棵樹都在行走；行走的樹環抱年輪，行走的人直視生命。」這是一種自我期許，也是一種文學想像，當時並沒想到地球上真的有一種會行走的樹。2006 年秋天，黃玉燕大姊——一位很優秀的資深日本文學翻譯家——把《行走的樹》初版寄去美國給她女兒彭順臺。黃大姊當時告訴我，彭順臺是大氣物理博士，在美國

---
*發表文章時就讀於臺灣大學中國文學系碩士班，現就讀於臺灣大學中國文學系博士班。

海軍科學實驗室工作，每年到南美洲熱帶雨林做氣象調查研究。她看完《行走的樹》打電話回來跟媽媽說，在哥斯大黎加雨林真的有一種「行走的樹」（Walking Tree）；為了吸收陽光跟養分，讓根袒露在泥土上拖著慢慢挪動，一年只能行走 20 公分。

今年七月，《行走的樹》出增訂版，我的自序即是〈地球上真的有一種會行走的樹〉，說明了彭順臺發現的事實，並寫下這句感言：「多·麼·緩·慢·的·移·動；多·麼·艱·難·的·生·存。」這些字與點的距離，象徵一年行走 20 公分；那麼緩慢，那麼辛苦。我今天要跟各位分享的，也就是我在文學路上緩慢行走的過程。

老虎的女兒

我父親對我影響非常大，就先從他說起。他的名字李日長，「長」要念作長大的「長」，不是長度的「長」。我是他的第一個小孩，他是「日長」，為我取名「瑞月」，這種對照就是日月交替，生生不息。以前我常被問到「季季」這個筆名的由來，這筆名背後有比較複雜的故事，沒時間詳細解釋，我就都簡單扼要地說：「季季」就是日月交替，生生不息。

父親 14 歲就去東京念書，日本大學附屬中學畢業。我家鄉雲林縣二崙鄉永定村是農村，曾祖父有三百多甲地，一個女兒兩個兒子。我祖父是大兒子，有六男二女，我父親是小兒子。祖父的弟弟 33 歲時不幸被牛踢死了，遺下三男四女，曾祖父要我祖父負起照顧兩房的責任，其中最重要的是九兄弟六姊妹的教育。我二伯父上臺北讀開南商業學校，畢業就被我祖父叫回家管帳；他的重大責任之一是給那些在外地讀書的兄弟姊妹寄錢。除了我五伯父讀臺南的聾啞學校，男的都去日本讀大學或中學，女的則在臺北讀靜修女中或蓬萊婦產學校。

我父親沒有讀大學，原因是連續兩年大學考試都正好生病，無法去考場。父親對我說，他領悟到這是天意，沒有讀大學的命，不想再浪費家裡的錢，就決定回臺灣。

　　我大伯父是神戶經濟大學畢業，1932 年回臺灣後在《臺灣新民報》做高雄記者，兩年後辭職，在高雄鹽埕區開貿易公司，進口工業用皮帶、農業用抽水機、馬達軸心及石油引擎等。我父親 1935 年回臺灣後就被派到潮州再開一家分公司。1937 年蘆溝橋事變後，臺灣總督府提升高雄州營利稅，我大伯父決定收掉高雄和潮州公司，只保留嘉義火車站對面那家做總公司。珍珠港事變後，美國開始轟炸臺灣，嘉義火車站也是大目標，因為阿里山檜木一向運到嘉義轉運出口。1945 年 4 月 7 日，美機轟炸嘉義火車站及周邊地帶，我們在火車站對面的公司也被炸掉了，只好結束營業；那時我剛出生三個多月。光復後，朋友叫我父親去農會或公所上班，他都不去，覺得做公務員綁手綁腳，家裡的田也需要管理，寧願留在家種田，所以他後來訂了《農友》月刊，認真學習種田的學問。

　　他在東京那七年，因為回臺灣要花不少錢，寒暑假大多去要好的同學家。有時住海邊，有時住富士山腳的湖邊山村，有時整天在圖書館看書，曾經一口氣把英國推理小說家柯南·道爾的《福爾摩斯探案》全集讀完。父親有時會說《福爾摩斯探案》的故事給我聽。大多是從一個命案開始，警察或檢察官查案碰壁，便去找私家偵探福爾摩斯協助。偵探要去蒐索死者為什麼被殺，這個過程會逐漸暴露死者的人脈，人性的醜惡面，以及現場點點滴滴的細節。通過這些細節，做出連結，就能慢慢找出命案的關鍵點。案子的偵查和結果都靠細節連結，而細節與邏輯的對應越緊密，結果會越快出現，也越可能震撼人心。這對我後來的寫作有不少影響。

　　1953 年 1 月底，西螺大橋通車。大家都知道，濁水溪是臺灣第一大河，但它橫在臺灣腰部，把縱貫路切成南北兩段，西螺大橋完工才把臺灣最重要的經濟命脈聯結起來。西螺不只生產濁水米，也是全省最大的蔬菜產地和集散地。西螺大橋通車後，父親載我去參觀，他把腳踏車停在橋邊，帶我走到對岸的溪州再走回西螺。那時我小學二年級，第一次看到濁水溪和父親指給我看的鐵枝路。父親說，橋上的鐵枝路是給溪州糖廠開出來的五分仔車走的，載運甘蔗等製糖材料到虎尾總廠去，人也可以乘坐。

父親還說，這條鐵枝路會經過我們家的田。那時我就想，父親屬虎，我是「虎女」，而虎尾女中簡稱「虎女」，以後我當然要去讀「虎女」；何況坐那五分仔車能看到我家的田。

但我要讀「虎女」這件事，後來發生一些曲折，對我也影響很大。小學四年級，父親做家長會長，有天騎車經過學校，被我的導師袁老師看到就把他喊住，說：「歹勢啦！你女兒這次算術只考 20 分，你是家長會長，不好意思哦⋯⋯」我回家後，父親轉述了袁老師的話，握起拳頭高高舉起，再輕輕地敲在我頭上，「阿你的算術只考 20 分啊？」父親的數學很好，決定吃完晚飯後為我補習算術。可惜每次我都打瞌睡。這樣大約過了一個禮拜，父親了解我沒興趣，也就不勉強了。——從那時到現在，我的數學不好是有名的，但我不覺得羞恥，也沒有遺憾。

小學畢業後，我堅決去考省立虎尾女中。那時中學有縣立、省立之分；縣立的成績比較差。袁老師認為我的算術不好，考不上省立女中，應該去考縣立西螺中學比較保險。但我一定要考省立虎尾女中，袁老師有點生氣，就說：「要考你自己去，我不帶你去。」還好我堂姑丈莊老師家住虎尾，三年級時也教過我，就帶我去虎尾考試。後來收到成績單，我考上了，當然很興奮，吃過晚飯父親卻說：「你要去向袁老師說謝謝啊。」那時的導師每一科都要教，袁老師數學特別好，其他科也教得很認真，父親認為我能考上還是袁老師的功勞。——袁老師是福建人，到草嶺國校任教後娶了當地姑娘；那時已有兩個孩子。

第二天吃過早飯，父親去我家後園摘了兩個很大的木瓜，並說去袁老師家不騎車，要走路去。於是我提著兩個很重的木瓜，默默地和父親走過直直的永定路，去村頭永定國校旁的教員宿舍向袁老師致謝。

父親領我走的這條路，影響我一生做人、做事的原則。一，他教我看人看事不能只有一個角度，必須前後左右綜合評估；二，他教我學習感恩；三，他教我快與慢的分別。——如果我們騎車去，大概三分鐘很快就到，走路則至少十分鐘，父親的用意是讓我在走路的過程中慢慢思考和反

省。後來，遇到一些意外狀況，我都會想起那年提著木瓜去向袁老師說謝謝的情景。我常跟學生說「創作是緩慢型塑的過程」，這句話也是從那個早晨走過永定路得到的領悟。

父親另外影響我的事情，是我小學四年級時他騎腳踏車載我去西螺戲院看《金銀島》，那是我第一次看電影。《金銀島》是英國作家史蒂文生的小說改編，敘述一個十歲小男孩如何以機智與海盜周旋的驚險過程。電影裡的海浪和輪船，我也是第一次看到，覺得很新奇，印象非常特別。我生長的永定村是平原，沒有山，沒有海，一望無際都是稻田和菜園。看完電影我就跟父親說，電影裡的海好大好美，有時候也好恐怖哦，真正的海是不是也這樣？

那年秋天，父親就帶我去臺南安平港看海了。他雖然不喜歡做公務員，但義務擔任農會理事、調解委員、村民代表這些無給職工作，每年農會或公所都安排一些參觀活動。他帶我去臺南那次，全團只有我一個小孩，大人不是鄉民代表就是農會理事或村長。我們先去新營農會參觀脫水蔬果製作，再去臺南看古蹟、運河、安平古堡。隔壁村的村長婆，穿著暗紅花長旗袍，戴一條大概二兩重的金項鍊，頭上別兩朵紅緞花，滿嘴的檳榔嚼不停。聽說她是不識字的。那個時代很奇怪，不識字也可以當村長。從嘉義去臺南的路很直，村長婆一直催遊覽車司機超車，還跑到司機身旁拍他肩膀，用臺語不停地喊：「甲伊拚過、甲伊拚過！」司機後來受不了，回過頭大吼：「你是想欲死哦？」村長婆不高興地說：「喲，我們請你來開車你還那麼兇，哼，以後不請你們公司啦。」司機不理她，村長婆大概覺得整車的人也沒人附和她，才回到她的座位。下車之後，父親把我拉到一旁，輕聲而嚴肅地說：「你要記得，以後不要做一個沒知識的女人。」

到了安平港，終於真的看到海，很大很亮很平，偶爾有些浪花，父親要我指出東西南北的方位，我指認後，父親說：「嗯，你算術不好，地理還不錯。」

──那是我第一次出門旅行，父親為我上的一堂「知識」課。

我最初的閱讀與寫作

　　小學四年級還有一件重要的事，就是我自己第一次買書。父親偶爾騎車去西螺辦事情，會順道買《東方少年》給我。但自己買書這件事，是母親帶我去的。母親是西螺人，回娘家帶我看外公、外婆後也順便去市場買些乾貨。有一次她帶我去延平路文昌書局，我就買了《林投姐》（當然是母親出錢）。那個故事源自清代的臺南府城，是「女人愛錯男人」，懸在林投樹自殺後冤魂變厲鬼出沒，要找負心漢復仇。《林投姐》有很多版本，後來我看到李獻璋編著《臺灣民間故事》（臺北：德昌出版社，1975 年）裡的版本，是說清朝時從唐山派到府城的「管府」（駐軍），瞞著在唐山已婚的身分，再娶了臺南米市仔的姑娘，生了一個兒子。有天「管府」抱著兒子出門沒再回家，她去衙門打聽，才知他任期已滿，當天搭船回唐山去了。她自殺化為厲鬼出沒後，接替她先生職位的「管府」同情她，常去林投樹下和她聊天安慰她，並說等他滿期將帶她回唐山復仇。多年後他實踐諾言，「引著她的靈魂搭船回鄉」，找到正為孫兒歡慶滿月的男人；結尾是「他的一條靈魂被她──林投姐──帶著，走上地府的路上去了。」這版本有點「魔幻寫實」，也類似 1949 年後隨國府來臺的文武官員的離散故事。時代久遠，我不記得四年級讀的是什麼版本，但這個故事讓我知道鬼魂也會說話，而一個女人受欺騙的痛苦竟至於要自殺要復仇。

　　1957 年考上虎尾女中後，我真的放棄離我家只要走三分鐘的臺西客運，每天走 20 分鐘去安定村車站坐五分仔火車去虎尾。新生訓練期間只要半天，中午以後我就到火車站附近租書店看書，再坐最後一班車回家。那家租書店全是武俠小說，最多的是臥龍生、諸葛青雲的作品，我不曉得看了多少本，覺得那些打來打去的古人離我太遠了，暑假結束我就沒再看過武俠小說。

　　初一開學不久，我又自己買了一本書，是王藍的長篇小說《藍與黑》；因為扉頁的一句話吸引了我：「一個人，一生只戀愛一次是幸福的；不幸，

我剛剛比一次多了一次。」那時我對男女情事還不怎麼理解，算是萌芽期吧。《藍與黑》寫 1937 年對日抗戰開始後，流亡學生從天津（王藍老家在天津開紡織廠）、北平、重慶、上海，最後到了臺灣的故事。我小學時讀的歷史，對日抗戰只有一些簡單的資料；《藍與黑》則有人物、戀愛、事件、對白等等的轉換起伏，能看到抗日至國共對抗的抽樣。那時我還看不懂那麼多，看完寫了一封信給王藍，請教他問題，王先生特別寄一本《藍與黑》送我，回信則從封面內頁的右頁寫到左頁，讓我非常感動。——後來我收到很多贈書，只有王藍送的《藍與黑》最特別。他的字細緻優美，後來我才知道他也是水彩畫家。我的同學對這本贈書很好奇，借來借去，封面已磨損，王藍回信的字如今也有些糊了。

到了初二，教我們國文的奚汀老師，有天在黑板上寫了杜甫的〈春望〉，要逐句朗讀並解釋。奚老師 1949 年來臺灣，我初二時她來臺灣已十年。她朗讀了〈春望〉第一句「國破山河在」，突然雙手掩面大哭，念不下去了。我們只知道老師是外省人，當時很傷心，但她大哭的影像一直留在我記憶裡。後來我常想，她比杜甫還悽慘。杜甫是國破，山河還在；奚老師則是國破，山河已不在了。那時的臺灣，對她來說是陌生的島嶼，國民黨還在高喊「反攻大陸」，她可能也在幻想何時能回故鄉吧？——奚老師後來隨何珍淑校長轉去臺中女中，最近我聽說她還住在臺中，已經九十多歲了。她可能已忘記這件事，但她的掩面痛哭對我撞擊非常深。我了解了一個人失去故鄉的痛，也體認了文學力量的巨大。

也就在那個撞擊之後，我開始學習寫作，嘗試投稿。非常幸運的，不管我寫什麼，稿子都被採用，同學知道我領稿費就吵喝著去冰果室請吃冰。初三上學期，訓導處意外知道我投稿的事，要我先把稿子給訓導處審查；認為沒問題才能投出去發表。我愛自由，不想接受審查，就換筆名投稿，先後換了五、六個，訓導主任又把我叫去，說：「你換幾個筆名我們都知道是你，學校只有你會去投稿嘛。」有天下課時間我站在二樓教室窗口，突然看到父親騎腳踏車的背影從學校門口轉出去。父親怎麼會來學

校？他沒跟我說啊。回家後父親告訴我：「訓導主任說你不聽話，投稿不給他們審查，要我勸勸你啦……」聽完後我不置可否，心裡想，反正我是不會給他們審查的。後來我繼續投稿，變換筆名，又被主任叫去訓話，說要記我一個警告。訓育組長還說，有很多人寫信給我，都寫筆名，被他扣留了。他把抽屜拉開，都是讀者來信。「這些信還是不能給你，」他壓低了聲音說：「老師喜歡集郵，你這些郵票能不能送給我？」我說：「好啊，我沒在集郵。」

這件投稿被記警告的事鬧得全校師生都知道；和我數學常考零分一樣有名。除了這件事，我在虎尾女中六年其實是很自由快樂的。譬如我高中時的校長曹金英，東北人，身材高大，碰到我都摸摸我的頭笑著說：「你數學最近是不是又考零分啦？」她那樣說絕非嘲笑我，是用充滿關愛的手溫暖地撫摸我的頭，就像我父親輕敲我的頭那樣。我雖然數學不好，老師和同學也沒嘲笑我。高二時，郭良蕙出版了被指控為亂倫小說的《心鎖》，還沒被查禁之前我就買了一本，上數學課時坐在教室倒數第二排偷看。李鵬錫老師早就知道我不喜歡數學，發現我在偷看小說就說：「李瑞月，你要看小說就去外面鳳凰木下看比較自在，在教室裡偷看很緊張嘛。」我真的就拿著《心鎖》走到外面的鳳凰樹下去。老師沒罵我，我也不覺得愧疚，一切那麼自然。

虎尾女中老師給我的自由，和訓導處要審查我投稿正好是個對比。1964 年我到臺北做職業作家後，也理解了那個時代的思想檢查是無處不在的。1969 年我投稿了一篇〈異鄉之死〉的短篇小說，寫一位山東籍老師死後，學生們送他到一個簡陋的火葬場，遺體放進去，把油澆在他身上，開始燃燒後，他的身體彈起來又躺下，然後煙從火葬場飄到天空……小說結尾我本來這樣寫：「老師的魂魄，現在大概已是一縷煙，飄回他的故鄉去了。」主編收到稿件立刻寫信來，說結尾必須修改才能發表。那時還整天宣傳國共不兩立，魂魄怎麼可以「飄回他的故鄉」？為了賺稿費生活，我只得把結尾改成這樣：「老師，現在您是煙了，是無國界的天空底一絲流

雲。」主編回信說改得很好，過沒幾天就刊出來了。

　　虎尾女中給我的啟蒙，還包括開始接觸外國文學。虎尾女中是全省最美的校園，中庭花園邊有座小小紅磚圖書館，我去填寫借書卡片時，門口那棵玉蘭花好香啊。我在那裡借的第一本外國小說是《冰島漁夫》。既然永定村看不到海，有「漁夫」的小說大概能讀到海吧？《冰島漁夫》是法國小說，描寫法國北方海港的漁夫，春天到八月之間都去冰島捕魚，守在家裡的女人，期待男人滿載而歸，也擔心發生船難回不來。八月至一月不能出海的日子，他們就痛快地飲酒，戀愛，享受天倫，珍惜相聚時光。其中一句話只有出過海的人才寫得出來：「在水裡浸了一浸的永恆的太陽，又開始慢慢上升了，這便是早晨。」──這像詩一般的描述，我是永遠寫不出來的。

　　後來我又借了好幾本法國小說，例如梅里美《伊爾的美神》、普列沃《曼儂‧雷斯考》、小仲馬《茶花女》等。那時的翻譯小說都是 1930 年代在大陸出版的，且大多是名家翻譯，例如法國小說，譯得最多的是黎烈文，他曾去巴黎留學五年，來臺後在臺大外文系教法國文學。我也借過英國小說《簡愛》和《咆哮山莊》。後來讀了毛姆《世界十大小說家及其代表作》，才知道兩本書的作者是姊妹，而 19 世紀中葉的英國還很保守，女性沒有社會地位，勃朗特姊妹倆的小說，當初是用男性的筆名出版的。

　　1963 年從虎尾女中畢業時，我已常用「季季」這個筆名，也確定以後要做職業作家。這個轉折也有點奇妙。那時雲林縣沒有大學考場，必須去臺中考試。學校已幫我們集體報名，我在《雲林青年》看到救國團主辦「文藝寫作研究隊」的文宣，覺得好像很有趣，地點在臺北大直的實踐家專（現在的實踐大學），上課加食宿一個禮拜三百塊；那時鄉公所的僱員月薪才一千多塊啊，我父親還是讓我去報名了。當時救國團主任是「太子」蔣經國，他們辦這個活動竟然沒考慮避開大學聯考，而考試日期就卡在營隊期間的兩天。當時交通不便，我只能二選一。我跟父親說，我不去臺中考試，要去臺北參加文學隊。一般的父親可能會生氣地說「一定要去參加

大學聯考，將來讀大學才有前途」等等，但我父親沒生氣也沒訓話，給我三百塊去交報名費，後來又給我路費、零用錢到臺北參加。還好那次我獲得小說組冠軍，拎了一個好大的玻璃獎盃回家。從此我就寫個不停，第二年三月來臺北開始職業寫作生涯。

「民主臺灣聯盟」案與我的糾結

　　我的職業寫作生涯前後 14 年，1977 年 11 月開始去《聯合報》副刊組上班；1980 年 1 月轉去《中國時報‧人間副刊》，後來還去了《印刻文學生活誌》，在媒體界服務三十多年。這當中，我要說的還是「自由」這件事。1964 年底，我認識楊蔚，三個月後他就向我求婚。當時他是《聯合報》藝文記者，也寫小說，文筆非常好，我很欣賞他的才華，就答應了。他是外省人，比我大 17 歲，以前曾是政治犯。1950 年他到臺灣不久就被捕，判感化三年，但坐牢十年。那時我還太天真，以為政治犯坐完牢「改過自新」，以後就沒事了。我寫信給父親，說要和楊蔚結婚的事，父親還沒回信，二妹卻先來信，說媽媽知道你要嫁外省人，一直哭一直哭，你可不可以不要嫁給那個外省人？在我們鄉下，只有條件不很好的人家才把女兒嫁給外省人。我們家條件不差，父親是知識分子，經濟上算中產階級，我也不是眼睛斜嘴巴歪啊，怎麼要嫁外省人？但我父親還是同意了我的婚事。我很感謝父親一生給我的種種自由，但在婚姻這件事上，我為了這個自由抉擇付出了慘痛代價；這些我都寫在《行走的樹》裡了。

　　《行走的樹》第一章第一句引用張愛玲翻譯《美國七大小說家》介紹海明威的一句話：「法規主角永遠給我們這教訓，一言以蔽之，這是人生：你當然是輸了；要緊的是你被毀滅的時候怎樣保持你的風度。」海明威高中畢業後就去做記者，兩次大戰都在歐洲戰場做戰地記者，被大砲、子彈打中，發生車禍骨折等等，有次開刀從身上取出兩百多個砲彈碎片，還有許多碎片取不出來。海明威 62 歲時以獵槍打死自己。在那之前，他寫了很多著名的小說，例如《太陽依舊升起》、《戰地春夢》、《戰地鐘聲》、《老人

與海》等。《老人與海》1954 年獲得諾貝爾文學獎，1952 年由張愛玲譯成中文於香港出版，可能是最早的中文版本。我寫《行走的樹》開篇第一句，為什麼會引用張愛玲翻譯的那句話？一來是我回想了和楊蔚從認識、結婚到離婚前後的種種細節；另外則是想起海明威《老人與海》裡那個老人，好不容易釣到一條大魚，在海中搏鬥兩天把牠射死，但在拖回岸上的途中被鯊魚群吃光了。最後他拖回的只是大魚的骨架。這篇小說之前，海明威曾一度寫不出小說，甚至寫了也被批評得很慘。有些評論家認為海明威已經完蛋了。沒想到《老人與海》1952 年出版後，1953 年先得美國普立茲獎，又得諾貝爾文學獎。《老人與海》的故事告訴我們，勝利者一無所獲，但我認為，我們不能否認他是勝利者；即使輸了也知道如何保持風度。我開始寫「行走的樹」專欄時，是從海明威與《老人與海》給我的啟發切入的。

　　《行走的樹》2006 年初版時的副題是「向傷痕告別」；2015 年 7 月增訂版的副題則改為「追懷我與『民主臺灣聯盟』案的時代」，回述了我六歲就知道永定村有幾個「共產黨」被捕或被槍斃，沒想到 20 歲嫁了一個「共產黨」，24 歲受到一個「共產黨」案波及，才知楊蔚十年政治牢出獄後仍被警總監控，以致後來涉入「民主臺灣聯盟」案，精神瀕臨崩潰。增訂版收錄了他與相關人物的判決書及他的三篇小說遺作；增補六萬多字，就是希望把「民主臺灣聯盟」案的前因後果交代得更清楚。

　　近代臺灣藝文界有三大白色恐怖案。第一案是 1960 年美術節秦松畫作「倒蔣」事件。第二案是 1963 年林海音主編「聯副」時的「船長事件」。第三案最著名，就是抓了 36 人的「民主臺灣聯盟」案，這個組織的精神領袖是著名小說家陳映真；其他被捕的有他弟弟、畫家吳耀忠、前軍醫署長之子陳述孔、蔣緯國小舅子丘延亮等。這案子的源起是日本計畫和中共建交，1961 至 1966 年陸續派了六個實習外交官來臺灣學漢文。他們有外交豁免權，來臺時夾帶左翼書籍不必受檢。他們讀不懂那些書，便私下在臺大找一些「相濡以沫」的朋友搞讀書會，互相觀摩學習。陳映真他們被判

刑，就是第六個實習外交官齋藤正樹把他們的書交給警總，成為呈堂罪證。同案的人，有些在出獄後已抑鬱以終。這麼重大的文藝界白色恐怖案，解嚴後一直沒人寫，我在 62 歲那年以「受波及者」的身分開始寫，就是希望留下一些至少是我親歷的事實。

　　在增訂版的最後，我強調了「合法的虛構」與「非法的真實」這兩個重點。現在很多白色恐怖研究者常去國家檔案局調閱資料，但從楊蔚及不少友人親歷的獄中事，我認為檔案局的資料裡，軍事檢察官寫的「判決書」大多是「合法的虛構」，而通過非人的刑求讓你簽名具結的「自白書」也大半是「非法的真實」。這兩個重點，其實是官方史的盲點。相對來看，庶民親歷的書寫，即使只是歷史碎片的一部分，至少是血與淚交織的真實。這是我對《行走的樹》的自我界定，也是對我父親的致敬；謝謝他給我的自由及寬容的愛。

——選自《文訊》第 362 期，2015 年 12 月

我們的六○年代
兼及年度文選與編輯生涯

◎陳家慧記錄整理[*]

時　　間：2005 年 12 月 3 日
地　　點：國立臺灣文學館
主講人：季季、隱地

季季（以下簡稱「季」）：怎麼那麼巧，有人說我們這場對談，正好碰上臺灣第一次三合一選舉的日子，可能聽眾比較少。同時，有人說我們排在最後一場是壓軸。其實，這都是巧合。一開始應鳳凰找我來做對談的時候，我正在準備出訂正版作品集第一批，非常忙，我就說你盡量往後挪。她說，那就最後一場好了。

然後她問我要跟誰對談？我對她說，跟我的寫作及編輯生涯有共同回憶的，在對談時不必做任何準備就可以有交集的，大概只有隱地。這是決定我今天跟隱地坐在這裡對談的背景。當時也不曉得今天有選舉。不過，我覺得，文學應該超越政治，超越一切，有一個純淨的空間。今天在臺灣文學館這個場地，就是一個很純淨的空間，我們可以說一些我們的回憶，說一些以前的夢想。

我先比較具體的說一下，為什麼我請我的老朋友隱地來對談。民國 51年，我在雲林縣讀省立虎尾女中（後來虎中虎女合併，現在叫國立虎尾中學）。高二，在《雲林青年》發表了一些小說、散文，收到很多讀者來信，其中一個讀者就是林懷民。林懷民是不斷跟我寫信的一個讀

<hr>
[*]發表文章時就讀成功大學臺灣文學系，現為地平線文化事業公司專案經理。

者。後來我才知道他爸爸就是我們雲林縣縣長林金生。林懷民那時在臺中讀衛道中學高一，很愛給筆友寫信，不知怎麼他也給馬各、隱地寫信；就是通過他的介紹，我也跟馬各、隱地通信，他們三人不是我最早的筆友，卻是最好的筆友，友誼持續了幾十年。我高中畢業的第二年春天到臺北開始做一個職業作家，那時政工幹校新聞系畢業的隱地在編《青溪雜誌》。民國 65 年，隱地已是《書評書目》總編輯，他請我編民國 65 年的年度小說選，那時我還是職業作家，第一次從事編輯工作。那一年，《聯合報》舉行第一屆《聯合報》小說獎；那個時候不叫文學獎，叫小說獎，因為只徵一項，就是小說。馬各那時是《聯合報》副刊主編，負責徵文工作，那次徵文一共收到 1212 件，非常多。馬各請我把初複審淘汰的所有小說，分批帶回家看一次，看有沒有什麼遺珠之作，我大概看了一千篇小說。

真的就是這麼巧，民國 65 年，我跟兩位高中時代的筆友分別開始了第一次的編輯合作。到了 66 年，馬各看了我編的《六十五年短篇小說選》，大概覺得我兩項工作都做得不錯，就問我要不要去《聯合報》副刊工作。這是我進入新聞界工作的背景。這些回憶說起來很瑣碎，但我要說的重點是，人生有很多奇妙的緣分。今天我跟隱地坐在這裡，我們的緣分是從那麼早——從我們的青春時代就開始的。後來我從《聯合報》轉到《中國時報·人間副刊》工作，報社要我找兩個保人，我找的是林海音和隱地。今年二月，我從《中國時報》退休，隱地做了我 25 年的保人，我要在這裡公開的向他道謝。今年 10 月 1 日，我到《印刻文學生活誌》做編輯總監，跟隱地不但又做了同行，對寫作也還懷抱著熱情，我很高興今天能在這裡和他對談。

自由是創作者最大的財富

隱地（以下簡稱「隱」）：先讓我謝謝來賓，蒞臨季季和我這樣一個充滿友誼的對談會。我認識季季的時候她才 17 歲，就像她的一本書名《屬於

十七歲的》。後來林懷民寫信告訴我說，有一個虎尾女中畢業的女孩要到臺北來做職業作家，她從雲林來，希望在臺北的我要多多照顧她。起初我不太相信，可是季季是有備而來的。她高中畢業那年，因為大專聯考和文藝營撞期，她居然放棄聯考到臺北來參加文藝營。果然她到臺北不久，就在《中央日報・副刊》連續發表四篇小說，其中我還記得的有〈假日與蘋果〉、〈檸檬水與玫瑰〉。那個年代我們要投稿《中央副刊》是非常困難的，主編孫如陵先生鐵面無私，投稿給他，如果四天還未退回，我們就放心了，一定會登；可見退稿之快。可是常常在第四天，退稿已在信箱裡。季季來自二崙鄉永定村，到臺北一個多月就在《中央副刊》登稿四篇，我說這個人，大概天生就是要做作家的。後來皇冠出版社很快請她做第一批皇冠基本作家，十幾個大作家中只有她是剛起步的新人。所以我覺得她的命運是非常奇特的。四十多年來，我們兩個在文壇，假如把寫作譬喻為跑萬米賽跑，我們一直到今天還在跑。當年與我們一起寫作的朋友，大概十有七八都棄筆了；季季沒有我這麼老，我買飛機票已可享受半價優待了。回憶這一段往事，仍然覺得經過這麼多年還能在一起，還能互相談文壇往事，真是難得。所以當應教授要我們對談 1960 年代文學及我們的編輯生涯，我立即就答應了。1960 年代物資雖然匱乏，可是我們都非常愛好文學。那時文學刊物林立，季季和我從中學就開始寫作，一直寫到現在。我自己 16 歲開始寫，寫了五十多年了。在我的腦海裡一直記著兩個住址：「永和竹林路 17 號」與「臺北市衡陽路 15 號」，大家會覺得很奇怪，這兩個地址有什麼關聯。前一個是季季剛來臺北的住址，後一個是文星書店的地址。

季：是竹林路 17 巷 13 號。

隱：現在還有這個門牌嗎？

季：沒有了，現在改為 25 巷。

隱：衡陽路 15 號是文星書店店址。季季遭遇奇特，她不但一到臺北就寫

作，而且成為老牌文學書店的店員。這一段等一下由她自己來講好了，她當年怎麼會變成文星書店的店員，以及她跟文星的老闆蕭孟能、蕭太太的關係。她去年新出的書《寫給你的故事》裡也曾寫到那一段因緣。我在文星也出過一本短篇小說集，所以跟蕭孟能先生也有一些來來往往的故事。我的書一開始被退稿，然而我不死心，繼續再投。最後稿件落在文星書店負責人蕭孟能手裡。他有一天到我家裡來訪未遇，留了一張名片，我知道好消息來了。可見投稿這件事，有時候是必須鍥而不捨的。

季：關於我高中畢業放棄聯考參加文藝營，以及第二年到臺北做職業作家這兩件事，我在這裡稍作一些補充。我後來常常回想，當年我有勇氣那麼做，就是因為我的父親給我最大的自由，所以我一直非常感謝我父親。我覺得，對一個創作者來說，自由是最大的財富；我的父親就給了我這樣的財富。先說我高中畢業那年，雲林縣沒有大學聯考考區，必須去臺中考，當時學校已經給我們辦了團體報名，我記得報名費是一個人 70 塊。那時負責去臺中給我們辦團體報名的老師叫秦家洪，是我的地理老師，他的筆名古之紅，也是一個小說家，曾經在虎尾辦《新新文藝》雜誌。但是報名之後，我看到救國團中國青年寫作協會要辦文藝寫作研究隊的廣告，我就趕快去報名。當時不叫文藝營，稱為「文藝寫作研究隊」，上課時間一個禮拜，地點在大直的實踐家專，就是現在的實踐大學，報名費用是臺幣 300 塊。我記得當時公務員的薪水大概一個月一千塊左右。我家並不是很有錢，只能算是農村裡的中產階級，但我高中畢業那年，我父親不但給我 70 塊報名大學聯考，後來又二話不說給我 300 塊去報名文藝營。等上課通知來了一看，文藝營的日期竟然跟大學聯考撞期！大學聯考只有兩天，文藝營有一個禮拜，可是大學聯考的日期正好在一個禮拜的中間，攔腰一斬，我根本動彈不得，只能二選一。那時交通不像現在發達，文藝營在臺北，考區在臺中，我就跟我父親說，我要去參加文藝營，不去考

聯考。我父親也沒反對，也沒說你已經交了 70 塊……都沒有，他就又拿了 200 塊給我做車費、生活費，讓我到臺北參加文藝營。後來我在文藝營得了小說創作比賽冠軍，獎金竟然有 500 塊，還有一個銀色獎盃，外面用玻璃罩著。那個獎盃很大，看起來很堂皇，我用繩子捆起來，提著坐火車回家。我爸爸看了……喔，還有 500 塊獎金，他也沒有特別高興，也沒有說，你花了 500 塊，也拿回了 500 塊，總之是看得很平常。這是我父親對我最重要的一個影響。他什麼事情都用一種平常心來看待，不會特別鼓勵我，但也絕對不會反對我做什麼事情，讓我完全的自由和自主。

我得獎回家以後，整天就在家裡寫、寫、寫。我讀的虎尾女中是雲林縣第一流的學校，出去找個事做應該很容易的，我父親也沒催我出去找事做。但永定是一個農村，村人的觀念很傳統的，很多鄉親覺得，你虎尾女中畢業，也不出去工作，在家幹嘛？我父親是農村裡的知識分子，不向人解釋這些的，我母親就跟他們說：「伊攏在厝內寫字啦。」他們碰到我就問說：「啊你是攏在厝內寫啥麼字啊？」寫啥麼字，我怎麼說得清楚呢？我最近出的《寫給你的故事》這本書裡，有一篇文章提到這件事情；寫作要寫的，就是我們用嘴巴說不清楚的事啊。但那些鄉親就說，你不出去工作，那大概就是在等著嫁人了，所以就老是有人到我家來提親。哇，這我更是受不了了，我在家寫作就被這麼多人指指點點，還有人來提親好像非要我嫁掉不可，我就覺得不行，這樣我待不下去。到了第二年春天，我看到臺大夜間部補校在招生，我就跟我父親說：「我沒有考大學，那我再去讀一點書可以吧？」我拿出一疊稿費單給他看，說我在臺北可以靠寫作生活。他同意了，給我 2000 元帶到臺北，我去臺大報名並且租好房子後就開始寫作。我是 3 月 8 日到臺北，大概 3 月 24 日完成來臺北後寫的第一篇小說〈假日與蘋果〉，3 月 30 日在《中央副刊》發表。就像隱地剛才說的，我從 3 月底到 5 月 16 日，一共在《中央副刊》登了四篇小說；5

月 16 日那天還同時在《中華日報》副刊發表一篇。當時的《中央日報》是全國第一大報,《中央副刊》號稱第一大副刊。我覺得我很幸運,一到臺北就連登五篇小說,從沒有被退稿。登了那五篇以後,皇冠就來找我簽約做第一批基本作家。皇冠第一批基本作家有 14 個,只有我一個是臺灣人,而且只有 19 歲,其他都是我的前輩,包括高陽、魏子雲、朱西甯、聶華苓、司馬中原、段彩華、司馬桑敦、瓊瑤、馮馮、華嚴等等。

至於我到文星工作,是這樣子的,我到臺大法學院去上課,每天要路過文星門口,再穿過新公園到徐州路去。在我們那時代的年輕人心目中,文星書店、《文星》雜誌是一個非常神聖的廟堂。我當時沒有錢,「文星叢刊」我記得那時一本 15 元……。

隱:14 元。

季:14 元看起來好像很便宜,但我那時剛來臺北,很窮,我走過文星書店看到在招考店員,我就想要是我去文星當店員就可以不用花錢買書了;我當時是存著這樣的心理去應徵的。沒想到我去上班那天,《文星》發行人蕭孟能的太太朱婉堅,她是負責管文星書店的,她對我說:「上班的時間不能看書。」我的第一個夢想,第一天就破滅了。文星書店除了賣書,還賣一些仿古的畫或者複製品,蕭太太都很細心的替它們貼上標價。到了我進去工作的第 13 天,發生了一件嚴重的事情,就是蕭太太出去了,蕭先生從樓上的編輯部下來跟我一起照顧書店。有一個老先生拿著一幅複製古畫問說:「請問這幅多少錢啊?」我看了半天,找不到標價,大概是蕭太太漏貼了,而蕭先生也不曉得多少錢。那個老先生沒有買成,不太高興的走了。蕭先生也不太高興,說你來快半個月了,怎麼連這幅多少錢都不知道?當時我也沒有跟他解釋,說那是蕭太太漏貼,因為蕭先生也不太了解書店的作業情況。那天晚上下班時,會計小姐拿給我一個紙袋,是離職薪水,叫我明天不用來了。因為這樣,我在文星書店只工作了 13 天。

我離開文星那天，正好是 5 月 4 日。當時有點難過，但後來想想，在文星上班從早上九點到晚上八點半，時間滿長的，沒什麼時間寫作。而我在臺大上課是晚上六點開始，我在文星上班，臺大的課就不能去上。我想想，還是專心的在家寫小說吧。我離開文星以後兩個多禮拜，大概是五月二十幾日左右，皇冠的平先生就來找我簽約做第一批基本作家。但我的文星故事還沒有完。第二年 5 月 9 日我要結婚，5 月 4 日那天，我剛搬進新家不久，蕭孟能先生到我家來了。他到我家來就跟我道歉，說去年的事情很對不起。因為我去應徵的時候，是用我的本名，他並不曉得我會寫小說。後來我跟皇冠簽約，報紙雜誌都有報導，他已經知道這個季季原來就是以前在我們文星書店的李瑞月。因為這樣，蕭先生來看我的時候就跟我說，去年的事情很對不起。他說，如果那時知道你會寫小說，就把你調到編輯部去，現在你已經做了皇冠基本作家，成名了，也要結婚了，所以我來看看要送你什麼結婚禮物？當時我家什麼都沒有，他就問我說：「客廳沙發買了沒有？」我說：「沒有買，因為客廳很小，要放書桌，放不下沙發。」他說：「那書桌買了沒有？」我說：「還沒有買。」他說：「好，那麼就送你兩張書桌，你們可以好好寫作。」過了兩天，兩個書桌跟兩張可以旋轉的藤椅就送來了。我用其中的一張書桌，寫了 30 年。我早期的小說，都是在蕭孟能先生送給我的那張書桌上寫的。隱地後來去過我家，他曾經在我書桌旁邊的藤椅上坐過很多次。你記得嗎？（問隱地）

知道太多方法論反而把自己捆綁起來

隱：其實我們朋友做了那麼多年，今天季季講的許多事情我都是第一次聽到。關於季季，我們那時都把她傳奇化了；說是有一個女孩子她大學聯考不考，跑到臺北市來要當專業作家。如今那些過程，聽她講了之後，一切都非常邏輯化。當時我還真覺得特別。你看，應該去參加大

學聯考,怎麼會跑到臺北來參加救國團的文藝寫作營,又說要專門從事寫作。我們講 1960 年代,經過的時間已經四十多年,大家無法想像當年季季有多引人注目。因為那個年代對她來說是一則傳奇,19 歲作品就刊在《中央日報·副刊》,別人投稿投不進去,她一下子就連續刊出四篇。何況這麼年輕,當然引起大家注意。剛剛她提到的皇冠基本作家,當年都是顯赫有名的作家,只有她是新人又那麼年輕。後來她的婚姻也非常傳奇。有一天突然來了一封信,告訴我她要結婚了,要我不必送禮,不必喝喜酒,只要為他們祝福即可。更特別的是,她的婚禮怎樣開始的?他們一堆皇冠基本作家到鷺鷥潭野餐,大概有一條河呀,大家正在游泳、玩水的時候,突然現在已過世的名作家朱西甯宣布:「來來來!大家上岸,現在有兩個人要結婚了!」原來就是季季跟楊蔚要結婚了。那個年代她做的都是一些滿突破的事情,而且她後來很快就出書,書名《屬於十七歲的》,其中還有一篇叫作「沒有感覺的感覺是什麼感覺」……

季:〈沒有感覺是什麼感覺〉。

隱:〈沒有感覺是什麼感覺〉,還有一篇是寫戰爭的──〈擁抱我們的草原〉。記得當時我已經開始寫小說批評了。我有一本書叫作《隱地看小說》,我最初寫的小說就是在文星書店出版的《一千個世界》。為了想突破瓶頸,以及怎麼才能把小說寫好,就去讀好多好多文學理論的書、批評的書。其實創作就是創作,不必去看方法論的書,知道太多方法論後,反而把自己捆綁起來,礙手礙腳。寫小說,就是創造,無中生有,只要一枝筆、一本稿紙,小說就一篇篇產生了。至於寫得好不好,讓批評家去傷腦筋,對不對?

關於季季和我,那個所謂「屬於我們的六〇年代」,和現在到底有何不同,說來真是讓人無法相信,從苦難年代到如今物慾瀰漫,完全是兩個世界。在我們的年代,沒有金石堂,只有中山堂。中山堂是我們看電影的地方,吃西餐的地方,聽民歌的地方,也是我們約會的地方,

而整條重慶南路，幾乎都是書店，一家接一家，中南部的學生，到了臺北，最喜歡逛重慶南路，當然也要前往武昌街明星咖啡館前的走廊，瞧瞧所謂臺北十景之一的詩人周夢蝶的書攤，還有牯嶺街的舊書攤，和西門町的電影街，都是至今讓人津津樂道和無法忘懷的記憶。

當年重慶南路的書店雖然一家家並不起眼，甚至也談不上有什麼裝潢，但比較有人情味，賣不掉的書，它不會全部退光光，至少每種書總要留個兩三本，以免客人上門完全找不到。現在的金石堂，規模大了，一開就是近百家，書店有了設計，燈光也亮，但一切根據數字，銷不動和不好銷的書，全部退回出版社，沒有補書員，只有退書員，造成不好賣的書一本都找不到，好銷的書一大堆，賣書就像賣漢堡，文化事業似乎不應完全聽由電腦操縱。

在簡潔的基礎上建立風格

季：隱地的爾雅出版社今年已經 30 年，他說起出版有如「長江大河」，三個月也講不完，現在講到這裡就停止，很可惜啊！應該讓他多講一些。

剛才他說到我在鷺鷥潭結婚的事，我在這裡做個修正，因為並沒有像他說的那麼神奇。事實是這樣，皇冠的社長平鑫濤平先生，當時常為我們基本作家安排聚會。有時候請我們去吃飯，或帶我們去旅行，他曾經帶我們去太平山、阿里山，還有大里海濱等地旅遊。1965 年春天，他說要去鷺鷥潭，鷺鷥潭旁邊有一個情人谷，是很有名的旅遊景點。那時旅遊的勝地都是天然的，不像現在很多是人工開發的。平先生聽說鷺鷥潭很漂亮，第一是它的水非常清澈，因為它是北勢溪的上游，完全沒有汙染。第二、那個地方有很多鷺鷥，所以叫鷺鷥潭。他就說，我們來策畫去鷺鷥潭野餐。他聽說我 5 月 9 日要結婚，我跟他說我結婚不想請客，太麻煩了，平先生就說：「那這樣好了，我們正好要去鷺鷥潭野餐，你們就在那裡結婚，那些瑣碎的事情我們來幫你辦

理。」所以，並不是像隱地說的那麼傳奇，而是事先策畫好了去那裡結婚的，紅燭、酒、食物、飲料都是平先生幫我全部張羅好，然後由皇冠的同事及作家朋友一路幫忙帶到北勢溪的上游，鷺鷥潭。朱西甯跟我的先生楊蔚都是山東人，所以請他做男方的主婚人，瓊瑤就代表我父母做女方的主婚人。我要這樣結婚，我父親也沒有反對，所以你們可以想像我的父親對我有多麼的寬容。他只說，你們結完婚再回來見見親友。後來我帶楊蔚回家，我母親做了幾桌菜，請我們親戚來聚餐慶祝，也不收禮金。去年四月號《印刻文學生活誌》策畫一個「那年，20 歲」專輯，要我寫一篇 20 歲的文章；我 1965 年結婚的時候就是 20 歲，所以就寫了我剛才說的，到臺北以後這些事情，那篇文章的題目叫作〈鷺鷥潭已經沒有了〉。為什麼「鷺鷥潭已經沒有了」？有兩層含意，其一是我的婚姻滿短暫的，大概只有五年半的時間，1971 年秋天就離婚了。其二是當時臺北籌建一個翡翠水庫，完工後淹沒了很多山村、林地、河流，也包括鷺鷥潭。所以我在文章的最後這樣寫：「1987 年，翡翠水庫完工，北勢溪上游沉入庫底。鷺鷥潭已經沒有了。」那是一個很感傷的句子。回顧我的青春時代，那麼自由的到臺北來闖天下，也那麼自由，浪漫，有點天真的結了婚。但是後來發現婚姻有很大的問題，不得不離了婚。我也沒想到，後來這篇文章收錄在陳芳明教授主編的九歌版《九十三年散文選》，而且被陳教授認為是去年最好的散文，頒給我「九十三年年度散文獎」。得到這個獎，雖然很高興，但也有點遺憾。我一開始是寫小說的，但從 1977 年底進入新聞界工作後，大部分的時間都是在為人作嫁，服務作家，自己沒什麼時間和心思寫小說，相對的是散文寫得比較多，因為寫散文不用花太多時間去思考人物、對白、情節等等邏輯的問題。

寫小說，剛剛隱地說的，不要看理論。我是從來不看理論的，我曾經說過，理論的東西，對我來說不是石頭就是磚頭，我不知道隱地為什麼要去看那些理論寫小說，我自己比較喜歡看的是作家的經驗論。我

曾經很仔細的看過一本書，就是以《人性枷鎖》聞名的英國作家毛姆寫的，徐鍾珮女士翻譯，重光文藝出版社出的《世界十大小說家及其代表作》，評介的作家包括托爾斯泰、杜斯妥也夫斯基、巴爾札克、羅曼羅蘭等等。因為毛姆自己也是小說家，所以他特別注重介紹每一個作家的成長背景，為什麼開始寫作，以及每一部小說的創作背景，出版之後得到什麼樣的評價，後來在文學史上取得何種地位。我另外還看了一本跟這本性質有點像，叫《美國七大小說家》，包括海明威、福克納等等，也是深入介紹他們的生長背景及重要作品。我覺得，作家的生長背景，以及遺傳，對他的寫作有很深的影響。譬如說我，為什麼我會寫作，而在學校數學常常考零分？我認為那是我的基因的問題。我讀虎尾女中的時候，因為常常代表學校出去作文比賽得獎，校長曹金英很疼我，每次看到我，都摸摸我的頭說，最近數學是不是還是考零分？後來我做了皇冠第一批基本作家，報紙雜誌發表我放棄聯考到臺北參加文藝營那些事。虎尾女中的校友看到以後就說：「那個季季，就是以前我們虎女那個數學常常考零分的李瑞月啊。」所以我要說的很簡單，就是一個人一生做什麼事情，多多少少是基因，就是我們臺灣人說的，一枝草一點露，我有寫作的基因，加上有一個尊重我的基因，給我最大自由的父親，我才能在這個基礎上不斷的發展。所以，我也許會看評介一部作品的理論分析，是否和那部作品的主題與意象相合，但從不認為理論可以指導我們寫作。我始終認為，創作是先於理論的；如果遵循理論寫作，就失去了創作的自由和自主。

如果在場有年輕朋友想要寫小說，我另外提供一個參考；小說很重要的，第一個是直覺，第二個是想像力。第三個就是要有自我節制的能力。梁實秋先生曾講過一句名言：「文學的紀律是內在的節制。」小說題材本身有一個邏輯的次序，寫作的人可以無限的發揮想像力，但是一定要尊重作品本身的生命邏輯，要像梁先生說的：「多加剪裁，避免枝蔓。」

有些人寫作，文字亂七八糟，卻說要建立自己的作品風格，認為亂七八糟也是一種風格。但我的看法是：所有的風格都需建立在簡潔之上；也就是說，簡潔是風格的基礎。文字不夠簡潔，作品訴求的重點和意象就出不來。但是如果具有簡潔的能力，就可以從簡潔的基礎上去發揮自我風格。這風格可以像福克納那樣，一個句子八、九十個字，一個標點符號也沒有；也可以四個字就是一個標點符號，或者八個字一個標點符號。總之必須讓文字有一個呼吸的空間，有一種節奏。如果沒有簡潔的基礎，所謂的獨特風格也一定是慘不忍睹的。

關於簡潔的文字，如果在座有人沒看過梁實秋先生的散文，我建議你們要多看，從中學習「內在的節制」，了解文字是不能散漫無章的。

隱地剛才講到的中山堂，中山堂對我們那個時代來講非常重要。因為當時臺北的演出場地，沒有像現在有兩廳院、國父紀念館之類的地方。當時比較重要的兩個演出場地，一個是國際學社，後來拆掉了，就在現在的大安森林公園；另一個就是中山堂。當時重要的音樂會大多在這兩個地方演出。中山堂我印象最深刻的是楊弦的民歌演唱會，他把余光中的詩〈鄉愁四韻〉譜曲演唱，許多作家詩人都去聽，十分轟動。林懷民的雲門舞集，一開始也是在中山堂演出。我印象最深刻的是林懷民跳〈寒食〉，他自己演出介之推那個角色，穿了一襲白衣；象徵介之推出淤泥而不染、不跟人同流合汙的人格特質。那襲白衣的下襬非常長，他走上舞臺慢慢的走，慢慢的拖拖拖……拖到另一頭走入後臺了，那塊白布還沒有從他出來的地方拖出來。他那個舞蹈是非常有實驗性的演出，詩人商禽就站在舞臺邊朗誦他寫的〈寒食〉那首詩。那天也是很多文藝界朋友去看，看完我們就在中山堂前面聊天。林懷民的爸爸那時大概做內政部長，大家紛紛跟他說：「林伯伯恭喜呀！演出很成功啊！」林伯伯卻笑著說：「哪有什麼成功，就是一塊白布在那裡拖來拖去呀！」

再講到重慶南路，我剛到臺北的時候沒有錢，是重慶南路免費閱讀的

長期讀者。雖然那時都是傳統書店，但是我的感覺就如隱地所說的，那裡面的店員真的都是愛書的人，你站在那邊看免費書，店員也不會趕你。我認識更多的作家和作品，是從重慶南路的書店街開始的。尤其是每個月的新雜誌，能看到跟我一樣在寫小說的朋友發表了些什麼新作品，對我有很大的激勵作用。

年度小說的源起

隱：現在我們該談談「文學雜誌」和「年度文選」。諸位如果有機會到臺北誠品敦南店，一進門右轉有個圓弧形的雜誌架，幾乎有一萬種中外雜誌展示在誠品書店，非常壯觀，什麼雜誌都有。而最少的就是文學雜誌，只剩下《聯合文學》、《印刻文學生活誌》、《文訊》和《明道文藝》。《皇冠》還在，基本上它比較是走流行的，《皇冠》的創辦人平鑫濤當年是熱門音樂的愛好者，他也有一個筆名叫「費禮」。那時他在空軍電臺主持熱門音樂，當年的《皇冠》就是集郵雜誌、熱門音樂雜誌。後來有一次登了畢珍的長篇小說《古樹下》，剛好中廣將它改編成廣播小說，那是廣播小說的年代，也是崔小萍的時代，後來《古樹下》出單行本立即暢銷，從此《皇冠》的文學篇幅越來越多，然後又遇到瓊瑤的《窗外》，造成更大的轟動。我們那個年代的雜誌，文學味濃，譬如說有三本最有名的雜誌，一本是《純文學》，這是林先生林海音編的雜誌，當年我也有幸擔任過《純文學》的助理編輯，前後一年。直到我結婚，因家住北投，只好辭職。我的前任是馬各先生，我的後任是鍾理和的公子鍾鐵民，那個時候還有一本尉天驄編的《文學季刊》，白先勇、王文興、歐陽子、陳若曦等合辦的《現代文學》，連同《中外文學》。除了《純文學》，《現代文學》和《文學季刊》都沒有稿費，可是你看經過了 20 年、30 年以後──很多當年重要的作家全是在這兩本雜誌上寫稿的作家，那個年代大家有一股對文學的狂熱。
現在的大學生為什麼不能聯合起來好好從學生時代，就展開創作生

命。像季季 14 歲開始寫，我開始寫的時候也才 16 歲，大學生應該辦自己理想的雜誌，像我當年編的《書評書目》雜誌或其他藝術文學方面的雜誌。現在那種花花綠綠、以性感女郎為封面的八卦雜誌太多了。我們現在的社會活動辦得太多，作家多少應保持一些獨處時間。作家不是演藝人員；作家應該是讀他的心，心在哪裡？心在作家寫的書裡。

我講幾個感慨的數字，王鼎鈞先生當年在爾雅出版社出第一本書《開放的人生》，單是預約就四千冊，至今三十年間，總共銷了好幾十萬冊；琦君、白先勇、張曉風、席慕蓉寫的書，都有銷售數字超過十萬冊的紀錄。但現在無論什麼著名的作家，初版二千冊能銷完已屬難得，大多數的書半數都被書店退了回來。原因是，1960 年代，每年出書二、三千種，而現在一年出書超過四萬種，書種多，印書量反而大大降低，每種書只銷出一、兩千本，甚至只有幾百冊銷量，這樣的書，能對社會產生什麼影響力呢？我們談 1960 年代文學雜誌，讓我們懷念感嘆，而現在大學學院林立，大家熱中讀研究所，碩士之後又讀博士，文學博士每天都在研究什麼？為何不能研究出一本好的、真正的文學雜誌？我非常慚愧，做出版做了這麼多年，找不到一本出版史，找不到一本文學史，找不到一本小說史，找不到一本散文史。臺灣的文學基本上還是斷代的，都是個別的；每個作家個別均有成就，但是未能形成有系統的集體成就。文學明顯被政治掩蓋，被流俗文化掩蓋，文學變成弱勢又小眾。

其實我覺得測驗一個社會優雅不優雅，只要看文學、藝術、音樂是否在社會上受到重視，變成我們生活裡很重要的一環，政治不應該囂張霸道到鋪天蓋地，社會上的人才會活得比較愉快。一個優雅的國家，他們的出版事業蓬勃，而且不全是八卦的東西，應該以正統的詩、散文、小說為主，作家在社會上得到尊重；好的文學編輯，也有相對的地位，書也賣得很好。年輕的朋友，你們要反過來，丟掉網路、丟掉

電腦，應該重新拿紙、拿筆寫作，永遠記得紙跟筆就是我們文化最好的傳承。一旦生活只有電腦和網路，就像我講的，將來這個社會就只剩下數字，我們要躲避電腦陷阱。我覺得我們個人要抵抗科學的過度進步；這個集團化、商業化、財團化的社會，讓人靈魂墮落。我們在家裡，坐在燈下，打開一本書，從事心智活動，就會找回我們活著的價值。生活在網路裡出不來，你跟網路電來電去，你這個人很容易消失了，就像很多人在網咖裡面頭一低就死掉了，才三十歲！所以我說，網路是 21 世紀一頭專吃時間的怪獸。

季：看看隱地這些話說得多麼激動！我年齡比隱地稍微小了幾歲，不會那麼激動。關於他對電腦和網路的看法，我來說一些我自己的實際體驗。大約十年前，我們《中國時報》開始準備電腦化，定期請人來上電腦課，同事問我要不要報名，我都說不要。我當時的想法是《中國時報》全盤電腦化之前我已經到達退休年齡了。那時報社已經半電腦化，但還是「有紙作業」，記者的稿子，編輯的標題，都是列印出來給我看。大概 2002 年吧，離我退休年齡還有兩年，有一天我們總編輯黃清龍跟我說：「報社再過半年就全部使用 EMS 系統，你還是要學電腦哦，不然只好提前退休。」所謂 EMS，就是「無紙作業」，所有看稿改稿編輯等等，作業全部在電腦裡進行。我看我的孩子用電腦非常嫻熟，好像沒那麼難，我兒子說：「本來就沒那麼難，是你自己覺得難啊。」我就說：「好，你去給我買一臺電腦回來。」電腦買回來後，我兒子教我一些基本操作方法，我就開始學打字。要學打字，總不能亂打對不對，所以我用三個月的時間，一邊學打字一邊完成了一篇小說。在那之前，我已很久沒有寫小說了，但是因為學電腦，竟然完成了一篇七千多字的小說〈鳥與蜂的對唱〉，後來發表在《聯合報・副刊》。經過這件事，我知道電腦並沒有那麼可怕，電腦不但讓我再開始寫小說，在資訊取得方面也增加了不少方便。

至於隱地說的電腦網路現象，我來舉個例子。Google 已經把全球許多

大圖書館的書都上了網，這是一個好消息，問題是：我們有那麼多時間閱讀嗎？我們看得了世界各大圖書館的幾百萬本書嗎？當然不可能。但 Google 為什麼這麼做？很簡單，電腦裡的世界跟現實人生一樣，各取所需：你要的，你才選取；幾百萬本裡總有你想看的幾本啊。我們的人生要面對很多狀況，謊言、吸毒、凶殺、誘惑等等，像我，就只選擇做一個安靜的寫作者。電腦網路裡也一樣有謊言、詐欺、色情等等，還有很多所謂的網路文學，這些都需要我們自己決定要接受或拒絕。不過電腦裡的資訊，不可否認有不少便利性。譬如說，我不可能訂閱很多報紙，但只要在電腦裡點一點，就可以看到各報副刊發表哪些文章，不必像剛來臺北那樣跑到重慶南路書店街免費閱讀。所以隱地，電腦沒有那麼可怕，各取所需就好。我想我們這個年齡，一定更曉得各取所需的智慧。

現在我們是不是來談年度小說？

隱：看來畢竟季季比我年輕，她還有新的學習時間。我必須承認自己像一個「今之古人」。季季帶來這本《這一代的小說》，是「年度小說選」的雛型，收錄了民國 45 到 56 年發表的 19 篇小說。這個版本是當年在大江出版社出的最初版本。民國 54 年出版，至今已經超過四十年。大江出版社的梅遜先生，本名楊品純，今年 81 歲，他的眼睛已經失明二十六、七年，卻毅力堅強的繼續在寫作，是一個很特別的作家。他當年是《自由青年》的編輯。我年輕時到西門町去逛街，其實都是跑到當年社址在臺北市昆明街 49 號樓上的《自由青年》社和梅遜先生聊天，回想那時候的編輯多麼有愛心，他跟我差了十多歲，隨便問他什麼問題，他永遠跟你談。我現在想想那時候因為他沒有女朋友，孤家寡人在臺灣，任何年輕愛好文學的人去找他聊天，他都跟你聊；變成他的編輯部就是我們的度假中心。我們那個年代對文學都有一股狂熱，他後來發現好多人想出書，外面的出版社不肯接受，乾脆他就登記一家大江出版社。任何人找不到出書的地方都可以到他這個出版社

出。像陳芳明、簡宛、丘秀芷，當年都曾在大江出版社出書，我的《隱地看小說》和最初的幾本「年度小說選」，也都由大江出版，所以梅遜先生真的是我最早遇到的貴人和恩人。他後來眼睛失明了，但是他現在還在寫作。爾雅出了他幾本書，九歌也出了他幾本書。最近我還會為他出版一本《新為我主義》和另一本《孔子這樣說──從論語看「為我思想」》。

為何我要在談「年度小說選」前先談梅遜先生？因為梅遜先生接納了我的「年度小說選」，讓我的夢想成真。

第一本年度小說選，書名《十一個短篇》，由仙人掌出版社出版，但出師不利，銷路不理想，仙人掌不願繼續出版，我就把它搬回大江出版社，和當時的幾位年輕朋友如沈謙、鄭明娳、林柏燕、覃雲生、鄭傑光、洪醒夫等人，成立一個「年度小說編委會」，把每年最好的小說編成一冊，前後歷時 31 年。中間經過進學書局、書評書目出版社，後來成了爾雅招牌書，銷路好的時候，也曾印到七版，轉載費也因而提高到每篇一萬二千元，但早年像 57、58 等幾年幾乎未付轉載費，主編人也義務幫忙，甚至還自掏腰包貼錢才能把書印出來。

「年度小說選」編到民國 87 年就結束了，因為報紙和電視新聞情節豐富，顛覆了小說，每天報上的新聞，比小說更精采，已經超過小說家的想像，所有驚悚事件，連連發生，加上高學歷時代來臨，人人都會寫作。寫書的人多，讀書的人少；書籍出版，供過於求。而「年度小說選」的成本高，出一本年度小說，幾乎是四本書的成本，而銷路徘徊在二千本左右，只好忍痛停編，爾雅除了停辦「年度小說選」，也停辦了「年度詩選」和「年度文學批評選」。

一個文學出版社，除了編「年度選集」之外，也可以幫作家做許多其他的事情，譬如替作家拍照。爾雅就曾為作家出過兩本作家的影像集。把一個作家的特性拍出來，而不只是出書時作家隨便拿出一張身分證登記照放在書上。

黑夜裡永不熄滅的炭火

季：關於年度文選或文學獎，每個評審都會強調他的態度很客觀，但我覺
　　得，閱讀的本身是一種直覺，也就是說，第一時間它就是主觀的論
　　定。所以文學批評不管再怎樣強調客觀，它其實是從主觀出發的客
　　觀，然後再考量其他的因素，從主觀的一點慢慢擴展成盡量客觀的平
　　臺。我們看諾貝爾文學獎，寫《戰爭與和平》的托爾斯泰，寫《尤利
　　西斯》的詹姆斯・喬伊斯，都沒得過這個世界大獎；反之，許多得過
　　這個獎的作家，現在我們已忘了他們的名字和作品。為什麼會這樣？
　　那就是評審在客觀的平臺上，對作品仍有主觀的認定。在臺灣，寫
　　《家變》、《背海的人》的王文興先生，也沒有得過什麼大獎，但這兩
　　部作品已被公認是臺灣現代文學的經典。得到文學大獎，拿到一筆獎
　　金，對作家辛勞創作當然是一種鼓勵，但對作家與作品的文學地位，
　　其實毫無影響。我覺得，作家的責任就是創作，作品完成，責任也就
　　完成，至於完成以後會得到怎樣的批評，得到什麼樣的掌聲，賣了多
　　少本，得到什麼獎，跟作家、跟創作都已經沒有直接的關係。
　　對初學寫作的年輕朋友，得文學獎或作品被選入年度文選，我相信具
　　有相當大的鼓舞作用。今年我從九月到現在，看了各種文學獎的小說
　　大約一百篇，還看了十一部長篇，發覺其中有些作品是相同的人寫
　　的，但是寫來寫去都差不多，沒有非常特殊的有創意的作品。我以前
　　參加文藝營時，老師只叫我們寫一篇小說參加比賽，並沒有規定什麼
　　主題，寫的時候很自由。但現在許多文學獎——尤其是地域性的——
　　都會規定寫作主題，像高雄市的打狗文學獎，就規定要跟海洋有關
　　係，因為高雄是一個靠海的都會。以此類推，為了符合各類文學獎的
　　特性和主題，寫作者在寫一篇小說時，第一時間的構思就已經不一樣
　　了，不是你原來真正的、非常敏銳觸發你內心的那一點點東西。你想
　　的是我要怎樣來符合這個主題，用什麼樣的故事、人物來烘托和主題

相扣的意象。這和創作者初發於內心的文本，已經有一大段距離。

我們回頭來看 1960 年代《現代文學》、《文學季刊》的白先勇、陳若曦、王文興、歐陽子、陳映真、黃春明、七等生、王禎和這些可敬的寫作前輩，他們當時甚至連稿費也沒有，就是很純粹的創作的熱情，支撐著他們寫出那麼多那麼好的小說。我們以前很拮据的年代，用一個紅泥的火盆燒了一爐木炭，那炭火微微的、紅紅的，一直不斷地在黑暗中發亮；我想文學應該就是那樣的東西。那一點點微弱的火光，在黑夜裡就是我們最大的光芒。所以，文學獎也許像日光燈發出很大的光芒，但是創作最動人的地方，就是黑夜裡一盆微微的永不熄滅的炭火。

現在回來說我與年度小說的關係。我選年度小說，在作品水準的論定上非常主觀，但在選取的篇目和內容的搭配上，盡量做到客觀。我希望當年選入的作品，可以反映那一年的臺灣社會發生什麼樣的事情，或是那一年的臺灣作家用什麼樣的方式表現他對某一個事件的詮釋。當然，最重要的是，這篇小說有沒有寫好？我認為好的小說的標準，第一是我一再強調的，文字要簡潔；第二是在簡潔的基礎上有沒有寫出自己的風格；它也可以凌亂，但這個凌亂一定是亂中有序的那種亂。第三當然是看它的故事和人物。如果文字好，故事和人物就能活起來；因為故事的情節鋪展，人物的個性、對白、動作，都需要精準的文字支撐和烘托。最失敗的小說是作家自說自話；小說人物不管阿貓、阿狗、阿豬，不管老少男女，講話的語氣都一樣。小說人物因為年齡不同，教育背景和家庭教養不同，性別不同，說話的語氣應該是不一樣的；成功的小說，往往一句話就可以凸顯小說人物的個性。除了以上說的，我也非常重視小說結尾的意象，這個意象有點像繪畫裡的留白，會讓我們對那篇小說留下一點點的想像，還有一點點的喜悅，還有一點點的感動。

以上這些條件，是我編選年度小說時很重要的幾個考量。我編過的年

度小說，65 年、68 年、75 年、76 年，一共四次。75 年編完後，隱地跟我說：「季季，以後都由你來編好了，免得我每年要找人，很麻煩啊。」我本來也答應了他，但是 76 年結集出版後，我的工作職務調整，比以前更忙，我就對隱地說：「不行，太累了。」後來我就不再編了。其中的 75 年小說選，是我自己非常喜歡的一本。其實編這本書，決定非常倉促，因為隱地原來請了一個教授主編，但那位教授突然必須在年底那兩個月出國開會，無法完成編務。10 月 15 日晚上 11 點，我還在報社上班時接到隱地電話，要我無論如何不能拒絕這件事。以前隱地曾勸我要學會拒絕別人，留一些時間給自己寫小說；那天晚上他來電話叫我不可以拒絕他，我還能拒絕嗎？所以，《七十五年短篇小說選》，我的編選序言是〈最後一節車廂〉，因為年度文選的主編，通常是在年初就決定，上了第一節車廂開始作業，而我是年底才上車作業的。

既然不能拒絕，答應之後我就開始構想編輯方向，首先想到的就是封面。以前十幾年的年度小說選封面，設計完全一樣，每年換個顏色，好像變成一個範例，看到封面就知道是年度小說，但我覺得那固定的封面實在太呆板了，所以就建議隱地，封面重新設計，把入選年度小說的作者照片放在封面。後來我請《中國時報》的同事何華仁設計封面，果然形成一個新的特色。

剛剛隱地提到作家影像的問題，我順便補充一下我的看法。隱地出過幾本作家的影像書。其中有一個攝影家，多次叫我去他的工作室拍照，我都沒去。這並不是我驕傲，而是我以前在報社上班，大多下午三點以後才起床，時間很難和他配合。後來類似的情況，攝影家要給我拍什麼作家影集，我也都沒有答應。除了時間因素，另一個原因是我很怕那種有點沙龍式的攝影方式；我看過幾個朋友去工作室拍的影像，大多表情僵僵的，失去原來的風采。我有一個朋友被一個攝影大師請去工作室拍照，帶了四套衣服去換，攝影家不斷指導她的姿態、

表情、眼神，讓她覺得從頭到腳任人擺布，一肚子氣卻不好發作。後來照片寄來了，她說天啊，怎麼把我拍得這麼臃腫難看？我也覺得那位攝影大師確實沒把她典雅美麗的風采拍出來。我不但怕那樣的場景，更怕那樣的後果，所以比較喜歡在自然的狀況下拍照。

我編《七十五年短篇小說選》時，請作家提供他們自認滿意的照片，那些照片，都能代表作家自己的風格。除了改變封面，那年小說選有兩位作者特別值得一提。其中一個是以〈一夕琴〉入選的蔡素芬，那年她只有 23 歲，是最年輕的入選者。經過 20 年，蔡素芬已寫了《鹽田兒女》等名作，今年《自由時報》舉辦第一屆林榮三文學獎，短篇小說首獎獎金高達 50 萬臺幣，備受文壇矚目，蔡素芬就是這個文學獎的主辦者。另外一個是以〈將軍碑〉入選的張大春。1982 年馬奎茲以《百年孤寂》得諾貝爾文學獎後，臺灣文學界也開始風靡魔幻寫實，但許多作者的才氣、技巧不足，寫來往往只有魔幻沒有寫實，張大春是實驗魔幻寫實技巧最成功的作者。他那篇〈將軍碑〉，那年獲得時報文學獎小說首獎，入選年度小說後又獲得洪醒夫小說獎。說到洪醒夫小說獎，我就想起 65 年我第一次編年度小說，隱地跟我說，美國有一個人很喜歡年度小說，那年他要提供一萬塊臺幣，獎賞一位入選「年度小說」的作者——

隱：那個捐錢的人就是林海音的兒子夏烈，他那時在美國當橋梁工程師，自己也很喜歡寫小說。後來得到那筆獎金的是——

季：是吳念真。

隱：對，吳念真。那時吳念真的經濟狀況不好，這一萬塊對他非常有用。

季：但我決定獎賞他，並不是因為他的經濟情況不好。吳念真那年 25 歲，也算文壇新人，白天在臺北市立療養院圖書館工作，晚上讀輔大夜間部會統系一年級，是服完兵役才考大學的。他是家中的老大，有四個弟妹，父親在金瓜石做礦工，所以他初中畢業後就開始半工半讀，薪水大多要寄回家貼補弟妹的學費，是很努力上進的年輕人。

那一年有不少名家入選年度小說，包括七等生、王禎和、陳若曦、陳雨航等人，他們的小說當然也寫得很好，但我最後把那一萬元獎賞給吳念真的〈婚禮〉，有兩個決定因素。其一是他的寫作潛力與爆發力，那年他共發表了六篇小說，是入選的 14 位作者中，全年發表作品最多的，而且每篇都寫得很好。其二是〈婚禮〉所呈現的悲憫胸懷。〈婚禮〉是一篇典型的礦區悲喜劇，寫從小失去父母的田清祥，眼見一個礦工去世後，礦工太太失魂落魄，無法照顧孩子。為了不讓孩子重複他的不幸，田清祥決定做孩子們的父親，娶了礦工的遺孀。所以我在〈婚禮〉的「評介」第一段，是這樣寫的：「吳念真是一個讓我感到驚訝的新人。我驚訝的不是他作品中的閃爍才情，而是它賦予作品人物的那種悲憫的胸懷。這種胸懷，對一個今年 25 歲的青年來說，確是非常的難能可貴……。」後來隱地決定設立洪醒夫小說獎，可能和 65 年夏烈捐的這一萬元獎賞有些關係。洪醒夫是民國 71 年 7 月 31 日在臺中發生車禍，去世時才 33 歲，他的短篇小說集《黑面慶仔》、《市井傳奇》、《田莊人》，都是很好的鄉土文學作品。

隱：因為洪醒夫當年也算我們……我剛剛講是一群文友，有鄭明娳、沈謙、林柏燕、覃雲生。洪醒夫也是我們編年度小說的夥伴之一，後來他車禍去世，我覺得應該為他設置一個獎，這就是後來的「洪醒夫小說獎」。當年我們熱中文學，然而更重要的是社會本身有一種氛圍，那個年代不曉得為何大家——不管男的、女的、年輕的、年老的作家，大家都在辦文學雜誌。年紀比較大的作家，譬如像尼洛、章君穀、高陽……他們在辦《文藝月刊》、《作品》雜誌，還有《文壇》的穆中南……，我們希望把文學風拉回來。人生在世，勞勞碌碌，唯有閱讀，可以擺脫庸碌人生。

諸位今天肯來聽季季和我對談文學，希望諸位回家以後，不管以前喜不喜歡閱讀書，從今而後，找一本你喜歡的書，設法養成閱讀習慣。親近文學就是有福之人。季季也講過，看小說就是看得見別人，我們

現在很多人每天腦筋想的都是自己的不得志，當然會得憂鬱症。我們若能把自己的痛苦縮小，痛苦就根本不算什麼。

真正的痛苦，古今中外的經典作品，裡面有多少人類的苦難、戰爭、災難……，我們個人的小悲小痛算什麼？文學真的可以療傷。我自己遇到困境，就以閱讀和寫作療傷。

講來講去，我此生的特色就是靠近書、親近書。大家好像都說讀文科的、文學的沒有前途。什麼叫沒有前途？讀理工的就一定有前途？未必。我所以勸人接近文學，因為文學總是讓我們思考人為何而活？文學要人慢慢思索，人生最有趣就是「慢」。慢下來、一切慢下來，才能什麼都看到，看到別人，也體會別人的想法。眼前的社會什麼都太快，連旅行都只是車過，文學就是讓我們什麼都去走一走，而不只是車過！

只要接觸文學，年紀大了也不會感覺孤獨，因為書籍不會背叛我們。只要書籍永在，音樂永在，電影永在，任何時候你跟這些靜物做朋友，這個書裡的世界真的就是植物園，吸收芬多精，然後你的精神生活就會充實。書看多了人就有自信，你也會比較敢講講話，發表一點自己的意見。

從現在開始，除了看書、聽音樂，還要去看電影。透過電影，透過好的文學作品，你會知道什麼事情對、什麼事情不對，閱讀文學和看經典電影都會給我們頓悟。然後我們關心別人。對人有興趣，也充滿熱情，這樣就是熱愛生命；熱愛書的人，熱愛電影的人，熱愛藝術的人，都是熱愛生命的人，這種人就不會活得垂頭喪氣。我們雖在苦悶的年代，仍要活出自己的品味生活。

文學是緩慢形塑的過程

季：剛剛大家是不是充分的、百分之百的感受到隱地這位憤怒老年的憤怒？我認識隱地四十多年，以前我們也常在各種不同的場合見面，在

電話裡聊天，他也常表現這樣的憤怒。不過剛才這一連串「啪啪啪啪啪！」是我聽過最長的憤怒。我想大家也一定可以感受到他的用心良苦。也許因為我比他年小幾歲，還沒有到憤怒老年的年齡，沒有像他這麼憤怒。

我們剛才從飛機場來文學館的路上，應鳳凰教授很貼心的幫我們準備了一盒午餐在車上吃，隱地很快就吃完了，我卻還有很多東西沒吃。我跟隱地說，我從小就聽父親告誡，一口飯至少要嚼二十下，我看我父親好像不止二十下，而是嚼了三四十下，常常我們全家都吃完了，他還在吃，我母親就生氣的說：「食卡緊咧啦！我要等你洗一塊碗等半天。」我父親就說：「你免等，我慢慢吃，我會自己洗。」我母親晚年的時候，感慨的說：「誰叫伊的名字叫『日長』，伊的日頭就是比人家長啊。」我父親的名字叫李日長。

這雖是題外話，但一口飯至少嚼二十下這件事卻影響了我的一生。因為吃飯慢，相對的，我做什麼事也都慢。譬如說寫稿，有人一天可以寫幾千個字，我一天如果能寫一千字，就很滿意了。但寫得快未必寫得不好，寫得慢也未必寫得好，我想這是因人而異的。不過就我自己來說，慢的過程有一個節奏，那個節奏就像自我管理，讓我知道我要做什麼，不要做什麼，讓我知道我寫什麼是好的，不寫什麼是好的；在這個節奏邏輯裡，我得到我最愉悅的寫作世界。所以，我覺得文學是一個緩慢形塑的過程，因為緩慢，我們現在還可以看到幾百年前的作品。大家可以回想一下，產業革命以後發明的很多機器，早已沒有人在使用了。科技標榜一日千里；三年前的發明，三年後可能被更新的產品取代而停產。一代又一代，科技產品不斷更新，三年、五年，它的生命就沒有了。但是文學，三百年、五百年，我們都還可以看得到，這就是緩慢的過程，緩慢的好處。所以最後，我要用「緩慢」這兩個字送給各位。我們大家緩慢的前進，緩慢的創作，如果有能力，我們要留給後代一些緩慢的成果。

謝謝各位。

　　　　　　　　　　　　2006 年 6 月《明道文藝》

──選自季季《我的湖》

臺北：印刻文學生活雜誌出版公司，2008 年 7 月

成長中的季季

◎魏子雲*

　　因為我有幸在季季從事寫作開始起步時，就認識了她，再加上我的年齡關係，同時，又由於在她參加暑期青年自強活動的文藝營時，聽過我幾堂課，所以我一直被她當作師長一樣的尊敬。正由乎此，當她要我在她自選集上寫幾句弁言，自也不便推辭而樂於為之。

　　記得我認識季季的那天，在實踐家專辦公大樓前面的草坪上。那時，最少有一百人萃聚在一起座談文藝寫作。我遲到了，遂有幸蹓到後面，坐到同學之間。時間已近八時，雖有晚風吹拂，而日間的伏燠仍未消失。因而有些同學坐在人堆後的草地上，於是我參加了他們。坐下不久，身邊就圍攏了幾位同學，跟我輕聲討論沙林傑的《麥田捕手》（《作品》雜誌的初次譯名為「頑皮少年」），以及海明威的《戰地春夢》及《老人與海》等。其中就有季季在內。那天，向我提出問題最多的有兩位，除了季季，另一位名詹紹慧。如今，時間雖已過去十三年了，這兩位年輕人卻未嘗與我失去往還。詹紹慧雖還未能在寫作上，像季季一樣的出人頭地，但卻完成了高等教育，在相夫教子之餘，還盡職於誨人不倦的教育工作；對於寫作仍具有熱誠與信心。然而她自己也無可否認的承認，在寫作的才情上，去季季可是有些距離了。

　　海明威與沙林傑都是以描寫現代青年迷失心理而見長的作家，他們都是從迷失的心理上去著墨於人物的性向與作為。所以心理描寫，在海明威與沙林傑的作品中，幾是所占特重的手法。像《麥田捕手》運用於霍頓心

---

*魏子雲（1918～2005），安徽宿縣人。文學研究家、小說家。發表文章時任教於中興中學。

理上的意識流態；像〈在我們的時代裡〉運用於傑克行為上的迷惘情態；都是季季早年曾經用心探討過的寫作方法。那天晚上，季季向我提出她讀《麥田捕手》後的感受，認為時空的錯亂，使她不能進入情節的演變過程。當她了解了人物的意識形態，可以駕越時空而任情飄飛的時候，她頓時豁然。這些使她深受影響的寫作手法，我們可以在她這本自選集中的早期作品裡，獲得明確的答案。

　　（季季之所以初次與我交談時，就向我討論《麥田捕手》，是因為那時的《作品》雜誌，已譯出《麥田捕手》，註明校對人是顧獻樑先生與我兩個人。實際上是，這本書是我推薦給《作品》當時的主編章君穀兄的；《作品》打算每期刊完一部長篇。這本書首請我同在新聞局共事的劉守世兄著手迻譯，但為了趕時間，我又臨時約請了宋瑞兄加入；宋瑞兄與我也是空軍中的同事，又是芳鄰，相託方趕譯後一半。所以這本書是劉宋二人合譯。在校對過程中，我首看初校樣。遇有晦澀之處，除與譯者商量之外，在原文方面，再請顧獻樑兄加入斟酌。在刊出的當期《作品》上，又由我寫了一篇有關沙林傑的介紹。季季遂抓住了對我的這一點點認識，向我提出談話的話題。）

　　當然，我說季季早期作品的寫作手法，來自海明威與沙林傑的影響，只屬於一種激發與啟示，在實質上，則尤有賴於她一己的性格與生活境遇的形成。就像那天晚上我們大家隨興談了一個多小時之後，倘使她也像其他人等一樣，沒有再繼續燃燒她的志趣於寫作的生命，不也像其他百餘人似的，天南海北，都早已彼此莫之所之了嗎？然而季季竟在第二年高中畢業之後，隻身來到了臺北。夏令營的小說隊，她又參加了。湊巧那年我在營中主持教務部分。由於她是去年這一營隊獲得小說競賽第一獎的人，所以這一年，季季特別受到師長與同學們的青睞。而季季卻一絲也沒有被人驕矜之氣的態度。（那一期，尚有還在讀高中的林懷民。）就在那一年夏令營過了的春天，我接到季季由永和鎮寄來的信，問我何時在家，想來看我。等她到來，才知道她是隻身來到臺北，理想做一位職業作家，但經過

數月奮鬥之後，方始發現這個無根的「職業」，不易維持腹飽身暖，不得不想到去謀一聊可糊口的工作。那天她來，就是希望我在這方面有所助力。起先，我為她理想於皇冠的校對工作，經初次遊說於平鑫濤兄之後，當平兄得知這位季季小姐的理想是寫作，便認為一位有志於從事寫作的人，絕不適宜於擔任校對工作。校對的工作是死板的，要全心志依照原稿一字一句的比對，不能分心。寫作的人往往會在校對時，把校對中的稿子，送進意識中的聯想，校對必易生錯誤。由於《皇冠》曾經刊用過季季的兩篇稿子，所以平兄對於季季的寫作才情，相當欣賞。當時他就要我回去問問季季，一個月需要多少生活費用，《皇冠》可以按月預支，在稿費中扣抵。就這樣，我把季季約來，陪她面謝了平鑫濤兄的協助。時為民國 53 年 4、5月間的事。之後，平鑫濤兄與我閒談，遂決定採取協助季季的這一原則，訂定了《皇冠》基本作家的理想。不久，《皇冠》與不少作家訂立基本作家契約的措施，便是由幫助季季這件事開始引發出來的。直到今天，季季仍念念不忘地說我在她困難中幫助了她，就是指的這件微不足道的事。

　　季季常常告訴朋友們說，她隻身來到臺北後，時常身上只餘下了一元錦幣。而她卻一直在靠稿費生活。這情事，足可想知季季有志於從事寫作的決心。荀子有言：「真積力久則入」。任何一位有決心專一意志於一件事去做的人，沒有不成功的。若以現時社會形態來說，有志從事寫作的人，要想達到理想中的一點小小成就，必須有忍耐性去耐得住貧窮、寂寞，以及在生活上所遭受到的折磨與在寫作過程中，所曾遭受到的打擊。倘使一個從事寫作的人，無耐力抵得過上述這幾件事，譬如在遇到貧窮時，就改弦而更張（換言之，即投降於富貴之域）；遇到寂寞侵入時，就乞盟於喧囂繁華相助；在生活上（包括環境與感情）受到折磨，便頹喪得抬不起頭；在投稿時遭受退稿或作品受到不好的批評，也因而失去了寫作的勇氣與信心；豈不是會在貧窮與寂寞以及各種折磨與打擊下敗下陣來？這樣，準不會有作品躋入作家之林了。那麼，我們如拿上述的這些來論斷季季，就不會不讚賞她確是一位具有寫作意志而毅力堅強的作家。據我所知，像貧

窮、寂寞、環境與感情的折磨,寫作過程中的打擊,她都經歷過了。似乎如今她仍在感情的漩渦中忍受著那種「沒有感覺是什麼感覺」的折磨。

我還記得〈沒有感覺是什麼感覺〉的文稿,是先送給我看的。讀過之後,卻使我非常喜愛,便寫了一點簡短的評介,送給了《聯合副刊》主編平鑫濤兄。刊出之後,居然有人責怪季季寫得太真實了。不過,作家與作品的關係,大多離不開作家的生活歷驗與觀照,若一旦形之於作品,那生活的歷驗,必然只餘下一個影子了。毛姆在《餅與酒》的序言中,曾論及此一問題。其他作家也說過。

季季這本自選集中的十篇作品,除了〈拾玉鐲〉與〈寂寞之冬〉這兩篇,我未嘗寓目,其他我過去全部讀過,有幾篇是在未發表前就讀過的。如今重讀一遍,篇篇都有重逢故人似的喜悅。同時,我從季季自選的這十篇作品中,體會了她寫作風格上的逐漸轉變,我們可從發表於民國 63 年間的〈拾玉鐲〉以及發表於民國 60 年間的〈寂寞之冬〉這兩篇,用來與其他幾篇比擬,準會感覺無論在題材的處理,時空的安排,情節的端緒,尤其是人生的觀點,都有著判然異趣。雖仍未脫人生的迷惘之域,但對所寫人物的人生迷惘意蘊,則需改以客觀手法處理了。

我讀到季季的第一篇作品,是她第一次得獎的〈兩朵隔牆花〉(後來發表在林適存兄主編時的大型《幼獅文藝》上)。她一開始走的就是客觀手法的寫實,略帶著幾分傳奇色彩。後來,我又在《中央日報・副刊》上,讀到她的〈檸檬水與玫瑰〉(該文收在她第一本書《屬於十七歲的》裡面。)這篇小說的結尾,雖仍安裝了都市傳奇的乞巧,然而其他部分,則純以外觀的描寫,來深入內心的析理。較之〈兩朵隔牆花〉,可是突飛而猛進了。等到〈沒有感覺是什麼感覺〉發表之後的數年間,她的作品大抵都在描述現代青年男女的內心迷失情態,收在此一自選集中的過半作品,都屬於此一時期此一性質。我認為季季寫的這一性質的作品,是她成功於前期的一個寫作過程。因為她這一時期這一性質的作品,不僅發抒了她自己的迷惘心情,也洞照了所有這時代青年人所染上的這種屬於國際性的現代病。這

應是季季前期作品的成功之處。

　　像〈寂寞之冬〉與〈拾玉鐲〉這類逐漸轉變後的客觀寫實之作，只是在處理題材的觀點上，有了改變。今後，季季是否在寫作風格上，改走現實主義的寫實，現在自還無法預見。總之，由於人的年齡關係，閱歷關係，對於人生的感應，自不會再像青年時代一樣的狂熱與理想，對於人生間的一切問題，自也不會再投以直覺的反映，要用冷靜的思考去等衡去辨析了。所以我們已能在〈寂寞之冬〉與〈拾玉鐲〉這兩個中篇中，領會到季季在寫作過程上的轉變與進益。譬如張愛玲後期的《秧歌》與《赤地之戀》，也是從主觀的映照進入客觀的觀察後所產生的作品，如今，進入老年的張愛玲，寫作的興趣卻放到考據上了。想來，這是人生在寫作過程上必經的階段。年齡往往是改變一個人的人生觀的主要關鍵，方過三十歲的季季，她在寫作過程中，方始步入第二期。今方春葩初放，距麗日中天尚有一段路程，自難預言其未來。然從她當前所長出的枝幹來看，已是環抱之材盛蔭之蓋了。

　　至於這自選集中的各篇，其小說藝術上的價值如何？應讓讀者各自去感受、各自去獲益的問題，恕我不在此處絮言我一己的主觀讀後。再說，季季的作品，篇篇都有可探之賾蘊，若認真去分析，亦良非本書所能容納。何況，我的看法又未必是別人的看法，就像我新近讀到某家大報的徵文，那位評選委員在評選之餘，所寫的那篇評一樣，他所指出的那作品的缺點（他說那老人不該去踢他養的那頭癩皮狗），在我讀來，便不能同意。又怎能在此去妄言我的主觀見解，來增加讀者的負荷呢！不過，有一點我卻想提供讀者留心，那就是季季的善於處理題材。如〈褐色念珠〉，那是她隨同作家訪問團去澎湖回來之後寫成的作品；〈擁抱我們的草原〉，是參加《幼獅文藝》指定題材範圍寫作出的作品，試看，這類題材在她筆下，便處理得與一般作品，完全不同。雖然，這兩篇都充滿了她那一時期的迷惘氤氳，然而她所傳施於作品中的愛國情操與民族意識，則出乎至誠發於摯情，非徒付以形式者所能比擬了。

　　處理題材，是作家必須具有的才情。作品的成功與否，有所恃的因素雖多，然處理題材則是未落筆之前即應有所決定的一個問題，這個問題的決定，除了通過作者人生的觀照，更得通過作者的藝術觀點，所以題材的處理，往往是作品成功與否的主要關鍵。季季在這方面，似乎已建立了她一己的特色。這是我在此特別提請讀者萬別忽略的一個問題。當然，季季在這方面，必定還有所變化，那都是以後要談的問題了。

——選自季季《季季自選集》

臺北：文豪出版社，1976 年 10 月

季季這顆景星

◎朱西甯[*]

　　一顆景星，在中國現代文壇上被誤解為彗星的出現；她開出一片新的磁場，引出一個去向，磁吸了多少新起一代的筆，多少新芽便朝向生長，茁然無際。我們是很知道，多少新芽已然越過了她，而她似乎也正滯留在一個生長的關口，然而畢竟她是那個引發者，容我們把這顆景星，冠給季季，不管是獎譽抑或酬庸罷！

　　即使了解季季如我，也每每覺得季季有些幸運；我深知這是一樁錯誤。有一年年底，走出國防部的咖啡廳，我發現季季有一副單薄而寒傖的肩，在寒風裡。當鋪的高櫃前面，才是出現這樣單薄而寒傖的地方。關心她空著手回去二崙，我才是蠢才；仰慕她的好父親，而不知她已擁有豐足的孝心，那麼自信的走回去省親。僅是離家一年之後的光景，在一座藝術蒙塵於市囂的大城裡，她居然跺一跺腳，儘管是微感級的地震，到底是有了動靜；千萬雙三寸跟的鞋子跺不過一雙藍布鞋，她吃的是一天五塊錢的給養，而她是一眼底的輕蔑，丟下嘲弄給這座專事侮辱藝術的大城，讓她們去美容她們的醜罷，她就是這樣的背負起一囊的豐足和貧寒，回到貼滿了春聯的那座村落。她是一個反叛的女兒嗎？那麼一個開明而智慧的父親，直指她的〈漂在海上的叫春貓〉不曾化開的概念，僵硬的損傷了那篇原可處理得完整的作品。一位農民型的父親所提出的藝術見解，正是季季把原稿給我看時，我們所持的看法。這樣，如果說一個天才便可以在藝術

[*]朱西甯（1927～1998），本名朱青海，山東臨朐人。散文家、小說家。曾任《新文藝》月刊主編、黎明文化公司總編輯。

上不愁吃喝，可以信嗎？五塊錢一天的苦日子，夢想有一張書桌而不可得，這就足夠說明季季的「幸運」了；我們只看到這顆景星眩人的鋒芒，只看到她僅僅三兩年的功夫騰躍在那高處，而且那麼多的眼瞳和筆為她著迷，有幾人看到她的飢餓和目疾和貧寒！

　　天才是資本，沒有刻苦經營，資本只是呆帳；九分的天才需要十分熬煉，季季替多少天才註腳了這個。當然她也是一個不自知的天才虛榮者，出於矯情的不承認她曾讀過什麼書。然而如同她的苦寫，她是苦讀了不少的書，那是經不住測謊的。但是一個真誠的創作者，不能不為「余生也晚」而苦惱；多少創新來自非凡的痛苦，不幸在前人的作品中發現了暗令的陳跡，這便比創新所歷練的非凡的痛苦更加千百倍的非凡。季季的矯情未嘗不是出之於此。我們都曾恆常的歷練過這些，不是麼？〈擁抱我們的草原〉的完成，她的淚便恐怕不僅止於「念故鄉」的那些個斑斑點點的情愫了。也許這都太武斷。〈屬於十七歲的〉草稿給我看的時候，已經是經過三四遍的修改了，而標題尚是「小木屋」，我只能說那不是一個好標題。聶華苓去國時，我們仍以「小木屋」談論了一陣。季季找我給她定一個題，她一直為此苦惱。幸而我不曾答應她，我是取不出「屬於十七歲的」那麼好的標題的。那以後又不知歷練了幾世幾劫，才算定稿定題。那時她的目疾和胃病似乎都很嚴重。這便是天才！

　　她是要征服什麼的，隻身從雲林的鄉下拖一雙涼鞋來到這座以服飾相互炫耀的都會。且不管是大膽還是無知罷，市儈的俗眼看不見她的光芒，我們不是都很迷信英雄不會出現在我們的家鄉麼？在戰鬥文藝營，這顆景星方被發現，於是我們被她的異彩所眩，看到一個幸運的村姑好燦爛的笑靨；連書商們也圍攏上來了，給舉在高高的彩輦之上，然後書商們要她低級些，粉紅色一些，等等。她是很粗野的，去他媽的金馬車！王八蛋的白馬王子！對於一個沉浸在「末那」的傻姑娘，沒有那些奢華的夢想。陽春麵不能構成夢想，而她實在太不是一棵搖錢樹了，有些良家婦女和閨秀受不了她的真實而詆譭她為醜陋，於是枕邊細語於她們的姘夫，給她陷阱了

一個命運。然而對於季季那只是一個不值一笑的笑話，給人一種被判放逐的滑稽的感覺。

　　自然這都有助於季季，而唯一有損於她的，乃是她和楊蔚的結合。

　　朋友們可能都是這樣的認為；然而那是必須經歷的一道生長的關口，遲早總須通過的。而為了她挑上楊蔚，我還更有些屬世的喜悅，相距六、七十里的老家，益都城外那座高橋，便是楊蔚童年常去攀登的地方。有那麼一天，我們兩個小小家族將在那橋欄上細數遲暮中的歸鴉，話舊著流居臺灣的那些美好的回憶。或者季季和劉慕沙這一對憂患中的姊妹已是滿頭華髮，而一對老菸鬼正在寒風裡腦袋抵到一塊兒點火。那末，回至在現實裡，我們不可不囑託楊蔚；他是個不洗澡只換襯衣的髒漢子，但他在藝術的追尋上則既嚴謹而又苛求，他將造就季季還是殺掉季季呢？如同一個童星過渡到演員所必須通過的一段尷尬，我們希望季季會是依莉莎白泰勒，害怕她流落為秀蘭鄧波兒。在鷺鷥潭，皇冠社為他們舉辦的粗野的婚禮上，司儀叫我這個證婚人致訓詞，那是很使我不平的，「訓」麼？該向一對新人深談的話已然有了。「你會不會干涉季季的筆？」他是懂得這個所謂「干涉」的。我曾如此懇切的探問過楊蔚。誠然，在藝術的認識上，季季需要十年方能趕上楊蔚。多可怕的優勢！他曾認真的保證過。那末，他幾乎食言了，在他們婚後。他加給她的可以和不可以似乎多了一些，而又適逢季季從少女走向少婦走向小母親的迫促的一段日子，又是藝術成長中的一段尷尬，而季季便滯留下來，沉寂下來。這都是在她吃力的上坡時，所遭遇的阻力；不用說，豈止是滯留和沉寂！

　　但是，季季必須上這個坡，她不可以也不可能較久的停在坡底。或者說，婚後的生活正足以使她的蛻變更加尖銳而速成。在一個作家的藝術生命中，不定然每時每刻都是黃金，三兩年，或者更久，這都不必過分操心，而只看她在這樣的滯留和沉寂之間，實際上是怎樣的在生長著。

　　只要她是在默默的生長，「其狀無常」不也正是一顆景星的常態麼？於是季季的可敬的父親，總是在她痛苦的時候來到她的面前。他給他的愛女

什麼呢？不是出於不了解的泛泛的安慰和撫愛，他一直放手讓他的孩子去闖蕩，儘管季季倒下去，他總信任她會自己爬起來；只在她迷失的一刻，才為她指點去路。原來他是一直不滿著她。「你是泥土裡爬出來的孩子，而你一直棄置如金如銀的泥土。」這就足夠季季滴下近乎懺悔的淚。

這就夠了！昭明靈覺，便在這一點點的慧根。

一個在戰鬥文藝營裡，整天只見她丟東西，找東西打著轉轉的孩子，她是把什麼都丟棄了，只管鍥而不舍的追尋那一點珍貴。但是一切有盡，泥土無垠，那一片孕育她的生命的沖積層的嘉南平原，她將回到那片大地上去馳騁。願這顆景星重再開出一片磁場，引出一個新的去向，多少矚望的焦點集於你，季季啊，你輻射的鋒芒呢？景星是不會迷失的！至少，我是這樣的堅信。

——選自《幼獅文藝》第 168 期，1967 年 12 月

表現自我的季季

◎林懷民*

　　去年春天，一個未滿十九歲的女孩子帶了一枝筆單身匹馬地來到臺北，十個月後的今天，她在小說上的成就已引起文藝界人士的重視與廣大讀者群的喜愛。

　　原名李瑞月的季季生長在南部一個不甚知名的鄉間；雲林縣鄰近西螺的二崙鄉。家中世以耕農為生。樸實的鄉間生活和鄉村特有的景色在她早期的生活中曾給她以無形的影響；關於這一點，她本人雖不一定承認，事實上，在她的作品中，農村給予她的影響還是或多或少地流瀉出來。

　　季季的寫作生涯開始在她就讀於虎尾女中的中學時代；彼時，她在雲縣青年共有的雜誌《雲林青年》等報刊發表作品，並曾參加《亞洲文學》等刊物的徵文比賽入選多次；季季這個名字為雲縣青年學生熟知，在某些情形下，也被善意地稱為「女作家」。那個時代的作品雖然尚未深具分量，可是字裡行間所顯露的才華已極得學校師長和寫作前輩們的讚賞與鼓勵。

　　民國 52 年夏，她由高中畢業，異乎常人地放棄了大專聯考，而逕參加暑期戰鬥訓練的文藝隊；未參加考試的原因，除為了考期與戰訓日期的衝突外，她說：「我並不以為現今的大學教育能夠給我什麼助益。」——對於有志寫作的她而言，這個出人意表的看法也許是對的。同時，她的放棄也在另一方面得到了補償：她的創作萬字小說〈兩朵隔牆花〉獲得全隊師生的驚嘆與激賞，以及隊中創作比賽的冠軍。

　　帶著冠軍的銀杯，和文藝隊中的鼓勵，季季回到二崙老家，在以後的

* 舞蹈家、作家，「雲門舞集」創辦人。發表文章時就讀政治大學法律系。

數月家居生活中更勤於筆耘，而那種生活是刻板單調的，希冀能接觸體驗多方面的人生的她自然不能滿足；於是挾一枝筆，帶幾篇未完成的作品和底稿和一份不能避免的憧憬，季季來到臺北了。——那時，她沒想到她會遭遇到許多的困難，更沒想到她會這麼快地受人注意而步上坦途。也許她只擔心如何去自食其力。臺北，對於她，除了幾個寫作上的熟朋友外，幾乎便是一片茫茫漠漠。

初到臺北的她，為了生活掙扎奮鬥過一段時日，她學過打字；在臺大夜間部補習班補修過幾門功課；當過雜誌校對；也試做過幾天的店員。步入新而陌生的環境，冷漠多於熱情的社會，她動搖過，頹喪過，哭泣過，也灰心過，然而當初離家時的決心和理想時刻鼓舞著她，在忙碌困頓中她堅持地寫作，並且也在寫作中得到安慰和快樂。這個時期的作品都發表在《中央副刊》上，計有〈假日與蘋果〉、〈口香糖〉、〈檸檬水與玫瑰〉以及〈情婦〉等四篇。許是生活體驗的加增和環境的壓力使她的東西寫得比以往快，比以往成熟，為她自己的寫作境界啄開一扇新的門扉。更由於這些作品驚人的成熟，新穎迥異的風格及技巧，而引起一些讀者的共鳴和數位作家的注意。例如：《中副》主編孫如陵先生，名評論家魏子雲先生，《自由青年》編輯梅遜先生，都曾在那時給她許多有形或無形的助力與鼓勵。魏先生更到處對朋友們介紹她的文字。

到了六月，《皇冠》雜誌發行人平鑫濤先生擬定皇冠基本作家的辦法；那是仿外國經紀人的辦法，保障作家利益並給予相當的便利，簽約的作家可預支稿酬以安定經濟情況與寫作環境。由於魏先生的推薦，在第一批 14 位一流名家的行列中，季季是其中之一。應特別一提的是：在這之前季季只為皇冠寫過〈晚開的玫瑰〉和〈一把青花花的豆子〉兩篇東西。平先生發掘新人，鼓勵後進的一番情意實在可感。——此後，季季的生活亦入坦途而趨安定。

——我之所以絮絮地提及一些季季本人可能不願或不忍重提的往事，除使讀者對她有所認識外，並欲藉這個例子指出，每一個略有成就的人——

特別是在寫作上的——並非一蹴而成，而且大都經歷過一段或長或短的努力與磨練的過程。

「對我而言，寫作是一樁痛苦多於快樂的事情。」季季說。文思流暢時她可以一小時寫千把字。而在技巧上或其他方面遭遇到困難時，她會忘我地搥桌面，敲地板，大聲嘆氣，摔東西，抓頭髮。「我把自己溶在作品中，將自己分裂成作品中的數個角色，當作品完成時，我也得到解脫。」有一篇短篇〈屬於十七歲的〉，自動筆至完成，前前後後「磨」了近半年。

民國 33 年出生的季季，近期的作品大都以心理描寫為主，文中的主角常是與她本身生活相距甚遠的人物；如〈雨後〉(《皇冠》) 中的中年婦人，〈崩〉(《聯副》) 中性無能的男主人翁；以及以人類心靈的衝突與兩性問題的探討交織而成的主題，常令人疑起她的身分。至於這是如何完成的？她說：「以我以為如何即如何的態度去完成。」她豐富的想像力和對於她所了解及不解之事物的嘗試大膽而赤裸裸的探討是可佩的。

魏子雲先生一直是最愛護且欣賞季季的才華的長者。司馬中原先生甚至公開地告訴寫作的朋友，季季的才氣高於他。這許是謙抑之詞，但由此亦可見文壇先進對這後起之秀是如何的重視。即使來臺定居未久的趙滋蕃先生，在讀過她一篇題為〈沒有感覺是什麼感覺〉的作品以後亦表示「這位青年的才氣高」，「作品的形式和內容都相當突出」，「滿紙是潛意識的流瀉」——「我們應予以較高的評價」(見民國 53 年 12 月 5 日，《中副》，〈論效果集中〉)。

現在論斷季季的成就未免過早，因為這只不過是她在漫長無涯而坎坷的寫作路上的開端。可是，以她的才華和充沛的潛力，如能堅持她一直堅持的，勤而不懈，未來之成就將是可期的。

雖然在寫作上，她有一具凸出而不凡的靈魂。但現寄居永和的季季，像一般的女孩子，也喜歡零食和音樂，她偏愛小提琴，對熱門音樂也不「深惡痛絕」，有時也能來點菸和酒；自然並非純粹為了寫作的必要。大部分的時間她躲在她賃租的小樓上寫稿。有時候武昌街的明星咖啡廳也可以

看見她挾著稿紙的身影。

——民國 54 年 2 月

——選自梅遜編《作家群像》
臺北：大江出版社，1968 年 10 月

不停的寫
季季與《我的故事》（節錄）

◎桂文亞*

那晚，所有的話題都是繞著《我的故事》這個長篇小說而來。我們在討論龍騰這個角色，他強暴了女主角使她懷孕，繼而聯合母親用欺騙手法拘留她，為的是替龍家留個後。

這部小說人物很少，你是否有意將龍騰這個角色做了戲劇化的處理（譬如心理上的不平衡，甚至因車禍而導致瞎眼、無能），以避免單線發展和平淡？

那麼，是否談談你是在怎樣的一種動機下開始這部作品的？

「在寫這本書之前，我的生命遭遇到一個巨變，同時間，我讀到瑪拉末的《夥計》，給了我一個很大的啟示，以致後來對《我的故事》龍騰這個角色的描寫，多多少少受到了瑪拉末那種悲天憫人的影響。」

伯納德‧瑪拉末（Bernard Malamud）是二次大戰後傑出的猶太作家，1914 年出生於紐約市的布魯克林區。他在《夥計》書中，借一名雜貨店猶太老闆和他的年輕助手法蘭克，來印證「活著去受苦，那一個心中受的苦最多，支持得最久，就是最好的猶太人」，那種對良知認同的自省。

她繼續說下去：「我之所以感動，也可能與生活環境有關，那時我剛離婚不久，可以說是很潦倒的。我常常想，像我這樣受苦難的人大概世界上沒有幾個吧——直到我看了瑪拉末描寫人類的受苦受難，在那樣的掙扎中，還有向苦難贖罪、重生的勇氣，給了我一個很大的共鳴。他把那些苦

---

*散文家、兒童文學家。發表文章時為《聯合報‧副刊》編輯，現為「思想貓兒童文學研究室」執行長。

難的人赤裸裸的表現出來了，不只是同情，也是鼓舞。」

在《我的故事》裡，季季除了寬恕龍騰這個「反派」角色，賦與他新的生機外，最主要的，她想透過「我」，表現生命裡的事態和「時時在感受著一種無形的，和人間不斷『對流』的情懷」。

我問她：對這樣一部內心真實聲音的小說，是否需要真實剖白的勇氣？

「同時，剖白也是在某種限度以內。要看這個故事究竟是寫什麼。像我有些短篇，別人說是親身經歷的，事實上一點都沒有；但有時我真的寫自己的經驗，別人反倒一點也看不出來。我想，主要還是技巧，寫小說並不像寫日記那樣赤條條的，畢竟是一種藝術的呈現。所以不只《我的故事》，任何一部我的小說，都通過我來完成的，但並不是所有故事都是『我』這個人實際的生活經驗，只是其中的一部分抽象。」

《我的故事》曾經在《民族晚報》連載一年半，是季季的第七本結集作品，她本來準備寫二十五萬字的，但因為臨時上稿，在邊寫邊登的困難情況下，拖出了三十四萬字。

三十四萬字是個大嘗試，她比喻做「沉澱」後的結晶。

11 年前，她初抵臺北，11 年後，將最刻骨銘心的經驗重現筆墨。

「某些人物、景象、品質，在我生命中已永遠揮別，在現實裡也已不可能重現。另有些人物，雖已告別，卻永遠在我心中活著，讓我感動……我不厭煩瑣的在《我的故事》中記錄他們，希望能映現某些生命的像貌。」

她說：「我比較深刻的經驗是，即使是一個短篇，也幾乎在我內心擱了半年。經過時間的沉澱，再提升出來，就可能比較理想，而不是想到什麼，就急就章的寫，灰塵、雜質都進去了。如果經過沉澱，清的、光亮的一面，才容易取出來。」

在年輕一輩女作家中，季季的寫作才華很早就被發掘。她 19 歲即以寫作為業，可以說得上是勇敢的投注。

　　季季早期的作品，充滿了年輕人的銳氣和狂熱，文字運用上，力求改創，甚而帶著苦澀。

　　《我的故事》和你早期「標示新潮」的作品，差異很大啊，是回復傳統了嗎？

　　她笑了起來：

　　「這仍要歸結於《夥計》對我的影響。我的早期作品，大都是在很快的速度下完成的，一篇五千字的短篇，早上八點開始，到中午就可以寄出去。當時，我認為寫作是件很容易的事情。

　　「但是，慢慢地，年齡大一點，見聞多了，就比較謹慎了。也可能我的感情不像從前那樣尖銳，也可能因為結婚、生子等分散了寫作一氣呵成的感情上的營運。我總是要想很久才寫，而且一改再改；有時候我不得不寄出稿件，是因為我沒有錢花了。

　　「不記得哪個批評家批評過我的作品：很尖銳、很敏感，他說：『尖銳的東西總是不持久。』那是很久以前的事了，當時我不太同意，但是現在想想，這句話是很有道理的。我想在生命裡，不管是哪一種東西，容易持久的還是平穩一點、平淡一點的。」

　　我問：也就是應該深沉裡內涵熱情？

　　「是的。我剛才提到，寫《我的故事》正好是在看完《夥計》以後開始的，我當時並不是要學那種故事的格式，只是覺得這樣一個長篇並不是以三下兩下一個很尖銳的感情就可以表現出，比較深沉的一種生命的呈現。有一些人認為，我的小說寫得沒以前好了，可能他們比較喜歡尖銳，但是我現在看看那時候的作品，實在不好。我現在比較傾向於平穩的情感表達，在形式上也可能向傳統靠攏了。」

　　你很重視別人對你作品的批評嗎？

　　「坦白說，我是很尊重批評家的。但尊重是一回事，我並不在乎別人對我有怎麼樣的評價。當然，如果有一位批評家提出的一些評價和我的價值認同是不謀而合的話，我當然會很感動，其中有好的意見，我也很願意

接受，但問題是還沒有這樣一個批評家做過這樣的事。」

從這樣「強硬」的語氣中，似乎使人了解了一些她對寫作的自信和固執。

季季在民國 54 年結婚，第一個孩子出生，還在坐月子，就迫不及待拿起紙筆寫東西了。之後，她又生了一個女兒，在要照顧孩子的情況下，仍舊抓牢一枝筆，甚至到了後來帶著兩個孩子獨居，生活上的拮据困境，也是單靠一枝筆來苦撐。只要坐在書桌前面，她就感覺到好像回到生命裡真正的、基本的一個歸宿裡。

「我想我可能比一般人的意志要堅強，可以說，我是一個不喜歡聽別人話的人，一向對勸告不太容易接受。我總是認為，我要做的事，內心有價值認同的時候，別人怎麼說也沒有用。那麼，照這種方式生活下來，難免會捧了很大的一跤──這已經有事實證明了。」

她自嘲的笑笑，「但是除了這一大跤，我還是堅持自己的意志，否則，照著別人的方式，很可能自己錯了也不知道為什麼。

「我早就下了一個決心，要不停的寫，也不知道寫出來是不是有價值，但基於內心的那一點東西，寫出來就對了。」

──選自《皇冠》第 257 期，1975 年 7 月

季季的意義：鄉土與現代的結合

◎陳芳明*

在鄉土文學的浪潮中，值得注意的一位作家，就是季季。她在 1970 年代是豐收的十年，也是悲愴的十年。豐收是她的文學生產，悲愴是她的婚姻生活。文學上的成果竟必須以婚姻的折磨來換取，放眼 1970 年代，唯季季能夠體會其中的苦澀滋味。對臺灣歷史來說，那十年確實是無可磨滅的轉型時期。黨外民主運動與鄉土文學運動的雙軌發展，終於使整個社會找到精神的出口。沒有政治與文學的雙軌批判，臺灣是否會延遲掙脫威權體制的囚牢，恐怕是一椿歷史公案。然而，大歷史的改造並不必然就能翻轉小歷史的命運，季季面對一個滔滔洪流的時代，又該如何解釋自己浮沉的身世？

臺灣社會見證一個波瀾壯闊的時代之際，季季也正迎接一個暗潮洶湧的婚姻。1965 年，她在臺北文壇登場時，就已與年齡大兩倍的作家楊蔚結婚。早熟的愛情，早夭的婚姻，為她的生命創造巨大的傷害。楊蔚早年是政治犯，出獄後繼續擔任調查局的線民。季季從來不知道結褵的人竟背負錯綜複雜的故事。1968 年陳映真因「民主臺灣聯盟」的案件被捕，背後的告密者正是楊蔚。從雲林鄉下來的女孩，在最短時間裡就看見人性中的黑暗與殘酷。在生命最低潮的階段，她一方面照顧兩個小孩，一方面則投身於小說創作。[1]

季季是一位多產的作者，可觀的產量，是在支離破碎的感情生活中獲

* 詩人、散文家、評論家。發表文章時為政治大學中國文學系教授，現為政治大學講座教授。
[1] 具體內容詳見季季，《行走的樹——向傷痕告別》（臺北：印刻出版公司，2006 年）。

得。《屬於十七歲的》（1966）、《誰是最後的玫瑰》（1968）、《泥人與狗》（1969）、《異鄉之死》（1970）、《我不要哭》（1970），排列出一張亮麗的書單。沒有人能夠理解，這些小說是在家暴、欺罔、恐嚇的凌遲生活中磨練出來。作品承載的是一顆徬徨的靈魂，其中有不少獨白文字暗示殘缺的愛情與生命的絕望。小說色調不是生活現實的直接反映，但是故事中暗伏的情緒與悲傷似乎就是季季那時期的生命風景。

1971 年之後，她不斷寫出不少引人注目的小說：《月亮的背面》（1973）、《我的故事》（1975）、《季季自選集》（1976）、《蝶舞》（1976）、《拾玉鐲》（1976）、《誰開生命的玩笑》（1978）、《澀果》（1979）；除此之外，還有一冊散文集《夜歌》（1976）。

1976 年是她創作的巔峰，收獲了三冊小說與一冊散文。正是在這一年，臺灣鄉土文學論戰已經啟開序幕。在戰火硝煙之外，自有季季的文學天地。文學史家每當回顧鄉土文學發展過程時，總是把女性作家放置在視野之外。季季從未追趕風潮，堅守自己的審美與信念。但是，不能不注意的是，包括季季在內的許多女性作家都對自己的故鄉投以深情回眸。季季小說不斷浮現雲林故鄉的意象，就在同一時期，施叔青遠在海外完成一部頗具鄉土氣息的《常滿姨的一日》，而李昂則進入《人間世》時期，寫出系列的「鹿港故事」。

歷史往往是被解釋出來，文學史亦不例外。把 1970 年代命名為鄉土文學時期，並非一朝一夕的事。至少，在論戰開火之後，王拓仍然還發表一篇辯護的文字：〈是「現實主義」文學，不是「鄉土文學」——有關「鄉土文學」的史的分析〉。[2] 這可以證明「鄉土文學」一詞的確立，是逐漸建構起來。這樣的理解有助於說明女性作家的位置，她們並未投入鄉土文學運動的漩渦，但是小說方向是朝著現實則無需懷疑。文學史家奢談鄉土文學運動之際，從未注意女性作品中的故鄉形象，從而她們的位置也被隔絕在

---

[2] 王拓，〈是「現實主義」文學，不是「鄉土文學」——有關「鄉土文學」的史的分析〉，《仙人掌》第 2 期（1977 年 4 月）。

鄉土之外。閱讀這樣的歷史解釋，禁不住要提出疑問：鄉土是誰的鄉土？鄉土自來就是雄性的嗎？

　　重新閱讀季季時，文學理論中的思潮與主義當然是很難套用在她的創作。不過，在進入 1970 年代之前，她的小說確實帶有濃厚的現代夢魘描寫。季季擅長掌握情緒的流動，在獨白與對白交錯中寫出小說人物的挫折與悲傷。早期作品〈沒有感覺是什麼感覺〉、〈屬於十七歲的〉、〈泥人與狗〉，都可辨識她語言中挾帶豐饒的聯想與複雜的情緒，風格與 1960 年代的現代主義技巧頗為接近。但是，跨入 1970 年之後，季季開始注入現實的題材，社會的政經變化也倒影在小說書寫中。這並不能解釋她是追隨時代風潮，而應該注意她生活環境的劇烈轉折。遭受婚姻情感的重挫之後，她對家鄉的父親懷有沉重的歉疚，也開始思慕成長時期的故鄉人情。季季並非有意要經營鄉土小說，較安全的解釋應該是：她的文學生產加持了 1970 年代鄉土風格的成長。

　　《拾玉鐲》是這段時期受到注目的小說集，也是季季揮別內心獨白時期後的重要作品。時間落在 1976 年高速公路通車後的臺灣，城鄉差距的現象越來越顯著。都市化、現代化、資本主義化的社會，究竟改變怎樣的價值？從女性的角度來觀察，主題小說〈拾玉鐲〉無疑是極為悲涼的故事，是舊時代即將隱沒，新社會就要誕生的一聲嘆息。除了彰顯女性身分在家族中的邊緣位置，也刻畫功利化之後女性對舊式家族的反噬。小說中渲染一股難以描摹的憑弔情緒，善良忠厚的文化終於失去了家鄉據點，轟然而來的是錙銖必較的資本主義社會。這不僅僅是一篇小說，更應該是臺灣歷史在轉型過程中的重要見證，新舊世代交替時人性轉向的真實紀錄。

　　《蝶舞》也是在觀察過渡時期臺灣社會的世俗面貌，也是對傳統價值揮別的最後手勢。主題小說〈蝶舞〉描述的是一椿相親，暗示這將是一個成功的做媒故事。來春的命運畢竟淪為傳統父權的祭品，即使在 1970 年代的臺灣，仍然還未擁有自主的發言權。

　　季季不是女性主義者，但是她的女性感覺與女性觀察確實開啟 1970 年

代寫實小說的另一條路線。男性作家酷嗜強調批判與抵抗時，未曾注意女性身分早已遺落或遺忘在主流的鄉土文學運動中。季季對舊時代的回眸，或是對新社會的瞭望，都深深挾帶著悲傷與嘆息。她不曾使用任何矯情的語言，刻意貶抑或排斥性別或族群。她的小說，可能是本地作家中出現最多外省人物的形象。季季是一位惜情的作家，對於她的處境、她的社會從未報以怨言。在文學中，她不刻意強調性別與族群，唯一重視的更是人的價值。

　　洶湧的 1970 年代，幾乎淹沒季季的人生。但是，她從未退卻，也不輕言放棄。過了 1970 年代，季季緘默下來。又過二十年，她再度以新世紀的書寫重新定位自己的生命。2006 年，她完成一冊《行走的樹》，書的封面宣告：「正式向傷痕告別」。

——選自陳芳明《臺灣新文學史》

臺北：聯經出版公司，2011 年 10 月

臺灣現代主義女性小說（節錄）[*]

◎范銘如^{**}

前言

　　1960 年代是臺灣文學史上重要的分水嶺。各種西方現代主義藝術思潮不僅在此時期被引介進來，更激發本土創作家創作出具實驗性、前衛性的文學作品，跳脫當時意識形態和單調的寫實主義窠臼。雖然在鄉土文學論戰中，對 1960 年代西化的傾向提出抨擊批判，卻無損於當初的文學先鋒晉身為經典大師的地位，現代主義對臺灣文學的貢獻同樣難以抹滅。

　　正如許多文學史的記載一樣，我們對臺灣現代主義小說的討論焦點往往都集中在幾名男性作家身上：白先勇、王文興、七等生，甚至日後「變節」的陳映真和王禎和。尤其前兩位率領臺大外文系軍團創辦《現代文學》雜誌的掌故與成就更不斷在各類文學紀錄中傳頌，儼然一則文壇拓荒傳奇。《現代文學》雜誌創刊時的兩員女將，歐陽子與陳若曦，或許因前者淡出小說創作已久，而後者的後期表現更顯著，通常被定位為協助者的角色。在現代主義影響下投身寫作行列的三名女作家，施叔青、李昂與季季，也都因此時期創作時間不長或因後來的發展更出色，較少將她們納入為這個時期的主要代表作家。

　　現代主義將這五位女性小說家帶入文壇，開啟了她們日後更輝煌的成績，卻沒能吸引她們繼續執著於現代主義技巧與理念，如白先勇和王文興

---

[*] 本文摘選自范銘如《眾裡尋她──臺灣女性小說縱論》第三章「臺灣現代主義女性小說」之前言、季季部分與結論，並由編選者自訂小標。

^{**} 發表文章時為淡江大學中國文學系副教授，現為政治大學臺灣文學研究所特聘教授。

一般堅持，究竟是巧合還是另有原因？由臺灣女性小說史來看，這五位女作家的崛起，代表本省籍女性菁英正式涉入 1950 年代以降、由大陸來臺新移民主導的女性文壇。她們選擇現代主義技法正適與以寫實主義為宗的外省女作家形成明顯區隔；她們主要由學院文學雜誌發跡的方式又與外省女作家以藝文報章為據點的陣營不同。究竟現代主義在臺灣文壇上的興盛，除了美學上的世代交替外，與性別、省籍的因素可有瓜葛？臺灣女性小說在接枝上西方現代主義以後，結出何種果實？

本文第一部分將先藉由回顧現代主義襲臺的歷史，探討性別身分在文學接受和創作上的影響，解析男女作家在文本再現中的相似與差異；第二部分再由五位女性小說家開展出來兩種路線中，揭示臺灣女性的議題如何偷渡於現代主義中，又如何被移植來的西方性別意識扭曲壓抑，以及性別、省籍與文化機制在論述權力的爭戰中如何消長輾轉。

季季：都市廢墟中的女性情感與生命處境

比李昂出道略早，創作量更大的季季，是這一批現代主義女作家裡常常被忽略的一位。同樣出身於中南部的季季，創作上卻比較沒有地域色彩。她綜合歐陽子的城市及陳若曦的鄉野歷程，另外開創了有別於施家姊妹的現代主義小說。有趣的是：儘管從未在《現代文學》發表過作品，季季卻最貼近西方現代主義的都會風格，她筆下的女性角色都是在都市廢墟中奔走、追尋的現代人。

在季季的文本中，都市的形象並非與進步繁榮的正面意義聯結，如多數現代主義小說一樣。她的人物輾轉其間，像是一群旁觀者或來自另一世界的陌生人，抑鬱、憤怒、失落而不滿。不是因為鄉巴佬進城的不適應，而是他們的存在與存在環境的不協調。在陳若曦〈灰眼黑貓〉裡，臺北似乎是女性蹺家獲得自由的解放區，季季卻不如此樂觀。〈假日與蘋果〉敘述少女在假日獨自帶著兩顆蘋果到公園閱讀散步，末了卻被陌生男子跟蹤，從公園一路到車站，直到上車時，她才發現男子拿著她掉落的蘋果企圖歸

還。這一篇有如是城市版的〈花季〉，同樣描寫少女在追求獨立自主時，同時並存的性幻想與性恐懼。這種性意識及暴力威脅跨越城鄉的分際。只不過〈假日與蘋果〉添加了一個比較「文明」的喜劇結尾：某日女主角與男子重逢，發覺誤會的原委，相約再去公園共度假日；將臺北由充滿危險又求助無門的冷漠之都逆轉成到處是浪漫傳奇的地方，卻也把都會中單身女性的處境給淡化。

　　希望的霓虹往往只是海市幻影，獨立的相近詞是孤立。〈希利的紅燈〉描繪少女在某個人群滾動的週末中，平時繁華熱鬧的景象，入眼盡成破碎與不相干的人事，當霓虹燈暗淡下去的時候，她突然覺得置身破廟。於是她走向前男友希利的住處，他屋內點亮的紅色燈光彷若一盞熟悉、守候的燈火。當她敲開了記憶中的門，看見她其實早已記不得的希利，希利也記不得她。兩個浮世男女在門口交換著情場上的場面話：她說想念他，他說一切依舊，然而房裡已有另一女孩。她瀟灑識趣地轉身離開，重回馬路上閒晃。走過週末的臺北，她發現什麼都不屬於她，她也不屬於任何東西。陳若曦和施家姊妹的鄉野裡鬼影幢幢，〈希利的紅燈〉也不過描寫城市裡的遊魂。

　　女性對未知的好奇、追尋、恐懼與失落交織成季季小説中反覆出現的母題，城市裡固然遍尋不到，所謂的自然環境也並非歸宿。〈尋找一條河〉是最佳範例。一對由都市去參加旅行的情侶，偶然脫隊走進森林。原來拘謹世故的男友被水聲吸引，執意尋找假設中那條唱著歌的河；原本開朗放肆的女生卻在自然原野裡膽怯。挺拔的樹林變成猙獰恐怖的黑色國度。她想折返，他執意前往。河聲時大時小，他們終於在夜色中迷路。疲倦中，溫文的男友突然蛻變成野獸般狂野，她獻祭了她的初夜，女生原來就是男生想找的那條河。就在他們的交流之後，河聲彷彿由早先明朗華麗的小步舞曲，變成河階的大提琴組曲。當女生以為這是終站時，男生卻又要去找那條河。男生的慾望無止，女生的情慾追尋原來只能是被動的亦步亦趨，在原始天地中，她還不如在城市咖啡廳裡自由論述來得主控。如果河是兩

性和鳴、水乳交融的本質論隱喻，〈尋找一條河〉正是女性存在主義似的破解。女性的原鄉神話也許並不存在。

結論

現代主義的興盛給予臺籍女性透過學院以及小眾認可的文學雜誌躋身菁英文壇的機會。使她們突破以外省第一代移民為主的報刊文藝，另闢一種發聲的管道。但是因為自視為不同，她們也否定「軟性」、「女性」的文風與內容。一方面使她們勇闖禁區，探索女性身體、情慾與身分的固定性，一方面也使她們認同與男性文友及其西方大師們的性別意識。她們挖掘到了許多 1980 年代女性主義開始關注的性別議題，可是這真實強壯，甚至「異常」「醜陋」的女性面目又令她們膽戰，不敢再深入歷險。現代主義的注重個人、叛道，導引臺灣女作家注意到女性，而非人性的問題。但是當 1970 年代鄉土關懷的大敘述興起，壓抑了個人取向，遑論女性取向的現代主義式的敘述時，現代主義的女作家們不是停筆就是轉向。對她們個人創作生涯而言，不僅佳作不若前期，對整個臺灣女性文學創作史而言，可謂是最黯淡的時期。這暫停的旅程，一直要到 1980 年代氣氛丕變時才又繼續。但是一旦又開啟，就停不下來。

——選自范銘如《眾裡尋她——臺灣女性小說縱論》
臺北：麥田出版社，2002 年 3 月

讀 1960 年代的季季

◎張雪媚*

一

　　季季（1944～）是一位實力派作家。19 歲進入臺北文壇，至今仍然寫作不輟，有長長的近三十年（1977～2005），她任職報社副刊，她所謂「為他人作嫁」的生涯，那段時間她也編輯了不少精采的年度小說選。2004 年 5 月開始，在《中國時報・人間副刊》寫「三少四壯集」專欄，《寫給你的故事》2005 年出版，同年轉任《印刻文學生活誌》編輯總監，寫「行走的樹」專欄，推出令人驚豔的作品。

　　在「行走的樹」中，季季稱「讓事實說話」，她寫出了一個 1960 年代文壇樣貌，特別是她的前夫楊蔚（1928～2004）。楊蔚，大家可能淡忘了，只是依稀記得「何索」，這個曾經轟動文壇的名字，在季季筆下，溫婉仍有情義的，她寫出了楊蔚 1968 年告發陳映真、丘延亮等人的「民主臺灣聯盟」案，和楊蔚的賭博、家暴，種種不堪行徑。季季說：「在寫『行走的樹』專欄期間，寫到我與前夫及陳映真、阿肥（丘延亮）等人的過往，常常邊寫邊流淚，感傷年輕的自己，一個天真的鄉下姑娘來到臺北這個大城後，竟然遭遇了那麼複雜而艱辛的挫折。」[1]

　　同時，季季在數十年後，為自己的人生找出了一條線索，那就是早年叛逆的強壯野馬，到經歷婚姻失敗的浴火鳳凰，死而復生的頑強岩石，重

---

* 發表文章時為世新大學中國文學系副教授，現為世新大學中國文學系教授。

[1] 李麗敏，〈季季及其作品研究〉，（政治大學中國文學系國文教學碩士班碩士論文，2007 年），頁 277。

複出現在她散文作品裡的文字就是「置之死地而後生」。〈黃昏之二　落日〉一文：

> 而在我底內心遭逢大悲痛的時刻，我甚至將落日視為一種置之死地而後
> 生的過程。對我來說，任何一種置之死地之後生的過程，都飽含著淒涼
> 有力的美感和悲壯感人的成分。它是一種最實際而且最激底的人世體
> 驗。古來有多少英雄豪傑，曾經仰仗它底力量，造就了一世的功業。我
> 不是英雄豪傑，亦從未想要成就什麼豐功偉業；我只是在塵世裡，不幸
> 比別人遭遇更多的挫折，因而有幸一次又一次的領受那天地間亙古不變
> 的玄機。在許多惘然困頓的日子裡，我特別感受到那玄機的魅力和鼓
> 舞。一次又一次的體驗，我終能透悟，世間並無絕對而激底的死。火中
> 化出的鳳凰，從屍身上蠕動而出的蛆，都只是一種過程：一種生死交割
> 的體驗。[2]

季季已然成功，楊蔚 1976 年《何索震盪》大賣，但是不久之後，仍然
消失文壇，儘管他到了七十多歲還結婚生子，娶了一位二十出頭的印尼女
子，但是，這是他對自己的終極期許嗎？而季季，堅定自己的位置，一直
在臺灣文壇核心，應鳳凰教授在〈誰開季季生命的玩笑——評季季《行走
的樹》〉一文中，精確點出季季的傷痕：「然而我看到的我的丈夫，只是一
個背叛的左派、奢靡的右派、虛無的頹廢派，」[3]李奭學教授的〈何索震
盪——評季季《行走的樹——向傷痕告別》〉一文，針對民主臺灣聯盟為警
總破獲，正是楊蔚告密一事如此評論：「說來諷刺，楊蔚其實曾因共黨身分
坐過警總的牢，卻也因怕坐牢而出賣了待他如手足的左傾民主臺灣聯盟。
匪諜變國特，風骨是絲毫也沒有。」[4]這裡李奭學也質疑，何索「發跡」之

[2]季季，《夜歌》（臺北：爾雅出版社，1976 年），頁 130～131。

[3]應鳳凰，〈誰開季季生命的玩笑——評季季《行走的樹》〉，《鹽分地帶文學》第 15 期（2008 年 4月），頁88。

[4]李奭學，〈何索震盪——評季季《行走的樹——向傷痕告別》〉，《文訊》第 256 期（2007 年 2 月），

後，季季陪他返回山東老家「省親」，掩飾離婚已達 34 年的事實，這樣的「愛」與「恨」，又是為何？他結論：《行走的樹》，沒有精神分析家所稱「統一的自我」，季季的回憶是有選擇性的。[5]的確，為什麼這般恨，還老來結伴還鄉？為什麼傷痕這樣深，已經結痂，卻還要重訪？而且，筆下仍有餘溫？這絕不只是「讓事實說話」、「回歸歷史」。在季季回顧他們曾經走過的時代時，我們看到她無法放下的一些什麼，這就是我將討論的主題。

　　這裡我要追溯的不是現今的季季，我要追溯的是當年，從雲林來到臺北的李瑞月，以及那個年代，臺北文壇的現象。尉天驄教授 2011 年出版新作《回首我們的時代》，在〈理想主義的蘋果樹　瑣記陳映真〉一文裡，這樣形容 1960 年代：「五十年前的臺灣，在承受 1949 前後的大變亂和隨後而來的一片蕭殺的窒息之下。它給予人的感覺好像是一直活在陰濕的冬天，不知道什麼時候才能夠過完。」[6]在這樣的蕭殺窒息之下，作家白先勇和王文興等人在學院中塑造精英的《現代文學》；沒有進入學院，拒絕聯考的雲林才女李瑞月，她如何吸收現代主義？[7]如何以她的早慧天才進入臺北文壇？

二

　　要談 1960 年代的季季，必須從幾個人說起，首先就是楊蔚。楊蔚，《聯合報》記者，在 1960 年代是臺灣前衛文化的核心，他的筆下寫出了《為現代畫搖旗的》、《這一代的旋律》，一群離經叛道的體制外音樂家和畫家。這些人的共同特點就是奔放、不受任何教條束縛。楊蔚〈激動與冷漠〉一文說：

頁 104。

[5]李奭學，〈何索震盪——評季季《行走的樹——向傷痕告別》〉，《文訊》第 256 期，頁 105。

[6]尉天驄，《回首我們的時代》（臺北：印刻出版公司，2001 年），頁 222。

[7]范銘如教授在〈臺灣現代主義女性小說〉一文中精闢提出，季季是一批現代主義女作家，如歐陽子、陳若曦、施叔青、李昂輩中，常被忽略的一位。季季出身中南部，卻沒有地方色彩。季季貼近西方現代主義都會風格，筆下的女性角色都是在都市廢墟中奔走、追尋的現代人。見范銘如，《眾裡尋她——臺灣女性小說縱論》（臺北：麥田出版，2002 年），頁 103。

我當年和這些年輕的藝術工作者交往，最令我感到敬佩的，是他們那份
追求真理的精神。他們不顧任何阻難。雖千萬人吾往矣！這正是他們的
寫照。

他們的步調都是大膽和充滿著勇氣的，為了求新、求變。有人在樂譜上
完全拋棄小節的形式；有人在畫布上完全打破傳統的形象。有人不滿教
育上的「填鴨」制度，從學校裡退出來；有人放棄更好的機會，而躲在
只有兩席大的儲藏間裡作畫。[8]

　　這裡「有人不滿教育上的『填鴨』制度，從學校裡退出來」，就包括季
季。也就是說，是這樣的反傳統反文化，使得這些人聚在一起。季季最早
的筆友，舞蹈家林懷民，在 1965 年的〈〈第一朵夕顏〉的作者〉一文裡，
說季季在寫作上具有突出而不凡的靈魂[9]，而季季另一位老友，作家及出版
家隱地，在〈讀季季的〈假日與蘋果〉〉裡則道，季季的小說很像一幅畫著
死亡的現代畫。[10]

　　季季自己呢？她說：「我到臺北後才開始讀到沙林傑的《麥田捕手》，
莎崗的《日安憂鬱》，卡繆的《異鄉人》，海明威的《在我們的時代裡》等
現代作家的作品，眼界大開，在表現手法上可能無形中受到一些影響
吧？」[11]1978 年 8 月 25 日季季和王津平、梁景峰兩位討論文學創作，談及
早期小說，季季自白：「1.我的年齡是那樣，2.當時的社會是那樣，1961～
1966 之間。我們很流行看存在主義的小說，存在主義的電影，聽『世界末
日』的流行歌曲，都讓人覺得生命是有點浪漫而無可奈何的東西。」[12]季季
這個時期的創作信念顯然是現代主義，或者說她所理解的存在主義，這個

---

[8]楊蔚，《向現代開拓》（臺北：時報文化出版公司，1980 年），頁 8。
[9]林懷民，〈〈第一朵夕顏〉的作者〉，《自由青年》第 379 期（1965 年 2 月 1 日），頁 18。
[10]隱地，〈讀季季的〈假日與蘋果〉〉，《自由青年》第 379 期，頁 17。
[11]李麗敏，〈季季及其作品研究〉，頁 274。
[12]花村記錄，〈解剖季季的神話──季季作品討論的紀錄〉，《臺灣文藝》第 61 期（1978 年 12 月），
　頁 199。

時候，是文藝青年聚集「明星咖啡屋」，聽 Bob Dylan 和 Joan Baez 反越戰歌曲的年代。季季好友林懷民早年的作品《蟬》，正寫出了他們那時的生活態度和時代氛圍。而楊蔚，當時是陳映真、丘延亮、吳耀忠等人的「大哥」，也就是說，19 歲到 26 歲的季季，自覺或不自覺，正生存在臺北前衛、現代、左派的核心。她絕非鄉土。

　　季季曾說，從情感的角度說，她的小說集中「最喜歡」的仍是第一本《屬於十七歲的》。[13]在這個小說集裡，我們看到莎崗的影子，一個縱情生命，遊戲人間的頹廢女孩，莎崗的名言就是：「我不尋索安全，我甚至不知道是否喜歡安全。」「我企求強烈的生活，但我知道強烈的生活不能持久，所以我們必須集合一切的力量使之持久。」[14]同時，卡繆《異鄉人》裡，只有今天沒有明天，判了死刑，在監獄的牆上找不到耶穌的臉，卻找到「一張有陽光色澤，燃著情慾之火的面孔，那是梅莉的面孔」[15]，這個看到陽光般情慾的人，也每每出現。在季季的筆下，陽光、沐浴在陽光中，就是 sex，在〈汽水與煙〉及〈死了的港〉裡都可讀出。季季的《屬於十七歲的》，雖然有〈檸檬水與玫瑰〉、〈沒有感覺是什麼感覺〉、〈汽水與煙〉、〈假日與蘋果〉、〈擁抱我們的草原〉等不同故事和不同人物，但是縈繞不休的主題，就是「愛與死」，以及虛無。

　　〈午日〉寫一對戀人，小說最終：「我們就這樣靜靜的、愉悅的度著我們的午日，享受著我們的午日──不僅僅是今天，還有今天以後的每一天；我死亡以前的每一天！」[16]〈杯底的臉〉裡，性只是一個彼此慰藉的遊戲，人與人之間沒有溝通的可能。〈塑膠葫蘆〉，就是汽球，存在就如汽球，沒有重量。〈尋找一條河〉裡的自白：「哦，只是昨日，我還呼吸著那裡的空氣，還坐在煙霧彌漫的咖啡間，聽著一些堂皇的交響樂或俚俗的小品，看著燈籠似的吊燈，和一群朋友們聊著什麼存在主義、什麼嬉皮運

13 李麗敏，〈季季及其作品研究〉。
14 蔡丹冶，〈論莎崗〉，《中國時報‧人間副刊》，1970 年 9 月 25 日，10 版。
15 阿貝爾‧卡繆，《異鄉人》（臺北：金楓出版公司，1987 年），頁 119。
16 季季，《屬於十七歲的》（臺北：皇冠出版社，1966 年），頁 252。

動、什麼新表現派電影」[17]；愛情和死亡，存在和虛無，正是季季 1960 年代小說的基調。

三

　　塑造季季 1960 年代創作主軸的另一個影響力就是出版家平鑫濤。平鑫濤 1954 年創辦《皇冠》雜誌，後來以連載長篇愛情小說而暢銷，前後有瓊瑤、三毛等極受歡迎的臺柱作家，平鑫濤 1963 年開始編輯《聯合報・副刊》，一直到 1976 年，這長長的二十多年，臺灣通俗文化的主流，就是平鑫濤創造的品牌「戀愛」。季季於 1964 年 6 月 19 日和平鑫濤簽訂五年基本作家合約，文字交《皇冠》，作品也多在《聯合報・副刊》發表，1964 年到 1977 年，季季是一位靠賣文為生的職業作家，她這時的作品也反映了編輯的喜好。

　　無論是寫作還是實際人生，愛情、一種忘我的投入，以及存在主義式的絕望，是這個時期的核心精神，甚至是浪漫宣言。季季和楊蔚在 1965 年 5 月 9 日，也是楊蔚 37 歲生日，在鷺鷥潭畔的野外婚禮，是《皇冠》作家們一同見證的浪漫高峰。他們的「結婚進行曲」，新娘季季寫出的心聲〈沉默已久的世界〉：

　　揚起酒杯，再一次喝他遞到我唇邊的草莓酒。似乎，這一生我就喝定了這一杯。
　　讓我們科學一點說：混合罷！我們就要如此對飲千杯，向這個短暫的人生祝賀。請不要把你的手拿走，你要記得，你一開始就為我端起酒杯（盛滿紫紅色的、甜甜的草莓酒），請永遠為我端那盛滿的一杯罷！像我也為你那樣：我們已經喝了交杯酒；已經步出那個沉默已久的世界。我們的世界只有一個。[18]

---

[17] 季季，《季季集》（臺北：前衛出版社，1993 年），頁 34。
[18] 季季，〈沉默已久的世界〉，《皇冠》第 136 期（1965 年 6 月），頁 99。

新郎楊蔚的〈復活，在鷺鷥潭邊〉：

實在並不為什麼。在生活中，我們都是不知死亡過多少次的人。我記得
十幾年前我的一個所謂上司跟我這樣說：「你怎麼啦，我們待你不薄
呀！」那一句話，使我在墳墓中躺了十年。後來有一個女孩跟我說：「我
這麼愛你，你不會辜負我吧！」這一句話，又硬把我逼進了一個荒涼而
孤寂的墳裡。
我們為什麼？真他媽的。
五月九日下午一時，我赤著腳，跟季季並肩站在鷺鷥潭邊，接受大家祝
福，那是我這麼多年從墳墓中爬出來復活的一次。[19]

　　這樣絕望的投入愛情，風光的野外婚禮，絕配的現代前衛佳偶，為什
麼季季和楊蔚的愛情變調了呢？楊蔚 1980 年〈激動與冷漠──一個苦澀的
回顧〉一文，寫「烤牛宴」，讀來鏗鏘有聲：

一晃，十五年過去了。
而如今回首前塵，當我執筆寫這篇回憶的文字時，我不時激動得站起
來，又不時沮喪的坐下去。我從他們聯想到自己。我給自己種的是胡
瓜，長出來的卻是茄子。荒謬啊！便禁不住對自己突然發出一股怒
意……[20]

十五年了！當年那些朋友，有人還把我當朋友、有人把我當敵人，也有
人把我看成一堆渣滓。忽然間，大家彼此開始以世俗的標準來衡量和判
斷對方的一切。人漸漸老了，城府越來越深，新朋友也交不上了。如今

---

[19]楊蔚，〈復活，在鷺鷥潭邊〉《皇冠》第 136 期，頁 104。
[20]何索，《婚姻狂想曲》（臺北：九歌出版社，1980 年），頁 157。

我孤獨的困居陋室，靠著寫一些通俗的故事謀生，倒真的是一堆渣滓！[21]

「一堆渣滓」，正是「艾梅」對「何索」的評價，季季在〈蛇辮與傘〉一文中，清楚指出兩人的分歧：「我最不能忍受的傷害，大概就是他今天主義的生活態度，他總是揮霍每一個今天，而說明天是一種未知；甚至說明天是不可能到來的。」[22]如此，我們追溯出，1960 年代沒有明天只有今天的存在主義精神，經不起生活的磨損，到了 1970 年代，變成了不負責任的墮落。浪漫的愛與死，變成無止盡的折磨。

今人好奇的是，楊蔚「何索」系列裡的艾梅，有季季的影子，但是，他不批評艾梅，多半是自我嘲諷。楊蔚其實一直寫季季好。〈何索供狀〉一文：「我和艾梅初識時，她剛從南部到臺北來，住在近郊一間小屋裡，埋頭寫作，她那時還保留著學生時代的外貌──短髮、白衫、藍裙，以及對事物天真的看法。」[23]〈碎了再補的〉一文：

> 我們那時只有一張床，一個書桌，和幾本破書。吃飯都是坐在床沿上。
> 何索啊，你發了瘋吧！你無緣無故的發脾氣，摔瓷器，傷了艾梅的心，還去喝啤酒逞英雄，你對得起這個跟你投資合夥的女人嗎？
> 我想哭了。我們為了編這個夢，耗過多少的心血啊！我們經常受到挫折，但由於兩人的同心協力，終於把困難一一克服。
> 這個夢！它破了又補，補了又破，可是我們從不灰心。啊，我一定要哭個痛快才行！艾梅走了，這個夢是再也編不成了。[24]

楊蔚顯然一直自知理虧。自知是個不合格的丈夫和父親，若要為楊蔚辯護，王尚義寫海明威筆下人物，那些沒有善惡觀念、沒有神、沒有價

---

[21]何索，《婚姻狂想曲》，頁 171。

[22]季季，《月亮的背面》（臺北：大地出版社，1973 年），頁 56。

[23]何索，《何索震盪》（臺北：遠景出版社，1976 年），頁 230～231。

[24]何索，《何索震盪》，頁 147。

值、沒有同情，只有力量、嚴酷、暴行、危險和戰爭的人[25]，可能正是他理想的性格指標，1960 年代的楊蔚，浪漫、反文化，「烤牛宴」的那一群人，正符合了當時的現代和前衛，愛、混合、存在當下、不向世俗標準妥協，是叛逆的一代，季季的《屬於十七歲的》，正是這種精神的詮釋。就是要活得像卡繆的異鄉人，像莎崗。

四

　　季季 1965 年的小說〈擁抱我們的草原〉，女主角充滿對大陸原鄉的熱情，進而想用戰爭把紅流炸斷，重新擁抱草原，「反攻大陸」主題明確。〈異鄉之死〉裡，來自大陸原鄉的老師死後火葬，成了「異鄉人」的符號，季季對 1949 年大陸來臺的人士稱異鄉人，對他們充滿同情。季季把卡繆的異鄉人和大陸來臺的異鄉人，畫了等號，季季寫他們，語調是溫軟的，「相濡以沫」的態度始終不變，由此可見，季季和楊蔚最初的愛情，還包括了擁抱來自草原的流離同胞，同根生的人們大團結的情緒，赫然是陳映真〈將軍族〉式，本省外省情感結合，促成統一的理想。但是，理想終究破滅，幻想王國裡的英雄是柴米油鹽的低能兒，更是出賣兄弟的叛徒，傾注的愛情變成賭徒、賭債、和暴力相向。楊蔚顯然從頹廢滑入墮落，從風流跌入下流，他是失敗者，季季必然了然於心。或許因此，多年之後，季季筆下仍有保留，看出她的溫厚。

　　曾經有過的臺北 1960 年代，政治高壓，處處有「匪諜」，臺灣是只有今天沒有明天，異鄉人暫居的島，大家刻意製造愛情夢幻，季季恰恰經歷了一切。但是，季季沒有繼續在架空閣樓中製造愛情神話，而是走入自己的土地，找尋救贖。季季早年的投入現代，和後來的寫鄉土，都以沉著的實力寫作，她的力道是一致的，就是「誠實」，這是她寫作的主要精神，我們看到，在季季卸下編輯職務後，她選擇了寫自己的 1960 年代，在不斷篩

---

[25] 王尚義，《野鴿子的黃昏》（臺北：水牛出版社，1968 年），頁 123。

選釐清的過程中，她其實是在重溫一個曾有的夢，那個夢，是 1960 年代的臺灣文化氛圍，它必然是美的，否則，不會有季季嘔心的作品〈鷺鷥潭已經沒有了〉，那樣極致的美。也許，這就是她無法放下的一些什麼。

　　　　　　　　　　　　　　　　　　——選自《文訊》第 330 期，2013 年 4 月

進入鄉土的寫實小說

女性鄉土小說（節錄）

◎戴華萱[*]

　　季季（1944～），本名李瑞月，雲林二崙永定村人。中學時期開始嘗試創作投稿，從未被退稿過，自此奠基創作的信心。1963 年自虎尾高中畢業，因大專聯考與救國團舉辦的文藝營撞期，她竟然做了放棄聯考參加文藝營這個不可思議的選擇，可見她對寫作無以名之的熱愛，果不其然，在這次救國團的營隊中就以〈兩朵隔牆花〉獲得小說創作首獎。次年，她隻身北上勇闖文壇，接二連三的密集發表，在魏子雲的推薦下，受到《皇冠》發行人平鑫濤先生賞識，成為《皇冠》第一批 14 位簽約的作家中年齡最小、資歷最淺、又是唯一的臺籍人士，由此展開了長達 14 年專職寫作的生涯。

　　1966 年，季季就出版了第一本小說集《屬於十七歲的》，頗受讀者喜愛，自此後到 1980 年代前再出版十部小說集：《誰是最後的玫瑰》（1968）、《泥人與狗》（1969）、《異鄉之死》（1970）、《我不要哭》（1970）、《月亮的背面》（1973）、《我的故事》（1975）、《蝶舞》（1976）、《拾玉鐲》（1976）、《誰開生命的玩笑》（1978）、《澀果》（1979），以及一本散文集《夜歌》（1976），其作品量十分可觀。其實，季季是在家暴、恫嚇的感情折磨中試煉出一枝寫作不輟的筆。她在 1965 年（年僅 20 歲）與大她 17 歲的楊蔚結婚後就飽受不幸婚姻所苦，1971 年離婚，不僅得獨自撫養一雙兒女，還得面對前夫在金錢與生活上的持續騷擾，直到 2004 年楊

[*]發表文章時為真理大學臺灣文學系助理教授，現為真理大學臺灣文學系副教授。

蔚病逝異邦，季季雖然傷心，卻也感到「生命中最大的陰影消失了」。

　　離婚後已心力交瘁，又為了維持家計，季季不得不離開她所熱愛的作家身分，1977 年底轉入新聞界工作，先後在《聯合報・副刊》、《中國時報・人間副刊》任職，並任《中國時報》主筆，負責與文藝編輯相關的版面，主要寫採訪報導，沒有多餘的精力大量創作小說，因而改以散文為主，在這期間出版散文集《攝氏 20—25 度》（1987），並於 1988 年受邀駐訪愛荷華大學國際寫作坊。2004 年後開始固定寫專欄：《中國時報》「人間」副刊「三少四壯集」以及《印刻文學生活誌》，並重新展開小說的寫作，短篇小說〈額〉就入選九歌 93 年度小說選。退休後出版《寫給你的故事》（2005）、《行走的樹——向傷痕告別》（2006）、《我的湖》（2008），賡續她最熱愛的寫作志業。

一、從現代主義回歸寫實的創作高峰期

　　季季踏入文壇之初，正是 1960 年代「現代主義」風靡流行之際，鮮少有文學同好不受感染的。季季到了臺北後，開始閱讀沙林傑《麥田捕手》、莎崗《日安憂鬱》、卡繆《異鄉人》、海明威《在我們的時代裡》等現代作家的作品，讓蟄居鄉野的她頓時眼界大開，在《臺灣文藝》革新第 8 號中，刊載〈季季談創作〉一文，提到當時的文藝氛圍對自己創作的影響：

> 民國 50 年到 55 年之間，我們很流行看存在主義的小說，存在主義的電影，聽「世界末日」的流行歌曲等，都讓人覺得生命是有點浪漫而無可奈何的東西。當時年輕人的社會，氣氛是這樣，我當然是受影響，這不是有意模仿。我也生活在那種氣氛裡，所以我表達的就是那樣的東西。[1]

在進入 1970 年代之前，少女情懷的季季確實帶有虛無縹渺的現代色彩與任

---

[1] 王津平、梁景峰、季季，〈解剖季季的神話——季季作品討論的紀錄〉，《臺灣文藝》第 61 期（1978 年 12 月），頁 199。

性的幻想。她擅長使用獨白的方式，描摹出小說人物內心的蒼白、無奈與懷疑。例如第一本小說集同名的小說〈屬於十七歲的〉（1965），採第一人稱的主角「我」，不僅愛胡思亂想，又對現實生活極度不滿，舉凡學校古老的建築、校長每年如出一轍的公式訓話、帳篷下長椅上的老師們的悠閒，都可以是誘發「我」產生各種負面情緒的理由。小說裡的人物大多是不快樂、不幸的：高一同學「黑皮」從火車摔死、老門房半殘廢的妻及其因公殉職、綽號「瘋狗」的體育老師因思念父親而每天傍晚扮演小丑等，營造出一種憤懣、抑鬱的氛圍。再者，「我」太愛幻想，常對周遭發生的一切感到不解與疑惑，時常陷入無端茫然、虛無的煩惱之中，小說中描寫一群高三女生放學後相約到糖廠吃冰，「我」在一連串「為什麼」的疑問中，將一個高三女生的苦悶生活乃至其幽微的心靈世界，生動地呈現出來：

因為冰廠已經沒有冰了，我們一個人要了一瓶沙士，像老人家飲酒那樣，越喝話越多。大概是談別人的男朋友的事吧？就那麼聊了一小時。聊到最後我們都像百戰榮歸的英雄，用近乎無理性的瘋狂舉動把沙士的瓶子狠狠的往地上摔去，一大灘未喝完的沙士，像一大灘沸騰的褐色的血，在灰色的水泥地上淌開來。一大堆綠色的玻璃碎片像被分屍了的綠色肢體。那種分屍的破裂聲很響很響，一直到現在，我想起那堆綠色的分屍物和那灘從綠色的瓶中淌出來的、如它的無生命血液的水，就會聽到那種使人覺得能炸開人心的聲響在寧靜的天空神經質的跑出來。也不明白為什麼要那麼做？為什麼要瘋狂的去尋求那種發洩？或許只因為我們喜歡那種殘酷的毀滅聲吧？為什麼在我們十七歲的時候，我們就會欣賞並且去追尋那種享受呢？為什麼我們喜歡殘酷的毀滅聲呢？為什麼？為什麼？……我們寧願迷糊；因為迷糊使我們無憂，給我們快樂。就像每個週末我都去廟裡看黑皮死亡的微笑一樣，什麼事我們盡可不找理由來解釋我們的行為；我們不必懂得我們為什麼這樣做，我們只要懂得我們在做什麼，我們對自己的心靈

負責，我們心安，我們便活得滿足而有意義。[2]

這麼長的一段青春獨語，可以感受到一位苦悶孤獨、內心迷惘的高三女生，彷彿緊蹙著眉苦思生命的意義。文字中彌漫著一股死亡的氣息：褐色的血、分屍物、無生命血液、炸開人心、殘酷的毀滅聲，調配出她自以為慘澹枯竭的年輕色調。從連續的「為什麼」的疑問中，小說中的「我」彷彿有數不清的煩惱與話語想要一傾而盡，作者不斷挖掘一個 17 歲中學女生的內在心理與深層意識，以及描摹出屬於她們看待世界的方式。在找不到解答的問句中，強說愁的年輕生命只能通過迷糊裝傻才能找到快樂的生活內容。

但是，跨入 1970 年代之後，季季開始從現實生活中攫取創作題材，以發表描寫臺灣婦女不幸人生的中篇小說〈秋霞仔再嫁〉（1970）為起點，季季的創作逐漸擺脫現代主義的影響，開始「邁入洞悉艱辛人生的深層心理的世界」[3]，1974 年發表的〈拾玉鐲〉所展現的道地鄉土味和現實意識，驚艷文壇。而 1976 年更是她創作的豐收年，同年出版三本小說集與一冊散文。恰巧的是，這一年的文壇已開啟鄉土文學論戰序幕，雖然季季從未置身鄉土文學運動浪潮中，但無庸置疑的是，她的創作方向確實是由內心獨語的強說愁轉向臺灣社會的世俗面貌，見證轉型期的臺灣文壇歷史。總括算來，季季在 1970 年代共發表小說：1 篇長篇、2 篇中篇、55 篇短篇；散文則有 35 篇，1970 年代可以說是季季豐沛旺盛的創作高峰期。

二、具社會批判與關懷的寫實小說

進入 1970 年代後，季季的創作漸趨成熟，寫實意味濃厚，〈拾玉鐲〉是最為人稱道的佳作之一，堪稱為「鄉土寫實」的代表作。〈拾玉鐲〉刻畫

---

[2] 季季，〈屬於十七歲的〉，《屬於十七歲的》（臺北：皇冠出版社，1966 年），頁 301～302。
[3] 葉石濤，〈季季論——臺灣婦女生活中的「詩與真實」〉，《臺灣鄉土作家論集》（臺北：遠景出版公司，1981 年），頁 294。

一群在臺北工作的子孫回鄉參與外祖母撿骨儀式的故事，除了敘述者「我」以外，其餘兄弟姊妹的返鄉都是為了傳聞中曾祖母價值不斐的陪葬物，希望能藉此分一杯羹。撿骨的結果未若預期，在大失所望之餘，大家將焦點放在陪葬品中唯一值錢的一隻玉鐲子，眾人七嘴八舌，興奮地估計玉鐲的價值，此時三叔才恍然大悟，這些兒孫回家是為了財產，並未懷有一份慎終追遠的孝心，大怒之餘喝令眾人跪下，向祖先懺悔：

「你們是為了回來分錢的？土地都賣了，還不夠？這唯一的一樣傳家的寶物，還要賣掉？你們是餓得沒飯吃的人嗎？你們是一字不識的人嗎？」

三叔的聲音嗚咽著，我們都垂著頭，落入一個酸楚的僵局中。恰好三嬸在廚房門口喚著我們，說是十二點到了，要進祠堂去祭拜。大樹從樹上爬下來，搶在我們前面跑進去。我們默默的跟在三叔的後面走著。堂姊又扯著我的衣服，低聲說：「看我們三叔多貪心，他要獨吞那隻玉鐲！」

我覺得好厭煩，把堂姊的手，猛猛的推開了。

進了祠堂，只見神案上燒著燭火，八仙桌上放著一盤盤的牲禮、酒杯、祭紙、焚香……。

三嬸點了一把香，大樹搶著要了四枝，不住地朝祖上的靈位叩頭祭拜。

三嬸逐一的把香分給我們，分完了，忽聽三叔說：

「都給我跪下，好好的向你們曾祖母懺悔！」

大家都驚愕地對看一眼。堂嫂先跪下，一夥人咚一聲，也都跟著跪了下去。

「這是為什麼呀？」三嬸急促地眨著眼睛：「誰說要跪著拜啦？你們讀書人，怎麼這樣多禮！」

濃濃的香味瀰漫著祠堂，把我的眼睛薰濕了。

三叔走到我兒子身邊，把他拉起來。

「你免跪，」三叔仍舊嗚咽著：「以後別學他們就好！」

三叔又走到大樹身邊，拍著他的光頭：

「你，你也免跪，你這個憨呆兒呀──！」

三叔大哭出聲。我聽到許多滾珠琤琮淌落。[4]

大樹是三叔唯一的智障兒，也是唯一留守家鄉土地的子孫。由大樹的憨直對顯這群堂兄弟姊妹的利益薰心，個個在臺北擔任要職：貿易公司董事長、電視公司導播、珠寶公司老闆娘，他們賣掉土地、對家鄉毫不眷戀，現在連曾祖母陪葬的傳家玉鐲都要將它換為金錢。季季在這篇小說中無非是要諷刺傳統倫常體系的崩解及工商社會的功利心態，抨擊臺灣社會現代化變遷中道德的失落與轉向資本主義的價值觀。但不可否認的是，小說中的農村只留老人和智障的兒孫，不也預言了：人口外流都會區的趨勢必然，而傳統價值的淪喪也是勢之必然。結局中三叔的痛哭，正是一首哀悼傳統倫常式微的輓歌。

　　季季另一部受到矚目的小說集《澀果》，由十個未婚媽媽的系列故事組成，反映出臺灣自 1970 年代後，或因受到西方性解放思潮的衝擊，女性的貞節觀日趨淡化，或因性知識普遍不足、或遭強行性侵，少女未婚懷孕的現象已成為亟需正視的社會問題之一。1977 年，季季在《婦女雜誌》發表〈未婚媽媽的漫長旅途〉，是她親自到基督教芥菜種會設立在花蓮的未婚媽媽之家「瑪利亞之家」的實地了解，以及根據當時相關的報導所寫成的報導文學[5]。在這篇文章中指出，臺灣家庭計畫研究所所長孫得雄在 1976 年就表示，過去五年來，臺灣的未婚媽媽有大量增加的趨勢；而她也觀察發現，幾個協助未婚媽媽機構的成立時間也幾乎是相連的：1969 年創設「生命線」、「張老師」；兩個「未婚媽媽之家」則分別成立於 1970 年和 1971 年，由此可見，由於社會觀念和結構改變，造成未婚媽媽逐年增加，季季如實的記錄下這個因時代潮流改變而衍生的社會現象。

---

[4]季季，〈拾玉鐲〉，《拾玉鐲》（臺北：慧龍出版社，1977 年），頁 96～97。
[5]季季，〈未婚媽媽的漫長旅途〉，收錄於季季《澀果》附錄一（臺北：爾雅出版社，1986 年），頁 211～239。

　　季季在 1979 年發表出版的《澀果》，部分篇章依真實的新聞資料改編
而成。在這本集子中，作者筆下的未婚媽媽大抵分為兩型：一種是無知的
青春少女，偷嚐禁果，但卻不知要做任何避孕措施而意外懷孕：如〈澀
果〉的梅麗、〈傷春〉的宜宜、〈苦夏〉的小蘭、〈禮物〉的金鳳，這些故事
中的女主角多是 15 至 19 歲情竇初開的少女；另一類是無辜的受害者，非
自願性的遭到異性的性侵害，如〈遺珠記〉的小麗、〈熱夏〉的如玉、〈菱
鏡久懸〉的江秀桃。其中，讓人印象最深刻的是〈菱鏡久懸〉，小說以回憶
的方式，訴說江秀桃在 13 年前因尾牙喝醉時遭不明男子性侵的故事。當她
發現自己懷孕後，竟遭受到親人的謾罵與汙辱：

> 不論去工廠或回家，我看到的都是卑微的眼光，聽到的也都是嘲笑！連
> 我的姊姊都指著鼻子罵我不要臉，我的弟弟還說我有神經病。我好像突
> 然掉進一個冰冷的世界，沒有親情，沒有友誼，觸目所及都是讓我心寒
> 得全身顫抖的景物和聲音。[6]

儘管如此，江秀桃並沒有萌生輕生的念頭，反倒振作精神，遠離家鄉到美
髮院當學徒，謀求自力更生之道，果也如願將一對雙胞胎兒子撫養長大。
但在拗不過兒子的追問下，鼓起勇氣尋找孩子的親生父親。就在她登出尋
夫的消息後，竟高達 15 位男性前來承認在 13 年前的冬天的某個晚上於臺
中街頭性侵了一名酒醉的少女。這雖然是一個非常嘲弄的情節發展，但不
由得發人深省的是：女性因強暴意外而未婚懷孕的問題，其身心靈的關注
與後續的安頓，不能不重視。所以在小說集的最後，在附錄二「他們可以
協助你！」中列出了「生命線」、「張老師」、「未婚媽媽之家」的電話，無
非是希望有此難題的女性，可以有尋求協助的管道，也是季季寫這本小說
希望可以達到實際救助的現實目的。

---

[6]季季，〈菱鏡久懸〉，《澀果》（臺北：爾雅出版社，1990 年），頁 176。

　　季季一如當時有很多作家都是從現代主義的心理勾勒轉向鄉土的寫作，更多的是，這些受過現代主義洗禮的小說家，往往以各種西方的寫作技巧描寫鄉土之作。由此我們可以肯定的說，季季這群作家對「鄉土」的提出，是對「現代性」發展的反思與檢討，但實際上是，「鄉土」與「現代」是在一次次的協商與對話的過程中，發展出一種共生共存的微妙關係，而非簡單的批判與對立。更重要的是，當 1970 年代的臺灣主權受到國際的質疑甚至否認時，一直向外汲取西方文學知識的作家們反過頭來好好凝視自己生存的鄉土，並且適時的融入本土語言，開始訴說對這塊土地的深摯情感和故事。

──選自戴華萱《鄉土的回歸──六、七○年代臺灣文學走向》

臺南：國立臺灣文學館，2012 年 11 月

──於 2019 年 7 月 23 日修改

季季論
臺灣婦女生活中的「詩與真實」

◎葉石濤*

　　從日據時代末期直到光復初期，在那黑暗和光明交替的青春時代，我忍受著飢餓和絕望，好似著了魔似地天天以讀小說來打發一籌莫展的時間。因此涉獵的範圍頗廣，的確讀了不少的小說。當然，這些小說裡面也包括了許許多多古今中外鼎鼎有名的女作家。如瑞典的拉格勒芙（Selma Lagerlaf），英國的曼絲菲爾，法國的喬治・桑・柯列特（S. G. Colette）、奧跎（Maguerile Audux），日本的林芙美子、窪川稻子、宮本百合子，以及我國的丁玲和蕭紅等。特別是拉格勒芙的小說，扎根於鄉土和傳說（saga），以母愛和對善良人性堅強的信任為基礎刻畫了北歐風土的景物和人民生活，深深地打動了我的心弦。

　　一般說來，女作家都擁有不容男作家侵犯的細膩、幽怨、狹隘的獨特世界；這狹隘世界的核心是由愛情、公婆、父母親、兄弟姊妹、妯娌、兒童、子女、夫婦、老人等所構成的；換言之，這世界是扎根於家族的人際關係的。以家族關係為起點，女作家的觸角才會探索到外在社會的各種事物。

　　如果女作家能夠把社會和歷史做背景來捕捉家族關係的真實，消除阻擋理性的各種障礙，那麼她們容易突破狹隘的世界，創造更豐饒、有意義的小說；否則，她們的小說除去一些藝術技巧可看之外缺少深邃的世界觀，不易引起人們道德的共鳴以及力爭上游的鬥志。

　　從社會歷史變遷為背景來看，我們容易看得出除去原始的母系社會以

*葉石濤（1925～2008），臺南人。散文家、小說家、翻譯家、文學評論家。發表文章時為高雄縣甲圍國小教師。

外，女性一向是被男性壓迫、摧殘的第二性，尤以農民、勞工階層的女性為然。因此，女作家必須看清女性在歷史上的處境，以便能正確地處理自己所屬時代社會裡的各種複雜的蹉跎、困境、挫折的面貌。在現代工業社會裡的女性比過去任何時代的女性生活得更苦，她們一方面同男性一樣要承擔著來自外在社會的各種衝擊；即經濟的、政治的、文化的繁複影響，一方面要在家庭裡從事保育子女，維持家庭和諧的單調勞動，這種雙重的枷鎖使得現代女性被迫過著精疲力竭的生活。誠然在任何一個時代裡，屬於上流階層的女性或屬於知識分子的女性，她們生活上的壓力可能較少。儘管如此，她們仍然無法享受跟男性一樣的自由，常常覺得身不由己。這是由於天生生理組織不同使然。當然維持家族間人際關係的和諧，保育兒女的天職也給女性帶來洞悉愛情機微的卓拔能力。

光復三十年來臺灣出現了眾多女作家。女作家之多令人歎為觀止，在古今中外罕見其例，而女作家作品之豐也似乎凌駕了男作家。儘管如此，能夠衝破狹隘世界，描寫女性解放過程的小說很少。我以為女作家應以下列三點認識為基礎而建造更具深度的小說世界才好。第一，為了實現平等和平的生活，女性應從男性壓迫中覓取解放。第二，應注意帝國主義國家把開發中國家當作「殖民地」予以壓迫的事實。第三，應參與民生主義的建設，以實現均富社會為目標而努力奮鬥。

可惜女作家的現實觀照大都是膚淺的，容易看到現實世界齷齪的瑣屑事情，卻看不到推動現實社會的那巨大的歷史之手。特別令人覺得遺憾的是大多數的臺灣女作家似乎都不太了解臺灣社會變遷的歷史；設若不了解以往臺灣民眾被壓迫、被踐踏的歷史，那麼如何能了解臺灣女性在臺灣各階段的歷史裡，為本身和民眾的解放而奮鬥不息的特殊意義和價值？難怪有些臺灣女作家的作品就墮落為美麗的謊言和幻想的故事了。

這是由於過去的眾多女作家都出身於中、上階層，無法了解低收入階層婦女的慘痛生活的關係。我們很少看到來自農民和勞工家庭的筆觸厚重的女作家。這種情形不僅女作家為然，男作家的情形也好不了多少。只不

過是男作家的社會閱歷和經驗範圍較廣，缺陷較不明顯罷了。不懂當代民眾的痛苦和心聲的作家，哪能描畫出民眾生存的憂傷和快樂？

我常覺得奇怪，為什麼至今還沒有出現取材於臺灣各階段歷史的結構宏偉、氣勢磅礡的小說？在那先民篳路藍縷以啟山林的時代裡，婦女曾經同她的伴侶並肩開闢荒地，甚至扛起槍來抵抗日本侵臺軍盡了保鄉衛土之責呢！那些勤勞堅毅的女性形象為什麼從不出現在我們小說裡？如果我們小說的題材仍然自囿在齷齪的日常物質生活上，我們很難鑄造描寫無名英雄形象的民族文學。

在新一代的女作家中，我以為季季是最有希望突破這種困境的人。以季季豐沛的生命力和創造力而言，似乎不難開拓更廣更豐饒的小說領域。然而在現階段上她仍然侷促在以家族關係為主的狹窄領域裡。誠然，從1974 年發表的〈拾玉鐲〉這篇很有現實意識和鄉土風味的小說開始，她已經掌握了臺灣現實社會裡人性墮落的一些徵象。這篇小說毫無疑問，是她寫作生涯的新里程碑，也是個轉捩點。季季的現實意識並非自這篇小說才開始露出其鋒芒，從她少女時代以來，她的小說一直擺盪於現實意識和浪漫意識的兩極之中。生命的成熟使她逐漸擺脫了以感覺餵飽肚子的幼蟲時代，得以邁入洞悉艱辛人生的深層心理的世界。

我們在她1970 年所寫的〈秋霞仔再嫁〉這一篇小說看出她肯定現實意識的萌芽。

我們首先來看看，季季較晚期的小說群到底吐露了什麼？又給我們帶來怎樣的心靈衝擊？

季季的〈拾玉鐲〉是以臺灣南部農村大家族制度的瓦解為其背景的。她以稍帶諷刺氣味的筆觸描寫這些地方豪族的不肖後裔怎樣地回到故鄉來祭拜曾祖母的撿骨重葬的枝枝節節。由於農業社會和工業社會的價值標準不同，這些後裔並非個個懷有盡孝道的哀思的；其實他們利慾薰心，只是貪圖那陪葬物而已。我們在這裡看到舊道德的蕩然無存和新價值標準的可怕面目。季季無情地挖出現時臺灣社會裡普遍存在的自私、齷齪、卑鄙的

人性弱點。這種人性弱點的描寫固然能尖銳地呈現出現時臺灣各階層民眾被拜金主義沖昏了頭的一幅精神墮落的形象，但無法說明他們墮落的因素和根源。

小說裡唯有一個三叔，代表著已沒落的善良農民性靈，提出義正辭嚴的抗議；然而在拜金主義橫行跋扈主宰人們心靈的現實社會裡，這種抗議充其量就是一闋輓歌罷了。為玉鐲的光澤而弄得神魂顛倒的不肖子孫而言，三叔的一番斥責只等於那唐·吉訶德生鏽的矛槍的一揮而已。

我們在〈拾玉鐲〉這篇小說裡看到的是已經摒棄了理想，只追求現實瞬間的生存快樂和金錢的木偶。光復三十年來的臺灣社會結構的改變，難道只塑造了這些唯利是圖的頹廢墮落的民眾嗎？往昔，在臺灣歷史的每一個階段裡為了抗禦異族的侵犯而英勇抗爭的那些民眾到哪兒去了？屈服於工商社會的生活方式之結果，人們無可避免地拋棄了生存的理想，喪失了道德意識，連帶地也丟盡了尊嚴的民族生活傳統。

季季如果站在透視整個臺灣社會轉變的歷史上來看這人性墮落的形象，那麼給她的這篇小說可能帶來一些較深刻的批評力量。然而季季在這篇小說裡始終努力於確定自我，透過主角的正義感來挖苦人性弱點而已。不過，特別值得一提的是季季不用任何說明、闡釋和誇張而透過小說中人物的動作、行為、對話來刻畫深層心理的作法，確有獨樹一幟的效果。

屬於同樣一種小說群的另一中篇小說是 1971 年所寫的〈寂寞之冬〉。這是一篇辛克萊·路易斯《大街》的臺灣縮小版。季季在近乎自然主義的寫實風格中導入心理學的觀察。小說的舞臺是臺灣南部的一個小鎮。這小鎮的生活方式和情調同南部其餘古老街鎮一樣是單調、沉悶的。時代的浪潮曾經洗劫過它，在人們心底深處和景物上留下了痕跡，但從表面上看起來它的外表同往昔一樣是沉睡的、灰黯的。季季把這小鎮的四季變化，鄉村男女、妓女、新興一代的政治，人們評價標準的改變等廣泛地反映在她的小說裡。小說的主角卻是農村的知識分子一個老醫生。這位鄉下醫生已步入老年，是在日據時代受教育的。這醫生曾經也介入過地方政治，當過

鄉民代表會主席。

　　在描寫臺灣鄉下的現代許多小說中，這篇小說的確是最傑出的一篇，它客觀真實地反映了 1950 年代臺灣鄉村生活內容的改變，各種人物深層意識世界的暗流。

　　我覺得最有趣的是整篇小說裡瀰滿著焦慮、渴望、慾求不滿的氣氛。對於這種氣氛我們並不陌生。在辛克萊·路易斯的《大街》和福樓拜的《包法利夫人》裡我們曾聞過類似的濃烈氣味。福樓拜說過，包法利夫人就是他本人。那麼這醫生難道就是季季本人的化身嗎？或者至少反映了季季某一段生活裡的潛意識世界的某一股暗流嗎？

　　季季正確地描寫了很多包法利式的這鄉下醫生的性慾不滿、希望之幻滅、對生活的厭倦、虛偽的道德架式，給我們展示了當代鄉村知識分子活生生的形象。

　　在這篇小說裡季季表現了她卓拔的觀察力、想像力，塑造人物形象的藝術技巧，令人覺得她有傑出作家應具備的深厚的天賦。然而這篇小說仍然顯示了她的一些缺陷；我們覺得她的寫實缺少了透視未來理想社會的構圖。寫實如果缺少了深邃哲學觀念的指引，那麼這種寫實無法引起人們心底深處普遍生存的哀愁。簡言之，這篇小說描寫了人生存的「真實」卻缺少了生存的「詩」。

　　屬於同一類小說群的，還有 1970 年所寫的〈秋霞仔再嫁〉。這篇中篇小說的字句之間常流露出張愛玲式的詠嘆調，不過季季把這種意境鄉土化了。小說裡輓歌般的節奏有助於沖淡張愛玲唯美主義的殘忍的冷酷性。也許可以說這篇小說較偏重於生活的「詩」而忽略了情景的「真實」吧？

　　小說的舞臺同季季別的小說一樣設定在封建氣息濃厚的臺灣南部鄉村的一個富農家裡。這富農家大約擁有七、八甲田地，人口倒很簡單，一個老寡婦和兩個成年兒子而已。秋霞這鄉村美女，是由一個破敗的農家嫁給這富農家大兒子阿泉的。可惜阿泉結婚三年後就拋棄新娘離家到臺北闖天下去，而且最後莫名其妙的死在臺北。在這一篇小說裡，季季主要描寫的

對象，似乎並非封建性家族結構的迫害，而是鄉村婦女那可悲的命運。她從秋霞的悲劇暗示臺灣農村婦女的身心所受到的各種摧殘。誠然，秋霞的婆婆卓寡婦難免有許多性格上的缺陷；例如貪心、虛榮心、愚昧等，但這都是婦女狹窄的器量所造成的人性弱點本不足為奇。寧可說老寡婦是行為、思想都合情合理的女人，對秋霞也未曾有過陰險、奸詐的虐待。在卓寡婦的造型上季季似乎盡量避免造成封建遺毒的範例，倒致力於刻畫成有豐富情感的一個女人。季季的確成功地塑造了臺灣鄉村婦女的類型（paterm）。

然而我說這篇小說忽略了生活的「真實」是有其根據的；我很難了解阿泉為何拋棄新娘跑到臺北去，這情節是悖理的，我並不認為阿泉有英雄般胸懷大志的氣概，他既然是富農之子，他留在鄉下的可能性較多。其次，阿明逼姦秋霞以後的異常的鐵石心腸，也近乎獸性，那心理過程的怪誕，令人存疑；除非阿明是精神病患，否則阿明缺乏有力的動機的，將秋霞看作仇人的作為，很難予以妥善的闡釋。

這篇小說的結尾寫得相當出色。正如契訶夫的《櫻園》以丁丁伐木聲而落幕一樣，這農村舊家也因阿泉之死及秋霞的自殺而籠罩在一片不祥暗雲裡。

這是一篇抒情性很濃厚的小說。在這篇小說裡，季季的浪漫氣質勝過冷嚴的寫實企圖。

屬於第二個小說群的小說頗有日本私小說（I novel）的風格，取材於作者身邊雜事，透過作品中主角的個性和經驗、生長的過程來談論作者對人生的評價。因此，季季雖然並不一定以第一人稱來展開小說情節，但頗能看出作者的心路歷程，很具有自傳的味道。包括在第二個小說群的有如下的小說：〈異鄉之死〉、〈野火〉、〈許諾記〉、〈河裡的香蕉樹〉、〈蛇辮與傘〉、〈手〉、〈鑰匙〉等作品。季季在這些小說群裡主要寫出了她孩提時代到少女時代的印象和回憶。此外，大約一半的小說是剖析她長大成人後愛情和婚姻給她帶來的身心上的創傷；這頗有負傷的獅子吮舔傷口的味道。

其中像〈異鄉之死〉、〈野火〉等一系列的小說深刻地描寫了大陸人在臺灣這塊土地上生活的憂患遭遇。以一個本地人的立場來寫大陸人生活的辛酸面，含有這麼強烈同情心的作品除去陳映真之小說之外真是難得一見。我也曾經看過許多大陸作家描寫本地人的小說，可惜似乎沒有季季這樣深刻動人。這種隔閡在二十多歲的新生一代人身上已不復多見。時間會把所有的割裂慢慢彌縫的。

季季的婚姻經驗也給她帶來省察現代兩性關係及家庭生活的慧眼。在處理這些題材時，季季有現代人的冷漠及帶有抒情氣味的觀察。而這一類小說透露出來的是疏離感和孤絕。像〈月亮的背面〉這篇小說裡季季從四周景物的輕淡描寫中，暗示著棄婦和兒女那落寞孤絕的心靈境界。這種透過周圍事物的描寫來隱約地透露心靈境界的手法，我們在曼絲菲爾的一些小說片斷裡看過。難道季季同曼絲菲爾一樣備嘗愛情和生活的挫折感嗎？

季季的第三個小說群是扎根於現實社會，又游離了現實，有極端浪漫氣質的小說；例如〈琴手〉便是。從這類作品群裡似乎季季逐漸摸索走到第一個小說群的次元裡去。〈琴手〉是描寫應召女郎的小說。在描寫現代臺灣社會裡「性」交易情況的許多小說中，季季的這篇應占有一席之地。季季巨細靡遺地描寫了床上男女的細微動作和心理變遷之後，以驚人神來之筆揭露了那應召女郎和買笑客人的真實身世。這難道是季季敬虔的一種禱告？抑或是一種嘲笑？

原來那客人是一個殉情者——每週買妓女發洩性慾的現代羅密歐。而那應召女郎卻是為養育一群孤兒而出賣色相的牧師之女——她以出賣肉體的方式為人類的原罪贖罪。季季最奇特的設定是那應召女郎有異乎尋常的豐滿乳房。而季季對於這豐滿乳房由來的說明真出人意料之外；她說，牧師之女的美麗乳房是因為幼時住在漁村，多吃了蠔，是蠔的營養孕育的。

我們在這篇小說裡看到的是季季浪漫情緒天真無邪的爆炸。小說既然是虛構的，那麼我們只好向季季豐富的幻想脫帽致敬了。其實現實世界裡怪誕的事物比小說世界豐富，出奇的巧合和邂逅也並非不可能存在的。

　　屬於第三個小說群另外還有一篇〈猴戲〉。〈猴戲〉裡的情節都屬於「巧合」。一連串的「巧合」，結果導出善良人性的凱歌。這篇小說帶有濃厚的舊式章回小說因果報應的味道。然而，我們倒也是能聽見，作者對現代婦女辛酸生涯的控訴和抗議。

　　屬於第四個小說群的小說，大都是季季早期所寫的，收入《屬於十七歲的》這本書裡。季季大約是在一種時代潮流的感染之下寫的，所以頗有「西化」的慘痕。在這些小說裡，季季以尖銳的感覺記錄了早熟的少女心理的陰影，同時顯露出她寫作天才的萌芽。這些小說有些帶著虛無漂泊的色彩，有些是任性的幻想；然而在極端西化的小說手法中，我們仍能看得出她的「夙慧」；那便是觀察現實真實情況時的無情的眼光。

　　一般說來，每一個作家在成熟以前都會閱歷這一段。數不清的多數年輕作家就在這階段夭折了，不再繼續唱他的歌了。也許本來他們的歌就止於這一丁點兒的吧？也許他們遇見了人間滔滔不絕的濁流或驚濤駭浪，出了一身冷汗之後驟然驚醒，幹那實際事務去了。這好似歌劇《波希米亞人》（*La Bohemia*）裡的眾多無名藝術家一樣，他們從事藝術家生涯就只是青春時代的一種夢魘或只是生了一場病罷了。

　　唯有季季突破了這階段，忍受著生活的挫折和苦難，拓寬了視野，以豐沛的精力，不斷地創造作品，這堅毅的作家精神委實值得我們沉思。

　　季季始終在浪漫和寫實之間掙扎；這情形同法國作家都德（Alphonse Daudet）一樣。我以為季季的氣質很接近自然主義派的作家。季季怎樣地統合浪漫與寫實，從鄉土的社會和歷史攝取養分，寫出臺灣婦女生活中的「詩與真實」應當是她今後追求的課題吧！

　　　　　　　　——《臺灣文藝》61 期（革新號八期），1978 年 12 月

　　　　　　　——選自葉石濤《葉石濤全集 14・評論卷二》
　　　　　臺南、高雄：國立臺灣文學館、高雄市文化局，2008 年 3 月

生命中可以逆流的河

試論季季的生命觀

◎彭瑞金*

一

　　1960 年代中期，季季便以戰後的新生代活躍於文壇上。這個時間，在文學上，剛好是一個斷絕世代的結束；而另一個新的文學世代正醞釀出繭而未得脫胎的混沌局面。一方面是成長在日據統治下的一代努力擺脫語言的羈絆逐漸展露崢嶸，另一方面新生代也在尋求他們獨特的歸屬。大致說起來，呈現在外貌上的新舊交替的特質，和內在一面承繼一面求變的意向完全應和。舊一代以自我教育的方式找回了語言的同時，另一隻腳卻踩在歷史的陰影中，負起從過往的心靈傷痕中為歷史作見證的職責。雖予人「不問蒼生問鬼神」逃避退縮的印象，但我們應該諒解他們有他們特殊的歷史心結。至於新生的一代，雖少了歷史的沉重馱負，但眼前的世界也不是安靜平和的世界，面對急遽翻動的世代，不管是經濟、文化的變革，新舊、東西的衝突……，在在都譜出了無常的世代主調，更迭幻化的社會價值觀逼使新一代也在尋求「憧憬」作為規避，於此我們如果奢望沒有偏見的文學實在是不可能的。於是無獨有偶地，整個文學的方向都走回閉縮自我回省的年代。當然，我們不否認這樣的方面拓墾，為下一個世代文學立下了堅固的礎石、播下了種子，在俯拾後一段碩果的時候，我們不能忽略這一段因緣。

---

*發表文章時為高雄市立左營高中國文教師，曾任靜宜大學臺灣文學系教授，現為《文學臺灣》主編。

　　在混沌未清之際，普遍縮守聲中，季季可算是難得的歷史沾染最少、純真而沒有扭曲的新生一代。從她尋覓的心路歷程中，我們無疑是讀到了大地上一種叫作坦誠的種子述說了它的旅程。季季本身就是戰爭之後生長的新生代不說，其源發母性的寬大與包容恐怕才是她能沒有「偏見」的主因，使她能在世變的更替中保持平和的心態、在混沌之中保存了渾濛的真面目。季季新生和「純真」的特質，使她具備不知避忌衝向現實的勇氣，而自然突破了「扭曲表現」的瓶頸，這是季季的好處；不過無可避免的，也必然經歷一段比較漫長的尋覓歷程，而不可能迅速掌握到時代的主脈，在這一點上季季發揮了閨秀作家的特長，也暴露了閨秀作家的弱點。

二

　　季季的包容，表現在文字經驗的是廣大的兼容並蓄：一是舊寫實文學血系；一是隨「異鄉人」而來的大陸舊文學；一是成綑販售的西方文學倉庫蕓積貨；一是尋找中的新的文學方向，可以說概括了當代文學潛存的所有因子了。季季的寫作原鄉至少同時灌注了這四條泉流，雖然我們很難分辨出這些泉流引導季季寫作的具體因果關係，或分出何主何從，但確切可以肯定的是季季在渴望吸取的情況下，自然聚積了一切可能為她所需的寫作資源。這些因子也就很自然地，分別或同時呈現在季季的作品裡。這種複式的呈現，雖然滿布探試的痕跡，但作為兩個斷絕世代的銜接而言，卻不失為恰如其分應和了紛爭錯綜的世代特質。

　　同時，在作品的本質上，紹承了舊寫實的苦心，從土壤照應生命，從舊農業社會中去刻摹基本的人性。大致說來，季季小時候生長的臺灣農業舊社會、舊家庭是其探索人際結構的基本模式，她也時常情不自禁以這個社會的道德觀、價值理念作為品評人物的標準。當然，許多背負了這個包袱的新一代靈魂走出了這個農業的小鎮，走出封建陰影的家庭，面臨轉換急遽的新世代產生的茫然，是季季關注的重鎮之一。此外，從湧入寂靜小鎮的「異鄉人」身上，季季聞到了大草原上戰爭的氣息，也聞到了流浪和

失去的悲哀，季季帶著嚴肅的悲憫心來說他們的故事又是其一。雖然季季筆下的異鄉人只是小小的樣張，但我們知道這的確可以是過往一個驚天動地世代的痕跡，從〈異鄉之死〉我們才真切地感覺到那一幕罪惡的悲劇造成多大的傷害。在季季而言，是激發了她擁抱大草原的亢奮。

　　除了這兩個舊包袱之間必然存有的溝河，季季還得面對東西文明之間的衝突。在我們的社會引進西方文化的同時，免不了也接受了西方社會的渣滓。在文學上，西方文學是廣大空白中沒有選擇的唯一範式，季季接受了一些。但那畢竟是時空遠隔的東西，和她的舊識之間的距離反成了她的負荷——顯然存在中的兩極：熟悉與陌生、新與舊、東方與西方……都是季季關注的焦點。在整個衝突轉換的中間，季季雖然代表的是新的一方，但她不扮演激進推動的角色，相反地，她卻代表一種理性的遲滯力量。季季不避忌戀舊戀鄉的熱情，甚至打著離開土地便要斷絕的比喻（無聲之城）。仔細探究起來，在兩大斷絕之間，媒合的嘗試成了季季努力以之的「行動」中心。雖然她並不抱持樂觀的態度，但她源自母性本能的婚媾哲學，她以婚姻的結合取代意識的分歧不但成了她的信仰，且進一步導出了季季的生命觀。

三

　　近日有人討論以思想出發的陳映真，認為他的近作〈夜行貨車〉已經從〈將軍族〉死亡的分離悲劇轉出了新的愉悅的契合。此與季季發自直覺的契合，雖有層次上的不同意義，不過結局的吻合，能證明發自生命認知的直覺符合了歷史軌跡的觀測，並不是運氣的湊巧，實在是作家資質的自然體現。這裡也可以見出季季的另一項好處，從平凡中建立不易的至理。愛情雖然可能造成生活的盲點，但從愛情去體驗人生亦是十分接近天性的步驟。

　　若是探討季季契合的動機，還應該歸結到季季對人生的基本認識；雖然「在上一次的戰爭裡」季季還在媽媽的懷裡吃奶，但戰火的餘燼卻一直

灼燙著季季的靈魂。戰爭走了貧窮不走，戰爭走了疾病不走，戰爭走了離亂不走、悲哀不走。雖然季季沒有聞過火藥的氣息，但從受過戰爭洗禮的人身上，她看到了戰爭的烙痕，她看到了戰爭對人毀滅性的傷害。從〈來自荒塚的腳步〉季季譜成了生命的藍調，所謂「希望不是絕望；戰地不是荒塚！」顯然季季從愛聽戰地的故事而接納戰爭的陰影。在應該是蜂飛蝶舞「屬於十七歲的」花樣年華，未先接受人間的美好，卻以整個的心接受了上一世代沉重的哀傷。此後，季季便以這樣的認識去闡釋人生。她一直以一種無可無不可的感覺對待人生，就像她的一個篇題：「沒有感覺是什麼感覺」的潛存意識一樣，人生沒有什麼可認真追究的。根底上，人生的底色就是灰藍的，沒有什麼值得以生以死的激情。因之我們看到的季季，始終都以平和、寬大的悲憫容納這一切，唯一為她斤斤計較的便是生命的延續，她看不起糟蹋生命的人。

其實來自戰地的故事，只不過是寂寞、浮游、飢餓、死亡的故事，他們在反覆咀嚼中尋求新生，這和季季從土壤中認識的生命是相契的，連綿的苦難構成生命的哀傷本質，但生的毅力卻無處不現。子彈穿過的胸膛，攀附愛情可以再生，這是季季堅持的信念。但季季相信生命是建立在動態的躍動中，靜止的便是滅絕的。這可以從兩類不同的異鄉人身上看出他們對生命信念的差異。如果用季季對等的觀念來看，〈蛇辮與傘〉和〈異鄉之死〉裡的異鄉人便是相對的存在，但他們根本的差異在哪裡呢？

蛇辮和那把共撐多年的黑雨傘，是這一齣婚媾故事契合的象徵。本來靠愛慕蛇辮發展的婚姻，先天上是十分脆弱的，但季季有意表達母性的寬容，可以捨身應允拯救自己還在吃奶時已在戰地奔跑，卻從荒塚裡復活過來的靈魂。這之中透露了季季對婚媾的信心。但走過荒塚的腳步卻是停滯的，他常把「說了幾百遍的逃難生涯重複一遍」，「妳不知道呀！那種三天兩天捱餓，渴了連黃泉湯也喝下去的感覺——」，以為自己受過苦挨過餓就有權利「吃得下頜貼著脖頸，肚子都突了起來」。甚至還有一套堂皇的說詞：「因為以前挨餓挨得太多，現在再也不能忍受飢餓的折磨了。」顯然這

就是這種結合失敗的整個關鍵所在了。比他年輕 17 歲的生命，雖然寬忍、雖然不特別堅持什麼，但還不至於頹廢絕望。然而「揮霍生命」是她絕不能忍受的。當她認識了「他所謂滿足，就是隨心所欲地揮霍每一個今天；華服、美食、喝酒、跳舞、看電影……」，當她聽慣了「以前我們餓肚子的時候，人家就說明天不會挨餓了。我們沒書念，人家就說明天一定送你到學校去。我們離家越遠，人家就說明天就可以回老家去了……。那些明天都是沒到來過的……」，真正沒有一絲希望，完全墮落的牢騷之後，也就是這種契合滅絕的時候。

這是失敗的契合，這種失敗是令人扼腕的失敗。季季有意暗示這重心靈的契合是最後的救贖，失敗了，便是「異鄉人」不可饒恕的自喪自絕。「他」是一個低頭走路、面容沮喪（他見到的自己形象），連個戒指都買不起的男人，他是任性自適、為鬼魅糾結的男人，但這並不是使他失去「辮子」失去傘的原因，而是他沒有明天的哲學。所以從〈蛇辮與傘〉、從〈來自荒塚的腳步〉，我們可以看到季季以婚姻愛情觀點伸展的救贖苦心受到了挫折，而她只記錄了契合失敗的例子，並沒有找到救贖之道。

但若從另外一篇〈異鄉之死〉來看，我們認為季季契合的努力有了轉機。〈異鄉之死〉裡的異鄉人完全是另一種面貌。他們懷鄉戀舊，他們也有一個屬於自己但已遙遠的根，他們渴望再生、渴望延續，他們雖也從苦難走過來，但他們並不放棄。所以，他們一面會為杜甫的〈春望〉哭濕國文課本；他們仍戀著口腹的鄉愁——餃子、油餅、小籠包……，他們「不知是因為歲月累積的蒼老，抑或多年的戰亂奔忙，他們的臉總是清清楚楚，或者影影綽綽地流露著疲倦」；「他們大部分是沉默的，好脾氣，但卻非常容易傷感」。然而他們卻另有積極的一面，像「崔老師」（崔詠平）一壁為懷鄉墜下大串大串的淚珠，一壁卻在 44 歲那年喜孜孜地享受上天「一件意外的贈品」。顯然只是「不放棄」的念頭一轉，便突破鄉愁傷時的包圍，而在這塊土地上有了新生命的繁衍，「異鄉人」老了、死了，但希望的種子卻永遠的播下去。

　　兩相比較異鄉人的故事，我們可以看出真正由戰爭教導成熟的生命，雖然瀕於蒼老疲憊，但卻有強韌的延續慾望，於是他便延續下去了。然而比之強壯年輕的生命，胸膛上烙著戰爭的烙印，臉上浮滿桀驁光彩的，卻聽任怨艾和頹唐腐蝕棟樑般的生命。絕與續就在這一念之間。在撲朔迷離中，季季從愛情與婚姻的故事裡，理出了她延續向前的生命觀。生命是不愉快的，尤其是經過了戰火洗禮的生命，尤其是塗抹了死亡、疾病、飢餓的藍灰色調，但從這裡肯定的生命當更接近生命的本相。

四

　　季季不特別歌頌生命，但她堅持生命不管在任何情況下都應尋求延續，顯然是私淑了先行代的寫實精神和照應了這塊多難土地上生生不絕的生命祕密，藉著異鄉人的故事再現的。在另一篇不純粹是異鄉人的故事——〈河裡的香蕉樹〉中，季季闡釋這樣的生命觀已到了十分清晰的地步了。從「怪樹」到「肉瘤伯」之間異樣存在的譬喻，說明生命有其自然的延續毅力，不待過分的呵護。過分的呵護有時適得其反，好比那向日葵的花籽——「澆了太多的水，反而把它泡爛了」。「肉瘤伯」在單身的時候，在那陰暗的「竹子糊著泥牆的茅屋」裡，「吃飯、睡覺、大便……又成天的咳嗽……」，能怪異而頑強地活著。但從「賺食寮」裡帶回肉瘤婆之後，雖然「那頂變黑了的綠蚊帳，現在是常時的綠色了。那破了一個大洞的被套也換新了，一朵一朵紅色的玫瑰花攤在床鋪上，像給那小茅屋增添了無限的生氣呢！有這樣勤快的女人照顧著，肉瘤伯應該胖起來才對的，可是他的臉色反而沒有以前好了。原先還有點肉垂下來的奶子更顯得乾瘦，伸進玻璃罐子去掏橄欖的手掌更加地蒼黃。抖呀抖的，有時掏一個橄欖要掏半分鐘……」，肉瘤伯的生命便這樣結束了。這一壁說明了生命消長對等的道理，一壁也在暗示艱苦往往是生命延宕的主力。

　　以這樣一個在學校旁開小店的「怪」老頭，以及其身邊環繞的許多生命，我們得到的生命現象是源源不絕、多彩輻輳的印象。季季雖以「賺食

寮」舊址改建「浸信會」的嘲諷筆法，企圖撩弄「道德」拯救「原罪」的無力感，而造成了令人啼笑不是的效果，但我們可以看出季季的用心是在面對原罪而不是強求救贖。種子播下去會發芽，那是生命與自然的結合，有生有滅也是自然的法則，「好人」、「壞人」更是不必由我們來界定。「肉瘤伯」這個怪老頭和肉瘤婆這賺食女人的結合，固然按照物的本則，在肉瘤伯死後延續了新生，但生下眼睛睜不開的孩子——帶著生命的原罪，這樣的「生」是憂？是喜？「生」是喜悅，「病」是苦難，但那是人生。季季是相信這樣的人生的，誰反對這些，誰就是反對生命。從這裡可以倒回〈蛇辮與傘〉這一婚姻的故事了——分合完全決定在是否有生的意志。有生之意志的被接納，不問任何條件；怯懦逃避的被拒絕，其實這不就是說的生命的故事嗎？生命像條河，涓涓細流便是延續，這也就足夠說明季季為什麼要尋找生命之河了。

我們不妨進一步說，季季出發去尋找這樣的生命之河實在是戰爭啟發的靈感，以象徵母性的愛情把這一個原本該是緊張的世界鬆緩了下來，她甚至企圖撫平一場戰爭的烙痕，不過終極承認這一切還是生命的本質勝利。有了後代的異鄉人，他的生命延續了，就像肉瘤婆連根挖起丟在河裡的香蕉樹別有附著，發出芽來了，而且越長越高，婚媾的哲學便進一步攫住了季季。

由於這些體驗，當她面對舊社會、舊制度、舊道德和新的社會制度之間，雖然明顯的是兩相睽隔的時代，對站在兩端的兩代人而言，是段無法跨越的距離。上一代的婚姻悲劇和下一代的人生悲劇，雖然是互不相屬的劇情，但推究到終極，同樣都是源自人性中同一的病態癥結時，古今的悲劇又可看作一體了。因此，有人在戰爭的火線上失去了自己，也有人在生活的陣仗中迷失了自己，尤其是急遽變動的社會的新生一代，在考試、愛情、謀職、留洋，因膨脹造成的壓力衝擊下，許多年輕的靈魂也步上頹唐自喪，缺乏生之意志，季季費了許多筆墨便是企圖敲響這一記邊鼓的。〈塑膠葫蘆〉和〈杯底的臉〉即可算是此類故事的總結。

　　且看〈塑膠葫蘆〉中那個自嘲為「人渣典型的年輕傢伙」吧！在火車站裡等了一個多小時，等到了「右手拿了紅色大衣和黑提包，左手便拿著個汽球上下拍打著的」女友阿洋。見了面之後，「她站在我的面前說：」、「生氣沒有？我遲到了。」、「然後頑皮的笑著坐下來。」、「怎麼搞的？我說。」、「媽媽死掉了。她說。」、「什麼時候？」、「今天早上七點的時候。」、「那樣妳怎麼能來？」、「那又不是我的母親。」、「爸爸呢？」、「他問我到哪裡？」、「我說到臺中來看朋友。」這份淡漠、沮喪實在不輸火線上下來的「黑傘」，也近似卡謬筆下的異鄉人。雖然這一個自己都「覺得自己真的是一個莫名其妙的怪女孩！」老覺得自己「有一天會變成『冰石』」，並不是沒有來由的——父親再娶時，母親自殺了，但父親導演的悲劇還在重複著。使她固執地相信人終得歸結於冰石的虛無論調，使她敢於「嘲笑別人對於死亡的漠視和對生命的無知」，使她故意嘲弄「做什麼事都應該有理由嚜？」於是，她答應和比她小五個月、考上成大建築系不久便在珊瑚潭淹死的冰石結婚。看似荒謬，其實季季就是在闡釋婚姻的救贖。這個婚姻觀念上已被蒙上恐怖陰影的靈魂，卻依然相信唯一可能的救贖還是婚姻。她說：「我想過結婚，但從來沒有想和誰結婚。如果嫁給一個像我父親那樣的男人，我只好和我母親那樣了，雖然在看我母親的屍體時，我曾認為她愚蠢，而且對生命堅持力過分柔弱，然而，作為一個女人，也只有那樣了。那總比活著沒有人愛好。」可見婚姻的救贖是她心目中唯一的一線生機。

　　可惜坦白的「人渣」對她說：「我從來沒有想到要跟妳結婚。」之後，雖然極力地建議「我們要盡量設法走出要把我們覆蓋下去的陰影——上一代的陰影。」但阿洋已認為「不行。我沒有辦法了。」在季季的心目中，「婚姻」救贖的力量似乎成了唯一的救贖力量了。阿洋代表被舊封建捏碎的現代殘破，「人渣」則代表新社會自我放逐的廢物，他們錯過了結婚救贖的機會，生命便「支離破碎」，就「只是一個汽球」。這還不夠證明季季的那一點用心嗎？回溯到季季心中的那條河，豈不是也可以印證出，沒有延

續可能的生命，便是斷絕、沒有希望的生命嗎？

　　我們也可以再從〈杯底的臉〉找到這個說法的佐證。〈杯底的臉〉一落筆，便是「勇氣啊！勇氣！」你知道季季打的是什麼主意嗎？她只是在呼喊「那一對互相垂憐的男女……本該有自己該走的路罷？為什麼沒有勇氣去走而聚在一塊呢？」但記住：「勇氣只是詩的言語；或一種標語。」「其實那只是一群懦弱的動物。」從「大華」到「阿富」，為什麼終究是「死亡的臉」？是「魔鬼的臉」？說穿了只是杯底不實在的臉。不管是初戀、再戀、熱戀的對象都與婚媾無關，都與救贖無關——這便是癥結所在了。我們不知道季季何時為什麼想到了這樣的婚媾哲學，不過扯去愛情與婚姻故事的外衣，季季從母性出發尋找生命之河的動機便昭然若揭了。從戰爭、從新舊衝突銜接、從婚姻的本身，季季練就了這條河。這之間有尋覓鍛鍊的痕跡，季季心中的這條河並不是一開始便這麼澄明的。收集在《誰是最後玫瑰》中的四篇作品，季季與「人渣型」的年輕之間曾經是親密而相連的，但那只是一種成長的過程，季季終於用河的觀念而與之脫離了。另一篇作品〈群鷹兀自飛〉似乎也可以是佐證，以母性的包容力言，人類因尋求生命的延續，縱有錯池也是可以被諒解的。這足以證明季季對延續生命的力量的尊崇，我們尋到了「河」的喻意，便大致尋到了季季的主要思路了。

五

　　然而這並不是季季的全部也是可以肯定的。就作家的關注面而言，季季可以算得是泛愛論者，在《月亮的背面》的序言中，她自己就說：「我關心的是人的生存，以及因生存而產生的諸多問題：貧窮、疾苦、愛的幻滅，從農村走入都市後的迷失，新文明對舊社會的衝擊。……所有這些問題的核心，乃是為了探討人的生存價值。……」但證諸一條河的執著——生命只是生殖的延續，我以為季季對生命的闡發太逼近生命的本能，所以表現在作品中生命觀的色彩是平淡的，被文字的色彩掩蓋無光。因此季季

雖肯定「要探討這些價值的最佳方式，無非是不斷地從各種不同的角度，寫出不同階層的人的經驗。通過那些經驗，你可以看出他們是以何種方式去尋求他們自認為最適合自己的價值；或者為何毀壞那些價值。」但殫精竭慮地用推陳出新的方式還仍只是伸展這層信念，這是疲於奔命的變法。無疑整個世界得的是急症，季季開的還是培元固本的補藥方。因之，在抒發伸展的過程中，季季延宕文字情節的能力往往超過讀者的耐力，足見季季是如何費力地墾拓她的寫作世界，我們也可以看出季季有意以文字應和她的生命情調。

　　季季的生命情調是什麼呢？我有一種感覺──季季一定暗自得意過〈沒有感覺是什麼感覺〉的命意，事實上，這就是她的生命情調。反覆玩索生命的結果，嚴肅的部分極為有限，反之人生的大部分卻是予人無可如何的感覺，譬若季季的筆寫到了窮苦、病患、愛情的幻滅、婚姻生活的悲劇，但季季絕不肯花太多的心神去追究這些苦難的來源。她有「反正人生就是這個樣子」的淡漠。但作為作家聰明得什麼都不深究，從不去解愚昧人生的結子，嚴格說來，就不會要和文學糾葛不清了。不過，季季還不是真的一根腸子通到底的，這只能說，她有她另一種的想不開，另一種糾結而已，那就是她特別著重生命的氣氛，投注於此，必然忽略於彼了。

　　她常常像愛呢喃的少女、愛嘮叨的母親那樣，把情節一個峰迴路轉接一個峰迴路轉地轉下去，一點都不嫌煩瑣地左拾一節、右撫一段。顯然，這是障眼法，季季從不認真去解人生的結，但這並不就表示季季不知道人生有許多苦結，只是每逢節骨眼上她便輕巧地避開了。季季幾乎所有的重要作品都是採用此一技法的。例如〈屬於十七歲的〉中至少包括：中學生活的回顧、看門的退伍軍人的生活、教體育的馮老師、馮老師和老校工遺孀的結合……五個以上的波折；例如〈杯底的臉〉、〈河裡的香蕉樹〉這些典型的作品中，我們可以發現季季實在是鋪衍情節的天才。〈杯底的臉〉一短篇之中季季可以交代九個不同類型的愛情事件。而〈河裡的香蕉樹〉，從「樹」的出生到人的死亡，再由死亡到再生，從學校的老師到學校旁邊的

小店，到賺食寮的女人……，我們幾乎忘了季季要把我們帶往何方世界
了，猛一回頭才發現只是在尋找河裡的香蕉樹，只是在找那條生命的河。
但在感覺上，它已不是單一的了，許多情節共同來烘托它，它已變成多元
的輻輳，雖然那只是平凡近人的生命現象，卻變成真實灼人的生命之熱
了。也許在季季內底裡，有意反對文學是人生抽樣的主張，而用這種多元
輻輳的方式，企圖造成比較活現的生命形象，而不惜呢喃和嘮叨。通常小
說的情節都不免局限於表達單一鏡頭焦距的投注點上，文字的效用也只及
靜態的面上，但季季這種多元輻輳的方法予人另一種真實感。

六

　　作品的連綴性實在便是作家生命成長的紀錄。尋找生命中的一條河，
是季季創作過程中一股主要而強烈的神祕信念，但這一信念的外延始終並
未突破個人的人生理想，因此這一信念的追求，在季季昂揚的年輕生命中
是狂熱的努力標的。但隨著心智的成長，人生信念的外延逐漸加大，季季
便不能滿意於這條河的羈絆了。我們看得出來，季季有努力從這條河躍升
的試圖：一是《夜歌》，那是屬於另一個範疇，姑且不論；一是《拾玉鐲》
系列的作品，明顯的可以看到季季已經感悟過去她是把整個世界擠進內心
去鍛鍊，用屬於季季的催化劑把世界條理化，而吐露屬於季季觀的世界形
象。現在改變後的季季則是盡量騰出空位來接納的季季，要不斷接納才能
回過來嘔瀝的季季，這在許多人的寫作歷程中實是極為少見的例子。雖然
〈拾玉鐲〉、〈大印〉、〈矮屋下的臺北人〉這些作品並未發展成一條十分明
確的去向，但我們已看得出來，這是季季企圖突破和創新的嘗試。我不以
為季季此舉只是應和文學界一股回鄉的熱流，我以為在季季的寫作生命中
必然經歷這麼一個階段。

　　畢竟，季季離鄉的 19 歲是太年輕了些，鄉土的印象，我們已零星地在
她過去的作品中見到了，顯然那只是止於 19 歲的零星印象。雖然那有些不
可或忘，懷縈腦繞的人與事，但還不夠作為她作品的幕景。當然缺乏參

透，也就談不上根源的感覺了。季季開始寫作的時候，事實上大部分是仗恃她在文學上早熟的才華，和一大塊人生的懵懂，以至於她是那麼急切地要從懵懂中理出一條河來。不過，這實在不是很好的現象——對季季的寫作生命而言，過分理則化、條理化的人生都不是多彩多樣的人生真貌。我相信季季既然極著意在匠營作品的氣氛，當然也會感覺到理則化的人生不是文學的人生，更不是真實的人生。季季在《拾玉鐲》系列尋求轉機，因何不也可以解釋為遇到挫折之後的突破呢？作家用他親身經歷的故事作為作品的樣張，當然不會捨去常側側於心的那一點感懷。於鄉土而言，季季是少小離鄉的浪子，於今再回過頭來檢視這一片廣袤的原始地，當然會是一片採擷不盡的沃野。我更相信季季心中除了那一條可以逆流的河涓涓不已之外，已有餘裕兼顧兩岸的無限風光了。

——選自《臺灣文藝》第 61 期，1978 年 12 月

試析構成季季小說的幾種風貌

◎花村*

前言

　　季季是國內少數的職業作家之一。高中畢業以後，篤定的拒絕聯考，拿了一枝筆，冒冒然就從西螺鄉下到臺北來。必是這種罕有的勇氣與決心，顯示出她對寫作所持的全盤信賴；因此，寫作優厚的回報她。她不停的寫，不停的出書；而讀者對她，如若不是羨慕，也是充滿敬意。可以說她相當順利，如己所欲的展開了她的寫作生涯，成為專業寫作的職業作家。不過，職業作家一方面是非凡的榮耀，另方面卻代表了為投合讀者口味、為換取生活所需等含義。這對於作家之打進純粹文學領域，嚴格的力求實現完美的自我，相當有礙。尤其國內版權、出版法等作業情況，還不能妥善保障作家生活，職業作家所受的干礙更多。譬如高陽先生、司馬中原先生，他們才力浩瀚，儘可以篇篇是珠玉，卻敵不過搖筆是唯一生路造成的大限制，而有許多要牽就的、要降格去做的、要逼日剋期趕著脫手的！於是，有價值的作品固然不少，寫過以後，自家懊惱著當作沒寫的也有。所幸，他們耕耘文學園地的初衷矢一無二，氣魄也具足，所以在有價值的那一部分，他們表露的卓特、蘊藉之文學震撼力，已然重重讓人受到震擊，有所感念。職業作家的束縛，沒有使他們軟化、低頭，或拋棄掉本心。而季季，也是這樣。在她或完美的或不夠完美的作品裡，她都表示出

*本名黃春秀，發表文章時為天主教聖心女中國文教師，曾任《雄獅美術》編輯、歷史博物館研究員，現已退休。

無可置疑的文學良心。

　　季季的小說有長篇、中篇、短篇。長篇為《我的故事》、《我不要哭》。這兩本長篇的文字敘述和《屬於十七歲的》等相當接近；情節的進展形態又可從《蝶舞》等尋繹出來；而且，由於是長篇，便在個人的生活感觸和思考見地之外，滲加諸多投合眾人所欲的趣味，交相混雜，不免大眾化而稀淡了個人色彩。所以本文的討論不引這兩長篇。這並不意謂：大眾化不好，個人色彩就是高明。只是說：大眾化比較缺乏個性，不能像個人色彩，具有討論價值。

主觀、客觀的分別運用

　　季季中短篇集結的本子，按時間順序為：《屬於十七歲的》（皇冠出版社）、《誰是最後的玫瑰》（水牛出版社）、《泥人與狗》（皇冠）、《異鄉之死》（大地）、《月亮的背面》（大地）、《蝶舞》（皇冠）、《拾玉鐲》（慧龍出版社）、《誰開生命的玩笑》（皇冠）。另有文豪出版的《季季自選集》篇章重複，故此處不算。

　　第五本《月亮的背面》，寫作於「最近一年多，季季的生命曾遭遇一次極嚴重的傷害」（借自此書封底的話）這種情況，卻正合上孟子「……苦其心志……行拂亂其所為，所以動心忍性……」的說法，在各書中成就最可觀。一共七個中短篇，除了〈我的庇護神〉，因思路太幽渺，致輪廓、題旨漫漶，好像水分沾太多，失去控制；〈群鷹兀自飛〉、〈寂寞之冬〉多事的添個突兀的尾聲，不曾契入；之外，在在可使人得到美好的文學賞味。

　　從這本開始，季季〈尋找一條河〉（《異鄉之死》一書中的一篇）的態度，轉移到個人存在之外。也就是她從自我關注中，客觀的站了出來，改用超然、冷靜的態度，客觀的追尋生命所包含的情、理、事。不像第一本《屬於十七歲的》到《異鄉之死》，她的寫作態度絕大成分都依存在自我觀注之中。創作是生命的追尋，而季季的寫作過程上都是這樣的追尋，正如她所標示的〈尋找一條河〉這種意涵。只是她順著時間，而有主觀、客觀

的不同態度。

好比〈蛇辮與傘〉（見《月亮的背面》）、〈手〉（見《拾玉鐲》）這兩篇，一寫離婚手續辦完後，一寫丈夫好賭博。明顯的洋溢著自傳性質，但是寫作態度卻冷靜超然、悠閒而有餘裕。藉事件抽引出世間人相處時的曲折委婉情致；和世間事的玄奇撲朔，無法理解、無法擺脫。已然沒有《異鄉之死》以前那四本的那種黏纏的、濃厚的自我意識。

《屬於十七歲的》到《異鄉之死》，共四本，完成於民國 59 年以前；民國 62 年出版《月亮的背面》，一直到最近出的《誰開生命的玩笑》，也是四本。一前一後，以時間區分。前者從自我出發的，偏向個人感興；後者客觀敘述的，偏重事件的鋪陳。偏向感興的就整個看，好像墨蘸得太飽，一點一點滴不完，切近意識流的表現，文筆隨意而乏節制。偏重事件的，注意力改到情節的鋪陳。重視驚愕的、巧妙的、曲折的故事趣味，從內容中製造效果，而難避免通俗。兩者各有所重、各有所短，沒有因時間的前後，產生高低軒輊的差別。譬如《異鄉之死》書中，〈河裡的香蕉樹〉這篇，寫眾人讚美「賺食查某」的品德所表現出來的寬厚包容力；寫人自然的面對死與生等生命裡的自然循環表現出來的那種坦然，若把它拿和較後寫的〈拾玉鐲〉比較，它在文體、結構不比後者周密、精實；可是情境和意趣的深睿雋永，卻高出許多。

當然，《月亮的背面》各篇特別突出，造成後來客觀寫作占較優的比重。不過，若把散文也算上，那麼，純由主觀所成的散文集《夜歌》一書，恰對抗著《月亮的背面》，連成雙璧。只是，作為老大的季季似乎是主觀很重的人，這從她要做作家便做作家也可看出。在最近出版的《誰開生命的玩笑》，她又把主觀態度加回去，彷彿要另外展開主觀客觀共同運用的試驗期。

意象的捕捉所顯漾的靈思

意象指意想中的形象，介於抽象與具象之間。抽象是抽離了形象，完

全無跡可尋；具象是具足形象、可觸可見。故一者是無、一者是有。而意象，便是有與無之間，似有似無的狀況。意象不可能憑空而得，無依無據；但也不可能牢牢靠靠，依然原來那般的固有確定。而優游於其中，便是意象的捕捉。季季小說中，這種風貌隨處浮現。因為季季從一開頭《屬於十七歲的》的各篇裡之偏重想像，到〈拾玉鐲〉這樣接近〈金水嬸〉（王拓所寫，這一向慣被當作鄉土文學的代表）的寫實作品，不論文筆、構思、命意，大部分都是想像摻著寫實；寫實摻著想像，而又無法兩相妥貼，真正交融。致力於意象的捕捉這現象，就從篇名也可充分看出，如：〈誰開生命的玩笑〉、〈夏日啊！什麼是您最後的玫瑰？〉、〈汽水與煙〉、〈幸福與噩夢〉、〈廿九歲的嬰兒〉、〈死了的港〉、〈花魂〉、〈蝶舞〉……都是半玄半實的字眼。

　　由於在唯心的、純情的 17 歲，她就迷戀文學，而且緊接著便毫不猶豫的付之行動，讓自己真正走進文學追求的人生中，是這樣單軌行駛，難怪意象的捕捉，成為她最主要的質素。而這份質素，萌芽於《屬於十七歲的》一書中〈沒有感覺是什麼感覺〉這篇，經過〈蛇辮與傘〉、〈手〉，漸從生活中提煉，到〈月亮的背面〉、〈大印〉這兩篇，則開出最美麗的花。特別是〈大印〉，不僅在季季諸作居最上乘地位，拿與其他名篇名作相比，也絲毫不遜色。

　　〈月亮的背面〉是丈夫死了，愛梅帶著貝兒到河堤散步。河堤那裡有一對老夫婦，忙著餵豬、釣魚、過日子。

　　貝兒這樣問：

「媽媽，你說爸爸還藏在月亮的背後看我們嗎？」

　　愛梅這樣答：

「是啊，他一直藏在那裡看我們。」

全篇最後這樣寫：

「採石機已停止了吼叫。天幾乎全暗了。金色的星一盞盞亮了起來。半圓的月亮也不再是淡淡的金色，它的光正好能照見伸在眼前的狹路。愛梅拉著貝兒的手，慢慢走回家去。她從貝兒搖擺的手裡，感覺到他的快樂和滿足。」

〈大印〉是李渡的母親阿旺嫂照相時特別換穿的織錦襖褲上的圓形「壽」印。阿旺嫂已然衰老到無法搬動籐椅、無法舉起手臂。有天近午，她照常的在屋前打盹，突然來了個照相師要替她照相。她還不知道怎麼回事，媳婦匆匆從果園趕回來，什麼話都沒說，只是很快的幫她梳頭、換裝、戴滿金飾。李渡也提早回來。阿旺嫂進屋換衣時看到壁上死去丈夫阿旺年輕時的相，想起李渡好多次後悔沒在他阿爸臨去以前照個相，始恍然大悟自己今天的照相是怎麼一回事。於是她、李渡、媳婦，在照相師及老狗阿福的湊趣中，共同心照不宣、高高興興的完成了這椿不平凡的「喜事」。

這兩篇粗一看，會以為寫的是「死」，實則兩篇都寫「不死」。〈大印〉裡兒子媳婦是孝順的兒子媳婦，他們之所以要留下母親的「笑顏」，因為母親的笑顏表示母親不死。〈月亮的背面〉裡，「愛梅從貝兒搖擺的手裡，感覺到她的快樂和滿足」，也就是愛梅的快樂與滿足，也就是丈夫不死。故從起初「沒有感覺是什麼感覺」，這樣幼嫩的懷疑；終於季季自己找到最深沉最涵括的答案——即「死而不死」。

專注意象的捕捉而達到的這份超凡的意境，扼要而言，便是「空靈」兩字吧！但空靈是多麼不易啊！依「空」而建設，務必小心謹慎、戰戰兢兢；不然像某些「作家」，只見蓋出一座座空中閣樓，何濟於事？〈大印〉、〈月亮的背面〉證明季季不致如此。不過，在《誰是最後的玫瑰》這本的各篇，卻因為追求空靈的關係，很明顯的可以發現到失之空泛或空虛！

文學使命感——俗世道德的呼籲

真善美三位一體，所以，具備美的文學藝術，亦具備真（真理）、善（道德），通例如此。就小說來說，美從意境、結構、文筆等呈現；善則表現在內容、題材等方面。不過美善本來不能這樣分開，這樣分是比較性的說法，或者是對文筆和內容各有所重者的權宜說法；事實上，凡稱作「文學美」，有意無意，定含連文學使命、文學功用。缺乏文學使命、文學功用的文學，是假文學，不是真正的文學。在前言所說的文學良心，就是這個意思。而在季季自始至今的寫作過程裡，她都執著她的文學使命感，即是從她的情感和人生觀培成的——俗世道德的呼籲。

大略分成：一、根植的鄉愁，二、諷刺故事，三、溫情的表現。

一、根植的鄉愁

這是從過往的執戀和未來的憧憬共同表現的，以〈擁抱我們的草原〉、〈屬於十七歲的〉、〈異鄉之死〉、〈河裡的香蕉樹〉等諸篇的主題最突出。

〈擁抱我們的草原〉主題是思故鄉，憧憬著回到那一大片草原的祖國。篇末是：「戰爭啊，請讓我們早點擁抱我們的草原。請把我們帶回我們的草原。我們希望親吻它的慾望已經很久很久了……」（見《屬於十七歲的》273 頁）

〈屬於十七歲的〉是她 19 歲時所做的回憶，真摯的道出對於過往的執戀。提到的主要人物是綽號瘋狗的體育老師，他自稱是人類心靈的王的小丑，另外是一個有逗人愛的小女兒的殘廢女人，剛剛死去丈夫。這樣同等無助的人湊在一起，前途可能樂觀嗎？把殘廢女人原先住的小木屋，比為黑而長的洞，她的結論是：「十七歲啊，我的十七歲，若說我的生命也將成為那樣的黑洞，妳乃洞口一首明朗多變而俏皮的提琴小品，在那樣的呼喊裡，妳的歌聲會超越過那種使人窒悶的黑洞之絃，在我心裡流淌妳的歌聲如泉吧！」（見《屬於十七歲的》325 頁）

〈異鄉之死〉寫國文老師的死，是「上課光講他的老家就講不完」的

國文老師。另外英文老師、理化老師，他們也都因思念家鄉而哭。他們讓學生明白，哪裡是真正的家鄉。

　　這三篇，以直接而強烈的命意，表明何謂「根植的鄉愁」。（屬於 17 歲的是全心靈去挖生命的根，那是鄉愁的一種吧！）可取的是命意、内涵；至於結構、技巧、剪裁等，缺點尚多，這從所引的兩處文字看，亦能明白，把它們說是散文亦不為過呢！但〈河裡的香蕉樹〉卻大不同。它無論命意、内涵、情感、氣魄、境界和人物刻畫，都大有可觀。最特殊的是，它用簡單普通的生活做範例，含蓄的顯映俗世道德的美；它不像前諸篇，採取呼籲的或說明的方式。

二、諷刺故事

　　〈吠〉、〈跨〉、〈債〉這三篇「刀子的故事」（原發表時的總題名），藉女人的開刀美容，諷刺愛慕虛榮的人性。〈鬼屋裡的女人〉，寫一個到處求乞的女人，原來是大富婆（以上四篇都收在《蝶舞》）。〈綠佛像〉、〈喜宴〉、〈失鐲記〉（見《誰開生命的玩笑》一書）這「三個笑話」（總題名）則諷刺名啊、利啊、情啊的糾纏。這幾篇共同的特點是構想新穎奇異。其中〈喜宴〉一篇，有勞萊哈台夫婦兩角色和他們養著眾多狗啊、貓啊等的家，文中的描述，凡略熟今日文壇軼事的，都能有所意會，看起來別有一股風趣開懷的情調。不過，可能是匆促寫成；或可能就如題目的「故事」與「笑話」所指，覺得斧鑿之功只止於塑形，只具備故事輪廓，而未曾塑出更内層的精神。要不然，依她諸般奇異的構想，足可以從諷刺裡傳達出人類共有的憐憫之心，引發讀者由衷的共鳴，完成「諷刺」一詞的最切入意旨的。而她，單是把一般人讀社會新聞自然反應的感喟，加上個人粗淺的批判和簡單的文學模式，使讀者從感喟裡升高一層，知道這些事件可以有那種諷刺意味，卻沒讓讀者從諷刺中得到心靈的提升，總是讓人覺得意猶未盡！

　　這部分裡文學性最高的是〈拾玉鐲〉，大意是：「三叔從老家寫信回來，說農曆六月卅那天，是我們曾祖母撿骨的日子，叫我們大家都得抽空

回去祭拜。」（全篇最開頭的兩行）於是「我」便負起全責，熱切的通知、聯絡，不想讓三叔失望；進一層的說法，不想讓「我們」這些後代，成為不肖兒孫，遺忘祖宗。大哥、堂兄、堂姊初初都無意同行，幸虧「曾祖母當年有豐厚的陪葬」這樣的傳說，使他們改變心意。撿骨完畢，大哥、堂兄、堂姊就在靈前紛紛議論拾起來的玉鐲的價錢，怎麼賣、怎麼分。氣得三叔大聲叱他們跪下，而自己大哭出聲。

把這篇和〈河裡的香蕉樹〉一起放在「植根的鄉愁」裡，也很貼切的，因為這篇主要是抗議：為什麼竟有人會忘記他的根？可是，它用的全然是抗議的口吻，透露的也都是反面過程，又含有像〈金水嬸〉之類的諷刺意味：進步的工業社會，人心變得澆薄重利，致使舊有時代最可貴的親情倫常受到無情的斲傷。整個說來，到底不同於〈河裡的香蕉樹〉。兩者的優劣，前面也提到了。因為，這篇對人性的揣摩、人物的塑造，比較牽強，不夠自然。特別是這篇裡的「我」，兼了雙重職務。既是當事人；又是道德的批判者，帶出諷刺的事實。不免露出幾分尷尬。試想，若在一場球賽裡，與賽的球員兼做裁判，怎麼能叫人心悅誠服？

三、溫情的表現

〈水妹在臺北〉（收在《誰開生命的玩笑》）、〈鑰匙〉、〈矮屋下的臺北人〉（原名〈許諾記〉）、〈鐘聲〉（這三篇皆見於《拾玉鐲》）等各篇，或寫夫妻情深；或寫孤苦的老人對孤兒的愛；或一個幸福的女孩子去到偏僻的鄉野，把幸福散播給需要的人。它們肯定生命是樂觀的、有希望的；認為每一個人都能夠盡自己的一份力，也該盡自己的一份力。這些大致都是最近所寫，和早時執意表現惆悵、失落、迷惘，截然劃分。實在，能夠賦予生命正面、明朗、積極的意涵，是人生階段的大跨越呢！只是，既所謂正面、明朗，便像一般說的「開門見山」，難以挖根究底。換言之，除了不世出的大天才能夠把樂觀的說法，照樣表現出深沉無比的藝術質素，通常都易流為淺俗。

個人理念中的情意結

文學使命感之外，在季季小說裡還可明顯的析出她情意結的兩種發展。一是對於自然與真實人生的嚮往；一是向生命內容做試探。

對於自然與真實人生的嚮往

如〈無聲之城〉（見《月亮的背面》）寫花和鳥在都市裡活不下去；〈我無罪〉（見《誰開生命的玩笑》）的我，在臺北沒能夠自由自在的真實生活，變成連話都不說；〈玫瑰之死〉（見《蝶舞》）則寫競爭的商場中，連喜歡真花都不得許可。這幾篇以否定口吻，從淒涼而感傷的敘述中，象徵性、暗示性的帶出「回歸自然」的主題。粗看和〈矮屋下的臺北人〉、〈鐘聲〉差不多，也是有意追求光明，但表達的方式卻不一樣。〈矮屋下的臺北人〉那些，不提過程的痛苦、為難，只宣揚追求善；這幾篇裡過程中的痛苦是敘述主體，字裡行間處處，都不知不覺的透顯抑鬱的情結，故風貌偏向暗晦。不過，這些篇裡特別充滿著從假設中突顯出的象徵趣味，也算季季小說中不可小覷的特色。

向生命內容做試探

大致以〈寂寞之冬〉、〈群鷹兀自飛〉、〈貓魂〉等篇為代表（皆見《月亮的背面》）。

〈寂寞之冬〉寫王醫生如何拒絕「天天樂茶室」的誘惑；及在他掙扎過程中，他周遭人、事的變化和他逐漸顯露的自我。全篇中，烘托的背景、描繪的人物和渲染的氣氛等，成功的融匯為壯盛的氣勢，雖主角是王醫生，但讓人整個的觸到農村的生命。或許是這個原因，季季才把這篇評為她最喜愛的中篇吧！不過，各路人馬，包括醫生、妓女、老鴇、流氓、政客、工人、妻子、兒子等；種種事件，如朋友再娶、醫生與妓女的邂逅、鄉民代表的選舉、農村樸實風氣受到破壞、妻子的冷淡、父子之間鬧意見等，使人感覺線路過分繁，千絲萬縷的閃花了眼。特別是最後突然寫兒子結婚這回事，再倒回頭說妻子為什麼冷淡，之所以他諸般痛苦的和茶

室對抗。這樣一說，反而把全篇原有的大堂廡大氣派拘縮起來，實在是多餘的「解答」！

　　從《屬於十七歲的》第一本書開始，季季便不太講究結構，一慣以倒敘、插敘為主要的表達手法。〈寂寞之冬〉的這個尾聲，或許便是這種習慣的自然形成吧？

　　〈群鷹兀自飛〉同樣有點可惜的，多出來不相契入的結尾。不過，不是倒敘出「前因」，而是添加上「後話」。這段後話，完全為要使題目——群鷹兀自飛——這五個字能出現。因為這篇的中心命意是：生命裡處處有陷阱，在窺伺著、覬覦著，迫不及待的要吞噬可憐的人類。那麼，把「生命裡的處處陷阱」做「它就像飢餓陰鷙的老鷹一樣盤旋窺伺著」的比擬，而用「群鷹兀自飛」這五個字，確實是頂合適的。所以說起來，還是結構的問題。在《月亮的背面》這書以後，季季轉成客觀的、鋪陳事件的態度；這種客觀鋪陳的態度異於毫不拘束的感興，本身便應當包含結構上的完整，作為內涵上自然具備的成就，可是季季不太講究形式與結構的心意依然，以致才露出這麼點小小的遺憾吧！

　　〈貓魂〉的傷感意味和〈群鷹兀自飛〉相類，大意也是一個女孩的不順遂。在淡淡的傳奇色彩中，這篇多了點迷信的神祕。這篇好的是結構、體式上相當勻稱、完整，能緊密的控制思路，沒有岔出多餘的枝節。但是，生命的「因」「果」，太明顯的二分；而「因」全是作者說，「果」也全是作者說，留下給讀者思尋的部分，相對的就微弱了。

　　固然這些篇的程度比較不如〈大印〉、〈月亮的背面〉、〈河裡的香蕉樹〉、〈拾玉鐲〉等篇的精美，但無論生活層面的剝陳；文學趣味的表露；人性、情感及事理的追索等，卻都觸舉到了，使這些篇都稱得起富實、生動、婉轉。特別是它們微妙的瀰漫著情不自禁的哀怨，卻是哀而不傷、怨而不怒，都可以確實看出是一番經營之後的成果，讓人自然佩服季季執筆的穩健和構想力的壯闊。

　　綜合季季的小說，簡單扼要歸納的一句話是：季季一方面已是文思泉

湧、靈感豐沛的了；一方面又總是要多給出東西。所以她只會失之於繁，
絕不讓她的作品顯得蒼白。這好像她在平常生活裡是個熱誠的主人一樣，
盡量要讓到她家拜訪的客人感受到她的情意。單就是這一點，就叫人充滿
感激的哪！

——選自《臺灣文藝》第 61 期，1978 年 12 月

尋找一條可以逆流的河
《季季集》序

◎林瑞明*

　　季季，本名李瑞月，1944 年生，雲林二崙人。1963 年虎尾女中畢業後，放棄大專聯考，而北上參加救國團的文藝寫作研究隊。未參加聯考，除了考期與開訓的日期相撞之外，季季認為「我並不以為現今的大學教育能夠給我什麼助益」。這樣的選擇，充分顯示出她寫作上的早熟與定見。季季是 1960 年代拒絕聯考的女子，而當年即以〈兩朵隔牆花〉獲得文藝寫作研究隊小說創作首獎；隔年獨自上臺北，到臺大夜間部旁聽幾門課，在永和租了一間小屋，隨即展開了她的寫作生涯。為了生活，曾學過打字，試做過店員，當過雜誌校對，後來因《皇冠》發行人平鑫濤擬定皇冠基本作家辦法，季季成為第一批 14 位簽約的作家之一，保障了基本的生活，而得以專心寫作，在文壇上闖出一片天地。

　　季季自述 14 歲時接觸王藍的《藍與黑》，開啟了對文學的興趣。高中時代即熱心寫作，出發得比同一世代的人早，自然無法免除 1960 年代整個時代氣氛與主流文壇的影響。寫作初期的年輕季季，尚無緣認識日據時代以來臺灣文學的傳統，甚且獨撐臺灣文學命脈的《臺灣文藝》（吳濁流創辦），恐怕當年也瞧不上眼。這是 1940、1950 年代出生的文藝青少年，在 1960、1970 年代一般的現象。季季後來曾說：「民國 50 到 55 年之間，我們很流行看存在主義的小說、存在主義的電影，聽『世界末日』的流行歌曲等，都讓人覺得生命是有點浪漫而無可奈何的東西，當時年輕人的社

*林瑞明（1950～2018），臺南人。詩人、文學評論家，發表文章時為成功大學歷史系副教授。曾任國立臺灣文學館館長、成功大學歷史系與臺灣文學系合聘教授。

會、氣氛是這樣，我當然是受影響，這不是有意模仿。我也生活在那種氣氛裡，所以我表達的就是那樣的東西。」季季初期的小說，流露出熱情、幻想、虛無、浪漫的色調，〈屬於十七歲的〉一文，呈現出季季早熟的天慧。關於小丑父子兩代的插曲，學校老門房無來由的挨了一刀而死，留下半殘廢的妻子與兩個幼小的兒女，皆能在輕描淡寫中呈現出生命中深刻的無奈；1965 年在《幼獅文藝》五月號發表的〈擁抱我們的草原〉，則難免受到戰鬥文藝的影響，描寫了「渴望戰爭」的心理，這是時代氣氛的影響。季季初期的作品，結集出版的有《屬於十七歲的》（皇冠，1966 年 4月）、《誰是最後的玫瑰》（水牛，1968 年 4 月）、《泥人與狗》（皇冠，1969年 5 月），這麼多的作品中，磨鍊了她的寫作技巧與敘述能力，雖然大多是個人對於生活的感受，也不時閃現季季觀察人生的敏銳的眼光。

　　稍後結集的短篇小說有《異鄉之死》（晚蟬，1970 年 1 月）、《月亮的背面》（大地，1973 年 6 月），這是季季邁入創作成熟期的作品。在現實生活中，亦經歷了婚姻與離婚，對人生有了更深刻的觀照。〈尋找一條河〉是一篇現代主義的作品，從情人的脫隊出遊，於樹林中聽到水聲，而前往探尋河流，歷經繁複的意象，黑蜘蛛與網、自然界的聲音……等等，而將簡單的情節，鋪陳成具有象徵意義的生命之追尋，展現了小說藝術的魅力；〈河裡的香蕉樹〉，以小學生的敘述觀點，觀看在學校旁開小店的肉瘤伯與從賺食寮仔帶回來的賺食查某（歐巴桑）之間的一段姻緣，整篇小說洋溢著溫暖的色彩。肉瘤伯死後，歐巴桑有了兩個月的身孕，終於四十多歲的歐巴桑在家人的關心之下，生下了眼睛睜不開的孩子。即使可能不幸，但卑微的生命既然延續了，也終將如早先歐巴桑為了養雞補身，將因占地方而連根挖起丟到河裡的香蕉樹，漂到河裡突起的泥地上，還是生根發芽，在惡劣的環境中生存下來；相較之下，小說中一再提及「賺食寮」舊址改為浸信會的建築用地，反倒成嘲弄世俗的道德法則了。季季在〈河裡的香蕉樹〉，傳達了生命的尊嚴與人間的溫情。

　　1971 年底發表的〈寂寞之冬〉，主角是南部小鎮的一位由中年遂漸邁

入老境的王醫生，小說中描寫了焦慮、慾求不滿的王醫生，面對「天天樂公共茶室」的誘惑，透過周遭的鄉村男女、妓女、新興的政客以及小鎮的變化，將王醫生內心與行動的掙扎，更加深刻的襯托出來。評論家葉石濤在〈季季論〉中，評價為辛克萊‧路易斯〈大街〉的臺灣縮小版。季季卓越描寫村鎮生活，以及塑造人物的藝術技巧，使〈寂寞之冬〉靈活的捕捉了 1960 年代轉型期的社會面貌。季季的二崙同鄉、後起之秀宋澤萊，在「打牛湳村」系列作品之中，亦展現了同樣的能力。1972 年初發表的〈琴手〉，徘徊於浪漫與寫實之間，從賣身的女人的手，彷彿是彈琴的手，而回想起妻子因夢想成演奏家失敗而自殺；賣身的女人的手，果然是彈琴的手，而且是牧師之女，只因要撫養家中收留的眾多孩子，單靠課餘去教鋼琴，無論如何是不夠的，而終於瞞著家人走上賣身之路。英文名叫 PIANO 的女子宣稱「我一點也不怕神會遺棄我，我知道神看得見我的心是清淨的」，彷彿是一則傳奇。然而名叫 PIANO 的賣身女子在「為了肉體派的男人而存在的」人肉市場，是否真能免於人肉販子的壓榨、剝削，是否被黑暗社會巨大的網籠罩而脫身不得，小說省略了這些，始得以成就救贖的寓言。

〈月亮的背面〉，是一篇溫馨的小品，淡筆中寫出了對死去的丈夫之懷念；〈群鷹兀自飛〉，以倒敘、回憶的手法，寫了一則借腹生子的故事，對於重男輕女的觀念以及人性的虛偽面有著深刻的描寫，懷孕中出走生子的愛真是個堅強的女性。這一篇小說，已開啟了季季獻給「所有跌倒又再爬起並繼續勇敢前行的同胞手足」之一系列的未婚媽媽作品：《澀果》（爾雅，1979 年 12 月）。季季在這一系列的作品中，充分發揮了女性作家的母性關懷，本集中選錄〈苦夏〉、〈菱鏡久懸〉兩篇。

1974 年發表的〈拾玉鐲〉，季季描寫鄉下大家族後代趁祖母拾骨重葬爭奪陪葬物的情形，反映了金錢掛帥之下的唯利是圖，堂姊的自私、貪婪、市儈，相對於三叔及他的傻兒子，對比出社會價值觀的巨大轉變，是季季非常傑出的作品；1978 年發表的〈雞〉，描寫勞苦大眾的生活瑣事，

季季以詼諧的手法表現了阿苦仙的辛酸苦楚，透過阿苦仙描寫了農村人到臺北討生活的精神壓力和經濟負擔。

　　季季在文壇出發得很早，創作風格具有多樣繁複的面貌。女性、母性是其作品的基底，更可貴的是季季從沒忘記自己是鄉下人。在散文集《攝氏 20—25 度》（爾雅，1987 年 7 月）後記中，季季回顧自己的寫作生涯感謝她的父親，文中提及「特別是我的父親，他最了解離開永定之後的大女兒，像他一樣努力、誠懇的生活著。雖然在臺北住了 23 年，並未淪為虛偽或虛榮的都市功利主義者；仍然保有鄉下人的素樸與務實，不敢荒廢應該耕耘的土地。」在收於同一文集中的〈永定三傑漸凋零──追念日列大伯及他們的時代〉，也多少透露了季季家族的祕密。那麼，葉石濤在 1978 年底的〈季季論〉期待「季季怎樣地統合浪漫與寫實，從鄉土的社會和歷史攝取養分，寫出臺灣婦女生活中的『詩與真實』，應當是她今後追求的課題吧！」對於寫作越來越慎重的季季，葉石濤的期盼，在 1990 年代的臺灣文壇仍是最深的期盼吧。

──選自林瑞明編《季季集》

臺北：前衛出版社，1993 年 12 月

論季季小說中的男女關係

◎吳錦發[*]

男女關係的「疏離感」在臺灣文學中的社會意義

一個社會的結構可以被視為一種抽象的圓,當社會中的每一個分子都有堅定的向心力,使得這一個圓呈現一種緊密的結合時,這便是個健全的社會,它的各個部門便能和諧的運作,但是,相反的,當社會中的許多分子開始向外圍逸散時,它結構上的功能將逐一喪失,整個圓甚或因之崩潰,這種社會分子向圓的外圍逸散的現象,就稱之為「疏離」。

這種疏離現象也可以把它縮小為個體來看待,當一個人的心理狀態,可以接納外來的各種刺激,而在心理上形成某一種完整的概念判斷,並做成適當之反應時,這便是一個健全完整之個體,而當一個人的心理狀態,無法或有意拒斥外來的刺激,躲避正當的反應時,這便是一種「疏離」。

「疏離」可以被視為個人對巨大的社會事實一種無力感的表現,也可以被視為是一種「自棄」,更深入地追究下去,疏離更可以被視為一種「社會反抗」,尤其我們從文學的層面來加以探究的時候,這個含意就更加地明確了。

譬如,當我們研究日據下的臺灣文學時,我們可以發現一個很有意義的事實,那便是除了皇民文學,那些真正具有民族反抗意識的臺灣文學作品,譬如〈鵝媽媽出嫁〉、〈亞細亞的孤兒〉、〈一桿稱仔〉……等都出現有大量的「疏離意識」,所謂「疏離意識」當然是相對於日本統治者而言的,

[*]小說家,發表文章時為《民眾日報》副刊主編,現為快樂聯播網「發哥開講」節目主持人。

對於日本統治者的「疏離」（打馬虎眼，說言不由衷的話，不理不睬），事實上便是對統治者的一種反抗，表現這種疏離態度便是一種「不合作」的態度，也就是寧可「自棄」也不求「瓦全」的態度，這一種態度，如果往更有趣的一個層面上去看，那就更有意思啦，譬如從「臺灣文學日據經驗中的男女關係」這個角度看，當我們遍讀了描寫日據經驗的臺灣小說（皇民文學除外）之後，會發現那些臺灣作家在小說中處理男女關係時，如果其中一方牽涉到統治者（尤其男方是日本人尤甚），常常會表現出強烈的「疏離意識」，這種疏離意識在男女緊要關頭的對白中尤其表現得強烈，是什麼原因使得他（她）們無法衝破藩籬，緊密地結合呢？我認為臺灣作家在處理這類男女關係時，之所以會有此種傾向是很可以了解的，因為在臺灣作家意識中，處在當時日方嚴密思想控制下，小說中的男女關係，事實上是一個「民族認同」的象徵，這是那個時代臺灣作家心中的一種「共識」，因此，小說中臺、日男女關係的疏離，便有著「民族反抗」的意義了！相對的，當男、女關係是兩個臺灣人時，那麼他們的男女關係就呈現「緊密結合」的傾向，而且是愈有「臺灣土味」的女人愈是熱烈，也即是說男女關係的緊密度和臺灣化的傾向呈正比例。

　　自然，臺灣光復之後，這種「民族反抗」的條件和意義已經不存在了，但是它卻依舊存在著另一種反抗的含意，那便是它轉移到爭取「男女平權」的層次上來了。

　　由於臺灣光復初期的社會結構中，仍遺留有相當程度的因被殖民而殘存的封建理念，在這些封建理念中最明顯的便是男女地位的不平等。臺灣的社會除了早期承受了封建中國的傳統男性沙文主義的觀念之外，經過日本五十年的殖民統治，男性至上觀念非但沒有改變，反而更受到當時日本民族「武士風」的推波助瀾，更加地變本加厲，於是臺灣的女性在「三從四德」的固有持守之外，更加上了跪坐低首，喏聲不絕。

　　這種處處以男性沙文主義為基則，訂定種種限制女性的社會規範的社會結構，三十多年來由於社會的變遷，已經有了前所未有的變革，臺灣女

性在這三十多年中，拜社會現代化之賜，而有了更多受教育的機會，而且大量地加入臺灣經濟生產的行列，掌握了一部分的經濟實權，因之，逐漸有了反抗的力量，這種力量呈現在社會現象上，便是女權運動的勃興以及新女性主義的抬頭，而呈現在文學的領域內的，便是出現了大量的女性作家，這些女作家中有一部分並在自己作品中的各個層面，對於以往封建、落伍的男性沙文主義提出了相當程度的反抗與抨擊，這其中又因為每一個作家個性、氣質上的差異，呈現在作品中的反抗姿態因之而有所不同。

在作品中採取正面、單刀直入反抗姿態的有曾心儀、李昂、郭良蕙以及最近的蕭颯……等，而採取比較溫和、迂迴姿態的則有季季、心岱、施叔青……等人，其中我現在想談的是季季這個女作家。

研究季季文學的一個方向

季季在臺灣光復後的女作家群中是一個很特殊的例子，她的特殊源自於兩個方面，一是她寫作年齡的早熟，另一方面則是她所獨具的社會透視。

季季於 1960 年代的初期，高中畢業之後，就因著對文學愛好的執著，拒絕了聯考，跑到臺北當起職業作家，差不多到了 1960 年代中期她的佳作便已連連出籠，奠定了她在文壇中獨樹一幟的位置，如此早熟的文學才思，在臺灣女作家群中實在並不多見。

更值得重視的，季季不但在文學上起步得早，成名得早，而且，對一個二十歲出頭並沒有受過專業性社會科學訓練的女作家來說，她竟能在文學中表現出如此驚人的社會透視力，的確令人嘆服。尤其在那個懷鄉主義、虛無主義盛行於臺灣文壇的年代，一個初出茅廬的年輕女作家竟有如此清明的判斷力，在很短的時間內走出文學的迷障，肯定地寫出大量對現實社會具有犀利批判力的作品來，我們不得不說她在文學方面實在具有不凡的才情吧！當然，以今天來省視季季在那個年代裡的一些作品，也不乏失敗之作，但我總認為檢討一個作家的成就，不應該著眼於她（他）有多少失敗之作，而應該是看她有多少成功之作才對，即使是今日，臺灣文學的問

題，也不在於我們有太多失敗的作品，而在於我們沒有多量的好作品。

　　而當我們把臺灣光復以來所有女作家的作品，拿來做一個總省視的時候，我們便可以清晰地看見季季在 1960、1970 年代女作家群中的重要性了。

　　從臺灣光復起到 1970 年代中期，臺灣社會出現的女作家，數量之多非但是在中國文學史上絕無僅有，卽使是在外國，這種例子實在也不多見，在這個期間，臺灣女作家作品之多幾乎可以與男作家並駕齊驅，甚至可以說有過之而無不及，這無可否認的，當然是拜臺灣社會變遷、經濟急速成長之賜，女性有了更多受教育的機會，但另外一方面的原因，則有可能是因為那個物質生活快速豐美，文學尺度卻又還有著嚴厲箝制的年代，女性作家們無關痛癢的風花雪月的作品較容易為文學市場所接納吧！

　　若果從這個角度來分析，那麼大量專以描寫風花雪月為能事的女作家群的出現，就非但不是一個值得驕傲的事情，而反倒是對那個年代的臺灣文壇一種頗具諷刺意義的現象了。

　　那個年代的臺灣女性作家，或許誠如葉石濤先生所言的：

　　可惜女作家的現實觀照大都是膚淺的，容易看到現實世界齷齪的瑣屑事情，卻看不到推動現實世界的那巨大的歷史之手，特別令人覺得遺憾的是大多數的臺灣女作家似乎都不太了解臺灣社會變遷的歷史，設若不了解以往臺灣民眾被壓迫、被蹂躪的歷史，那麼如何能了解臺灣女性在臺灣各階段的歷史裡，為本身和民眾的解放而奮鬥不息的特殊意義和價值？難怪有些臺灣女作家的作品就墮落為美麗的謊言和幻想的故事了。

　　從文藝社會學的觀點來看，我頗能贊成葉氏對那個年代臺灣女作家犀利而毫不留情的批判，從臺灣社會變遷的歷史來說，我們很容易地便可以看清臺灣的女性，一向是被男性壓迫得相當嚴重的第二性，這個現象尤其是在 1960 年代以前的農民和勞工階層為然，大量女工流入都市邊緣的加工

區遭受到資本家無情的剝削與壓榨，那個年代的臺灣女性一方面要在家庭從事保育子女，維持家庭和諧的單調勞動，一方面還得和男性一樣承擔著自外而來的如經濟的、政治的、文化的繁複衝擊，那麼那個年代我們大量出現的女作家們到底為我們自己的女性們說了些什麼話呢？到現在為止，我依舊不明白，當臺灣的女性在加工出口區受盡了壓迫、剝削的時候，臺灣的文學竟只有楊青矗這個「臺灣在室男」在那裡高聲疾呼，為臺灣的女性大抱不平，即使是今日，臺灣的女性作家除李昂、曾心儀、蕭颯……等幾位，也還是在大談「撒哈拉沙漠」，大談「寧為女人」，大談「無怨的青春」，臺灣的女作家到底寧為怎樣的女人？要怎麼樣的青春呢？我不得不這樣說，我們有良知的女作家們，你們到底在哪裡？

今日，當我們重新檢視 1960 年代中期到 1970 年代初期的臺灣女性文學時，幸好有了幾個以季季為首的女作家才不至於使我們太過於失望。

季季在那個年代的作品雖然沒有直接描寫到許多臺灣女性不公平的處境，沒有直接犀利地指謫當時臺灣社會對女性的不正義、不人道，但是她在她作品中提供的大量社會性的參與，以及大量對社會的關懷，確是以女性為本位的，也因為有以季季為首的少數這幾個女作家在做這樣的努力，才沒有使那個年代的女作家們全部變成做白日夢的一群。

季季的作品由於產量特別豐富，誠然是包涵著相當多方面的，我們即使以「季季文學中的社會參與」這個母題來看，也不是三言兩語能說得清楚的，因為從這個母題出發，我們依舊可以設定許多指標，而從各個指標去設定一個子題，引申出一大篇的看法，所以在此，我想僅就以這個母題中抽出一個子題，以季季小說中處理的「男女關係」來看看它們社會學上的意義。

「疏離」是季季小說中男女關係的基調

截至目前為止季季已出版的單行本有《屬於十七歲的》（短篇小說）、《誰是最後的玫瑰》（短篇小說）、《異鄉之死》（短篇小說）、《月亮的背面》

（短篇小說）、《蝶舞》（短篇小說）、《誰開生命的玩笑》（短篇小說）、《我不要哭》（長篇小說）、《我的故事》（長篇小說）、《拾玉鐲》（短篇小說）、《季季自選集》（短篇小說）、《夜歌》（散文）、《澀果》（短篇小說）、《泥人與狗》（短篇小說）等一共 13 本。

　　這樣洋洋灑灑百萬多字的總創作量，要逐篇細讀，並且從這中間抽出一個主題，加以細細分析，事實上是一件很累人的事，況且季季作品中的風格呈現非常多的變貌，這一方面的原因也許是如季季自承的，有些作品是在生活壓力下以非常短的時間完成的，而另一方面的原因，我想和季季的性格有密切的關係，從季季的諸多作品中所使用的技巧以及所探討的諸多主題，我們可以說季季是一個喜歡求變的作家，從十七、八歲到現在為止，季季的作品似乎一直都在蛻變當中，「不斷的變」從好的方面來說，固然是表示一個作家有不拘泥於一種形式風格而不斷創新的旺盛創作力，但是從另一個方面來說，似乎也可以解釋成，這位作家仍在摸索試探之中，還未尋找到支配這個社會、歷史的主要脈動，而以全部的生命力緊抓著這個巨大的主題，深深挖掘下去。對於季季，我想，這兩方面的原因都有吧！對於前者，我認為這是季季作為一個才華橫溢的作家應該珍惜的，對於後者，我認為，那是季季今後應該更加努力的地方。

　　雖然季季的作品擁有那麼多的變貌，呈現出極不穩定的風格，但是，很奇怪的，我們在遍讀了季季的作品之後，卻很容易地便可以發現季季小說中有一個主題的闡釋卻是極為一貫的，那便是她小說中對男女關係的看法。我們在季季那麼大量有關男女關係的小說描寫中，似乎很難找到一個浪漫的、令人心碎的唯美情愛描寫，我們似乎只清晰地感受到一種難以捉摸、充滿不信任以及疏離感的男女關係。這樣的感覺尤其是在我們讀到她〈杯底的臉〉以及〈塑膠葫蘆〉兩篇小說時，就顯得格外強烈與透澈了，到現在為止我仍覺得季季在這篇小說中所處理的男女對白，是臺灣小說截至目前為止對男女疏離感極為傑出的描寫之一。

　　以下不妨就讓我們來看看這兩篇小說中一些片斷的描寫：

她在我面前說：

生氣沒有？我遲到了。

然後頑皮的笑著坐下來。

怎麼搞的？我說。

媽媽死掉了。她說。

什麼時候？

……

那樣妳怎麼來？

那又不是我的母親。

爸爸呢？

他問我到哪裡？我說到臺中看朋友。

這時她停下來要了一杯檸檬水，然後說她想抽根煙。我為她點上了煙，
她用一種深沉的眼光看著我。我也看著她，但她的眼光很奇怪，我想我
是受不了那樣使人費解的凝視，終於把視線移開（她的嘴巴馬上漾出一
絲笑）。……

——〈塑膠葫蘆〉

這是多麼冷漠的一段描寫，在這裡我們似乎嗅不到一絲絲男女約會時
的浪漫氣氛，這如何浪漫得起來呢？季季竟然安排了這個女主角在死去繼
母的早上，穿著紅衣服去赴男朋友的約會，這是一次多麼冷酷的約會！

在這一段描寫中，我們更可以發現，季季為處理他們的對白時，有意
地省去了對白的括弧，以及雙方對白時的動作描寫，只用那些冰冷的詞
句，來交代他（她）們一來一往的對白，連談到「媽媽死掉了。」也那麼
若無其事的，這真是令人毛骨悚然的冷漠描寫！像這樣冷漠的男女關係描
寫在季季的其他小說中卻比比皆是，譬如：

①

父親走回來的時候，帶了這個汽球給我。

她說完把汽球擺到桌子上來，用手撫摸著它，發出均勻而震人心弦的顫音。我說：為什麼買一個黑的呢？

我的父親說，因為我的母親死掉了。

因為哪一個母親呢？

啊，我不曉得，不要管是哪一個吧。總之，兩個都已只是人世裡的冰石。有一天我們都終將成為人世裡的冰石，雖然在另外一個地方，也許冰石正是一種主宰的象徵。

我們不要說這個話吧！阿洋！

我對她低聲的叫喊起來：

請不要對我提這個罷！我們沒有來世。

——〈塑膠葫蘆〉

②

那是一種可怕的聲音，我坦白的對她說。

我不覺得呢。她說。

我不喜歡。停止那樣的撫摸動作和聲音吧。

她仍然不停止，並且口裡哼起 Summer Time 那首歌來。

阿洋！停止吧！

我再一次對她說。我實在是怕那樣的聲音了，幾乎使我想拿一把刀子刺進自己的胸膛裡。

你這個不講理的傢伙。

她突然停止哼歌，很生氣的罵著我。這時的眼神浮滿憤怒和怨氣。我聽了愣了一下，說不出話來。難道因為我們叫她停止玩汽球的動作而剝奪了她的快樂麼？在我們互相遠程而來而見面的時候，她竟以那汽球作為快樂的中心而忽視著我的存在麼？我比那個汽球還不如麼？……

——〈塑膠葫蘆〉

③

「喂，你在想什麼？」他說。

「想厭倦和噁心。」

「對我？」

「也許。百分之百是那樣。」

「別開玩笑。我問你一個問題。」

「好。說罷。」

「你要答應我不生氣，並且要衷心回答。」

「好，怎麼樣？」

「你認為第一次見面就向人求婚是不是很滑稽？是不是不合理和不可能？」

為什麼又問我這類問題呢？我不知道怎麼回答才是最正確的？也許世間真有那樣傳奇，也許根本沒有。但是我根本不知道要怎樣回答，而我又迷迷糊糊先答應了要回答他，因此我就隨便回答一句：

「也許不是吧。」

「對啦！不是。世間傳奇的事多得很呢！」

「嗯！多得很呢！」我說，隨便附加一句。

……（略）

「怎樣？你突然不說話了。」

「什麼？」我又扔一個石子下水。「我向你求婚。」

我不耐煩起來，把手心那一大把石子狠狠扔下水去，一聲清脆的迴響突破了採石機的聲音。我舒服的嘆了一口氣，勝利的笑了，然後說：「我要走了。我想陳該睡醒了。」

──〈沒有感覺是什麼感覺〉

④

唉，我所要求的，也只是這種表面啊！我對我自己說。然則這樣的要求也不能滿足我的扁臉海洋的幻想而這個傢伙竟又對我說這些理論，我不

耐煩起來了！好吧。你是海洋。我是風。我走了吧。真正要走了！再見
情人！我心裡想著，更加不耐煩起來。

「不談這個吧。」我說。

「嗯？不談？」

「是，不要談。」

「你是比風更不穩定的人。」他說。

「什麼——？」我說。希望看到他說這話時的態度。然則他說：

「沒什麼。不談了。」

——〈褐色念珠〉

⑤

喂，你是誰。

什麼？

你是誰？我不知道你是誰？

這麼大了，還調皮！他說。

不，不是調皮，是我忘記你的名字。

怎麼會呢？剛才你還叫著我呀！

真的，我突然忘記你的名字，我覺得很好笑，和一個我不知道名字的人
坐在一起。很奇妙是不是？他說：阿富，我是阿富啊。

哦。阿富。不是奇妙，我覺得很惡劣。把一天交給你，想起來是沒有道
理的。這種陰沉落雨的天氣，在家睡覺多好？卻把一天都交給了你。

——〈杯底的臉〉

　　以上的例子也只不過是我隨手從季季的諸多小說中擷拾起來的幾個片
斷而已，其他像這麼冷漠的男女關係描寫在她不同階段的小說群如〈秋霞
仔再嫁〉、〈寂寞之冬〉、〈野火〉、〈月亮的背面〉、〈手〉、〈異鄉之死〉、〈許
諾記〉……等等作品中也屢見不鮮，從這些作品中，我們看到季季在處理
這些男女關係時，無論男女雙方是已婚、未婚、或已婚後「離婚」再重

逢，所有的男女關係，她都不知不覺的一概賦予一種低沉的基調，似乎在季季的筆下我們很難看到歌頌「愛情」與「婚姻」的描寫，我們看到的只是對於「愛情」與「婚姻」充滿了懷疑、惶惑以及極度無安全感的描寫，在這些極無安全感的男女關係描寫中，男人完全失去了「雄武」的形象，他們常常也是惶惑、苦悶、懦弱甚至逃得連影子也不見的。我們清楚地感覺到季季由於宅心仁厚，雖然沒有嚴厲地指責男性在兩性關係中，由於男性沙文主義思想而帶給女性無可彌補的傷害，但是隱隱然之間還是可以感受到她對於男性，自私、不負責任的質性的厭憎與不信任。也許正因為是這種原因，才促成季季在處理小說中的男女關係時，老把他們處理成「疏離」的狀態吧！或許……，我們似乎可以這麼想，在季季的心靈世界裡，男人永遠不會是女性救贖的來源，甚至，可以這麼說，在很多時候裡男人常常還比女性來得懦弱與自私的吧！所以在季季的小說中除了少數幾篇如〈屬於十七歲的〉中塑造了那個喜歡穿紅襯衫的「瘋狗」之外，我們似乎沒再看到幾個「夠氣魄」、「夠像個男子漢」的男人，女性的救贖之道，依照季季的描寫，倒反而常是來自於女性自身的母性與憐憫之心呢！從這個角度看起來，我們還能不凝視季季小說中男女疏離關係的社會含意嗎？我們還能不注意到季季在安排這種男女關係時的「社會反抗」意義嗎？我想季季把筆尖朝向今日我們社會的婚姻關係時，對女性的境遇，誠然是有著憤怒與悲憫之意的，只是她畢竟是一個含蓄而不喜歡咄咄逼人的作家罷了。

　　對於季季小說中所描寫的男女關係的疏離感，如果以社會學的觀點來看，我認為它最起碼具有以下的涵意。

A. 對不平等的男女關係的反抗

　　像李昂一般，季季的小說在很多方面也反應了對我們社會傳統的男女關係諸多的不滿，只是季季在表達這種不滿的時候，沒有像李昂來得那般疾言厲色，甚至嚴厲到像〈殺夫〉裡描寫的，拿把菜刀把「他」給「作掉」，對於女性地位的不平，大部分的場合裡，季季採取了比較溫和的嘲弄

的姿態，譬如在〈塑膠葫蘆〉這篇小說裡，阿洋眼看著生身的母親被父親拋棄之後走上了自殺之路，那個時候她的內心也只是這樣想著：「我想起我母親逝世時的模樣，差不多臉上也都被她們自己的愚蠢，被她們對於生命堅持力的柔弱塗上了如此殘酷陰森的色彩。」（請注意，季季在這裡用了「愚蠢」和「柔弱」這兩個字眼。）

生身母親被父親拋棄而自殺身死之後，繼任的後母也沒有例外，又成了另一個被父親拋棄而自殺身死的女性。

眼看著兩個母親，被父親寵愛，又被拋棄，然後同樣選擇了自我毀滅的道路，在這篇小說裡季季雖然沒有安排洋子對她父親的控訴，但是她卻安排了在後母死的那個早上，在她父親的面前，穿了「大紅」的羊毛衫，一條「紅」窄裙，若無其事地去赴男朋友的約會，「紅」色的衣服在中國人是「喜樂」的象徵，在「喪禮」中是絕對要避免的，但是季季在這裡卻做了這樣的安排，她內心中的嘲弄之意，還不夠明白嗎？

也許有人會誤會季季在小說中一而再、再而三地安排這種「疏離」態度，來表示對傳統婚姻制度及人際關係裡男性對女性不公平待遇的反抗未免過於「阿 Q」，我卻不這麼想，畢竟對一個男人而言，再也沒有比被一個女性「睬也不睬」更羞辱的事了！女性對男性採取「疏離」的反抗，才是真正令男性感到「丟臉」而覺得應該好好去反省的啊！從這個觀點來看，季季在安排小說中「男女疏離關係」時，真是充滿著巧思的哪！

像這種以「疏離」表示「反抗」的例子，在季季小說中可以說是不勝枚舉，這也同時說明了，季季屢次在小說中作這樣的安排，實在是有著她特定的「反抗」之意的。

B. 對生命「存在」意義的質疑

季季於 1960 年代初期崛起於臺灣文壇，而活躍於 1960 年代中期，這一段時間正是臺灣文壇新舊交替、一片紛雜的時期。

這一段時期，臺灣文壇有著三股代表不同意義的文學潮流在激盪糾纏著。明的方面有二股勢力的聲音，完全占住了臺灣文壇的空間，一股是大

量由大陸來臺的作家不斷地製造著深負歷史陰影的「懷鄉文學」；另一股是由來臺第二代大陸籍作家為首，標榜「現代」的作家。

這一派表面標榜「現代」，主張小說技巧完全從西方做橫的移植的作家，實則是因為他們一方面對「原鄉故土」已沒有了多大的記憶，「原鄉」對他們已是夢幻一樣的東西，另一方面他們卻又無法對養之、育之的大地表示認同、感恩之意，於是便自欺欺人地大量移植了所謂西方的「存在主義」作品到臺灣來，並以之為「現代」用以鄙視在各種壓力下正以極痛苦極緩慢速度成長的本土化文學。事實上我們都知道「存在主義」在西方是一個極嚴肅，對人類處境極富反省性的一種思潮，但是這麼「嚴肅」的思潮，經過移植到本地之後，卻完全變了質，變成了頹廢，對人生充滿了絕望、蒼白呻吟的畸型兒，更令人感慨的是，這種被曲解了的「存在主義」思潮，卻在 1960 年代的臺灣知識青年界廣為流行，深深植入了每一位青年學生心中，其在青年學生中產生的荒謬影響，誠如陳映真先生在某次演講中說過的：「常使得他們逃學在外，捧讀著那些自己也莫名所以的東西，流下感傷的眼淚來！」

那便是這樣充滿著荒謬、墮落的年代，整個臺灣文壇就被這種莫名其妙的愁慘雲霧籠罩住了，大量的作品之中盡是一些「無何有之鄉」的呻吟、夢囈之聲，而僅有極少數屈指可數的作家，屈身伏地，真正充滿關懷感恩默默地傾聽這塊大地埋藏在地心深處的慈愛之音。

季季崛起於這樣的年代，季季的作品中，無可避免的，當然也沾染了或多或少這種蒼白的色彩，幸好季季畢竟是一個深富省思力的作家，很快地便衝過了這層迷障，走入她深邃的文學世界中去了。

但是因為現在提到她小說中「疏離感」的問題，所以我不得不提出她幾篇早期深受那些荒謬主義影響的作品來討論討論，在她所有的作品中，我最不喜歡的便是一篇名為〈擁抱我們的草原〉近似散文體的小說，這篇文章的本意本來是有點在譴責那個年代荒蕪、失去理想，整天「只會看三流小說和低級電影」或者「只像一絲遊魂，東遊西蕩」的青年人的，但是

令人不解的是，「她」在譴責了這樣的年輕人之後，最後渴望的竟然是「我們在等待一種戰爭來充實我們，從有形到無形。我們強烈的在懷念故鄉的旋律裡懷念起喜馬拉雅山、塞外、江南、長白山、黑龍江畔、邊疆盆地、桂林山水，以及：西湖、天壇。……我們在渴盼，我們早點擁抱那片無垠的草原。」

原以為走出荒謬的「存在」惶惑之後，「我」終將甩脫「疏離」而緊緊擁抱有生育之恩的大地了，不想這篇小說的結局竟是「我」渴望戰爭，渴望那另一個仍不失為荒謬的夢中的「大草原」，「我」竟沒有省察到要掙脫「疏離」的唯一救贖之道是拋棄任何形式的夢幻，而從腳下踩著的大地開始愛起，從我們觸摸得到的人民開始擁抱起，而不是向著「渺茫的空幻之境」不斷做出擁抱的姿態即可的。

因之，〈擁抱我們的草原〉中的男女必得分開、必得「疏離」，乃是可以想見的必然結局。

那麼，除了夢幻的「草原」，季季小說中的男女們是否便找到了「存在」的實義了呢？在季季小說中，事實上很多男女疏離關係的描寫，正是為了表達「她們」對這種「存在」實義的迷惑的！人到底是為什麼而「存在」？活著的意義到底在哪裡？「有一天，我們都終將成為人世裡的冰石，雖然在另一個地方，也許冰石正是一種主宰的象徵。」「你能幫忙我什麼？你在我生命裡，只不過是一個汽球！」

啊！生命竟只是冰石！只是汽球嗎？這便是關鍵了！就因為季季小說人物的觀念裡生命只是冰石、汽球，所以隨附的「愛情」也就在這個先存在的命題下變成了如糞土般的東西了吧！那麼還有什麼是值得愛的呢？「疏離」吧！因為即使緊緊地擁抱在一起又能如何？「在她的生命裡，或許我真的只是一個汽球。她在我的生命裡，我也只好把她說成汽球了。除了這樣，我沒辦法找出更好的解釋來說明我們相互的存在價值。」

正因為季季在早期受到那時文壇上這種頹廢風氣的影響，於是她早期的幾篇作品中，有一些部分也或多或少地有了這種「時髦病」的存在，這

種空幻地要求擁抱「大草原」及懷疑生命如「冰石」、「汽球」等，對「生命存在本質」的疑惑，遂也造成了她小說中「男女疏離關係」的一部分原因了。

C. 對歷史悲運的省思

無疑的，在中國近代史上，1949 年之後，大陸與臺灣的隔絕，對大部分中國人而言是一個十足的悲劇，尤其是對一些大陸撤退到臺灣來，因而在三十多年中失去了返鄉機會的大陸人而言，他們的痛苦那就不只是「悲劇」兩個字所能涵蓋得了了，在中國人的觀念裡，人與土地的關係十足是植物性的，所謂植物性就是說，人像一棵樹一樣，適合某一種土質、某一種氣候帶之後，如果硬要把它移植到另一個地方、另一個氣候帶，縱使給它更豐富的養分，但是大部分的結果仍是它無法適應新的環境，而終至生存受到了扭曲，甚或因之枯萎而死！以這樣的比喻，用以形容這些歷史悲劇的受害人，毋寧也是恰當的吧！

對於這些歷史悲運下的受害者，作家白先勇、陳映真、宋澤萊……都有過極生動的描寫，相同於白先勇、陳映真的悲劇處理傾向，季季在處理這些人物的結局時，也常以悲劇作為結束，所不同的只是季季在替這些悲劇故事圈下最後的句點之前，她在故事中常安排了更多本地人對他們的悲憫，這些悲憫雖然最後並沒有扭轉他們悲劇的結果，但是最起碼季季已經在作品中安排了一種救贖的可能！由於這種可能，才使得我們對於他們的人生不至於完全絕望！也由於季季安排了這種可能，才使得他們的生命在「絕與續」之間因一念之差而有了轉變！就像〈異鄉之死〉，這篇小說中交代的一般，崔老師最後雖然死了，經過火葬變成了「無國界的天空底一絲煙雲」。但是也就因為他對自己的生存沒有在懷鄉的哀傷中完全絕望，而在他 44 歲那年娶了一個「丈夫被日軍徵調到菲律賓而死在那兒」的臺灣寡婦，而在 45 歲那年替他生下了一個兒子，這個兒子便是季季給他的一個「希望」吧！一種死後救贖的可能吧！最起碼她不像陳映真在〈將軍族〉中安排得那麼絕！連一點點在現世「結合」的希望也不給他們而把結合虛

妄地安排在「可能的下一輩子」，這就是季季「溫情」與寬厚的地方。

　　雖然季季替他們很溫情地安排了一些救贖的可能，但季季並沒有溫情到安排他們在這裡快快樂樂過著「樂不思蜀」的日子，這些人還是時時刻刻不忘「那兒的各色水果，葡萄啦、蘋果啦、梨啦，更是又多又好吃，尤其是水蜜桃，一個可以滴出一碗蜜汁來，臺灣哪有這樣好的東西啊！」「他提起家鄉的遼闊：『不像臺灣這一點點，從南到北，幾個小時就到了』，他提起那裡種種的好，種種的美，種種的友情和親情。」

　　總之，季季小說中的大陸人總是都背負著一些龐大的惡夢的，這些惡夢使得他們縱使娶了臺灣的女人為妻之後仍然無法安睡，這些惡夢甚至嚴重到使得他們在男女關係上面也有了巨大的「疏離感」，如〈異鄉之死〉中的崔老師和他的臺灣妻子，還有那個理化老師甚至娶得的太太最後也氣憤跑回娘家了，另外那個袁老師和她外交官的丈夫也是如此。更明顯的是〈野火〉那篇小說中那個欷歔地在墓前燒衣服給他天國的妻子穿的老人，這些人「多多少少總活在一種陰影裡，一種失鄉而又思鄉的陰影裡。」

　　就由於這個無所不在的陰影，使得他們在這個社會上變成了十足的「失去機能的人」，甚至「男女關係」也不例外！「疏離」遂成了他們在人際關係上共同的特徵。

我對季季小說藝術的一些看法

　　季季在同輩的女作家中，的確是才華出眾的一位，我們在遍讀了她的作品之後，不得不為她對社會現象多樣性的觸角有所嘆服，在她龐大的作品群中，我們約略可以看出她作品的四種不同的發展軌跡，第一種是最早期的，以收集在《屬於十七歲的》這本書裡的諸個篇章為主，在這些作品中，我們看到了她大量充塞著虛無、漂泊色彩的描寫，肯定受到那個年代流行於年輕人中間的頹廢主義的影響，在這個作品群中，比較值得注意的是，季季在小說中運用的那種冷冽的筆調；冰冷的、緩慢的文字流動使得作品充塞著沉鬱的風格，而在這沉鬱的風格中卻不時閃現在季季對人生觀

察的犀利眼光，這是一個充滿才情，而卻對社會現象背後的社會變遷歷史，還未有全盤洞察力的年輕作家的初試啼聲之作吧，她看到了人類生存現實上荒謬的一面，而卻粗率地把這些人生現象歸結到一個連作者也並不十分了解的虛無主義上去。這些作品最大的缺失便是充塞了太多概念性以及幾乎接近天真的理想主義色彩。

第二類小說群是自傳性頗為濃厚的作品，這個時候季季已經有了更深刻的社會經驗，也有了婚姻、為人母親的體驗，並且對女性在我們社會上的各種不公平遭遇有了更深厚的體會與思考，於是這個階段，她創作了許多有關愛情與婚姻帶給女性身心創傷的故事，這個系列探討得很廣，包括了她孩提時代到少女時代的回憶，以及她本身對婚姻、愛情的體驗，包括在這系列的作品比較代表性的有〈異鄉之死〉、〈野火〉、〈許諾記〉、〈河裡的香蕉樹〉、〈月亮的背面〉、〈手〉……等。

這系列的作品，季季在小說藝術上最大的成就在於她的小說文字已臻相當洗鍊的地步。在敘述文字方面，她已能完全把握文字帶來的速度、重量感，並且運用自如；在對白方面則完全掌握到了對白的多義性，以及利用對白的僵凝造成疏離的感覺，甚至巧妙運用了從一來一往的對白中把時間狀態凝固或抽離等高度的寫作技巧。

除了技巧外的另一項成就便是，季季不再把人生的一些悲痛、荒謬遭遇歸結於虛無主義的觀點上，而找到更踏實、更實際的社會原因，並且對生命的延續賦予了更大的尊重和歌頌，尤其是她肯定母性所帶給女性救贖的希望的描繪，真是動人心弦，一個十足堅強的臺灣女性塑像，在這個階段，隱隱然地聳立了起來。

季季第三類的作品是摻雜著浪漫與寫實，乍視之下好似游離現實，實則是扎根現實的作品，這一系列的作品使我不禁聯想到北歐一些自然主義的著作，譬如她的〈琴手〉這篇小說，使我很自然地便聯想到瑞典的一篇名為〈永恆的悲歌〉的小說，它們同樣的以一種極其浪漫充滿巧思的筆調，交代了一個令人感傷的故事，而當我們讀完了這個故事還沉迷在淒迷

的情節中時，我們卻忽然領悟了它背後犀利的社會與人性指控，使人不禁悚然心驚、汗流浹背。

這個系列的作品也是季季最為人詬病的部分，有些不了解真相的評論者，總以為季季老脫不掉浪漫的氣質而指責她，而季季似乎也並不了解自己這種作品的可貴，依我的看法，這類作品才是季季的寶藏，是季季最具前瞻性、最有特殊風格的作品，這種作品風格在那個年代中的臺灣女性作家中可以說是少有的，它當然不同於一般女性作家自以為浪漫的膚淺的東西，因為除了浪漫的風格之外，浪漫的背後必須有犀利的社會指控才成，這樣的作品要在那個年代的臺灣作家中去找，似乎只有陳映真可以比擬，但季季的特色是她比陳映真多了一份女性婉約之情，可惜這類作品季季創作得太少了，只得〈琴手〉等少數幾篇而已。

季季第四類作品是以幾年前創作的〈雞〉、〈拾玉鐲〉為主的，充滿幽默、嘲諷的寫實主義作品，從這兩篇作品中我們可以看見季季已完全放棄了早期虛無主義的色彩，並且也逐漸脫去了浪漫的外衣，改以犀利、深富社會性的嘲弄筆調，到了這個階段，季季對這個社會的種種切切似乎有了更瞭然於胸的看法了，對社會不平、不正義的現象似乎也有了比較急切的針砭，這種風格轉變有點近似庫頁島之行後的契訶夫，季季有了「更大的勇氣」不客氣地展現了她的看法，從某一個角度來看，我覺得季季逐漸有了巨匠的姿態，她除了「看到現實世界的瑣屑事情」之外，也逐漸看到了「推動現實社會的那巨大的歷史之手」了，但令人迷惑的是，就在這最緊要的關頭，季季卻停筆了，以致使得我們對一個「女巨匠」的誕生有了挫折，什麼原因使「季季」退縮了呢？季季曾為她早期的一些作品辯護說「因為我要活下去」所以必須靠它們換稿費生活，那麼現在的季季對生活是否比較無虞了？她停了筆的事實，實在也反應了臺灣作家某一個層面的無奈吧！

再拿起筆來吧！我只能如斯地鼓勵季季，並且願意重複名評論家葉石濤先生的一段話，作為本文的結束，一方面也用來給季季作為再出發時的

自我砥勵——

　　我常覺得奇怪，為什麼至今還沒有出現取材於臺灣各階段歷史的結構宏
偉、氣勢磅礴的小說？在那先民蓽路藍縷以啟山林的時代裡，婦女曾經
同她的伴侶並肩開闢荒原，甚至扛起槍來抵抗日本侵臺軍，盡了保鄉衛
土之責呢！那些勤勞堅毅的女性形象為什麼從不出現在我們的小說裡？
如果我們小說的題材仍然自囿在齷齪的日常物質生活上，我們很難鑄造
描寫無名英雄形象的民族文學。

——選自林瑞明編《季季集》

臺北：前衛出版社，1993 年 12 月

談季季散文的風格

◎鄭明娳*

　　季季本是以寫小說名家的，民國 59 年，在她出版第四本小說集後的四月，才正式推出她自認為「成年後很認真寫的第一篇散文」：〈傾聽〉。說來真是湊巧，民國 65 年，季季在第七本小說集之後出版她的第一本散文集《夜歌》，跟她第一篇發表的散文篇名意義上實有許多關聯。如果讀者稍加留意，會發現季季在寫作散文時，很注意文字所產生的聲音效果、氣勢韻味。再加上她總在夜間寫作，所以，她的第一本散文集名之為《夜歌》，而期望讀者「傾聽」，是再恰當不過的。

　　目前，季季已出版了 13 本集子，唯散文集仍只《夜歌》一本而已。在《夜歌》出版前後又陸續寫的散文，尚未收集的有 11 篇：〈木瓜樹〉、〈羊的故事〉、〈山中燈火〉、〈協奏四章〉、〈獎券〉、〈站牌〉、〈收穫〉、〈末嬸婆太的白馬王國〉、〈讀春〉、〈百合記〉、〈聽之三部曲〉等約四、五萬字。其中〈木瓜樹〉、〈羊的故事〉、〈末嬸婆太〉三篇寫的都是童年故事，其餘數篇風格仍跟《夜歌》非常統一。唯題材比較超出個人本身的事故，如〈獎券〉、〈站牌〉、〈收穫〉等，主體都是身外的人、物。

　　季季的小說，風格獨特，而她的散文，也有一己的面貌。如果要從作品去了解作者，那麼季季的散文是最好的憑藉；從小說中讀者或可窺見她的思想，但從散文裡，讀者不但見出作者的思想，且看出她的個性。這實緣於她寫作散文時「文如其人」的風格所致。以下試談談她散文的特色：

---

*評論家、散文家。發表文章時為蘭陽女中實習教師，後任臺灣師範大學國文系、東吳大學中國文學系教授，現已退休。

　　選取素材的實在，應是造成季季散文篤實風格的原因之一。她是個「婦女作家」，且一度是職業作家，但她極少寫柴米油鹽、孩子、家務。她選的題材，仍離不了「身邊瑣事」。只是她面對這些瑣事的角度跟一般人不太一樣。就題材而言，她的內容不外是身外之物與切身之事。〈你底呼聲〉、〈我的鼻子〉、〈舊衣的聯想〉都是典型的切身之事。〈鄉下老婦〉、〈再見，翁鑼仔〉、〈一個雞胸的人〉、〈站牌〉等都是對外人投射的關懷。〈號聲〉、〈一天裡的兩件事〉、〈房子〉、〈夢幻樹〉更是身邊瑣事，皆讀者耳熟能詳的，讀來分外有種親切感。同時因選材之實在，所以，散文中的意象很鮮明，如〈鄉下老婦〉之演述七、八十歲的匹夫匹婦歷久彌堅的愛情，跟一般浪漫作家筆下少男少女的戀愛，大相逕庭。〈一個雞胸的人〉把一個殘疾者的形象凸現得很清晰，這種取材的十分現實性跟作者不漫玄想的文風配合起來，已造成文章篤實、深沉、厚重的風味。

　　季季在散文中，有很明朗的自我表白，就我個人所見，她應該是個命運稍帶悲劇意味，而性格開朗的人。也因此，處處表現了她堅韌的生命力，她之堅毅不拔，早年受父親的影響很大，如〈羊的故事〉中，父親宰羊，妹妹們都怕得迴避起來，她卻靜靜的蹲在父親身邊，幫忙清洗善後：

　　從小我就向父親學得這點兒面對現實的勇氣。

〈木瓜樹〉中，作者童年在菜園裡種的木瓜樹被風颳倒，父親只平靜的說：「我們很快就會再有。」果然，灑下的瓜籽，又長大結實：

　　它們再一次撐起綠色的大傘，再一次於我們心目中佇立成一種偶像。

作者對颱風一直憂心忡忡。父親卻告訴她們：

　　颱風雖然暴虐，畢竟只是短暫的過客，而宇宙間的生命，即使遭遇了挫

折，也還會生生不息，連綿不絕地延續下去。

這話雖是由作者父親說出來，但卻根植於作者心中，在〈收穫〉中便十足表現出來：

> 薇拉（指颱風）也許可撕碎我的玻璃、我的門窗或花盆，但對我的髮膚、智慧、想像、意志等「人的特質」，卻不能有一絲一毫的毀損。

真是海明威所說的「人可以被毀滅，卻不能被打倒」的堅韌力。〈收穫〉所表現的還不止是個人的堅強，而是人類的不屈：

> 薇拉確曾痛擊我們，但是你看，不論我們失落了多少，我們並未戰敗。人的智慧、意志、勇氣仍充沛於天地之間，而且在搶救和彌補的過程中作了更大的發揮。

猶有甚者，〈收穫〉的主題在最後才發揮出來，使全文更有深度：薇拉颱風過境後，報上不斷湧現捐款救災的消息。反而把人們久已淡漠的「關心」、「慈愛」等美德又強烈的激發了出來。這才是人類真正的收穫。所以，結尾說：

> 所以，誰能說在挫敗中只有全然的失落？某些珍貴的收穫是需要細心去體悟的。

得的背後往往不免有所失；失的反面也常常會有意外之得，以這種心胸去面對挫折，這也許正是堅韌的生命力所激發出來的開朗吧！這實在不是一般「閨秀」派女作家所能望其項背的。

作者在後記中說：

　　我的《夜歌》，其實是充滿了我對這人世底質疑和抗辯的；雖然其中也充
滿了辛酸、寬容、喜悅和讚美。

的確，〈我的鼻子〉、〈她底背影〉、〈再見，翁鑼仔〉、〈傾聽〉，都有作者
「質疑的抗辯」；〈一個雞胸的人〉、〈鄉下老婦〉、〈夢幻樹〉中，又充滿了
寬容、讚美。〈舊衣的聯想〉又十分辛酸，〈你底呼聲〉亦飽含血汗。但就
季季全部散文的特徵看來，不論命運給她的震撼如何大、生存給她的壓力
如何重，她仍然會在灰燼中找到希望。如在〈房子〉的一場火災之後，作
者在許多張憂愁的臉孔之外，看到「一片無比深厚的土地，永遠賦予著人
們最原始而堅實的期望。」不僅如此，在每一事件的末尾，作者都會有一
峰迴路轉後的柳暗花明，如〈夢幻樹〉在身體疲倦與理智困擾之後，仍然
回復海闊天空的開朗心情：

　　我們在陽光下走著來時路，四野的清風和春日底芳香似乎都齊攏過來
　　了。走了很長的一段路，我回過頭去，只見天地遼闊，一片清澄。那綠
　　蔭華蓋、白色的圍牆、瘋狂吠叫的狗都沒入一片清澄裡。而勇氣、理
　　性、尊嚴卻在那一片清澄中，分別綻出大小不一、色澤各異的花朵。

「勇氣、理性、尊嚴」，乃至人生的許多片面，都有許多層次，每個層次又
有不同的面貌。這種胸懷正可跟〈收穫〉一文相印證。琦君女士在《夜
歌》序言中說得好：

　　在她任何一篇作品中，都顯露出她對悲壯生命的謳歌，生存價值的肯
　　定。

〈你底呼聲〉跟〈她底背影〉更是表現作者對寫作與生命之執著。我個人
認為，〈你底呼聲〉是季季散文中最出色的。全篇以「你」作中心象徵，以

「大腳」、「聲音」等作附屬象徵，在她所有的散文中，尤其顯得突兀而崢嶸，在語言文字的運用上，也沒有作者其他篇章繁縟的毛病，而表現出高度的稠密度。

作為中心象徵的「你」便是指「寫作」這件事。「呼聲」則代表寫作對作者的吸引力量，全文便是化抽象為具體來表現作者幾個寫作的階段：

作者十六、七歲開始寫作，正映合本文：「十七歲，或者十六歲；或者還要早一些，我初識你，在一個深黑的夜裡。」這是初識寫作的階段。此後，寫作之於她，似是「命定」的：「一種像是命定的感動，緩緩在我內心升起。」作者把初嘗寫作比成「少女底初戀」，之後便開始「恆久的戀愛」，開始搜尋題材、摸索寫作的正路。在經歷過人生的許多顛路後，作者卻更堅定寫作的路子，這是第二個階段：

> 空無所有中，你底呼聲卻更高昂，更堅韌，更不可動搖。你底呼聲，變成了我生命中的一種祕密的狂喜。

某一個夜晚，作者見到「你」：

> 你立在園門之前，沉默如一石像。在黑夜底天光之下，我望向你底身後，只見一條蜿蜒的長路，一直通向天涯的盡頭。

這是對寫作的另一層領悟：寫作之路是任重道遠，毫無盡頭。

> 在燈光下，我駭異地發現，你底雙足裸露，血跡斑斑。你說你從那天涯的盡頭涉足而來，越過高山大河，穿過荊林和墳場。

正是指寫作過程之艱辛，而「你」說：「仔細的看看，有一天妳底雙足亦當如是。」已明白揭示作者對未來寫作之路的領悟。

　　作者看不見「你」的臉，只能見到「你那雙血跡斑斑的大腳」，正隱喻尚未十分掌握寫作的內涵。「你」又告訴她：

　　　　要能包容一切；

　　　　要用所有妳知道的色澤描繪我。

　　　　還要懂得過濾和層次，不要同時把所有的色澤都塗在我臉上。

又是作者對寫作要求廣度與深度的體悟。如果「你」的形象能真正完整的描繪出來，那麼便達到寫作的極致了。所以，在全文結束時，「你」臨走時，仍未現出全身，仍然只留下悠揚的呼聲。正說明作者並未自滿自足於此時此刻的寫作成績。〈你底呼聲〉不僅象徵手法高妙，且全文結構完整。對寫作之執著，尤其表現得纏綿而肯定。

　　〈她底背影〉則是藉一張照片而反映自己的命運。「她」走在一條「似乎萬古俱寂的道路上」：

　　　　然而，在我的感覺裡，她底背影卻仿如一個沉默孤獨的舊友：忠摯、剛毅；而又充滿了悲劇的震撼和期待。

由「舊友」而使讀者把「她」與作者聯想起來。接著作者極力鋪陳「她」的背景之寂寞！一個「淒冷的冬季之晨」，兩旁楓樹「在風裡搖曳的枝椏，卻彷彿有聲聲嗚咽，低鳴著無奈而悲涼的哀歌。」整個圖片給人的第一眼印象是「天地交融而伊人何往的惆悵」、「充滿了悲劇的震撼和期待」。根據這樣的背景，作者便幻想「她」可能遭受的種種境遇。結果每一種境遇都是淒涼的落寞。這種殊途同歸的結局，已提醒讀者聯想到作者的自喻。最後作者仍明白指出：

我和她底背影一樣，仍在一條漫長的生命路上寂寂地朝前走著。但卻從
未停止；亦從未想要停止。

此處，我個人頗為遺憾作者特別強調「我從她底背影中體認到的最深刻的
領悟乃是：我和她底背影一樣……」破壞了含蓄。不過，就全文而言，仍
是小疵不掩大醇。全篇文字細膩沃腴，明明是對自己悲劇命運的寫照，卻
毫不帶怨懟語氣，嘲弄之意，也沒有認命的意思，全然是不卑不亢的中和
之音。所以，我認為季季的散文（尤其寫得成功的散文），全然是她生命力
的表達。她自己也這麼說過：

生活環境的改變，也許是我開始創作散文的因素之一。年齡的增長和寫
作生涯日久，可能也是另一種因素。總之，我開始深刻地體認到一種不
能以「小說」言詮的情感；它只能以最簡明、自然、誠摯的文字和形式
表露出來，那就是我的散文。

「生活環境的改變」指的便是「生命正面臨困境」，這時只有散文最能用來
表現她自己。

　　季季的散文也時常表現她的個性，像大而化之的性子，終於產生〈我
的鼻子〉，隨興所之的脾氣，充分表現在〈抽屜〉一文中。同時像〈站
牌〉、〈獎券〉等篇也是這種性格的產品。季季的性格表現在散文中是明朗
而可愛的。讀者讀其文如見其人，可以細細品味。

　　季季散文取材的範圍實在不廣，但是她很能發揮對現實的透視力。她
慣常從不同的角度去觀察人生，又用不同的深度表現出來，在她擷取素材
的同時，她更注意去挖掘自己的心底。因之，每一件瑣事，都能呈現出比
瑣事本身更深一層的意義。如〈鄉下老婦〉、〈再見，翁鑼仔〉、〈一個雞胸
的人〉固是人生最平凡而被忽視的身外題材，作者便表現了她特有的觀察
力與感受力。又如〈號聲〉、〈一天裡的兩件事〉、〈房子〉、〈夢幻樹〉、〈站

牌〉、〈獎券〉等篇，事件本身平凡無奇，而作者往往能在平凡中別生新意，如在單調的號聲裡，聽出「它的意義絕不只是叫人起床而已」。從買獎券的一刹那，悟出自己的「幸福」而對殘疾人產生悲憫的同情。

大體而言，季季對素材的處理，多做理性的思維，而少做感性的抒發。她慣常從許多不同的角度去研究一個小問題，又發現這些不同角度的背後隱藏著許多複雜的因素。所以，季季努力的，可以說是想從一粒砂中見出大千世界。〈收穫〉只是颱風過境的一件小事，但作者卻試圖探討人類的生活態度，而不止是想表現她一己的看法而已。這種冀圖，勿寧說是頗為偉大的。

季季散文的用字，理路明晰，無一般女性作家柔媚婉轉的風格，她也絕不作無病呻吟之聲，絕不彈陳舊的感傷調子，不慣使用空洞的形容詞。〈協奏四章〉略見感傷，但很快便適可而止，〈舊衣的聯想〉結尾也很淒涼，但就是不落入頹廢。〈她底背影〉全文籠罩在蕭瑟境界中，表現的是「每一步都是艱苦的跨越」，但「卻從未停止；亦從未想要停止」的鍥而不捨的精神。

從〈夜歌〉中，可見出作者嘗試用各種不同的句式來表達不同的境界。她有時會製造凝鍊的長句子，如〈一個雞胸的人〉：

> 他只是堅韌地生活著，把他生命裡的崢嶸高山，澎湃大海，全都無所畏懼的默默承擔下來。

承接前邊「背上揹負著一座山，胸前又盤據著一座山！二山之間，該是怎樣哭號的大河啊？」感情由憐而敬，連接無縫。又如同頁寫作者回鄉：

> 有時只是毫無目的的在大街小巷中流連徘徊，看看那舊市鎮的臉孔變了多少：是否加添了一些老舊的皺紋？是否經歷了新潮流的整容？

又如〈她底背影〉：

> 秋天她搬來時，路旁的楓葉尚燒得一樹又一樹的火豔，而今冬季底寒冷
> 已然潑熄了它們。

這些例子，不但本身文意凝鍊，且配合主題，都具有烘托的功用。不過，
我個人認為季季的長句子太多，有些並不出色的，以縮減為宜，如〈存心
忍耐〉：

> 而我之所以有這樣的掙扎，很單純而自私的理由只是害怕完全失去了內
> 心中那個渴求寧靜的我。

> 只有夜深時分，四周寂寂之中，那個寧靜的我才越過塵世的紛亂，自黑
> 暗中緩緩歸向我，漸次在我內心唱出鼓舞的音符，且滋生出有如泉湧的
> 力量。

慣常塑造長句子，便容易產生拗口的句子，如〈一個雞胸的人〉：

> 他的長而深黑的頭髮，一根根零亂地豎立著；充滿了一種無可奈何因而
> 十分任性的肅殺之氣。

對季季的文字，我個人的看法仍是：繁文當省。像〈舊衣的聯想〉、
〈羊的故事〉，乃至〈收穫〉、〈山中燈火〉，如能再刪蕪存菁，相信會更精
采。對於季季日後創作的前途，我個人抱著極樂觀的看法，因為她在《夜
歌》後記中表現的原則，以及日益求進的信心是正確而十足的：

> 我認為一個作者唯有在能完全兼顧自己底情感和觀照後，才有能力逐步

邁向兼顧大眾情感及觀照的路途……許多錯誤是可以更正的。我對小說
也並未失去信心。對我來說,創作雖然無比艱辛,但卻永遠珍貴可喜;
小說如此,散文亦然。

因此,我們祝福她,也期盼她:把握自己獨特的風格,更上層樓。

——選自《臺灣文藝》第 61 期,1978 年 12 月

傾聽夜歌
論季季散文

◎張瑞芬*

> 我和她的背影一樣，仍在一條漫長的生命路上寂寞的朝前走著。雖然每一步都是艱苦的跨越，但卻從未停止，亦從未想要停止。
>
> ——〈她底背影〉

2004 年 4 月，以〈鷺鷥潭已經沒有了〉一文重現並驚艷文壇的季季，旋即又以〈衡陽路十五號〉在《中國時報・人間副刊》開始了一個筆繪 1960 年代文壇的專欄。在一連串精采紛呈的文章之後，2005 年獲選為九歌《九十三年散文選》年度散文獎得主。對季季而言這一年堪稱豐收的年度，除了踏入文壇 40 週年的時間意義外，似乎也象徵了小說季季到散文季季的重要轉折。

季季近年著力散文寫作（且風格明顯自繁冗而簡練），加上豐沛的寫作能量，使得重評季季成為必要的事。季季的小說寫作，集中於 1960 至 1970 年代（精確一點來說，是 1964 至 1979 年），選集若不計其內，凡 11 部，足稱多產。依時間序列而下，則分別是《屬於十七歲的》、《誰是最後的玫瑰》、《泥人與狗》、《異鄉之死》、《我不要哭》、《月亮的背面》、《我的故事》、《蝶舞》、《拾玉鐲》、《誰開生命的玩笑》、《澀果》。然而本土作家季季較諸《現代文學》的陳若曦、歐陽子、施叔青，《臺灣文藝》的吳濁流、鍾肇政、李喬諸人，似乎總有一種難以歸類的「非典型」尷尬。19 歲即北

*發表文章時為逢甲大學中國文學系副教授，現為逢甲大學中國文學系教授。

上專業寫作的季季，並非學院出身（做過書店店員、編輯），作品多於副刊
或《皇冠》發表，儘管魏子雲、趙滋蕃很早就肯定了她的才氣[1]，近年來論
者談 1960 年代現代主義仍時常忽略她，如邱貴芬即認為「季季的寫作路線
較貼近鄉土寫實路線，現代主義的實驗性氣息相較之下較為薄弱」。[2]在寫
實主義盛行的 1970 年代，季季寫的都是鄉土的反思（如〈琴手〉、〈秋霞仔
再嫁〉、〈拾玉鐲〉），鄉下女子在都會的沉淪（如〈群鷹兀自飛〉、〈月亮
的背面〉、《澀果》等），和宋澤萊、王拓、楊青矗為鄉土立命的姿態不完
全相同，這似乎也使得本土評論者討論她時亦不易拿捏。

　　在對季季小說的評論中，葉石濤〈季季論〉頗推崇〈琴手〉、〈寂寞之
冬〉諸作，並以〈拾玉鐲〉為其里程碑（足見對季季 1960 年代作品較少稱
譽）。葉石濤謂〈拾玉鐲〉後的季季，擺盪於現實和浪漫的兩極，洞悉艱辛
人生的深層心理，頗值期待。林瑞明臆測季季早期「無緣認識日據以來的
臺灣文學傳統」，甚且對《臺灣文藝》亦「瞧不上眼」。[3]吳錦發除讚許她以
女性為本位的社會關懷外，並指出季季小說中有著疏離的男女關係，他大
致依葉石濤所論將季季的小說分為虛無主義、自傳性質、浪漫寫實，與嘲
諷寫實四期，視其虛無主義時期為「迷障」，明言不喜〈擁抱我們的草原〉[4]
（嚮往大中國的白山黑水）這種作品，並期勉季季的筆下也能出現「取材
於臺灣各階段歷史，結構宏偉，氣勢磅礴的小說」。[5]這和近年來范銘如對

---

[1]魏子雲謂季季寫 1960 年代寫現代人的心理迷失，「是她成功於前期的一個寫作過程」，趙滋蕃則稱
其〈沒有感覺是什麼感覺〉才氣高。見魏子雲，〈序——成長中的季季〉，收入季季，《季季自選
集》（臺北：文豪出版社，1976 年）。

[2]見邱貴芬，〈〈拾玉鐲〉導讀〉，收入邱貴芬主編，《日據以來臺灣女作家小說選讀》（上）（臺
北：女書文化公司，2001 年）。

[3]葉石濤，〈季季論——臺灣婦女生活中的「詩與真實」〉，《臺灣文藝》第 61 期（1978 年 12 月），
後收入《臺灣鄉土作家論集》（臺北：遠景出版社，1978 年）；林瑞明，〈尋找一條可以逆流的
河——《季季集》序〉，收入季季，《季季集》（臺北：前衛出版社，1990 年）。吳濁流於 1964 年
創辦《臺灣文藝》，次年向季季邀稿未果，原因是季季時已與《皇冠》簽約為基本作家，不能在其
他刊物上發表。詳季季，〈吳濁流·鬼鬼·再見〉，《中國時報·人間副刊》，2005 年 5 月 18 日。

[4]〈擁抱我們的草原〉寫於 1965 年，獲救國團全國青年創作比賽第三名，與〈褐色念珠〉（少女訪
戰地男友）俱稱季季早期小說中極少見的中國意識與愛國情操主題，二文收入季季，《屬於十七歲
的》（臺北：皇冠出版社，1966 年）。與吳錦發相反的，隱地對〈擁抱我們的草原〉推崇備至，稱
之「最成功的反共小說」，詳見《隱地看小說》（臺北：大江出版社，1976 年）。

[5]吳錦發，〈論季季小說中的男女關係〉，《自立晚報》，1984 年 8 月 27 日至 9 月 1 日，後收入《季季集》。

季季的詮釋，顯然是有些差距的。

　　在季季所有小說集裡，《屬於十七歲的》、《異鄉之死》、《月亮的背面》、《拾玉鐲》無疑是代表作。〈寂寞之冬〉中，小鎮醫生的情慾在理智背後風雨飄搖（那之後十數年，才有蕭颯《小鎮醫生的愛情》），和〈尋找一條河〉都寫成極早，卻相當成熟。晚近范銘如在重評臺灣現代主義女性小說時，用了較大篇幅討論季季，並重新審視了季季的地位。她慧眼指出：「季季是現代主義女作家裡常常被忽略的一位」。儘管非學院出身，季季十分貼近西方現代主義都會風格，寫活了在都會廢墟中奔走追尋的現代人。

　　一對旅行中的情侶誤入森林，尋覓小河水聲，小河正隱喻著情慾的探索。范銘如指出，像《異鄉之死》中〈尋找一條河〉這樣的作品正是女性存在主義的破解。[6]范銘如的評價開啟了重新審視現代主義時期季季的可能，然而從葉石濤到范銘如，都還沒有論到季季的散文。季季的散文是喃喃向內傾訴的心語，醇厚細膩，完全不同於其小說的冰冷前衛，結集為《夜歌》與《攝氏 20—25 度》，除鄭明娳、琦君數篇對《夜歌》的評論外，《攝氏 20—25 度》及其後作品仍少見被注意。

　　在 1975 年長篇小說《我的故事》後記中，季季曾忍不住抱怨批評家不熟讀作品即濫加批評，是「不負責任，太過武斷，且跡近殘酷」的。[7]約當同時受訪，季季復稱，若有批評家提出的評價與自己不謀而合必當感動，「問題是還沒有一位批評家做過這樣的事」。[8]這樣自負與自信的季季，卻在次年結集散文《夜歌》時，不得不承認自己也「寫了一些現在看起來很失敗的小說」。[9]純粹靠想像力，有些人物自己也覺得不真實，她認為自己

[6]范銘如，〈臺灣現代主義女性小說〉，《眾裡尋她——臺灣女性小說縱論》（臺北：麥田出版，2002年）。

[7]見季季，〈從《我的故事》說起〉，《我的故事》（臺北：皇冠出版社，1975 年）。《我的故事》寫於季季離婚次年，原於《民族晚報》連載。內容記 1964 年初抵臺北之後所經歷人事（租屋永和，任職打字行，遇一婦人余翠鳳未婚生子。在男友余風去美後，女主角為世家子弟龍騰誘騙而懷孕生子，龍騰後因車禍瞎眼，終身殘疾）。季季自謂此書為懷念已在生命中永遠揮別的人事，內容技巧受猶太裔作家瑪拉末（Bernard Malamul）《夥計》（The Assistant）影響，寫人的救贖與重生。

[8]見桂文亞，〈不停的寫——季季和《我的故事》〉，《心靈的果園》（臺北：皇冠出版社，1976 年）。

[9]季季，〈《夜歌》後記〉，《夜歌》（臺北：爾雅出版社，1976 年）。

必須重新界定寫小說的態度，這也是後來轉向散文的原因。如今體會季季
這番誠實的自省，與《夜歌》寫作時間約同的短篇小說集《蝶舞》、《誰開
生命的玩笑》諸篇，或許就是她不能滿意的。就在寫作〈尋找一條河〉、
〈寂寞之冬〉這些成功小說的同時，季季開始深刻體認到一種不能以小說
言詮的情感，「它只能以最簡明、自然、誠摯的文字和形式表露出來」。《夜
歌》的結集出版，可以視為季季由小說轉向散文的里程碑。在那之後，除
了《澀果：未婚媽媽系列故事》，季季再無小說結集。季季的寫作自 1970
年代中期轉向散文，直至如今。

　　季季於臺灣當代文學史的重要意義，首先在年代上是戰後本土女性創
作最早的一代，當時極少數專業寫作的作家之一，且在 1970 年代（散文及
寫實小說）表現極為秀異。其次，與心岱同樣書寫鄉下到都會的迷失，季
季顯然趕上了 1960 年代現代主義心靈扭曲與疏離的時代浪潮。無論在散文
或小說上，季季都偏重女性意識的萌發，雖未曾在政治議題或歷史情懷上
著力（葉石濤所稱「狹隘」），卻是 1980 年代女性小說的重要前導。從現代
主義的氛圍中走出，以鄉土寫實結合女性議題，季季甚且比歐陽子、施叔
青、李昂走得更早一些。

　　季季最受文壇矚目的〈月亮的背面〉、〈貓魂〉、〈無聲之城〉、〈我的庇
護神〉、〈群鷹兀自飛〉、〈琴手〉、〈水妹在臺北〉，乃至《澀果》諸作，都寫
於 1970 年代，幾可自成系列，謂之鄉下女子進城血淚史。除書寫城鄉遷移
中邊緣人的失落之外，鄉下女孩進城，背負著一段破敗的感情或婚姻，被
迫賣身，或未婚生子，是季季一貫的題材。正如評論者吳錦發所說，季季
小說中沒有浪漫情愛，只有一種「難以捉摸，充滿不信任，以及疏離感的
男女關係」。天地不仁，「很多事情是沒有理由的，甚或是不應該有理由」，
比上述作品更早的 1960 年代中期，寫〈屬於十七歲的〉的季季這樣看著好
友黑皮從火車上摔下碎裂的腦袋瓜。她的早熟與陰鬱色彩，也顯現在同時
的短篇小說〈一把青花花的豆子〉、〈塑膠葫蘆〉、〈汽水與煙〉，和冗長對話

跡近疲勞轟炸的〈來自荒塚的腳步〉、〈夏日啊！什麼是您最後的玫瑰〉[10]諸
作之中。

　　平心而論，季季的兩個長篇如《我不要哭》、《我的故事》其實不是太
成功，最早期的短篇小說完全是敏感、早熟而封閉的心靈囈語，沒有半點
少女的稚拙或甜美。隱地稱其「滿紙潛意識」，「長得令人窒息的句子⋯⋯
像一幅畫著死亡的現代畫，那麼濃烈的彩色一大塊一大塊的壓迫著我」。[11]
季季早期小說以怪異的篇題，淡漠的氛圍，烘托著支離破碎的家庭關係、
不值得信任的男女感情，然而卻往往能以出奇的結尾令人驚詫。文字中屢
屢以「冰石」、「黑色汽球」、「棺木」隱喻人生之虛無，以及「沒辦法找出
更好的解釋來說明我們相互的存在價值」[12]，直如卡繆《異鄉人》般，呈現
出一種令人戰慄的早熟。奇怪的是她受理論影響並不大（僅於文藝營時期
頗熱中討論沙林傑（Jerome David Salinger）、海明威（Ernest Hemingway）
內心迷失的主題），是一種由真實生命體現的素樸現代主義實踐，在 1960
年代文壇頗稱異數。季季曾不只一次自稱──作品都是作者性格與內在認
同的產物，她所關心的是人的生存價值，道德和罪惡的價值，現實和精神的
價值。這種特殊的創作主題，和她的成長背景與生命歷練無疑是有關聯的。

　　季季身為家中長女，1944 年生於雲林二崙鄉永定村一個食指浩繁的農
家。初三就在《臺灣新聞報》「學校生活」版發表短文，還曾獲主編田邦福
先生賞識為取「姬姬」筆名（「季季」一名即由此而來）。她的文學才華最
早展現在小說上面，高二即獲得《亞洲文學》徵文第一名，虎尾女中畢業
後北上參加文藝營，年輕的季季摸索著自己的文學道路，在貧窮與孤獨中

---

[10]冷然對季季〈來自荒塚的腳步〉即稱「看不下去」，見〈如歌的行板──介紹季季的《夜
　歌》〉，《臺灣時報》，1977 年 4 月 28 日。隱地，〈季季〈擁抱我們的草原〉〉亦表同感。季季
　的〈我的庇護神〉、〈來自荒塚的腳步〉、〈午日〉，及〈只有寂寞的心〉、〈夏日啊！什麼是
　您最後的玫瑰？〉、〈蛇辮與傘〉皆有自敘意味，與楊蔚〈只有一個短暫的夏日〉可並讀。
[11]隱地，〈季季〈假日與蘋果〉〉，《隱地看小說》。
[12]引自季季，〈塑膠葫蘆〉，此篇小說寫於 1965 年，收入《屬於十七歲的》，是季季最早期在明星咖
　啡館寫的作品。內容記述男子與女友阿洋約在鐵路餐廳見面，於臺北浪遊一日。女孩當日清晨繼
　母去世，卻著紅衣裙而來，買了一個黑色氣球（對人生易滅的嘲諷）。此文之冷漠、幻滅、絕望
　到了極點，和〈杯底的臉〉俱屬愛情與人生之虛無主義作品。

貫徹自己寫作的熱情。[13]由於文藝營中獲小說首獎的優異成績，在魏子雲的推薦下，成為皇冠第一批簽約的基本作家之一。[14]季季年齡稍晚丘秀芷、劉靜娟，三人皆未經學院訓練，都從投稿報刊與大眾文學雜誌進入文壇，且小說創作皆先於散文。[15]季季散文寫作與結集稍晚，在劉靜娟《載走的和載不走的》、丘秀芷《千古月》、謝霜天《綠樹》、心岱《萱草集》、白慈飄《乘著樂聲的翅膀》之後，才出版第一本散文集《夜歌》。然而其散文技藝之成熟，卻遠遠高於以上諸人。當時本土女性散文平實為尚，略乏技巧，即連外省籍出身中文系的張曉風，《地毯的那一端》、《給你，瑩瑩》、《愁鄉石》、《黑紗》也都尚未達到真正的高峰。[16]一般人只注意到季季於小說上的早慧（除 1960 年代〈屬於十七歲的〉、〈希利的紅燈〉、〈杯底的臉〉成功刻畫敏感灰暗的心靈世界，較成熟的代表作〈尋找一條河〉、〈寂寞之冬〉、〈琴手〉、〈拾玉鐲〉也都完成於 1970 年代初或更早），然而季季的散文，1974 年就能寫出〈你底呼聲〉這樣令人驚嘆（鄭明娳譽為《夜歌》全書最佳）[17]的成熟作品。〈她底背影〉、〈夢幻樹〉也都成於〈你底呼聲〉前後，這卻是評論季季時一直被忽視的。

「她底背影展現在一個淒冷的冬季之晨。豔麗了整個秋季的楓葉，差不多已全然落盡，消瘦了的枝椏參差的罩在一層似白似綠，似綠又似灰的

---

[13]季季小說《我不要哭》（原名《野草》，高職夜間部女學生小雲生計無著，又痛失所愛），與〈青澀歲月小火盆——回顧《屬於十七歲的》〉（收入《青澀歲月：我的第一本書》〔臺北：爾雅出版社，1980 年〕）都可見出自己當年經濟困窘的側影。

[14]林懷民〈表現自我的季季〉一文，對季季早年踏入文壇時的生活與心境有詳細描述，收入梅遜，《作家群像》（臺北：大江出版社，1968 年）。1964 年與皇冠簽約基本作家 14 位，包括司馬中原、朱西甯、聶華苓、華嚴、張菱舲、瓊瑤、段彩華……等。時季季未滿二十歲，14 人中年紀最輕，且為唯一本省作家。季季〈青澀歲月小火盆〉亦可參考。

[15]丘秀芷的第一本小說為《遲熟的草莓》（臺北：水牛出版社，1967 年），劉靜娟第一本小說為《追尋》（臺北：幼獅文化公司，1965 年），與季季《屬於十七歲的》年代相近。

[16]張曉風真正散文的高峰，是《步下紅毯之後》以降諸作，在此之前的作品，余光中、呂興昌、朱星鶴、唐文標曾評為「說教意味濃厚」、多面性與深邃性不足。詳見張瑞芬，〈古典的出走與回歸——臺灣 1970－1980 年代女性散文〉，「2004 年戰後臺灣文學研討會」宣讀論文，2004 年 5 月 10 日。

[17]鄭明娳，〈評季季的《夜歌》〉，《中國現代散文論文集》（臺北：大安出版社，1977 年）；《現代散文欣賞》（臺北：東大圖書公司，1978 年）；〈評季季〈你底呼聲〉〉，《現代散文欣賞》。另有《談季季散文的風格》，《臺灣文藝》第 61 期（1978 年 12 月）。

迷離雨霧裡……她的左腿微微向後提起，在層層密布的楓葉之上立起一隻
黑色的鞋跟，乍見之下，彷若是在向邁過的舊路道著再見的，一隻無言的
嘴……」。從一張女子在秋徑中踽踽獨行的桌下畫片，帶出自己的命運，與
女性處境的思索。季季〈她底背影〉正如琦君所稱，是「微帶詩情的、凝
練的象徵之筆」，正如〈你底呼聲〉、〈夢幻樹〉一樣，情景交融，揉合了象
徵、譬喻、對話與獨白，結構佳整，渾然天成。然而有誰知道，優美懾人
的文字底下是生命的顛躓與艱難。書寫這動人背影時（1974），距季季與林
懷民在明星咖啡館三樓寫稿，並初讀陳映真〈悽慘的無言的嘴〉、〈將軍
族〉[18]，已經十年了。1968 年陳映真因「民主臺灣聯盟」案「遠行」，文星
書店被迫倒閉，而季季自己則在 1971 年，離了婚。[19]

　　早發的才氣使季季極早就確立了寫作為人生目標，婚變卻是季季散文
寫作之始。從 1970 年第一篇散文〈傾聽〉始，季季的散文跳過許多作家都
不得不經歷的青澀稚嫩，一出手就是成熟老練略帶深沉的風格，雖然結集
只有兩本（與她的小說 11 本頗不成比例），卻有著旁人難及的文學成就。
在《夜歌》後記中，季季說：「我的夜歌其實是充滿了我對這人世的質疑和
抗辯的。」暗夜心曲，原是婚姻的苦澀侵蝕了她的生活與心情。《夜歌》中
的〈傾聽〉與〈舊衣的聯想〉於諸文中寫成最早，也最具深意。清晨聆聽
屠宰場的豬嚎，「那嚎叫像槍瞄準我的耳膜，砰然射穿我的睡夢」，那是一
種淒厲的清醒，「我每日傾聽那聲音，猶如傾聽我每日面對的自己」。〈舊衣
的聯想〉攜幼子回故鄉永定，接受母親為孫女改製衣裙，並黯然返回臺
北。在瑣碎記事中，舊衣裡有不可再得的童年回憶，也有「人不如故，衣

---

[18]林懷民曾與季季共同著迷於陳映真早期作品，於 2004 年以雲門舞集「陳映真‧風景」向 40 年前
的偶像致敬。詳見季季，〈林懷民的陳映真〉、〈陳映真‧阿肥‧在高處〉，《中國時報‧人間副
刊》，2004 年 9 月 22 日、29 日。
[19]季季於 1965 年 5 月於皇冠同仁的見證下，與楊蔚（1928～2004）在新店北勢溪鸞鸞潭結婚，詳季
季，〈鸞鸞潭已經沒有了〉，《印刻文學生活誌》第 8 期（2004 年 4 月）一文及《幼獅文藝》第 145
期（1966 年 1 月）。楊蔚，哈爾濱人，為《聯合報》著名藝術記者，據季季文中所稱，當時 38 歲的
楊蔚曾在綠島坐牢十年政治牢。楊蔚 1960 年代著有小說集《跪向升起的月亮》（臺北：水牛出版
社，1968 年），1970 年代以後以「何索」為名著《何索震盪》（臺北：遠景出版社，1976 年）諸幽
默散文，及《寂寞的獅子：胡適先生的感情世界》（臺北：香草山出版公司，1977 年）等。

不如新」的隱痛。那時正是 1971 年，歷時六年的婚姻已逝，27 歲的季季
獨自伏案竟夜，以寫作撫養幼兒稚女。生活的壓力撲天蓋地而來，1971 至
1976 年之間，竟成為季季小說與散文產量最豐富的數年。1977 年後季季陸
續擔任《聯合報》與《中國時報》編務工作，編選年度文選及 1990 年代顧
正秋、張愛玲（以及進行中的蔡瑞月）傳記，成為她的主要著作。

　　季季的散文，承繼著她小說的迂緩調性，和冗長句式，有時甚且是文
言稍勝口語的。她的文字故事性強，想像力飛躍，講求象徵意涵，每每能
將意識流、時空替換種種技巧，嫻熟的加入寫實題材中。姑且不論〈拾玉
鐲〉這種古事今用的命名諧謔，在其他小說中亦每有警句，〈異鄉之死〉
形容靈柩前老師的遺像，「香爐裡的煙像一條條青色的透明的蛇，不斷的以
裊裊之姿纏繞那張臉，又斷地不知滾落在何方」；〈群鷹兀自飛〉形容被騙
失身生子的女子日日以裁縫為生，「每日的清晨就像一把剪刀，手一抬起就
把一天剪開了」。散文集《夜歌》中的〈你底呼聲〉與〈她底背影〉寫作時
間較上述二文尤晚，融情入景，技藝高超，良有以也。〈夢幻樹〉寫與好友
阿山閒步遇犬，在一陣人與狗的狂亂對峙之後，一株錯過的大榕樹隱喻著
虛矯浮誇背後的清明理智。季季小說最擅長的奇崛結尾適時出現：「我們在
陽光下走著來時路，四野的春風和春日的芳香似乎都齊攏過來了。……我
回過頭去，只見天地遼闊，一片清澄。那綠蔭華蓋、白色的圍牆、瘋狂吠
叫的狗都沒入一片清澄裡。而勇氣、理性、尊嚴卻在那一片清澄中，分別
綻出大小不一、色澤各異的花來。」自現實取景超拔至象徵意涵，高妙已
極。琦君對此文的推重，良有以也。

　　季季援小說入散文的手法，每每借重對白和細膩描寫推展劇情，而她
敘述故事又習慣於文章結尾才揭出奇崛的主題，相當程度的挑戰著散文簡
潔單線的傳統。鄭明娳因之評季季散文「瑣碎繁複、描繪過度」，「聯想太
遠、入題太晚」。[20]為鄭明娳評為《夜歌》敗筆的〈丟丟銅仔的旅程〉和

---

[20]如鄭明娳〈談季季散文的風格〉諸文。

〈舊衣的聯想〉或即如此。前者與好友火車上閒聊家常回憶，間雜窗外即景，轉出另層旨意——「許多事都有那麼一點丟丟銅仔的味道，擲下去的是一大把，掬出來的也許是個零，或許比你預期的還要多、還要好」，並於結尾再與之呼應。這與季季早期小說〈一把青花花的豆子〉即頗有異曲同工之妙。少女上山訪心儀作家林頓，卻驚疑其另有新歡，離去時於林頓捧上的一把青豆莢中僅取一顆。在全篇冗長的敘述後，異常簡潔的收尾：「人生只不過像一粒青花花的豆子，林頓給我的一粒又算什麼呢？等我靜靜的躺在青墳裡休息的時候，我手裡便握有整整的一把了。」賞愛者謂之奇崛，不好之者則不免「繁文當省」之憾。

　　《夜歌》中，與〈傾聽〉同一系列取法現代主義技巧，並自述寫作及生活心境的散文中，〈你底呼聲〉（指寫作對自身的呼喚）、〈她底背影〉（由桌上一張畫片思及女人普遍的婚姻處境與幽微心情）、〈暗影生異彩〉（自述寫作與生活）主題近似，可以連讀；〈夢幻樹〉介於象徵和寫實之間（也介於小說和散文之間），技巧意境俱高；而〈鄉村老婦〉、〈一個雞胸的人〉、〈再見，翁鑼仔〉（即「王祿仔」，描寫打拳賣膏藥的江湖把戲在都市的衰微）描繪鄉俗人情，純樸、詼諧而動人，尤其有見證農村社會底層人物眾生相的重要意義。其中〈鄉村老婦〉完全只是寫實主義的白描手法，公車上返鄉女子偶遇鄰莊阿嬤的敘舊寒暄，道地南部鄉俗的家常俚短——「阿婆，你是住村尾的嗎？……你是金順的阿嬤吧？」「你喚什麼名哪？是誰的查某囝仔？」「那你不是在臺北嗎？你回來作啥？替你老爸老母作閏月嗎？」囉唆繁冗的對話，盡皆老婦絮叨病痛並思念亡故老伴，表面平直，卻是貼切已極，呈現出最深厚含蓄的人情味，季季的南部鄉下人特質，於此篇與《攝氏 20—25 度》中〈永定記事〉諸文均極特出。河中棄置的香蕉樹自有頑強的生機，季季小說寫肉瘤伯和賺食查某生下一子（〈河裡的香蕉樹〉），正有著這樣相同的悲天憫人。

　　與《夜歌》相隔 11 年的散文集《攝氏 20—25 度》，延續了《夜歌》的風格，在取材上更從外物到自身。全書雖然分成「夢的記憶」、「永定記

事」、「臺北影像」、「自然的話」四部，寫得最好的或仍是書寫童年的「永定記事」。季季寫散文的嚴謹，從後記〈你這十一年只有這二十篇散文嗎？〉的自嘲可以見出。想的比寫的多，她覺得自己不是那種什麼身邊瑣事都可以信手拈來，敷衍成章的作家，她講究文字的色調、音韻、趣味、意象，以及題材（必須是可以感動她、撞擊或撕扯她的）。於是〈羊的故事〉那樣震懾人心，也就不足為奇了。務農的父親買回一隻安哥拉白羊，藉此增加收益並讓幼兒有羊奶可喝。母羊生下二羊羔，小母羊斷奶後被轉賣出去，小公羊因無經濟效益，必定要成為全家進補的盤飧。父親只說：「可以殺了」，如同說「明天買兩斤肉來燉吧」。夜裡母羊在欄中因失去二子哀號不止，作者的筆觸依然平直和緩，「隔天早上，聽到母親說：『昨晚那羊母叫得那麼淒慘，聽得真艱苦啊』。」

　　從貧窮的戰後農村環境走來，〈末嬸婆太的白馬王國〉透過四歲童稚的眼觀看世相，隱喻女性的困境與渺茫想望，平靜中有驚心動魄。一曲千古絕唱的小腳史，唱出了女子亙古的悲歌。末嬸婆太的那雙小腳，在陽光下慘白無血色，「像一個字也沒寫就給揉皺丟棄的白色紙團」，一語雙關無數女人一生的徒費（比起來，張愛玲說的「伶仃無告」、「似腳非腳的金蓮抱歉的輕輕踏在地上」還是挺金粉富貴的）。

　　《攝氏 20—25 度》中，〈一九八四年三月〉寫的是 20 年後的返鄉記事，教人想起沈從文的《湘行散記》中〈一九三四年一月十八〉；〈永定三傑漸凋零〉寫叔伯三人，典型的臺灣女兒從家族歷史懷想逝去的時代；〈獎券〉、〈油菜花與炊煙〉兩篇適合被教科書編選去當課文，前者藉賣獎券的殘疾小販映襯自己的與生俱來的幸運，後者慨嘆小學生作文筆下造假的都市現象；〈大海的夢〉、〈望〉兩篇，寫一個遊魂般的女人在城市中張望著世界。在「女性自覺」或「女權意識」這些時髦名詞還沒出現前，季季的文字已經為絕大部分女性的處境做了最深切的呼喊。試看〈菱鏡久懸〉這樣的小說，女子江秀桃為 13 歲兒子尋找未知的父親，竟來了 15 個自稱 13 年前深夜曾強暴一名夜行女子的人，這是何等沉痛而諧謔的構想。季季寫散

文恰巧是在鄉土文學當道的 1970 年代，但是她並不是為了鄉土文學而寫鄉土人物的。她的敏感早熟造就了她看人看事的深沉，她的才氣使她無視於各種文學理論，堅持創作是先於一切而存在的。

果真如菲律賓作家希歐尼・荷西（Francisco Sionil Jose）所言——年齡是作家的財富。滄桑過眼，繁華落盡的中年季季，再不是那個在糖廠的甜膩空氣昏昏欲睡的高中女生，浮游在都市中被無理辭退的書店店員，或肩擔生計重負的失婚婦人。她的近期文字明顯一變而為冷峭諧謔，收束勁拔，令人心驚（〈鷺鷥潭已經沒有了〉即為典型）。生命的豐富與無限可能，遠超過我們的想像。2004 年季季開始筆繪 1960 年代文壇風情的專欄，道出了不少不為人知的文學掌故。李敖、蕭孟能、陳映真、丘延亮、陳星吟、楊逵、劉慕沙，甚至彼岸的蘇曉康、高爾泰、鄭義和李銳及北島、白樺。文學是個「華麗於外，悲涼於內」的世界。季季曾經這樣看著張愛玲，那其實也是自己和所有文學同好的內在宿命吧！

季季以自己的生命，譜唱一曲夜歌，在月亮背面，我們彷彿看到一個女子踽踽獨行的背影。在多年前〈暗影生異彩〉一文中，季季曾說自己「生存在暗影中，由於閱讀寫作而獲致生命的光輝」。對人生負面的體認，未必不能使人有正向的腳步。齊克果（S. Kierkegaard）說：「在可怕的內在痛苦中，我成為一個作家」。40 年後重新閱讀季季的文學與生命，再一次感受這樣旺盛噴湧而出的炙熱動力。在小說集《誰開生命的玩笑》序言中，季季曾期許自己「在他人和自己的人生經驗上，作一個寬厚的守護者」。2005 年，鷺鷥潭繼續白得最白，綠得最綠。沉入水底的是鷺鷥潭，永不沉沒的是季季的意志與夢想。

——選自張瑞芬《五十年來臺灣女性散文・評論篇》
臺北：麥田出版，2006 年 2 月

女性當自強
從《澀果》論季季小說中不幸的女性命運

◎藍建春*

前言

　　從女兒、情人、姊妹、妻子、媳婦、母親，一直到特定身分、特殊性質的女性，譬若女強人、女總統、女戰士、女同志、孝女、童養媳、寡婦、小妾、未婚媽媽、後母、瘋女、潑婦、娼妓，男性筆下的女性形象及其命運遭遇，顯然洋洋灑灑。在女性作家長期缺席、近乎無言的文學歷史當中，以女性意識為著眼的批評家，往往藉著男性筆下這些女性造型來展開議題[1]，或者探究特定女性形象的文化意義、性別宰制的痕跡；或者論證男性作家的女性想像之刻板化，從而也是遭到歪曲、扭曲的女性形象之形成因果；甚至進而論說起女性的缺席與無聲，到底又是怎生的一雙黑色的歷史推手所致。

　　文學中的女性，恐怕也就像文學一樣，擁有著長遠且紛陳的歷史。男性作家筆下的女性，或許不單單只是某一種特定的造型。李喬「寒夜三部曲」不僅塑造了彭燈妹這位母親，同時也隱喻著整個臺灣土地的母性、溫暖、包容。然而，何以母親、母性必得意味著永恆的溫暖與包容？諸多民間故事裡頭的後母，無疑屬於母親的另類形象，苛刻而歹毒。然則，何以後母又只能夠與歹毒、苛刻相為伴？呂赫若〈暴風雨的故事〉中受辱於地

* 發表文章時為靜宜大學臺灣文學系助理教授，現為靜宜大學臺灣文學系副教授。
[1] 張京媛編，《當代女性主義文學批評》（北京：北京大學出版社，1992 年）；張岩冰，《女權主義文論》（濟南：山東教育出版社，1998 年）。

主的阿梅，賴和〈可憐她死了〉裡頭淪為非法小妾的阿金，王詩琅〈沒落〉中昔日女同志一變而為人妻，張文環〈藝妲之家〉中的老娼及其旗下鶯燕，從高陽的《慈禧太后》，一直到金庸的的李莫愁、梅超風、黃蓉，黃春明〈看海的日子〉中的白梅，王禎和〈嫁妝一牛車〉裡頭的阿好，陳映真〈唐倩的喜劇〉，王文興《家變》中近乎無聲的范曄之母。男性作家筆下的女性書寫問題，因而不單單只是塑造了怎樣的女性角色，同時還應當包括怎麼再現特定的女性形象。儘管如此，在諸多可能的女性造型及其命運遭遇上，批評家還是各取所需、各論證其所要。批評史上的女性形象，或者亦如同現實歷史中的女性一般，仍然處於被描寫、被論說的狀況之中。只不過深究起來，男性作家的描寫與女性意識批評家之於女性，還是存在著一個相當關鍵性的差異，女性之於前者或僅只約略於一個人物角色，對於後者則無疑可以用來論說性別政治的正確性。儘管說，所謂的性別政治之正確性，會因時因地因人而異，也許意味著男女關係的形式平等、機會平等、良性互動、互惠對待，又或者標誌著擺脫男性規範、宰制的女性形象及其文化、社會地位，從衣著服飾、職業類別、情感、思考方式一路到身體性慾。

　　如果說男性筆下的女性，基於性別宰制之因果，蘊含著一定程度扭曲的可能性，那麼女性作家的女性自我想像、自我造型，是否可以完全擺脫相似的困擾，如實或者恰如其分地再現女性？或者對於某些批評家而言遠為重要的是，能夠據以論證女性性別政治之正確性者。譬如不幸的命運之於性別宰制，堅強獨立的人格之於擺脫父權意識形態設定、灌輸的從屬形象，甚至是淋漓盡致的身體狂歡之於深怕妻女出牆而高高砌成的道德圍牆。

　　從尋找女性的身影，尋覓女性的或者另類的聲音、另類的歷史證言，一直到塑造女性自我之應然、建構女性觀點的女性系譜及其歷史，女性意識批評即使已累積了相當可觀的成果，但也仍然持續向前邁進。既非女性亦不具有變裝打扮癖好，本文因此不敢自稱站在所謂女性意識的批評基礎上，當然，我們也不會天真地認定女性作家的作品就通通都具有女性意

識、性別政治正確性。充其量，本文所感興趣的不過是一個有關詮釋、亦有關性別的課題：如果不一定具有性別政治的正確性，那麼，女性作家筆下的女性，在怎樣的歷史情境下、怎樣的女性造型及其命運遭遇之書寫，方有可能得到批評家的青睞，從而賦予詮釋層次所謂走在性別政治的正確道路上？這一切是否也與女作家的再現方式有關？或者單純只是批評家的便宜行事？

　　女性作家筆下的女性形象及其命運，事實上，仍舊如同現實社會一般，也正如同批評家所欲除之而後快的性別不平等之怪現狀：獲得平等對待、擁有堅強獨立人格的比例，恐怕還是微乎其微，更遑論全面性對等之兩性關係，無所不包地獨立女性人格。因此，就其理想主義取向而言，即便能夠再三創造、虛構出種種女強人與女戰士，甚或單性生殖複製、雙性同體、多層次性別的世界，如 Ursula Le Guin 之《黑暗的左手》(*The Left Hand of Darkness*)、洪凌的《宇宙奧狄賽》系列，現實面的性別現狀依然吸引了許多女作家的關注。當然，也是許多批評家深感興趣的所在之一。

　　特定的歷史條件顯然在一定程度上左右著書寫的結果，自然也會影響到書寫結果的詮釋，在此一變數下，女性命運之書寫結果從而獲得了不同的對待。日據時期的書寫，在戰後批評家筆下，特別是後殖民思潮氛圍中，女性命運往往被結合到殖民地的遭遇，隱喻著臺灣，譬如林瑞明（2001[1994]）對於龍瑛宗筆下女性的詮釋，藉以凸顯被殖民者／弱勢女性堅忍的形象特質。對照於 1980 年代、後解嚴時期的女性命運，由於政治意識形態、族群認同的激烈碰撞，女性命運也似乎不乏隱喻國族認同、參照歷史政治的解釋結果，例如李昂的《迷園》、蘇偉貞的《沉默之島》，展現其中的顯然傾向一種相對於男性觀點的女性政治想像。[2]但更多的情況似乎是，在

---

[2]邱貴芬，〈女性的「鄉土想像」——臺灣當代鄉土女性小說初探〉，《仲介臺灣‧女人——後殖民女性觀點的臺灣閱讀》（臺北：元尊文化公司，1997 年）；林芳玫，〈《迷園》解析——性別認同與國族認同的弔詭〉，收錄於梅家玲編，《性別論述與臺灣小說》（臺北：麥田出版，2000 年）；范銘如，《眾裡尋她——臺灣女性小說縱論》（臺北：麥田出版，2002 年）；劉亮雅，《後現代與後殖民——解嚴以來臺灣小說專論》（臺北：麥田出版，2006 年）。

所謂男女性別不平等的社會結構底下，女性的命運似乎等同於永遠的弱勢者，女性命運的書寫及其詮釋，乃被描繪為強者欺凌、侮辱弱者的圖像。

然而，女性「不幸的命運」及其書寫究竟意味著什麼，又可以意味著什麼？同時擁有著怎樣的文化象徵意義？女性「不幸的命運」是否因此成為一種特殊的論述資本，可用以論說兩性政治之種種？若是，則到底出於怎樣的道理、怎樣的因果關係？而這樣的因果假設是否必然成立？女性不幸命運的書寫，與女性文學、女性意識批評又具有怎樣的辯證關係？是一種倒退，還是一種進步，或者無關乎前進與否？不幸的女性命運作為一種控訴，是否直接衝撞了男性主宰的社會？又或者還需要其他條件的配合？抑或是單純不幸女性命運的描繪即可達成此一目標，純粹取決於批評家的偏好？

以此一系列課題為出發點，本文嘗試透過季季的小說，主要是《澀果》的「未婚媽媽系列」，藉由季季特定的女性命運之鋪陳方式來展開討論。所欲探究的主要議題乃集中在：季季小說中的女性形象及其命運的呈現，何以近乎是揮之不去的不幸結果？其次，這樣的主人翁命運，究竟是基於作者季季片面的設定，抑或是特定歷史條件下的社會現象所致？如果季季筆下女性的命運，肇因於特定因果，亦即男性宰制女性的意識形態設計，那麼此一關鍵癥結的揭露是否具有必要性？或者同樣地，不論小說家、小說文本展示的是怎樣的一種不幸女性命運之版本，無論其是否直接與性別宰制意識形態有關，通通都能形成有效的控訴、通通都可以發揮性別政治之論述，只要批評家願意？

透過初步的文本分析，特別是《澀果》中女性命運的再現及其特定的因果安排，本文將據以展開研討。以此為基礎，本文進一步嘗試商榷的乃是：在特定的批評意識主導下，文本的詮釋、解讀，是否容易流於一種特定的循環論證。譬如女性意識批評之於女性命運的書寫：不幸的「女性命運」易於論證、強化男性不義社會之控訴，殺夫的「女性命運」則趨向於展示堅強、走出自我獨立的道路。如此一來，則弱者也好，強者也罷，無疑都可以造成某種程度的顛覆作用。男性陰影下的女性，與走出自我道路

的女性，其象徵意義乃大於其他矣。問題因而是，顛覆之為象徵意義，是否果真具有解構、後結構主義者所偏好的那種狂歡享受的效果，並且真的倒轉了不公不義的世界，而非僅只是語言層次的虛構快感？換個角度來說，重新構築平等互惠的兩性關係，是否只能夠、只應該停留於扮演、再現弱者以成就控訴，或者揮別兩性、走出男性宰制陰影而成就自我新女性，即能滿足？甚者，這樣的顛覆是否充其量僅僅是一種兩性性別關係的終結，人類自此進入兩性相互敵對或者互不相涉的世界之中？與此同時，成就新且獨立自主的女性，與宰殺強暴男性之間，甚至有否可能構成了絕對的因果關係：唯有宰殺強暴的男性，方能成就新女性？難道，這就是我們應該期待的兩性世界？而這是否正如同人類在嘗試重建其與自然的新倫理關係之際，只滿足於隱逸山林，或者反覆控訴工業汙染的都市文明一樣，恐怕多多少少都忽略了一種全新關係的建立，非但不只是紙上談兵，也同樣不是簡單、抽象地抨擊既有關係結構中的宰制者，或者單純套用男性等於罪魁的框架就足以蔽其功。畢竟，新的人與土地的倫理關係，很難想像一種完全無關乎都市文明的內容，而可慾的兩性關係也頗難想像全然沒有男性的版本。

季季評論回顧

目前有關季季作品之評論、研究，除了高敏軒的碩士論文《季季小說研究》，展開初步的整體性研討[3]之外餘約計有近十來篇長短文字，其中多數屬於個別作品之賞析、評介，包括如隱地〈讀季季的〈假日與蘋果〉〉、〈讀季季的〈擁抱我們的草原〉〉[4]，鄭傑光〈〈拾玉鐲〉附註〉，齊暖暖〈信息——我讀「希利的紅燈」〉等等。[5]有別於上述單篇作品之評介，葉

---

[3]高敏軒的碩士論文，主要援用葉石濤、彭瑞金等人的討論意見，結合時代變數與文本分析，以之探究季季各個階段的創作主題及其相應的特質。
[4]兩文分別原載於《自由青年》第 33 卷第 2 期（1965 年 2 月），《自由青年》第 34 卷第 5 期（1965 年 9 月），後收錄於《隱地看小說》。
[5]另有張默芸，〈未婚媽媽哀愁——讀季季小說集《澀果》〉，原載於《福建文學》（1982 年 2 月）。

石濤、彭瑞金、吳錦發、林瑞明則嘗試勾勒出季季文學中的主要創作面像及其作品特質：女性題材，「疏離」的兩性關係，以及鄉土元素的逐漸浮現或者復歸。與此同時，若干女性批評家如邱貴芬、范銘如則試圖論說季季文學在性別層次上相較於男性作家的殊異性。

在〈季季論──臺灣婦女生活中的「詩與現實」〉裡頭，葉石濤初步將季季的作品粗分成四大類：其一屬於現實意識、鄉土風味結合的作品，如〈拾玉鐲〉、〈寂寞之冬〉、〈秋霞仔再嫁〉；其二為轉化自身周遭、成長經驗之作品，如〈異鄉之死〉、〈許諾記〉、〈河裡的香蕉樹〉、〈蛇辮與雨傘〉；其三是游移於現實與浪漫想像的作品，如〈琴手〉、〈猴戲〉；其四則為早期深受時代感染之作，帶有虛無、漂泊之色彩，以《屬於十七歲的》短篇集為主。[6]葉石濤同時嘗試以「擺盪於現實意識和浪漫意識的兩極之中」[7]，來形容季季文學的特質，而 1974 年發表的〈拾玉鐲〉，則由於其「掌握了臺灣現實社會裡人性墮落的一些徵象」，乃被視為是季季個人創作生涯的「新里程碑」與「轉捩點」。更重要的是，依照葉石濤的觀點，源於整體臺灣歷史認知的缺乏，戰後以降至 1960～1970 年代的女作家，只能困處於描寫瑣碎、「齷齪的」日常事物之情境當中，但季季卻是其中「最有希望突破這種困境的人。」[8]姑且不論葉石濤之定位女性作家慣常書寫的題材，如同上述論點所示，季季在整個戰後臺灣文學歷史上的位置，乃具有了可供日後批評家繼續發揮的依據。譬如林瑞明《季季集》編選序言〈尋找一條可以逆流的河〉，亦委婉地論及季季作品中的鄉土元素：「季季在文壇出發得很早，創作風格具有多樣繁複的面貌。女性、母性是其作品的基底，更可貴的是季季從沒忘記自己是鄉下人」。[9]類似地，彭瑞金〈生命中可以逆流的河〉，一方面嘗試歸納出季季「寫作原鄉」的四條「泉流」：「一是舊寫實文學血系；一是隨『異鄉人』而來的大陸舊文學；一是成捆販售的西方文學

---

[6]葉石濤，《臺灣鄉土作家論集》（臺北：遠景出版社，1979 年）。
[7]葉石濤，《臺灣鄉土作家論集》，頁 294。
[8]葉石濤，《臺灣鄉土作家論集》，頁 293。
[9]林瑞明編，《季季集》（臺北：前衛出版社，1993 年），頁 13。

倉庫蘑積貨；一是尋找中的新的文學方向。」[10]另方面，則試圖論證季季文學的重要特質乃出發自「人的生存價值」之探討，但歷經諸般摸索之後，最終仍有可能回到故鄉：「於鄉土而言，季季是少小離鄉的浪子，於今再回過頭來檢視這一片廣袤的原始地，當然會是一片採摘不盡的沃野。」[11]雖然最終有可能指向鄉土，但季季創作歷程中的摸索嘗試之獨特性，則在於提供、呈現一種解決存在困境的方案：個體存在及其意識在生命之流中隨波蕩漾，個體與個體之間、個體與土地之間、個體與歷史時間之間，充滿種種裂縫而難以契合，季季乃描繪出以母性的寬容為基底、以男女婚姻媾和為形式的方案，企圖化解這樣的存在困窘，讓生命之流中的個體擁有希望、從而不斷地延續下去。儘管說，季季早期的作品如〈蛇辮與傘〉、〈來自荒塚的腳步〉，只記錄了失敗的例子，至 1969 年間的〈異鄉之死〉、〈河裡的香蕉樹〉才逐漸出現成功救贖的轉向。[12]站在比較有利的時間點上，能夠大致瀏覽季季整體小說作品的吳錦發，在〈論季季小說中的男女關係〉文中，一方面沿用葉石濤所做的季季作品分類，並同樣著眼於季季女性的作家身分，企圖透過作品中所謂以女性為本位的「社會性的參與」、「社會的關懷」，來論證季季的位置：「今日，當我們重新檢視 1960 年代中期到 1970 年代初期的臺灣女性文學時，幸好有了幾個以季季為首的女作家才不至於使我們太過於失望。」[13]另方面，除了凸顯女性作家如季季，在作品中批判男性沙文主義之外，吳錦發特別標出了季季作品的某項特質：

> 雖然季季的作品擁有那麼多的變貌，呈現出極不穩定的風格，但是，很奇怪的，我們在遍讀了季季的作品之後，卻很容易地便可以發現季季小說中有一個主題的闡釋卻是極為一貫的，那便是她小說中對男女關係的看法。我們在季季那麼大量有關男女關係的小說描寫中，似乎很難找到

---

[10]彭瑞金，《泥土的香味》（臺北：東大圖書公司，1980 年），頁 134。
[11]彭瑞金，《泥土的香味》，頁 147。
[12]彭瑞金，《泥土的香味》，頁 138～141。
[13]吳錦發，〈論季季小說中的男女關係〉，收錄於林瑞明編，《季季集》，頁 363。

一個浪漫的、令人心碎的唯美情愛描寫，我們似乎只清晰地感受到一種
難以捉摸、充滿不信任以及疏離感的男女關係。[14]

按照吳錦發的理解，季季之所以如是呈現男女關係的疏離、不信任與
難以捉摸，顯然是為了「反抗」落伍而封建的男性沙文主義。

概括言之，季季在戰後臺灣文學歷史當中的位置，顯然與其女性作家
的身分及其創作的題材有著相當重要的關連。特別是在 1960～1970 年代，
方當女性作家群起、或者稍後批評家所謂閨秀文學方興未艾[15]之際，季季開
始嘗試以不同的方式演繹這些被視為近乎陳腔的題材，如同吳錦發所做的
觀察整理；與此同時，季季並試圖擺脫此類特定題材，亦即家庭婚姻、男
女情愛，種種有關乎細膩、情感複雜面的書寫，某些接近於鄉土的意象、
鄉土的小人物乃逐步閃現在其作品之中。[16]

相較於上述男性批評家，若干論及季季的女性研究者，則提出了不同
的觀察、詮釋，特別集中在女作家相較於同時代男作家的異質表現。邱貴
芬在〈《日據以來臺灣女作家小說選讀》導論〉文中，論列陳若曦、季季、
李昂、施叔青、歐陽子等出發自 1960 年代的女作家之際，即以結合現代主
義意識、技法與臺灣鄉土之特徵，來描述這些女性作家可能的文學史位
置。類似地，范銘如在〈臺灣現代主義女性小說〉一文中，同時討論了上
列五位作家，論證其身處於 1960 年代現代主義、1970 年代鄉土風潮演變
過程中，特殊的女性寫作位置，從而如是概括了「比較沒有地域色彩」的
季季：「她綜合歐陽子的城市及陳若曦的鄉野歷程，另外開創了有別於施家
姊妹的現代主義小說。」[17]

大體上言，季季文學並不像同期的其他幾位女作家如李昂、施叔青、
陳若曦、歐陽子，受到女批評家較多的青睞與討論，原因或許有關乎季季

---

[14]吳錦發，〈論季季小說中的男女關係〉，林瑞明編，《季季集》，頁 365。
[15]呂正惠，〈閨秀文學的社會問題〉，《小說與社會》（臺北：聯經出版公司，1988 年）。
[16]葉石濤，《臺灣鄉土作家論集》。
[17]范銘如，《眾裡尋她──臺灣女性小說縱論》，頁 103。

在小說創作上的持續性、寫作表現手法上缺乏鮮明的特殊之處，以及相對不那麼激進的性別意識之創作立場、創作主題有所關聯。此外，上述男性批評家所形成的詮釋慣例，偏向以現實鄉土呈現作為價值判準等論說，恐怕也多少展示了季季文學接近男性主流書寫的某些面向。而不無詭異的是，集中於論說季季文學中的性別宰制課題的，反倒是男批評家吳錦發。

苦澀的因果——《澀果》中女性命運的再現

如前所述，按照吳錦發的理解，季季筆下的女性乃是社會結構（男性宰制的意識形態）之受害者，因而導致此一特定性別成員疏離於正常的男女關係。換言之，乃是特定的結構體制導致女性不幸的命運遭遇。吳錦發的論點已顯得乃是所謂男性宰制的社會結構，一種不利於女性、難以出頭、不可能平等的社會條件。相對於此，近代浪漫化的兩性愛情神話，之於季季小說中的女性命運之關聯，則沒有得到充分的討論。問題是，季季塑造之女性形象及其命運的再現，是否一如批評家所宣稱，直接呈現了其與控訴男性宰制之間的絕對關連？換言之，季季筆下的女性主人翁，其不幸命運的構成與性別宰制，是否形成了一種必然的因果關聯？藉此，女性不幸命運的再現，就不單單只是特定問題的呈現，從而也連帶展示了更為重要的問題形成因果、問題癥結所在。以下，就讓我們進入到《澀果》[18]裡頭，來看看季季如何再現女性及其不幸的命運。

第一篇：〈愁冬〉

〈愁冬〉描寫一名高商畢業後北上謀職的年輕女子，以自述的方式講述一則不幸的故事。在成長過程中養成與人刻意保持距離之習慣，女子偶然間結識了室友廖姓男子，主動的廖似乎一步步瓦解了女子的距離感，在異鄉相互取暖的作用下，兩人也逐漸產生情感從而發生肉體關係，在未做任何避孕措施的情況下，女子有了身孕，廖得知後以返鄉與父母商量為

---

[18] 《澀果》所收十個短篇，分別發表於 1978 至 1979 年間，並於 1979 年 12 月結集，由爾雅出版。參見方美芬，〈季季生平寫作年表〉，收錄於林瑞明編，《季季集》。

由，從此消失，而女子則將產下的男嬰委託醫生送人收養，獨自將傷心事轉化為私密的記憶、期待於寬容的神明幫助母子兩人走過漫漫冬季。

　　小說如此描繪了兩人關係的進展，也是整篇作品中第一個重要轉折點：「沒有抗拒，也沒有要求承諾，在默許的激情中，我並沒有想到『獻身』、『犧牲』、『責任』、『婚姻』等等和男女關係有關的字眼和意念；很自然的男女相悅，我脫胎換骨成了一個『女人』。」[19]緊接著而來的另一個關鍵片段，則是回顧意外懷孕的不意外處：「後來的事實證明：那時看懂已經太晚了；在理性還沒有抬頭以前，激情和無知已在我的體內種下惡果。」[20]當然，女子最終不幸命運的主因之一，廖姓男子的逃避自也在作品中有所描繪，甚至刻意地以「強者」字眼對照於女子的「弱者」形象。第五小節「強者之別」所寫的正是廖姓男子的不告而別、承擔勇氣的缺乏，同時亦作為女子不幸命運的第三個要項，最後則是一封留下金錢與悔罪的書信：「我的錯誤要妳來承擔，讓妳恨一輩子也是應該的。關於『那個錯誤』，希望妳能勇敢的解決，否則我的罪惡要更深一層了。」[21]

　　究竟是哪些因素造成了〈愁冬〉主人翁這樣的命運，必須以身體承擔男子種下的惡果，並且遭受母子割離的待遇？若果如同吳錦發所論，季季的控訴乃是「溫和」而「迂迴」[22]，那麼在〈愁冬〉這篇作品中，季季想要告訴我們的會是什麼呢？是否正是控訴所謂的男性宰制？就主人翁因性別而擁有的身體屬性來說，似乎可以呼應此一控訴觀點：品嚐禁果之後果唯形成於女子身體之中，而了無變化的男子在身體層次上乃無需有所承擔，此正是兩性不平等的要點之一。然而問題是，作品中的因果似乎並不是這麼呈現的。幾個重要的轉折點，包括距離感的消除、情感的增溫、肉體關係的發生及其後續，以及男子的離去，卻反而呈現不同的詮釋可能。如果男子行為的自我承擔，乃女子不幸命運的構成要項，那麼，這樣的方式或

---

[19]季季，《澀果》（臺北：爾雅出版社，1979 年），頁 10。
[20]季季，《澀果》，頁 11～12。
[21]季季，《澀果》，頁 16。
[22]吳錦發，〈論季季小說中的男女關係〉，收錄於林瑞明編，《季季集》。

許在表面上存在有強化薄倖郎的力道。但除非證明廖姓男子本為始亂終棄之徒，否則責任之承擔與否在這篇小說中反倒變成一種強者弱者之間的對照關係：強者能夠規避承擔，而弱者只得被迫承擔。但這樣的詮釋方式顯然有淪於性別類型化之嫌，男性恆強，而女性唯弱。再換個方式來說，設若承擔與否乃女子不幸命運的主因，那麼男子之不必承擔與女子之必得承擔，是否具有必然性呢？進一步言之，若此一必然性成立的話，那麼，很顯然的結果乃是，現實世界中將到處充滿〈愁冬〉女主角了。至此，純就廖姓男子之逃避行為來看，這篇作品倒似乎變成了譴責沒有勇氣承擔責任的懦弱之輩了，只不過恰巧是一名男性，而薄倖郎終究不等於全天下的男子。

類似的，當我們並不清楚廖姓男子的心理狀態在肉體關係過程中到底為何，女子的自陳反倒凸顯了一個重要的關鍵，所謂激情、無知在肉體過程中的主導性質。那麼，最終歸結起來，〈愁冬〉中女性的不幸命運，呈現的將近乎是一種必然性的匱乏：在男性宰制的社會中，男性一方面掌握了意識形態權力，一方面又透過意識形態塑造、灌輸，以之形塑、規範男女性別之各自屬性（如永恆的母性、三從四德、婚姻家庭制度、浪漫愛情觀、職業屬性之類），構成根本的從屬關係，從而再三強化既有的宰制圖像。相對地，〈愁冬〉中的女性故事，表面上符合於不幸命運與控訴的模式，但實際上恐怕更接近於一種激情過後、浪漫過度之後的惡果版本，這樣的故事最後也許將是妖魔化激情與無知、而推崇於理性計算了。

第二篇：〈遺珠記〉

〈遺珠記〉描寫的是一則強暴犯與受害女子的故事。小麗出外謀職、寄居於老闆家中，鄰居高人傑經常探訪，某日高設計灌醉小麗、暴行得逞，小麗隱瞞眾人生下小孩並棄置於工寮，輾轉由某夫婦救獲、送至派出所，員警介入調查後得知實情；最後，高以強姦等罪嫌送辦，然小麗亦觸犯遺棄罪，小孩則由小麗母親領回扶養。透過第三者亦即小麗之母所敘述的強暴過程，顯然是此一故事的重要關鍵：

就是那豬狗不如的呀！假心假意把小麗帶去吃宵夜，騙她喝酒，再把她帶到旅館去。後來又對小麗說，如果不再跟他出去，要把他們的關係告訴我，小麗怕我，只好都聽他的。等小麗發現有了孩子，他也不管，只拿了一千塊給小麗，叫她自己去找婦產科把孩子拿掉，小麗不敢去，才鬧出這麼一件事來。[23]

　　至於另一個證言則出自小麗的老闆娘與員警的對話：「劉警員敏感的低聲問到：『那個男的來這裡找過她嗎？』『以前常來，小麗說是她鄰居，都喊他高大哥，我們看他很疼小麗嘛，誰知道卻是這樣！』」。[24]季季並未安排受害的當事者小麗陳說此一事件，或許有關乎不忍心讓女主人翁受到再次傷害。但正如一般強暴故事，這篇小說似乎也很容易就能尋找到暴行的加害人、暴行產生的根源，從而形成控訴：男性辣手摧花的強暴力量及其任意性、蠻橫性、醜陋面，以及更重要的無視異性他者身體的自主性，十足象徵著具體化性別宰制者的形象。只不過，在控訴強暴及其罪惡之餘，細思其中相關過程，卻可以發現到這好像又是一樁有關於無知的故事。換個角度來說，假若小麗具有防備之心、自我身體保護、甚至強暴多出於周遭親友鄰人等等認知，〈遺珠記〉的故事也就不會存在了。在這樣的情況底下，〈遺珠記〉除了具有某些記取教訓的閱讀效果外，季季再現的到底是怎樣的女性命運，也就難免令人略為感到困惑。豈難道青春女性皆無知？而青春女性之無知乃是男性宰制的意識形態塑造的結果？當普天下的女性皆能認知上述因果，而女性之遭受惡狼侵犯身心事件卻一再上演，那麼，這無疑將是一幅男女強弱——對號入座的世界：宰制者的權力意志，絲毫不為任何因素所動，而只專注於遂行其意志。

　　再現女性命運的戰場究竟應該在何處呢？強暴故事當然與性別宰制有關，〈遺珠記〉的強暴是一種，李昂《殺夫》中的強暴是一種，不論是前者

---

[23]季季，《澀果》，頁32～33。
[24]季季，《澀果》，頁34。

還是具有夫妻關係的後者，都具有一定程度的控訴力道，甚至象徵著走出男性宰制者陰影的意義。然而，殺夫的林市有罪，以其殺人，而無視異性他者、即使是妻子的身體自主性，在刑法修正（性犯罪從妨礙風化修正為妨礙性自主）之前、既有意識形態形塑的法律規範中，卻是無罪的。設若呈現的是這樣的關連，則性別宰制與罪惡之間的必然性或許也將獲得一定的凸顯。

第三篇：〈澀果〉

〈澀果〉寫的是一對鄉下年輕人相識、相戀，最終卻一路走向父親殺害親生兒、隨後相繼自殺的結局。王烏木與李梅麗相識、相戀於工廠之中，同居的兩人由於遭受男方家中以經濟因素為由加以反對而無法成婚，本寄望懷孕生下小孩後能突破阻礙，但反讓兩人漸生嫌隙、終至分手，烏木以殺害小孩要脅復合為梅麗所拒，憤而走向極端，報紙披露鐵軌棄屍消息後，梅麗留下控訴烏木的遺書臥軌自殺，烏木隨後亦走上絕路。

在情投意合下結合的兩人，固然多少帶有年輕衝動的色彩，但至少皆同意日後的婚姻形式。然而，逐漸將兩人引導到不同方向的第一個重大因素，則來自於家庭的反對。小說中藉著烏木父親的回信如此呈現：「烏木仔，等你一個月賺一萬塊的時候才可以娶某，你現今骨頭沒有一根扁擔大，沒資格結婚。這個月你減寄六百元回來，是不是給女人花掉了？你這樣很不孝！」[25]由於經濟因素的考量，烏木父親明快地拒絕了兩人的成婚要求。當然，這封回信裡頭還特別拿出「不孝」的帽子來阻止這場結合，就其倫常規範的屬性來說，此一罪名自與性別宰制者具有直、間接關連。然而，故事並沒有在此停止，梅麗不久即懷有身孕，烏木則片面企圖再次求取家中的同意，但結果依然。帶著幾個月大的男孩返家的烏木，得到的對待再次呼應了前面的經濟因素：「烏木的父親聽完烏木的苦求後，不發一語走到門後拿了一根扁擔：『打死你這個不孝子！你老爸不是富貴人，無力給

---

[25]季季，《澀果》，頁47。

你娶某,哪有力再給你養子?打死你這個不孝子……』」。[26]原本即已爭吵不斷的兩人,在烏木無法消除梅麗對於未來「沒希望」的心理下終至分手。一段時間後,烏木嘗試要求復合,即使動之以愛情、以孩子的親情,甚至拿出孩子的生命相威脅,仍舊遭到梅麗的拒絕。一度是愛的結晶,如今已成為沉重的包袱,烏木乃一步步走上一家三口的絕路。

金鳳的不幸從而也包括小嬰兒的不幸,如果追究起來,當然可以找得到性別宰制的痕跡,譬如「不孝」的親情倫理之大帽,甚至烏木父親身為男性家長的父權文化意義,決絕專斷的形象、汙衊女子的言談。然而,嚴格來講,如果金鳳不幸的命運轉折於烏木父親的峻拒,那麼背後更為實際的因果考量,恐怕還是指向所謂的經濟因素。

相對於金鳳,烏木的形象塑造顯然更容易聯繫到性別宰制的意識形態。以烏木為視角的第五小節,即反覆以男性的尊嚴、「男子漢大丈夫」的立場,來呈現烏木領受梅麗再三指責「沒希望」之後的心理狀態。[27]與此同時,作品中描寫烏木為求復合,以親子生命相脅的情節因果,則隱隱然具有某些性別宰制的意味:父權體制下的家長,不單單操控了一家族的經濟財產之分配,同時也掌握著一家族大小成員的生存命運。烏木不惜以親子相脅,或許多多少少,源出於這樣的父權體制財產觀點,動產、不動產是家族可支配財產的一部分,連家族成員的生命也相近如是。儘管在烏木形象及其行動的描寫上,〈澀果〉相當程度呈現了性別宰制的痕跡,然而,以烏木為敘述觀點的運用,同樣有可能產生反效果,特別是整篇作品最末的烏木告別:「阿弟仔的媽媽梅麗是我最愛的人。希望把我們三個人合埋在一起。」[28]在同情的閱讀策略下,烏木形象的扭曲、命運的終結,似乎並非毫無來由,甚至有那麼一些些可供溫情主義發揮的餘地:因為「愛」。姑且不論此「愛」之真確性,只不過這樣的「愛」,恐怕也是建立在某種所有物的

---

[26]季季,《澀果》,頁 52。
[27]季季,《澀果》,頁 54～55。
[28]季季,《澀果》,頁 56。

控制慾望、生殺支配的財產觀點當中：如同烏木父親左右烏木之命運，繼而牽動梅麗的命運，烏木之於小孩生命的扼殺，也衝擊了梅麗的命運。只不過，〈澀果〉顯然並未充分演繹、深究這種關連性及其必然性，也因此多少像是另一樁偶發的傳奇故事：這樣的故事有「可能」在男性宰制下的社會中上演，但「未必」一定都是這樣的故事。

第四篇：〈傷春〉

〈傷春〉處理了一個浪漫少女與家教老師偷嘗禁果的故事。高中生宜宜愛上頗有才華的繪畫家教曹老師，並與之發生肉體關係、懷有身孕，當身體日漸變化無法隱瞞之後，宜宜仍然不願向母親說明男子身分，經由母親安排住進「山地瑪利亞之家」待產，宜宜方才將前情告知室友，最後生下的小孩則委由「山地瑪利亞之家」尋覓合適的領養家庭。

宜宜的故事，不單單只是一個無知少女的故事。少女宜宜在品嘗禁果、懷孕生產的過程中，作品並未告訴我們正由於她的無知而導致了她的受騙。相對地，女主人翁命運的因果並非單純的無知，反倒是特定的認知所致，而這一特定認知顯然出自特定意識形態作祟的結果。就宜宜與青年畫家曹老師的相識來說，顯然純屬偶然，然而兩人肉體關係的發生、與宜宜愛戀情感的滋長，卻可以看出相當的必然性，而此一必然性則建立在宜宜對於兩性愛情因果的編織方式。作品中著力描寫的一個重要情節，即是宜宜對於曹老師的維護、始終抗拒著男方身分的指認：「親愛的媽咪，我懷孕了！如果妳因此要痛打我一頓，我會默默地承受，絕不哭出聲來！但是，求妳千萬別追問那個男的是誰好嗎？即使要打死我，我也絕不說出來的！媽咪，請妳一定要答應我這個請求好嗎？」[29]、「『啊呀，』宜宜著急的跺著腳：『不是求妳別追問那個人嗎？』」宜宜抱起書包，快步走向她的房間：『不跟妳說了，我要去洗澡了！人家只求妳這麼一件小事，都還要這樣逼問，妳不知道我的心情』」。[30]至此，我們仍然不清楚宜宜抗拒的原因，一

---

[29]季季，《澀果》，頁 59。
[30]季季，《澀果》，頁 64。

直要等到「山地瑪利亞之家」的一場對話，我們方才得知可能的癥結所在。對於男方完全不知自己懷孕一事，在室友的追問下，宜宜「坦率」地訴說了所謂的崇拜與犧牲之認知觀點：「『我崇拜他，』宜宜終於情不自禁的說了出來：『我要生一個兒子，長大以後要像他一樣偉大！』……『說了半天，』陳姐很認真的睜大眼睛問道：『妳倒說說看，他到底有什麼優點值得妳這樣崇拜和犧牲！？』『他好會畫畫，他的手像魔術一樣！他以後一定會成為全世界聞名的大畫家！』」。[31]宜宜天真的描繪，看起來像極了一幅崇高的獻身，從而渲染著濃濃的奉獻犧牲情懷、甚至帶點壯烈的氛圍。然而仔細分析起來，這幅帶有近似宗教色彩的畫卷，卻全都建立在一個意識認定上：男子的才華洋溢，或者才華洋溢的男子。

姑且不論，畫家、藝術家的偉大性，或者全世界聞名之意義究竟如何又如何。當純粹欣賞一個人的才華，適足以左右另一個人為之顛倒、甚至心甘情願的犧牲奉獻之際，構成此一因果關係的連結之背後，顯然當有某些重要的東西於此作用。問題是，就性別批評的角度來說，此一無形卻巨大的存在物，是否果真可以聯繫到性別宰制及其意識形態灌輸呢？

在古往今來許許多多的愛情故事中，似乎始終存在著一個獨特的「才子佳人」類型。故事中佳人之所以鍾情於男子，既非由於他英俊外貌、風流倜儻的瀟灑性格，也無關乎他的家世，即使這些都可以強化、催化佳人的鍾情，相對於此，關鍵往往在於男子的才華、潛力，也因此不斷上演著落魄才子擄獲佳人垂青的美好佳話。

在才子佳人的故事類型中，當然或多或少也描繪了佳人甘願犧牲的情節，諸如達官貴人的追求、豐富的物質享受之類。但是，犧牲、奉獻對於人類歷史中的女性而言，顯然不能忽略其與性別宰制者形塑的意識形態之關連。在兩性關係上，為了讓女性甘於扮演從屬角色，除了神話傳說、乾坤陰陽法則之外，意識形態同時還藉著推崇犧牲自我的品格，提供正向的

---

[31]季季，《澀果》：頁72～73。

價值誘因，來輔助女性與從屬角色連結的強化：人妻犧牲自我以助夫婿功成名就，人母犧牲自我以助子女飛黃騰達，而唯有犧牲奉獻的人妻人母方能同享夫婿子女的榮耀。在兩性關係中，犧牲奉獻因而不斷累積其抽象的巨大性、崇高特質。

由才華而崇拜，由崇拜到鍾情，正如同宜宜之於看似有為的年輕畫家，兩人關係的建立過程。只不過與一般才子佳人故事有所差異的地方乃是，兩人未曾迎接到幸福圓滿的美好未來，徒留下佳人獨自品嗜犧牲奉獻的果實。

然而，比較可惜的是，作品並沒有針對此一才子佳人情節之形成因果多加著墨，以致多少沖淡了女性不幸與性別宰制之間的必然關聯。與此同時，不無奇怪的是，即使透過宜宜的故事來揭露崇拜與犧牲背後的巨大黑手，即使少女認知自身錯誤，即使陳說著她在待產過程中因挫折而成長、「理性和勇氣」日漸滋長，作品卻在最後添加了一種可以名之為溫情、感性的生命歡呼，從而讓主人翁願意繼續擁抱著生命的無限美好，也從而不無暗示著一種不求回報的愛、再次犧牲再次奉獻。對於犧牲精神的宣揚，卻又無法讓人讀出其中可能具有的反諷意味，或許適足以削弱掉故事中所呈現之不幸癥結的效果。

第五篇：〈初夏〉

〈初夏〉寫的是一個「處女懷孕」的故事。曼英北上工作、結識同事宏明，兩人進而相戀，在宏明出國深造前不久，兩人戀情日漸加溫，但始終未曾逾越肉體關係的界線。數月後，曼英腹部出現變化、疑為腫瘤，由於擔心國外男友分心，一直沒有告知此事，直到前往婦科檢查、確定懷有身孕，曼英方才寫信給男友說明實情。然宏明無法相信未曾發生直接肉體關係、卻懷有身孕之說法，回信嚴厲指責其曼英之變心。曼英於花蓮生產完後，決定男方家庭若無法接受小孩，此後將自行養育。

類似於〈傷春〉中宜宜的自我犧牲，〈初夏〉裡頭的曼英似乎也採取了相同的姿態來面對兩人的情愛。當男友出國留學深造之際，曼英不僅遺忘

了生活的步調、快樂的心情，同時深怕異鄉男友分心擔憂自己而影響了學業，小說如此追述了曼英查知身體異狀的心理過程：「曼英後來犯的一個大錯誤是不夠坦白；把她和宏明生命中最重要的一件事隱瞞了。她的錯誤是由於無知和深愛著宏明；不願他知道她有了病而擔憂。」[32]也因此，當數月後曼英確定自己並非生病而是懷有身孕，寫信告知此段曲折的發展，所得到的遂是一封決絕的分手信。信中嚴厲指控著女友的變心，甚至誣指其移民美國之企圖：

> 曼英：如妳所料，我是「很驚訝」；也「根本就不願意相信」妳所說的事。我現在要告訴妳的事情非常簡單：
> 一、妳這麼快就移情別戀，我承認自己以前太傻，看錯了人，也愛錯了人！
> 二、如果妳喜歡到美國定居，應該另想辦法，不要用「苦肉計」。[33]

因此，曼英所遭受的不幸命運，就整個核心情節來看，主要的關鍵乃集中在「處女懷孕」與常識判斷之間的落差上。當情感發展到激情勃發之際，或許是由於肉體關係與婚姻形式的連結，從而阻止了兩人更進一步的行為。然而，就承受激情之後的苦果來看，男子雖然心傷愛人的移情別戀，但曼英卻得獨自品嚐雙重打擊：情人的懷疑，與身體的變化。這裡頭顯然具有性別差異的意義，或許也足以解讀為女性在偷嘗禁果得承受更大的風險。然而更重要的問題是，何以男子不願相信「處女懷孕」？追究起來，恐怕還是有關乎父權社會中的「處女情結」。一如處女地之意象，處女身體就像無人開採過的處女地，能夠保證其身心的純潔性，從而在開採前也保證了其唯主人所專有的排他性。處女形象的建構，更進一步在純潔化、神聖化的推波助瀾下，於意識形態層次上強力制約著男女：對於男性

---

[32] 季季，《澀果》，頁88。
[33] 季季，《澀果》，頁93。

而言，處女印證著堅貞與唯一，可用以驗證女性從屬者之於所有者主人的排他性連結：對於女性來說，處女則意味著婚姻形式之前的純潔狀態，神聖而不可侵犯。不無可惜的是，〈初夏〉中曼英的不幸命運之所以然，在欠缺關鍵性問題意識的引導下，亦即主人翁之於「處女情結」的意識形成過程之忽略下，只留下彷如誤解與冤屈的故事。

第六篇：〈苦夏〉

〈苦夏〉描寫了女子遭受負心男子欺騙、遺棄的故事。張小蘭與同事阿德相戀後發生肉體關係、進而懷孕，事後阿德以返家商量婚事為由自此消失，小蘭無法接受繼父私下安排的婚姻買賣，乃前往阿德留下的臺中老家地址尋覓幫助，昏迷於路旁的小蘭，幸而有石姓兄妹搭救，最後順利生下小孩、告謝離去。

在這個典型的負心男子故事當中，小蘭正如同《澀果》系列的女主人翁，對於愛情，懷抱著一種浪漫的憧憬、一廂情願的幻想。作品如是描繪了兩人相戀、情愫滋生的過程：

> 在電影院裡，阿德握住伊的手不斷撫摩。那天晚上阿德就吻了伊。阿德還說愛伊已經愛很久了，平時同事多，一直沒機會也不敢向伊表示。這是伊到人世以來，第一次聽到一個人那麼具體而直接的說愛伊；伊的心激動狂喜得幾乎漲滿了，一種從未有過的幸福流遍全身。[34]

然而也正如同一般負心漢的故事，作品中的阿德完全被描寫成一個始亂終棄之徒，極盡虛與委蛇、多方哄騙之能事：即使在得知小蘭已經有孕的第一個瞬間，阿德除了「直嘆氣」之外，就是開始著手捏造老家的假地址，然後從此消失。問題是，負心漢不僅無法等同於所有天下的男子，更難以論證其與性別宰制意識形態的必然關連。到頭來，我們只看到一個與

---

[34] 季季，《澀果》，頁119。

核心情節幾無緊要關連的石家兄妹伸出援手一節，在人情涼薄與溫暖之間或有對照於負心漢的效果。

相對於負心漢，作品中的女主人翁之形象塑造，則有值得稱道之處。小蘭之扮演慘遭遺棄的弱女子，在體驗生命中的第一場愛情及其終結上，作品給予相應的合理描繪。在不正常家庭的成長背景中，長期缺乏關愛的心理，催化了愛情之門打開之後的激情投入。在苦苦等待阿德的過程中，一方面忍受繼父居心不良的圖謀，一方面毅然決然離家逃避婚姻買賣，仍然堅信著情郎對愛的承諾，一直到揭穿假地址的謊言、方才死心接受遺棄的事實：「女人也只有在這種情況被遺棄時，才深切體悟付出肉體招來的無情風雨。」[35]

小蘭的愛情觀，當然不純然只是傳統性別宰制下的內容，多少帶有近代從境外傳入的浪漫色彩。在這樣的愛情觀念下，小蘭為了追求愛、實踐愛，不惜獻出身體，而表面上看似自主決定、獻上的身體，實質上恐怕或多或少潛藏著意識形態作祟的痕跡：為了愛情，自應不惜一切代價，不論是身體還是其他皆然。

浪漫愛情觀，往往視愛情為通向幸福的唯一道路，只要能夠突破重重障礙（主要來自於雙方家庭的阻撓、家世背景因素、或者純粹偶然的誤解）而獲得愛情，緊接著愛情而來的則必然是幸福美滿的婚姻家庭。正如同林芳玫〈瓊瑤小說中的道德幻境〉之所論，浪漫化的愛情觀點，在許多言情小說、羅曼史裡頭，因而總是再三虛構出一幅擱置現實的道德幻境：穿越愛情苦難的濃霧之後，必然能夠迎接到美好的光明未來。[36]

第七篇：〈熱夏〉

〈熱夏〉處理的是女學生遭到陌生人強暴的故事。如玉聯考在即，某天夜裡返家途中遭到惡狼施暴、並以傷害其家人威脅不得報警，四、五月

---

[35]季季，《澀果》，頁120。
[36]林芳玫，〈《迷園》解析——性別認同與國族認同的弔詭〉，收錄於梅家玲編，《性別論述與臺灣小說》。

後身體出現異狀的如玉，開始擔心懷有身孕，但仍極力用盡各種方式偽裝、隱瞞，還是在考前不久昏迷送醫，經診斷確認懷孕。如玉母親私下偷閱女兒之日記，方得知實情，後輾轉安排如玉住進萬華某育幼院待產及委託領養事宜。

　　透過如玉母親窺視女兒日記的設計，作品從而扼要地揭示了如玉無端受害的經過及其後續的心理變化過程。12 月 17、20 兩天的日記分別描述道：「我遇到了魔鬼。我求他放過我，但他是魔鬼，魔鬼聽不懂人的話！」[37]「我猜他一定是住在附近的人，不然怎麼知道我家的地址？也知道我每天回來的時間？『妳不可去報案，不然就先殺掉妳再去殺妳家裡的人！』他眼睛以下蒙著黑布，留著平頭，說臺灣話，也許是在附近蓋公寓的工人，不然他怎麼知道哪裡有空屋？」[38]12 月 18 日的記事內容，則進一步呈現如玉的後續心理：「不，決不能說。決不能讓任何人知道我已經被魔鬼侵犯過了。丟臉！丟臉！我丟了臉，丟了身體，自尊心也丟光了。倒楣！倒楣！為什麼這樣倒楣的事要發生在我身上？」[39]

　　對於如玉來說，施暴男子無疑如同「魔鬼」，而慘遭魔鬼施暴的身體，從而也被視為染有汙點。12 月 19 日所記清洗一節，即刻意將此一身體觀點加以形象化：「我溜進洗澡間搓洗了半天，搓得皮都痛了，可是——可是——啊，又怎能完全洗乾淨呢？不可能了呀！我的生命已經是有汙點的了！」[40]

　　在性別宰制的意識形態中，女性的身體不僅被界定為從屬於男性，同時還是排他性的從屬關係，只能被動地隸屬或者承受著某個特定的、命定的男性主人，從而必須依靠男性主人來證明自我身體的「純潔」、「無垢」，而無法單獨由自己加以印證。相反地，如果身體的變化發生在天生註定的男性主人之外、在命定的時間之前，女性身體的品質將立刻由純潔轉化為

[37]季季，《澀果》，頁 136。
[38]季季，《澀果》，頁 137。
[39]季季，《澀果》，頁 136。
[40]季季，《澀果》，頁 136～137。

汙穢、不潔。如玉受害後的心理變化，即多少呈現了來自於父權結構下的女性之身體觀點，或者說一種女性版本的「處女情結」。就此而言，較諸於〈遺珠記〉，〈熱夏〉裡頭如玉對於身體被迫變化之自我詮釋，顯然更為緊密地呈現其與父權下性別宰制的關連性。

然而多少讓人困惑的是，作品最末所謂走過荊棘的一段話：「整個夏天的苦熱、掙扎似乎都已過去，如玉展望的是一個更開朗堅強的明天。」[41]如果魔鬼真正已經隨著時間而遠離、停留在如玉的過去，那麼，不僅是如玉從而也涵蓋特定意識形態形塑下的女性之明天，自當有其「開朗的，未來希望。只不過，更為關鍵的癥結，應該不只是簡單地忘卻過去、擱置記憶，從而包含著真正斬斷身體汙穢觀點、揚棄女性「處女情結」的論說與實踐。

第八篇：〈秋割〉

〈秋割〉描寫了一個女子的為愛犧牲。水月與吳望相戀後，首先遭到家中父母反對同姓結婚，雖經吳望以自殺威脅而讓家人勉強同意定下婚約，但不久後吳望由胃痛而確診為胃部腫瘤，水月兄嫂繼而提出解除婚約之要求，在連番壓力下，水月離家北上謀職，於無法生育的葛氏夫妻家中幫傭。葛太太得知吳望嚴重病情極需大筆金錢，乃向水月提出借腹生子之議，返鄉探視病中未婚夫、幾經思索後，水月最終接受了提議。但不久之後，吳望仍因病重去世，男方家人雖收受了金錢償還債務，但卻質疑水月出賣肉體。

類似於〈傷春〉，水月的故事可以說是另一個女主人翁的自我犧牲。為了愛情，同時也是為了命運中的另一半，水月不僅逐漸與兄嫂決裂，同時自願付出了慘痛的代價：

「一個女人的初夜，如果是幸福，即使有些微痛楚，也該是喜氣的痛楚，然而水月的初夜，卻是有條件的『出賣了』！多麼諷刺而悲涼，竟是

---

[41]季季，《澀果》，頁146。

為了吳望而把它出賣了！」[42]水月對於兩性關係的認知與想像，顯然混雜著傳統父權與近代浪漫主義雙重運作的痕跡，自我身心的從屬性之認知以及愛情與幸福之間的片面聯想。如同浪漫愛情故事中的主人翁，水月的愛情障礙首先來自於公婆對於同姓婚姻的強烈反對，但即使如此，水月仍然死心塌地堅信著兩人真心的愛情終能修得幸福正果：「希望婚後好好表現來改變公婆的態度，那麼一生的幸福就有寄託了。」[43]因此，水月乃片面地建立起愛情與幸福婚姻的連結關係，從而走上為了醫治情郎、命中的另一半，不惜犧牲自我身體的荒謬之路：借腹生子。至於隱身在此一荒謬情節背後的，則又多少呈現了女性身體的從屬性質：當水月找到真愛、並認定自身屬於另一半，而另一半（男性主人）的存在則左右著水月的存在之際，水月自己的身體乃逐漸淪為一種只能為了主人之存在而存在的物品。

第九篇：〈菱鏡久懸〉

〈菱鏡久懸〉則以回憶的方式，訴說一個十三年前酒醉遭到不明男子侵犯的女子受害故事。江秀桃為了日漸成長的雙胞胎，而尋找兒子那身分不明的父親，前往婦女會尋求協助，告知十三年前的經過：工廠尾牙熱絡氣氛中不慎醉酒、倒臥路中，但醒來後卻裸身睡在旅社裡頭，此後在一連串周遭環境的異樣眼光、惡劣批評中，秀桃懷孕產下雙胞胎，並獨自辛苦養育兩人。經婦女會協助，接連有十多人聯絡回覆，聲明自己乃是當年侵犯秀桃的男子。秀桃無法承受這樣的結果，最終決定不與其中任何一人接觸。

作品中最為重要的情節，無疑集中在十三年前的酒醉性侵，秀桃如此回憶：

> 大家都很高興，彼此不斷的敬酒，那時我實在太小了，也不知自己酒量不好，人家說乾杯我就乾杯，也不知喝了多少，只是覺得頭暈暈的，……在路上，我一定是醉倒了，一點知覺也沒有。等我醒來的時

---

[42]季季，《澀果》，頁160。
[43]季季，《澀果》，頁158。

候，發現是在一家旅社裡，我沒有穿衣服，但是我身旁也沒有別人。我回想了一下，了解到發生過什麼事了！[44]

當秀桃獲得婦女會協助，尋找當年的相關當事人之際，竟然有十幾個人出面認罪：「一個很可怕的事實，那就是十三年前的冬天，不管是哪個晚上，在臺中一個地方竟然就有十五位少女喝醉酒，而且有十五位男士藉著搭救之便，占了少女的便宜後就揚長而去！」[45]

未成年少女秀桃之慘遭陌生人強暴，從而展開一段長達十三年的地下生活，當然難以簡單概括為不幸命運。然而，姑且撇開強暴情節的因果，慘遭強暴後的女主人翁，之所以必須度過獨自撫養小孩、躲避親友、面對周遭指點的漫長歲月，顯然來自於父權社會對於女性身體的片面定義，喪失貞操等同於人格、生存權力的剝奪：「我不敢把這件事告訴任何人。在我的觀念裡，一個女人失掉貞操就好像臉上被人潑了硫酸，是沒臉見人的。那時我好幾次想自殺，但是想到自殺並不能洗刷我的恥辱，還會留給父母無盡的痛苦，也就只好忍耐的活下去，過一天算一天。」[46]相對於此，曾經有過暴行的孔姓、丘姓、鍾姓三位男子之追悔，相較於女主人翁的受害代價，顯然完全不成比例，同時又不無搪塞之痕跡，如孔姓男子之提及「機緣湊巧」、丘姓男子之談論好意、鍾姓男子之稱說緣分有無：

那樣的一次偶然，竟帶給她那麼大的負擔，那麼多的痛苦，這真是太不公平、太讓我愧疚了！

但是會長，請妳相信我，當初我並不是有意的，我只能說是機緣太湊巧了。……

我希望她了解我內心對她的愧歉和誠意；特別是我只有兩個女兒，如果

---

[44]季季，《澀果》，頁175。
[45]季季，《澀果》，頁186。
[46]季季，《澀果》，頁175。

能讓兩個兒子歸宗，我對祖先也有個交代了……。[47]

本來我是一番好意，純粹要幫她的忙，哪裡知道一時的失去理智，卻害她受了那麼多年的苦呢？那時我太年輕了，又喝了酒，又沒有真正談過戀愛，對女性本就充滿了好奇和嚮往，而且，我想反正她醉得不省人事，什麼也不知道，我的膽子也就更大了。[48]

我是很希望和她做朋友的。可是她始終不說話，……我想我和江小姐的緣分未了，如果她不嫌棄，希望有一天能和她再續前緣以補償她十多年來的委屈。特別是那兩個孩子，我一定會好好疼愛他們，給他們過好的生活，受好的教育，做他們的好父親！[49]

　　然而，同樣有點可惜的是，作品太過集中於描寫一夜之間竟有眾多男子欺凌女子以營造其戲劇性、聳動性，以致對於女性在受害之後更為深遠、亦難以擺脫的，來自父權宰制下的意識形態傷害，多少模糊的一些焦點。

第十篇：〈禮物〉

　　〈禮物〉寫的是情侶未婚懷孕、婚姻觸礁的故事。金鳳北上工作，先後當過工廠女工、婦產科護士、餐廳櫃臺，後任職於紙業公司，乃與廣告業務程英進相識、相戀，進而發生肉體關係，但對於婚姻一事，男子百般推搪，金鳳乃決定先讓自己懷孕以求取進一步的婚姻。確定身孕後，程無法說服金鳳墮胎，兩人爭吵日烈。對於男友決絕聲明將給予金錢支援，金鳳在傷心之餘乃決定暫時離職、獨自生下小孩，並打算把小孩送回老家請家人撫養。數月後，多番遭受閉門對待的程英進，終於再次找到復職後的金鳳，並正式表明求婚之意。

---

[47]季季，《澀果》，頁 177～178。
[48]季季，《澀果》，頁 181。
[49]季季，《澀果》，頁 182～183。

藉著熱戀情節的展開，作品如此描述了金鳳對於兩性關係的想像：

> 這日子像為金鳳閉鎖的少女情懷引領出一條坦蕩大道，讓她看見路旁繁
> 花似錦；盡頭無限歡樂與光明；這一切都因與英進攜手偕行而獲致，金
> 鳳以為這初戀就是她永恆的戀情了。
>
> 也就因著這天真純情的認定，金鳳的心靈滿溢著幸福和甜蜜。人性中的
> 理性漸漸沉睡了；和許多初戀女一樣，她相信了「愛就是奉獻」這荒謬
> 的格言！[50]

相對於男子主動的約會安排、及其最終的肉體需求，金鳳「沒有哭泣」、「沒有喜悅」的心情反應，再次呈現了女性在兩性愛情中的浪漫幻覺與屈從性格：「她只單純的想著：我愛他，我已經奉獻給他了。」[51]

然而，金鳳畢竟沒有因此品嚐到真愛的甜美果實。而未能讓真愛與幸福之間順利連結的後續障礙，顯然集中在男子對於婚姻的推託、迴避。兩年後，金鳳乃轉而籌謀懷孕的計畫：「金鳳在沉思之後下了不理性的決心：懷孕吧！有了孩子，他就會名正言順的結婚了！」[52]

金鳳一度看似不幸的遭遇，顯然源出於奉子成婚的念頭。所謂的「不理性」乃不無暗示著，懷孕逼婚的不合理性，從而也是金鳳此一念頭付諸實踐的不理性。在父權宰制的兩性關係規範之中，女子的身體之於性別宰制者，同時具有兩個基本的內容，一是作為傳宗接代的載體（從受孕到生產），一是作為男子性慾、情感的實踐對象（宣洩性慾、表現情感以印證自我人性）。然而，在兩性宰制關係中，對於男性來說，女性身體之扮演生殖的載體一節，充其量只是兩性婚姻的條件之一，並非充分且必要。換言之，女性懷孕在傳統婚姻裡頭，一方面有其不可或缺的必要性質，另方面

---

[50] 季季，《澀果》，頁 199。
[51] 季季，《澀果》，頁 200。
[52] 季季，《澀果》，頁 202。

卻遠遠不等於整個婚姻：在倫理規範中，完整的兩性婚姻不能缺少懷孕的女性，而女性的懷孕則無法單獨構成完整的婚姻。正如同歷史中許多受難的女性，作品中的金鳳顯然正是認知了女性身體在婚姻關係上的不可或缺性，卻也同時誤認了女性身體無法單獨構成婚姻的非充分性。

此外，就結局而言，儘管金鳳的不幸遭遇，看起來似乎只是一場小小的波折，然而，這一切卻也都是建立在男子的始亂而未終棄。換句話說，金鳳「不理性」的懷孕逼婚念頭，正像是一場賭博，就表面（懷孕與婚姻的相鄰性）上盤算起來似乎大有贏面，但事實上，卻等於是把自己的命運完全交給他人來決定。

著眼於女性不幸命運與性別宰制的關聯性，上文粗略探討了收錄在《澀果》中的十篇小說。換言之，上述討論的重點並不在於論斷《澀果》的文學價值、作品優劣[53]，而是集中於探究季季筆下的女性主人翁，其不幸命運衍生的因果，在怎樣的程度上、以怎樣的形式與性別宰制及其意識形態發生實際的關聯。下一小節則將在此基礎上，進一步討論呈現女性不幸命運與顛覆性別宰制的相互關連，以及若干女性文學詮釋的可能問題。

《澀果》中的女性命運與性別宰制——一些商榷

《澀果》針對「未婚媽媽」之相關題材、問題展開書寫，其寫作動機之一，或許正如同作者所題的獻詞：

> 獻給
> 所有跌倒又再爬起
> 並繼續勇敢前行的
> 同胞手足

---

[53] 上述初步分析的解果顯示，季季《澀果》所描繪的一系列未婚媽媽造型及其辛酸遭遇，無疑呈現了此一現象的問題性。然而，或許作家抱持悲憫寬恕的寫作立場，同時受限於創作背景之時代認知（譬如性別論述、研究之相關資源取得的便利性），並不願意大刀闊斧地展開指控、採取相對激進的批判，而僅在曲折的筆法中夾帶著若干針對性別宰制者的控訴。因此，考量這些可能的緣故，這一小節的討論顯然不適合用來評斷《澀果》或者季季文學。

多少呈現了季季對於女性的關懷:「她們的痴情和夢幻、天真和愚昧、忍耐和堅強、錯誤和挫擊,確曾一次又一次赤裸而且冷酷的震撼過我、感動過我。我也希望經由我的呈現,和更多的同胞手足共嚐這份美麗與哀愁,並在實際生活中給『她們』更多的關懷和祝福」。[54]

以「未婚媽媽」為題材,或許一方面在於凸顯未婚女性之於已婚女性所處更為邊陲的位置、及其相應的異端形象,藉由弱勢中的弱勢者(較諸一般女性更為不幸的女性)來強化作家本人的關懷與鼓勵;一方面則透過未婚女性所處之特殊位置,在展示其不幸命運的形成因果中,以之強化指向既有不公義的兩性社會之控訴力量。

對於作者出發自女性關懷的可能動機,本文完全同意。然而,問題是,一篇又一篇由女性不幸的命運所構成的《澀果》系列,是否也完全在善良的可能動機下,真實再現了女性的命運,而非如男性筆下理論上可能的扭曲?與此同時,書中十位女主人翁在兩性互動上的遭遇,包括愛情與婚姻,除了少數例外如〈禮物〉,幾乎通通都是獨自品嚐坎坷、艱辛的苦澀果實,一如書名所強烈暗示。只不過,令人好奇的也正在於此:呈現女性不幸的命運,是為了什麼?是否是一種指向特定對象的控訴?如果是的話,那麼,《澀果》系列的這些控訴,究竟指向何方?控訴著什麼?而非單純只是一種控訴而已?

透過前一小節的初步分析,我們可以看到,《澀果》各篇作品在女性不幸命運與性別宰制意識形態的必然關係上,並未形成完全相同的結果。換個方式來說,這些品嚐苦澀果實的女主人翁,其不幸命運的主要癥結並非通通來自於男性宰制(參見文末附錄)。初步看來,除了〈傷春〉中的宜宜、〈熱夏〉中的如玉、〈秋割〉中的水月、〈菱鏡久懸〉的秀桃與〈禮物〉的金鳳之外,其不幸命運的構成,在各篇小說裡頭這些主要癥結顯然指向其他因果。譬如〈愁冬〉、〈苦夏〉中始亂終棄的男子對於責任之逃避,〈遺

---

[54]林瑞明編,《季季集》。

珠記〉裡頭鄰居的強暴,〈澀果〉男方家長基於經濟因素的考量,〈初夏〉中由於處女懷孕與「常識」之落差所形成的誤解。

　　姑且不論其控訴的因果對象,呈現女性「不幸的命運」,不論是強暴案件的受害者,還是慘遭始亂終棄的女子,或者是遭到誤解的冤屈女性,當然都具有相當程度的控訴力道:以之能夠揭露出特定社會結構的邪惡與不公義。然而,這類勾勒女性不幸命運的作品,透過女性之於弱者、受害者、犧牲者位置的賦予,其控訴力道的形成,不僅在邏輯上清楚指向不公義的社會,從而也透過其相關於兩性互動的敘事形式,遙遙指向異性別的宰制。設若如此,則我們將可以看到,可能的控訴指向與實際書寫結果分析之後的某些落差。當然,如果我們可以滿足於單純的控訴之呈現,那再多的分析、討論也還是沒什麼意義可言。然而,相較於單純控訴之提供心理層面的滿足,其與一針見血、直指罪惡核心使得黑手無所遁形的控訴,顯然還是存在一些差異的。畢竟,單純呈現問題與進一步展示問題之所以形成的因果,顯然是不相等同的。撇開心理暗示層面的意義不談,單純女性不幸命運的展示、呈現,不見得具有控訴性別宰制必然性,同樣的,特定類型亦不見得能夠分析出這樣的關連,譬如同樣處理了強暴故事的〈遺珠記〉、〈熱夏〉與〈菱鏡久懸〉。

　　話說回來,即使這道理看起來清楚,但我們還是能夠看到一部分基於特定意識導向之詮釋[55],在作家作品的研討上,往往並未理會其間的差異;或者在積極陳述性別政治正確性之際,忽略了實際的文本而各自發揮;甚至滿足於性別宰制之控訴、滿足於女性異質視野之推崇、滿足於女性獨立自主之歡呼,從而在愉悅的耽溺中遺忘了真正的公義社會尚未到來;又或者是不自覺地將人們引導向某個虛無的、想像的天堂。

　　比方說,對於女性愛情題材書寫的詮釋。范銘如在〈由愛出走——八

---

[55] 意識導向的作家研究、文本批評,自有其可觀之處,特別是在凸顯特定意識內容的取向上。然而,過度著眼於特定意識之論證、印證之際,顯然有可能放大研究對象中的要素,或者逕行忽略某些不合、無關之成分。本文只是藉此提出一些可能的商榷,並非針對任何特定研究類型、特定研究者。

〇、九〇年代女性小說〉中，即非常清楚地凸顯了在女性意識導向的研討下，1980、1990 年代女性小說中的愛情書寫，在顛覆既有性別宰制、甚至強化女性自主性脈絡上的關鍵意義。援用 Elaine H. Baruch 的論點，所謂即使是看起來保守的通俗愛情小說，女作家都可以「偷渡更平衡合理的性別關係」，范銘如以此嘗試論證女性作家的愛情書寫之於女性解放、女性自主意識的重要性，從而自也是針對男性「閨秀文學」觀點的批判：

> 女性創作的愛情小說是女性對社會期待的再詮釋，也許是同意，也許是質疑。經由這個最普遍的題材，女作家檢視與切身最密切的經驗，立即而廣大的讀者回響正表示許多人同樣關心她們極於探索的議題。……與其將女性書寫與閱讀愛情小說視為對愛情的耽溺，不如將其視為是對兩性關係的審思與操縱的渴望。畢竟，知識即力量，愈擁有知的奧祕，愈擁有掌控的勝算。因此，1980 年代女性大量、多樣地書寫以愛情為主題的小說，不代表她們逃避、消遣，更不代表其「天真無知」；相反地，它意味著女性自主意識的抬頭，她們企圖由愛情中解碼，找出成為兩性私密關係裡主導、強勢的奧義。[56]

　　愛情題材書寫中是否存在有所謂的「更平衡合理的性別關係」，顯然是其中關鍵性的判準。然而，針對蔣曉雲、袁瓊瓊、蘇偉貞、李昂、廖輝英、蕭颯等相關作品的討論，卻讓人不無困惑，所謂「她們的發聲」、「文本流露出對女性主體性的焦慮摸索」，何以能夠標誌著「一個嶄新的性別時代的來臨」[57]？不管是蔣曉雲、袁瓊瓊的嘲諷浪漫愛情的陳腔老套，還是李昂〈殺夫〉、廖輝英〈油麻菜籽〉、蘇偉貞〈陪他一段〉，我們看到的卻都是既有兩性關係的惡質面、黑暗面。難不成蘇偉貞作品中所塑造的以愛情為生命唯一的取向，或者李昂作品中林市象徵式的戲劇行動，正是新時代更

---

[56] 范銘如，《眾裡尋她——臺灣女性小說縱論》，頁 155～156。
[57] 范銘如，《眾裡尋她——臺灣女性小說縱論》，頁 166。

平衡合理的性別關係圖像？如果不是的話，那麼，嶄新性別時代的來臨，是否實際只是控訴類型書寫的另一種誇大？問題因而是，這樣的誇大詮釋，除了的確有其認知既有宰制的邪惡、揭穿假象的歡呼喜悅之意義外，終究並不等同於新時代的到來、性別宰制已經革命成功。相對地，恐怕多少會造成後續的誤解，讓人誤以為更平衡合理的兩性關係已經實現。

換個角度反過來看 Baruch 的論說，書寫愛情之於女作家，雖然可以在被視為「保守」、「愚蠢」的通俗愛情故事中，偷渡激進女性意識的元素，但與此同時，也大有繼續複製性別宰制者浪漫愛情神話的可能性，而後者恐怕占據了更高的比例也不一定。當此之際，一個混雜激進與保守的愛情文本，顯然只能透過閱讀者、批評家的詮釋活動來加以釐清了。很不幸的是，一般讀者並非全都具有類如批評家早在閱讀、批判活動展開之前即已建立起來的女性意識觀點。如此一來，回響云云又如何？而更平衡合理的性別關係，又是否會淪為批評家言談中的虛構天堂？

再如同針對女性視野、特質的呈現之相關詮釋，往往在展示女性的特定視野之餘，亦即不同於男性宰制者的異質觀點、特殊存在，進一步推崇界線（有關乎性別的規範禁忌、倫理道德）之跨越與身分之流動，從而強烈暗示著若干去中心、多元化、多樣性、甚至於「後現代性」的高度讚揚。相較於刻板化的所謂雄糾氣昂、動則呼喚家國民族人類宇宙之男性文學或者理體中心的書寫，這種強調多元、異質、流動、瑣碎細節、細膩感與感性成分的另類書寫，當然有其可觀之處，也有其反擊男性宰制文化的意義。譬如在〈從強種到雜種——女性小說一世紀〉中，范銘如即有力地論說百年來中國女性逐步邁向破除強種、轉入雜種的意義。一方面論證了女性書寫的重要變化，一方面藉由「女性的運用雜種凸顯其反同質化的書寫策略」[58]，來展示 1990 年代女作家對於國族歷史的重新建構，同時也是出發自女性視野的不同想像，另方面也用以詮釋洪凌《肢解異獸》、邱妙津

---

[58] 范銘如，《眾裡尋她——臺灣女性小說縱論》，頁 234。

《蒙馬特遺書》、蘇偉貞《沉默之島》在敘事形式及其主題上所體現的異質紛陳。例如分別針對蘇偉貞、洪凌的評說：

> 血統的交雜與曖昧性可能莫此為甚，文本中主要人物幾乎沒有一個從血緣或文化影響的層面上是純種的，他們多少都與種族互涉有姻緣。……邊緣，是沉默的位置，也是不被收編的戰略地區。……過去現在、國內國外，交織出混雜迥異的身分。他們試圖超越由社會文化差異製造出來的敘述模式，經由國境的遷徙、男人的轉換，避免任何固有定位。[59]

> 任何個體定位：男女、老中老外、地球人外星人、同性戀異性戀，甚至人獸之間的分野都失卻原先的指涉。文本中如果還有烏托邦，除混沌外無以名之。肢解終結本世紀、甚至創世紀以來，所有預設遵行的認同政治。強種淪為一則過時的笑話，雜種雜交才是最嗆的後現代美德。[60]

所謂的「後現代性」（post-modernity），自然並非一無可取，尤其是其針對現代性，或者資本主義現代化過程中的生活方式、文化意識形態，甚至延伸現代主義哲學對於傳統權威、工具理性之批判，所展開的一連串反思，自有相當豐富的成果。然而，「後現代性」相關論述，亦存在有其值得探討的複雜面。當我們不斷強調異質紛陳、眾聲喧嘩，在時代多元化蔚為主流的今日，當然符合時代之潮流，而個體與個體之間、族群與族群之間、物種與物種之間，也的確能夠在多元、共存的前提下，化解掉許許多多無謂的非我族類之異己殘殺、血腥衝突。只不過，當此類論述日漸遠離其衍生之歷史脈絡之際，隨之而來的往往是將異質、多元進一步加以絕對化（只著眼於表面鮮明的形式，從而忽略、擱置其歷史脈絡與相關內涵），其直接結果無疑可能帶來某些巨大的傷害。每一個別之個體，從而都是無

---

[59] 范銘如，《眾裡尋她——臺灣女性小說縱論》，頁229～230。
[60] 范銘如，《眾裡尋她——臺灣女性小說縱論》，頁231。

可取代、無法忍受量化的殊異個體,其各自展開的生命過程、存在樣態,乃進一步在異質、多元絕對化的論說當中,擁有必然的存在價值,因而也是個體之外任何人事物無由置喙、裁判的權力,自此再次印證凡存在皆屬合理,而此一命題也進一步被潤飾為凡個別存在依照各自意志所做的任何行動,通通都擁有絕對的合理性。不論是捨身救人,還是吸毒、自殘,甚或是希特勒式的大屠殺。難不成,歷史到此又展開了倒轉?或者稍有不同的乃是,相應於異質、多元之絕對化,逐漸衍生而來的形式主義享樂、華麗的言詞文藻堆砌,到底還是能夠為倒轉而近乎徒然的歷史留下一些似有若無之物?如同林芳玫在解析其所謂「既放縱又警醒」的《迷園》文中,最後的問答:「女性是什麼?臺灣是什麼?李昂複雜的意念工程,結束於本書最後一行:黑夜中燈火燦爛的燃燒。黑暗中有輝煌,璀璨中有虛無。一切終歸於形式主義的華麗。」[61]

華麗的形式主義文本,異質紛陳、眾聲喧嘩,或許有助於緩解在真實主體恆久喪失之後不斷尋覓的主體匱乏焦慮症候,藉著一而再、再而三、層出而不窮的言詞鎖鍊或者能指迴路,乃能獲取一次又一次的滿足,儘管是永遠僅止於虛幻的滿足。

然而,如果形式主義的華麗文本真的是後現代的天堂,甚至於某些批評家心目中的理想境界,那麼姑且不論其為鴉片與否,是否也能夠雨露均沾於所有女性?還是說,這樣的華麗文本只有特定人士有機會應邀饗宴?那麼是埋頭創作的藝術家,是時尚沙龍的貴婦人,還是為了三餐打拼的職業婦女,又或者是虛構的雌雄同體物種、異端吸血鬼?

結語

進入 1980 年代之後,季季主要的創作活動,已經逐漸從小說轉移到散文的寫作上。1979 年結集出版的《澀果》系列故事,或許可以視為作者自

---

[61]林芳玫,〈《迷園》解析──性別認同與國族認同的弔詭〉,收錄於梅家玲編,《性別論述與臺灣小說》,頁171。

1960 年發表小說作品以來，有關女性題材、兩性婚姻愛情，從而也是季季文學中的主要構成，在最後一個階段的實際成果。無論是基於身為女性的自覺，或者有感於眾多女性同胞不幸的遭遇，季季用了數年的時間與精力，收集、觀察、思索了一系列「未婚媽媽」的資料與問題，並將之化為《澀果》短篇集。有別於創作生涯早期的處理方式，充滿兩性互動的挫折感與濃厚的虛無感，1969 年起的〈尋找一條河流〉與〈河裡的香蕉樹〉，似乎開始將我們帶往另一個比較有未來希望的方向中，即使〈尋找一條河流〉採用的是象徵的筆法，但已遠遠不同於初期近乎純粹的以虛無存在意念先行的表現方式，所營造的非現實效果。然而，這樣的一些契機似乎不久後即受到某些因素的摧殘，特別是 1971 年秋的婚變。[62]只不過，即使在這樣的情況底下，來到 1979 年的《澀果》系列，我們還是可以從中感受到作者不願放棄的努力，特別是最末一篇〈禮物〉的情節安排：儘管兩性互動關係失衡，導致某些受害的個案，但癥結問題的化解，或將有助於男女攜手創造合理的兩性世界。

　　儘管說，正如同第三、第四小節的初步分析，我們有時會看到作者某些浪漫、溫情的情感作祟，讓女性命運的再現，顯得多多少少參雜有問題傳奇化之弊、甚或流於感傷之嫌，譬如〈澀果〉、〈初夏〉、〈苦夏〉諸篇。但其他各篇，卻相對能夠直指女性不幸命運的癥結，並將之轉化為小說敘事，特別像是〈傷春〉與較後面的幾篇作品。或許，季季在寫作思考的過程中，對於這樣一個獨特的現象也逐步累積起更為深刻的個人見解。

　　然而，不論如何，女作家、女性文學的詮釋，還有一段漫長的路要走下去。也唯有持續堅持，方有可能真正走出道路，而非僅止於夢幻之中乘坐魔毯上天下地。

　　女性是否只能夠透過其相對於男性特質的「異質」存在、女性特質，來證明自身存在的合理性？從而也是透過異質書寫及其論述，批判對於性

---

[62]季季，《寫給你的故事》（臺北：印刻出版公司，2005 年），頁 113。

別宰制者以自身男性特質來界定人性的獨斷性、邪惡性、甚至荒謬性？

范銘如在〈臺灣現代主義女性小說〉，對於 Sandra Gilbert 與 Susan Gubar 合著的 *No Man's Land* 一書之轉述，顯然相當有意思：「相較於女性文本中顯露的不樂觀和不確定感，19 世紀末和 20 世紀初男性文人常常將這女性的一小步，誇飾描繪成一場兩性戰爭，而且他們普遍想像女性已大獲全勝，將男性清場，開闢『無男地』（no man's land）。」[63]

在女性主義者步步進逼之下，既得利益的廣大男性，顯然也逐日加深了權力旁落的焦慮，從而產生諸如 Gilbert 與 Gubar 所描繪的想像：女性大獲全勝於兩性戰爭，男性將從昔日主宰者的中心地位被放逐到無止盡的邊疆。這樣的描繪的確有其符合情理之處。但是，換個角度來說，此類男性焦慮、恐懼的合情理，終究不能夠也不適合推論為，提供若干商榷的男性，也都出自於陰謀詭計，只圖女性性別革命的不順利、好讓男性繼續掌權或者繼續合法地開黃腔。值得期待的合理的兩性關係，似乎不應該只是一律簡化為兩性之間的鬥爭而已。

本文的觀點應該再次加以申明：如果兩性之間的關係，尚未建立起合理而值得期待的性別互動，那麼，張牙舞爪自然不必，急急於歡呼慶祝也大可休矣。批評家對於女作家、女性文學的探討與詮釋，只有繼續踏實地一路走下去，方有機會踏出想像中的兩性全面戰爭，想像中的歡呼勝利。

控訴、獨立不應該只是口號。與此同時，控訴不見得就等同於有效的控訴，除非找到癥結所在、直指矛頭，呈現性別宰制各式各樣的必然性罪惡，令其無所遁形。類似地，女性的獨立自主也不僅僅是口號式的宣稱、甚至獨自存活於一種不與異性發生關連、虛幻的單性世界，哪怕是所謂雌雄同體的虛構，同時卻又滿足於資本主義炮製的種種品味幻象。這樣的獨立自主似乎只能成立於極狹隘的範圍裡頭：只在對應於男性的層次上獨立的女性，恐非真正獨自而自主。藉著有效的控訴、與不流於口號的獨立自

---

[63] 范銘如，《眾裡尋她——臺灣女性小說縱論》，頁 85。

主，女性當有機會真正革命性地顛覆不義的性別怪現狀。

附錄：《澀果》女性命運敘事類型簡表

篇名	女性命運與父權宰制之必然關連	故事類型	與性別宰制有關的其他情節
愁冬	未正面呈現	遺棄故事	兩性身體差異與性行為後果
遺珠記	未正面呈現	強暴故事	女性身體貞潔觀
澀果	未正面呈現	阻礙型故事	家長財產觀：子女婚姻、生命掌控
傷春	呈現（為愛犧牲、獨自承擔）	犧牲型故事	女性浪漫愛情觀點
初夏	未正面呈現	阻礙型故事	男性處女情結
苦夏	未正面呈現	遺棄故事	家長財產觀：女子婚姻安排
熱夏	呈現（女性貞潔喪失之後）	強暴故事	女性處女情結：受害者心理
秋割	呈現（為愛犧牲、出賣身體）	犧牲型故事	
菱鏡久戀	呈現（女性貞潔喪失之後）	強暴故事	強暴事件後之周遭
禮物	呈現（奉子成婚）	變異的遺棄故事（團圓）	

——選自《遠走到她方——臺灣當代女性文學論集》
臺北：女書文化公司，2010 年 5 月

逝去的年代‧感傷的歌

◎向陽[*]

　　久無作品的季季，近年來復出，以一系列追憶 1960、1970 年代文壇舊事的散文重獲矚目。季季是一位早熟的作家，15 歲就開始寫作，18 歲以〈明天〉獲《亞洲文學》小說徵文首獎，21 歲由皇冠出版第一本小說集《屬於十七歲的》，自此成為文壇亮眼的新星。她長於敘事，加上心思細膩、觀察入微，故事在她筆下娓娓道來，每每引人入勝。可惜其後婚姻並不美滿，必須獨力擔負家計，進入媒體工作，因而輟筆，直到退休前夕才重拾寫作。

　　《行走的樹》，收錄近兩年來季季在《中國時報》「三少四壯」專欄和《印刻文學》所寫回憶性散文。這是季季文學生涯的追記，可說是一個作家和編輯的回憶錄。季季出道甚早，又長期在副刊服務，與文壇重要作家均有交情，熟悉文壇掌故，通過她的筆，1960、1970 年代的文壇盛事，逐一撥開沉灰，重見天日。她寫文學獎的故事，讓讀者回兩報文學與各領風騷的年代：她寫「朱家餐廳俱樂部」（朱西甯家）、林海音客廳、阿肥（丘延亮）家客廳，都如數家珍，重建當年台北文壇猗歟盛哉的場景。她的文筆細緻，能寫出舊日文壇的文心豪情，筆端又帶感情，已逝的歲月在她筆下，鮮明如露，晶瑩動人。

　　她也寫戒嚴年代台灣左派知識分子面對思想檢肅的舊事，丘延亮、陳映真等為何被抓，思想脈絡如何，以及她前夫楊蔚如何因思想被抓，又如

[*]詩人，本名林淇瀁。發表文章時為臺北教育大學臺灣文化研究所副教授，現為臺北教育大學臺灣文化研究所教授。

何成為密告者……等等曲折歷程。黑暗年代中的悲劇,透過季季的耙梳,意象益加明晰。她不僅寫活「思想犯」的獄中獄外生活,也刻繪了他們內心世界的複雜與悲哀。此外,書中多篇描述婚姻生活種種坎坷的敘述,以及枕邊人遭受政治折磨而致人格扭曲的作為,讀來更是令人動容。

　　季季寫下的,不只是個人的回憶,更是動亂年代臺灣文壇的軼聞與變貌。軼聞通常多樂事,少長咸集,曲水流觴,可以無憾;變貌則多苦辛,亂世奔波,驚濤駭浪,難免扼腕。季季寫出這些逝去年代的歡樂與悲痛,或也有將缺憾還給天地的用意吧。

──選自《中國時報》,2006 年 11 月 25 日,B2 版

輯五◎
研究評論資料目錄

作家生平、作品評論專書與學位論文

專書

1. 黃慧芬　七○年代臺籍女作家鄉土散文研究──乳汁滋潤的鄉土　臺北　花木蘭文化公司　2014 年 3 月　224 頁

本書首先概述七○年代的社會和文學場域，以及丘秀芷、劉靜娟、謝霜天、季季、白慈飄、心岱六位女性作家的文學創作歷程。並從人文地理學與母職理論角度，探索六位臺籍女作家，以家屋為起點，書寫家鄉、童年與臺北印象，記錄臺灣風土人情，最後返回自我母性認同的「鄉土回歸」路徑。全文共 7 章：1.緒論；2.鄉土風潮下的臺籍女性散文家；3.地方敘事起點──家屋記憶；4.記憶原鄉與第二故鄉──童年‧思鄉‧臺北城；5.臺灣人文風土記事；6.回歸生命初始之地──母職‧育兒‧母性認同；7.結論。

學位論文

2. 高敏軒　季季小說研究　中山大學中國文學系　碩士論文　龔顯宗教授指導　2005 年 6 月　頁 238

本論文以季季小說為主題，將其小說的創作歷程及其小說作品風格做研究分析，並試圖詮釋其作品。全文共 6 章：1.緒論；2.季季的創作背景考察；3.存在思索的早期小說：描寫人世疏離情境；4.回歸鄉土的創作轉型期：社會批判與關懷；5.迴旋不已的女性思索；6.結語。正文後附錄〈季季生平寫作繫年〉、〈季季相關評論引得〉。

3. 李麗敏　季季及其作品研究　政治大學中國文學系國文教學碩士班　碩士論文　陳芳明教授指導　2007 年 1 月　281 頁

本論文針對作家生平的整理、主題內涵的探討、藝術表現的分析，以及文學系譜的爬梳等幾個面向作探討。全文共 6 章：1.緒論；2.季季的文學歷程；3.季季的小說藝術及其意義；4.季季散文藝術的追求與營造；5.季季在戰後文學的位置；6.結論。

4. 黃淑娟　季季及其七○年代小說探論　嘉義大學中國文學系研究所　碩士論文　吳盈靜博士指導　2008 年　201 頁

本論文探析原鄉故土人情對季季創作的影響與啟發，體察 1960、1970 年代季季的文學因緣與創作，並剖析季季小說中對於社會問題的揭露與女性境遇描摹的獨特視角，梳理 1970 年代季季小說在其創作歷程中的重要性。全文共 6 章：1.緒論；2.早

慧的雲林女作家：季季；3.1960、1970 年代季季的文學因緣與創作；4.向外凝視：
1970 年代季季小說中的社會關懷；5.自我觀照：1970 年代季季小說中的女性成長；6.
結論。正文後附錄〈季季七〇年代出版概要〉、〈雲林人文作者一覽〉。

5. 方莊雅　季季小說人物研究　淡江大學中國文學系　碩士論文　呂正惠，蘇
　　　　敏逸教授指導　2009 年 12 月　155 頁

本論文從季季的生命經歷出發，透過其對生命的態度與思想背景、創作的豐富、多
樣的特色，以小說人物為研究主體，透過分類整合的方式，對小說人物形象作全面
性的探討。全文共 6 章：1.緒論；2.季季生平經歷與文學歷程；3.季季小說題材與臺
灣社會變遷；4.季季小說人物的主要性格；5.季季小說人物描寫技巧分析；6.結論。

6. 江秀琴　女性・家族・地方──季季作品探析　中央大學中國文學系碩士在
　　　　職專班　碩士論文　康來新教授指導　2010 年　138 頁

本論文探討活躍於六〇年代，如今仍創作不輟的季季，作品中如何呈現女性、探看
家族、書寫地方等面向，並以「普遍困境」、「進城血淚」、「意識的覺醒」三主
題剖析季季作品中當代女性所遭受困境，在父權體系的夾縫中生存的婦女面貌，以
及女性意識的覺醒。全文共 5 章：1.緒論；2.女性：由困境而覺醒；3.家族：細數日
月；4.地方：再現永定；5.結論。正文後附錄〈附錄一〉、〈附錄二〉。

7. 黃慧芬　七〇年代臺籍女作家鄉土散文研究──以丘秀芷、劉靜娟、謝霜
　　　　天、季季、白慈飄、心岱為例　臺北教育大學臺灣文化研究所　碩
　　　　士論文　翁聖峰教授指導　2011 年 7 月　268 頁

本論正文首先概述 1970 年代的社會和文學場域，以及六位女性作家的文學創作歷
程。並從人文地理學與母職理論角度，探索六位臺籍女作家，以家屋為起點，書寫
家鄉、童年與臺北印象，記錄臺灣風土人情，最後返回自我母性認同的「鄉土回
歸」路徑。全文共 7 章：1.緒論；2.鄉土風潮下的臺籍女性散文家；3.地方敘事起點
──家屋記憶；4.記憶原鄉與第二故鄉──童年・思鄉・臺北城；5.臺灣人文風土記
事；6.回歸生命初始之地──母職・育兒・母性認同；7.結論。

8. 鍾　禎　世代、性別、家國──以季季、周芬伶、鍾怡雯散文為例　靜宜大
　　　　學中國文學系　碩士論文　傅素春教授指導　2014 年　94 頁

本論文以文本分析，佐以相關文獻、文學理論做分析歸納，梳理季季、周芬伶、鍾
怡雯散文作品中的價值。全文共 5 章：1.緒論；2.性別覺醒：女性書寫呈現；3.從世
代觀：談女作家書寫的對話層；4.家國想像：作家離鄉情懷寄託；5.結論。

作家生平資料篇目

自述

9. 季　季　楊蔚與季季——牽掛　幼獅文藝　第 145 期　1966 年 1 月　頁 52—53

10. 季　季　《月亮的背面》序　中央日報　1973 年 6 月 21 日　9 版

11. 季　季　序　月亮的背面　臺北　大地出版社　1973 年 6 月　頁 1—3

12. 季　季　從《我的故事》說起　我的故事　臺北　皇冠出版社　1975 年 2 月　頁 715—720

13. 季　季　《夜歌》後記　聯合報　1976 年 8 月 31 日　12 版

14. 季　季　後記　夜歌　臺北　爾雅出版社　1976 年 8 月　頁 189—196

15. 季　季　我的鼻子　從爬行到站立　臺北　黎明文化公司　1977 年 2 月　頁 135—146

16. 季　季　第十三本書——代自序　誰開生命的玩笑　臺北　皇冠出版社　1978 年 4 月　頁 3—6

17. 季　季　誰開生命的玩笑——我的第十三本書　聯合報　1978 年 7 月 12 日　12 版

18. 季　季　告別專業寫作生涯——一段里程幾句心聲　聯合報　1978 年 12 月 29 日　12 版

19. 季　季　澀果的滋味　中央日報　1979 年 12 月 12 日　11 版

20. 季　季　澀果的滋味　讀書選集・第三輯　臺北　中央日報社　1981 年 3 月　頁 190—194

21. 季　季　序　澀果　臺北　爾雅出版社　1979 年 12 月　頁 2

22. 季　季　未婚媽媽的漫長旅途　澀果　臺北　爾雅出版社　1979 年 12 月　頁 211—239

23. 季　季　從啟蒙出發　一脈相傳　臺北　愛書人雜誌社　1980 年 4 月　頁 72—75

24. 季　季　　站在相同的轉捩點──《六十八年短篇小說選》評介（上、下）　書評書目　第85─86期　1980年5─6月　頁97─117，76─88

25. 季　季　　站在相同的轉捩點──《六十八年短篇小說選》編選序言　六十八年短篇小說選　臺北　爾雅出版社　1980年6月　頁1─15

26. 季　季　　站在相同的轉捩點──《六十八年短篇小說選》編選序言　年度小說選資料篇　臺北　爾雅出版社　1983年2月　頁77─88

27. 季　季　　青澀歲月小火盆──回顧《屬於十七歲的》　青澀歲月　臺北　爾雅出版社　1980年7月　頁119─122

28. 季　季　　〈擁抱我們的草原〉後記　這一代的小說　臺北　爾雅出版社　1980年9月　頁94

29. 季　季　　《六十五年短篇小說選》選編序言　年度小說選資料篇　臺北　爾雅出版社　1983年2月　頁57─64

30. 季　季　　年度小說與我　年度小說選資料篇　臺北　爾雅出版社　1983年2月　頁155─156

31. 季　季　　最後一節車廂──《七十五年點篇小說選》編選序言　七十五年短篇小說選　臺北　爾雅出版社　1987年3月　頁1─24

32. 季　季　　走廊外的院子（代序）　攝氏20─25度　臺北　爾雅出版社　1987年7月　頁1─19

33. 季　季　　後記：你這十一年只有這二十篇散文嗎？　攝氏20─25度　臺北　爾雅出版社　1987年7月　頁231─239

34. 季　季　　這令人心悸的一年──《七十六年短篇小說選》序言　七十六年短篇小說選　臺北　爾雅出版社　1988年7月　頁1─20

35. Ji Ji 著；Eva Hung，D.E.Pollard 譯　　Beyond Transient Applause（季季：誰要短暫的掌聲）　Renditions　第35、36期合刊　1991年3月　頁299─304

36. 季　季　　火龍向黃昏　中國時報　2004年1月7日　E7版

37. 季　季　　衡陽路十五號　中國時報　2004年5月26日　E7版

38. 季　季　　妳需要什麼禮物？　中國時報　2004 年 6 月 2 日　E7 版

39. 季　季　　文星和明星　中國時報　2004 年 6 月 9 日　E7 版

40. 季　季　　林先生罵我那句話　中國時報　2004 年 6 月 30 日　E7 版

41. 季　季　　金山青年活動中心　文訊雜誌　第 224 期　2004 年 6 月　頁 101

42. 季　季　　金山青年活動中心　當我們青春年少──作家影像故事展展覽專輯　臺南　國家臺灣文學館　2007 年 2 月　頁 44─45

43. 季　季　　文夏的鄉愁　中國時報　2004 年 8 月 25 日　E7 版

44. 季　季　　三輪車，跑得快　文訊雜誌　第 235 期　2005 年 5 月　頁 52

45. 季　季　　序──大貝湖夜話　寫給你的故事　臺北　印刻出版公司　2005 年 9 月　頁 9─11

46. 季　季　　吳濁流・鬼鬼・再見──後記　寫給你的故事　臺北　印刻出版公司　2005 年 9 月　頁 295─297

47. 季　季　　自序：向傷痕告別　行走的樹──向傷痕告別　臺北　印刻出版公司　2006 年 11 月　頁 5─8

48. 季　季　　我的明星咖啡屋　魂夢雪泥──文學家的私密臺北　臺北　臺北市文化局　2007 年 2 月　頁 121─135

49. 季　季　　代序──伊的湖　我的湖　臺北　印刻出版公司　2008 年 7 月　頁 7─14

50. 季　季　　留白與土地公廟　我的湖　臺北　印刻出版公司　2008 年 7 月　頁 150─151

51. 季　季　　代後記──此身　我的湖　臺北　印刻出版公司　2008 年 7 月　頁 237─239

52. 季　季　　摸索與發現，耽溺與覺醒──側觀 2008 年度小說　自由時報　2009 年 3 月 20 日　13 版

53. 季　季　　平凡又如金石的信念　聯合報　2011 年 3 月 8 日　D03 版

54. 季　季　　我們的明星歲月　明星咖啡館　臺北　印刻文學出版公司　2015 年 6 月　頁 25─31

55. 季　季　　地球上真的有一種會行走的樹　聯合報　2015 年 7 月 2 日　D3 版

56. 季　季　　地球上真的有一種會行走的樹——自序　行走的樹——追懷我與「民主臺灣聯盟」案的時代　臺北　印刻文學出版公司　2015 年 7 月　頁 7—13

57. 季　季　　張愛玲翻譯的四句話——後記　行走的樹——追懷我與「民主臺灣聯盟」案的時代　臺北　印刻文學出版公司　2015 年 7 月　頁 347—350

58. 季　季　　年度小說推手與「我想——」　文訊雜誌　第 357 期　2015 年 7 月　頁 133—135

59. 季季演講；陳柏言紀錄整理　　老虎之女與行走的樹　文訊雜誌　第 362 期　2015 年 12 月　頁 158—165

60. 季　季　　1964 年初夏及其他——兼賀聶阿姨 92 誕辰　中國時報　2016 年 2 月 3—4 日　D04 版

61. 季　季　　在天才與庸才之間　中國時報　2016 年 9 月 5 日　D4 版

62. 季　季　　妳是什麼顏色的作家　聯合報　2016 年 10 月 27 日　D3 版

63. 季　季　　黃昏帖：非典型回憶錄 1　鹽分地帶文學　第 70 期　2017 年 9 月　頁 15—27

64. 季　季　　閱讀永定與永定閱讀　聯合報　2017 年 11 月 21 日　D3 版

65. 季　季　　黃昏帖——一日之始，雜菜滋味——非典型回憶錄 2　鹽分地帶文學　第 72 期　2018 年 1 月　頁 10—18

66. 季　季　　黃昏帖——非典型回憶錄 3——戰爭尾巴，心靈修補　鹽分地帶文學　第 74 期　2018 年 5 月　頁 5—15

67. 季　季　　黃昏帖——非典型回憶錄 4——七月普渡，肉身修補　鹽分地帶文學　第 76 期　2018 年 9 月　頁 5—10

68. 季　季　　馬各的兩個忠告——兼及聯副因緣　聯合報　2018 年 10 月 16 日　D3 版

他述

69. 朱西甯　季季這顆晨星　幼獅文藝　第 168 期　1967 年 12 月　頁 185—191

70. 林懷民　表現自我的季季　作家群像　臺北　大江出版社　1968 年 10 月　頁 225—229

71. 蘇玄玄　季季的田畝　幼獅文藝　第 188 期　1969 年 8 月　頁 49—58

72. 蘇玄玄　代序——季季的田畝　異鄉之死　臺北　晚蟬書店　1970 年 1 月　頁 1—9

73. 蘇玄玄　季季的田畝　從真摯出發　臺中　普天出版社　1971 年 3 月　頁 125—134

74. 許德賢　季季的創作生活　書評書目　第 35 期　1974 年 3 月　頁 72—75

75. 陶　園　作家側影——現代的女隱士——季季側影　中華文藝　第 60 期　1976 年 2 月　頁 149—150

76. 夏安〔夏祖麗〕　季季的昨日、今日與明日　書評書目　第 35 期　1976 年 3 月　頁 62—72

77. 夏祖麗　季季的昨日、今日與明日　年輕　臺北　夏林含英　1976 年 5 月　頁 45—56

78. 夏祖麗　季季的昨日、今日與明日　年輕　臺北　純文學出版社　1976 年 8 月　頁 45—56

79. 夏祖麗　季季的昨日、今日與明日　夜歌　臺北　爾雅出版社　1976 年 8 月　頁 197—209

80. 魏子雲　成長中的季季　中華日報　1976 年 10 月 6—7 日　11 版

81. 魏子雲　序——成長中的季季　季季自選集　臺北　文豪出版社　1976 年 10 月　頁 1—8

82. 夏祖麗　堅強努力的季季　臺灣文藝　第 61 期　1978 年 12 月　頁 257—262

83. 彭　歌　《六十五年短篇小說選》　年度小說選資料篇　臺北　爾雅出版社　1983 年 2 月　頁 149—150

84. 〔王晉民，酈白曼編〕　季季　臺灣與海外華人作家小傳　福州　福建人民出版社　1983 年 9 月　頁 72—73

85. 隱　地　作家與書的故事：季季、廖輝英　新書月刊　第 5 期　1984 年 2 月　頁 70—71

86. 隱　地　季季　作家與書的故事　臺北　爾雅出版社　1985 年 11 月　頁 33—36

87. 〔明清，秦人〕　季季　臺港小說鑑賞辭典　北京　中央民族學院出版社　1994 年 1 月　頁 580

88. 林燿德　作者簡介　最後的麒麟（幼獅文藝四十年大系・小說卷 1）　臺北　幼獅文化公司　1994 年 3 月　頁 278－279

89. 包黛瑩　季季夜夜寫至天明的十九歲　中國時報　1996 年 3 月 28 日　39 版

90. 鮑德法　季季，已圓夢　中國時報　1998 年 5 月 15 日　36 版

91. 許素華　季季從竹床寫出一片天　中華日報　1998 年 7 月 14 日　15 版

92. 宋　剛　季季　中國文學通典・小說通典　北京　解放軍文藝出版社　1999 年 1 月　頁 1128—1129

93. 〔編輯部〕　會員動態報導（之一）——季季　世界女記者與作家協會中華民國分會會訊　第 7 期　1999 年 10 月　頁 38

94. 李　玟　尋找女作家身影〔季季部分〕　中國時報　2001 年 9 月 5 日—6 日　39 版

95. 簡　白　季季筆繪文壇風情　中國時報　2004 年 5 月 26 日　E7 版

96. 丁文玲　季季復出先尋回失散的兒女　中國時報　2005 年 8 月 21 日　B1 版

97. 丁文玲　熟人作家，重新出航——季季、陳雨航、王拓久違了　中國時報　2005 年 8 月 21 日　B1 版

98. 蕭雪球　作家的成績單（上）——季季：換新跑道繼續服事文學　中央日報　2006 年 1 月 27 日　17 版

99. 王盛弘　耳朵借一下——文字前身，聲音的隱喻〔季季部分〕　中國時報　2007 年 12 月 23 日　E5 版

100. 許俊雅　新店溪流域的文化與文學——永和市——現代文學——季季（一九
　　　四五年—）　續修臺北縣志・藝文志第三篇・文學（上）　臺北
　　　臺北縣政府　2008 年 3 月　頁 171—172

101. 〔封德屏主編〕　季季　2007 臺灣作家作品目錄　臺南　國立臺灣文學館
　　　2008 年 7 月　頁 398

102. 周芬伶　作者簡介　散文新四書・夏之豔　臺北　三民書局　2008 年 9 月
　　　頁 83

103. 胡琬瑜　年度文選的變與不變——季季：小說最終還是寫人與人的生活　文
　　　訊雜誌　第 282 期　2009 年 4 月　頁 109—111

104. 陳芳明　季季的十年試煉　文訊雜誌　第 296 期　2010 年 6 月　頁 12—15

105. 應鳳凰，傅月庵　季季——《異鄉之死》　冊頁流轉——臺灣文學書入門
　　　108　臺北　印刻文學生活雜誌出版公司　2011 年 3 月　頁 96—
　　　97

106. 馬　森　臺灣現代小說的眾聲喧嘩〔季季部分〕　世界華文新文學史——中
　　　國現代文學的兩度西潮（下編）・分流後的再生：第二度西潮與現
　　　代／後現代主義　臺北　印刻文學生活雜誌出版公司　2015 年 2
　　　月　頁 1069—1070

107. 隱　地　二十九個名字——季季　深夜的人　臺北　爾雅出版社　2015 年
　　　12 月　頁 155—157

108. 康原主編　作者小傳　雲林縣青少年臺灣文學讀本（二）・散文卷　雲林
　　　雲林縣政府　2016 年 4 月　頁 1

訪談、對談

109. 〔聯合報〕　季季：遭嫉的一代！　聯合報・聯合周刊　1965 年 12 月 18
　　　日　5 版

110. 桂文亞　不停的寫——季季與《我的故事》　皇冠　第 257 期　1975 年 7 月
　　　頁 152—156

111. 桂文亞　不停的寫——季季與《我的故事》　心靈的菓園　臺北　皇冠出版

社　1976 年 10 月　頁 171—179

112. 季季等　解剖季季的神話——季季作品討論會　臺灣文藝　第 61 期　1978
　　　　年 12 月　頁 189－212

113. 季季等　解剖季季的神話　不滅的詩魂　臺北　臺灣文藝出版社　1981 年
　　　　1 月　頁 175—205

114. 馬維敏　馬維敏專訪——季季的心願　中華日報　1987 年 4 月 22 日　11 版

115. 封德屏　我不要倒下去——訪作家季季　美麗的負荷　臺北　三民書局
　　　　1994 年 4 月　頁 57—62

116. 陳文芬　季季在永和　印刻文學生活誌　第 10 期　2004 年 6 月　頁 150—
　　　　165

117. 徐開塵　季季明年退休作品熱門——將回歸專業作家，重新推出作品集多家
　　　　出版社爭取　民生報　2004 年 7 月 19 日　A6 版

118. 施淑清　平原之女與山林之子——季季對談李喬　印刻文學生活誌　第 14
　　　　期　2004 年 10 月　頁 28—43

119. 〔聯合報〕　失神十日，有此驚喜　聯合報　2005 年 3 月 4 日　E7 版

120. 林嘉琪　季季——把隱匿沃土の芬芳　野葡萄文學誌　第 26 期　2005 年
　　　　10 月　頁 30—34

121. 詹宇霈　因為有愛——「親情圖：作家用照片說故事」座談會紀錄——自由
　　　　二重奏——季季 VS.楊昇儒　文訊雜誌　第 241 期　2005 年 11 月
　　　　頁 105—106

122. 〔民生報〕　周末文學對談——季季與隱地：回溯六〇年代　民生報
　　　　2005 年 12 月 3 日　A13 版

123. 黃麗群　作家季季新動向　自由時報　2005 年 12 月 14 日　E7 版

124. 季季，隱地對談；陳家慧整理　我們的六〇年代——兼及年度文選與編輯
　　　　生涯　明道文藝　第 362 期　2006 年 5 月　頁 56—80

125. 季季，隱地對談；陳瀅洲錄音整理　我們的六〇年代——兼及年度文選與
　　　　編輯生涯　臺灣文學館通訊　第 11 期　2006 年 6 月　頁 42—46

126. 季季，隱地對談；陳家慧記錄整理　　我們的六〇年代——兼及年度文選與編輯生涯　漫遊的星空／八場臺灣當代散文與詩的心靈饗宴：國立臺灣文學館・第五季週末文學對談　臺南　國立臺灣文學館　2007 年 12 月　頁 176—205

127. 季季，隱地對談；陳家慧記錄整理　　我們的六〇年代——兼及年度文選與編輯生涯　我的湖　臺北　印刻出版公司　2008 年 7 月　頁 194—226

128. 季季，隱地對談；陳家慧記錄整理　　附錄一——我們的六〇年代——兼及年度文選與編輯生涯　回頭　臺北　爾雅出版社　2009 年 1 月　頁 215—249

129. 陳宛茜　　季季新作，哭文壇白色恐怖〔訪問〕　聯合報　2006 年 12 月 20 日　C6 版

130. 李麗敏　　季季訪談錄　季季及其作品研究　政治大學國文教學碩士班　碩士論文　陳芳明教授指導　2007 年 1 月　頁 268—281

131. 季季，鍾文音對談；蔡曉玲記錄整理　　兩代永定女子對話臺北（節錄）　聯合報　2008 年 5 月 31 日　E3 版

132. 季季，鍾文音對談；蔡曉玲記錄整理　　兩代永定女子的臺北對話　少女老樣子　臺北　大田出版公司　2008 年 6 月　〔6〕頁

133. 季季，鍾文音對談；蔡曉玲記錄整理　　兩代永定女子的臺北對話　我的湖　臺北　印刻出版公司　2008 年 7 月　頁 227—236

134. 季季等　　生命與土地的結合——臺灣女作家的地誌書寫座談紀實　文訊雜誌　第 276 期　2008 年 10 月　頁 101—104

135. 季季等　　在變與不變之間・看見文學創作演化　人間福報　2009 年 3 月 22 日　4 版

136. 季季等　　回首那場文學壯遊——「世界之心——從參與愛荷華國際寫作計畫談起」講座紀實　文訊雜誌　第 306 期　2011 年 4 月　頁 104—107

137. 陳徵毅　愛荷華駐訪作家之二：拒絕聯考的才女——季季　全國新書資訊月刊　第 149 期　2011 年 5 月　頁 30—35

138. 編輯室　穿越生命之詩——季季、蘇曉康對談　印刻文學生活誌　第 106 期　2012 年 6 月　頁 30—36、38—40、42—63、66—79

139. 徐禎苓　最好的時光——專訪季季　聯合文學　第 420 期　2019 年 10 月　頁 34—37

年表

140. 季　季　季季寫作年表　海內外青年作家選集（18）　臺北　黎明文化公司　1983 年 6 月　頁 208—216

141. 方美芬編；季季增訂　季季生平寫作年表　季季集（臺灣作家全集）　臺北　前衛出版社　1993 年 12 月　頁 389—395

142. 高敏軒　季季生平寫作繫年　季季小說研究　中山大學中國文學系　碩士論文　龔顯宗教授指導　2005 年 6 月　頁 214—219

143. 李麗敏　季季生平寫作年表　季季及其作品研究　政治大學國文教學碩士班碩士論文　陳芳明教授指導　2007 年 1 月　頁 217—226

其他

144. 〔文訊雜誌〕　季季即將赴美訪問　文訊雜誌　第 37 期　1988 年 8 月　頁 4

145. 陳希林　季季喜獲年度散文獎——回歸專業寫作・作品集六月起分批推出　中國時報　2005 年 2 月 1 日　E8 版

146. 〔中國時報〕　季季夜貓子，下午當上午〔季季得獎消息〕　中國時報　2005 年 3 月 4 日　E8 版

147. 陳宛茜　九歌版文選季季雙喜　聯合報　2005 年 3 月 9 日　C6 版

148. 王蘭芬　九歌發表年度文選——季季、甘耀明、黃秋芳獲獎　民生報　2005 年 3 月 9 日　A12 版

149. 本報訊　周末文學對談——季季與隱地：回溯六〇年代　民生報　2005 年 12 月 3 日　A13 版

150. 丹　墀　季季主講「老虎之女與《行走的樹》」　聯合報　2015 年 11 月 5 日
　　　D3 版

作品評論篇目

綜論

151. 吳濁流　我的批評〔季季部分〕　臺灣文藝　第 11 期　1966 年 4 月　頁
　　　62

152. 吳濁流　我的批評〔季季部分〕　吳濁流作品集・臺灣文藝與我　臺北
　　　遠行出版社　1977 年 9 月　頁 64—65

153. 葉石濤　兩年來的省籍作家及其小說〔季季部分〕　臺灣文藝　第 19 期
　　　1968 年 4 月　頁 43

154. 葉石濤　兩年來的省籍作家及其小說〔季季部分〕　臺灣文學路——葉石
　　　濤評論選集　高雄　春暉出版社　2013 年 10 月　頁 34

155. 葉石濤　季季論——臺灣婦女生活中的「詩與真實」　臺灣文藝　第 61 期
　　　1978 年 12 月　頁 213—221

156. 葉石濤　季季論——臺灣婦女生活中的「詩與真實」　臺灣鄉土作家論集
　　　臺北　遠景出版公司　1981 年 2 月　頁 291—300

157. 葉石濤　季季論——臺灣婦女生活中的「詩與真實」　葉石濤全集・評論
　　　卷二　臺南，高雄　國立臺灣文學館，高雄市文化局　2008 年 3
　　　月　頁 129—139

158. 彭瑞金　生命中可以逆流的河——試論季季的生命觀　臺灣文藝　第 61 期
　　　1978 年 12 月　頁 223—234

159. 彭瑞金　生命中可以逆流的河——試論季季的生命觀　泥土的香味　臺北
　　　東大圖書公司　1980 年 4 月　頁 133—148

160. 花　村　試析構成季季小說的幾種風貌　臺灣文藝　第 61 期　1978 年 12
　　　月　頁 235—246

161. 鄭明娳　談季季散文的風格　臺灣文藝　第 61 期　1978 年 12 月　頁 247

—255

162. 封祖盛　現代派小說的基本特徵和得失〔季季部分〕　臺灣小說主要流派
　　　初探　福州　福建人民出版社　1983 年 10 月　頁 247—248

163. 吳錦發　論季季小說中的男女關係（1—6）　自立晚報　1984 年 8 月 27 日
　　　—9 月 1 日　10 版

164. 吳錦發　論季季小說中的男女關係　季季集（臺灣作家全集）　臺北　前
　　　衛出版社　1993 年 12 月　頁 357—384

165. 齊邦媛　江河匯集成海的六〇年代小說〔季季部分〕　文訊雜誌　第 13 期
　　　1984 年 8 月　頁 62—63

166. 齊邦媛　江河匯集成海的六〇年代小說〔季季部分〕　霧漸漸散的時候
　　　臺北　九歌出版社　1998 年 10 月　頁 81

167. 愛　亞　季季　道聲小說匯——街景之種種　臺北　道聲出版社　1987 年
　　　9 月　頁 136—140

168. 史習坤　季季的小說　現代臺灣文學史　瀋陽　遼寧大學出版社　1987 年
　　　12 月　頁 685—692

169. 古繼堂　季季　臺灣小說發展史　臺北　文史哲出版社　1989 年 7 月　頁
　　　580—585

170. 黃重添，莊明萱，闕豐齡　當代鄉土小說——鄉土文學的崛起〔季季部
　　　　　　　分〕　臺灣新文學概觀（上）　廈門　鷺江出版社　1991 年 6 月
　　　　　　　頁 190—191

171. 黃重添　宋澤萊、季季、曾心儀、洪醒夫的小說創作　臺灣文學史（下）
　　　福州　海峽文藝出版社　1993 年 1 月　頁 343—346

172. 林瑞明　尋找一條可以逆流的河——《季季集》序　季季集（臺灣作家全
　　　集）　臺北　前衛出版社　1993 年 12 月　頁 9—13

173. 林瑞明　尋找一條可以逆流的河——《季季集》　短篇小說卷別冊（臺灣
　　　作家全集）　臺北　前衛出版社　1994 年 3 月　頁 171—175

174. 林瑞明　尋找一條可以逆流的河——《季季集》　臺灣文學的本土觀察

　　　　　　臺北　允晨文化公司　1996 年 7 月　頁 220—224

175. 張超主編　　季季　臺港澳及海外華人作家辭典　江蘇　南京大學出版社
　　　1994 年 12 月　頁 182—183

176. 彭燕彬　　永不屈服的岩石——季季小說透析　河南廣播電視大學學報
　　　1997 年第 4 期　1997 年 7 月　頁 18—21

177. 皮述民　　多元的當代小說〔季季部分〕　二十世紀中國新文學史　臺北
　　　駱駝出版社　1997 年 10 月　頁 457—458

178. 胡慈容　　臺灣愛情婚姻小說的演變與特點——六、七十年代〔季季部分〕
　　　臺灣八十年代愛情小說中的女性語言　彰化師範大學國文學系
　　　碩士論文　羅肇錦教授指導　2000 年 6 月　頁 13

179. 彭燕彬　　臺灣鄉土文學的崛起——季季與洪醒夫　簡明臺灣文學史　北京
　　　時事出版社　2002 年 6 月　頁 431—437

180. 陳信元　　臺灣女性小說的發展〔季季部分〕　兩岸女性文學發展學術研討
　　　會　臺北　中華發展基金管理委員會主辦；佛光人文社會學院承
　　　辦　2003 年 11 月 1—2 日

181. 張瑞芬　　古典的出走與回歸：臺灣 70—80 年代女性散文〔季季部分〕　二
　　　○○四年戰後臺灣文學學術研討會論文集　臺中　修平技術學院
　　　2004 年 3 月

182. 樊洛平　　季季：臺灣社會生活的獨特透視　河南廣播電視大學學報　2004
　　　年第 1 期　2004 年 3 月　頁 12—14

183. 樊洛平　　季季——婦女生活的「詩與真實」　當代臺灣女性小說史論　鄭
　　　州　河南人民出版社　2005 年 2 月　頁 245—254

184. 樊洛平　　季季——婦女生活的「詩與真實」　當代臺灣女性小說史論　臺
　　　北　臺灣商務印書館　2006 年 4 月　頁 275—285

185. 陳希林　　陳芳明：女性作家將改寫臺灣文學史〔季季部分〕　中國時報
　　　2005 年 3 月 9 日　E8 版

186. 張瑞芬　　傾聽夜歌——論季季散文　明道文藝　第 356 期　2005 年 11 月

頁 114—126

187. 張瑞芬　傾聽夜歌——論季季散文　五十年來臺灣女性散文・評論篇　臺北　麥田出版社　2006 年 2 月　頁 202—214

188. 張瑞芬　「回歸古典」，或「跨越鄉土」？——崛起於七〇年代的兩派臺灣女性散文——女性鄉土散文的先聲：丘秀芷、劉靜娟、季季、白慈飄、心岱　臺灣文學研究學報　第 2 期　2006 年 4 月　頁 159—170

189. 張瑞芬　「古典派」與「鄉土派」——崛起於七〇年代的兩派臺灣女性散文——女性鄉土散文的先聲：丘秀芷、劉靜娟、季季、白慈飄、心岱　臺灣當代女性散文史論　臺北　麥田出版公司　2007 年 4 月　頁 357—361

190. 翁繪棻　女作家鄉土書寫流變——社會現實的底層聲音　臺灣當代女作家鄉土書寫研究　臺北教育大學臺灣文學研究所　碩士論文　張春榮教授指導　2006 年　頁 26—30

191. 范銘如　臺灣現代主義女性小說〔季季部分〕　眾裡尋她：臺灣女性小說縱論　臺北　麥田・城邦文化出版　2008 年 9 月　頁 103—104

192. 王韻如　深／身入其境——季季、宋澤萊筆下的雲林、二崙　Tiong-p³-hāk ・中部學——第四屆中山醫學大學臺灣語文暨文化研討會　高雄　中山醫學大學臺灣語文學系主辦；國立臺灣文學館合辦　2009 年 10 月 31 日

193. 陳惠遙　編者與作品——文學與社會歷史的交涉（1986—1987）〔季季部分〕　爾雅 1980 年代「年度短篇小說選」研究　臺北教育大學臺灣文化研究所　碩士論文　張炳陽教授指導　2009 年　頁 57—63

194. 賴香吟　參差錯落的景致——季季早期創作周邊　遠走到她方——臺灣當代女性文學論集（上）　臺北　女書文化公司　2010 年 5 月　頁 47—67

195. 于愛芹　冷漠・懷疑・疏離——論季季小說中的兩性關係　職大學報

2010 年第 3 期　2010 年 9 月　頁 48—50，26

196. 陳居位　二崙與崙背地區現代文學發展——李瑞月（季季）（1944 年—）二崙及崙背地區文學發展之研究　南華大學文學系　碩士論文　鄭定國教授指導　2010 年　頁 147—155

197. 陳芳明　惜情愛鄉的書寫——季季　誰領風騷一百年——女作家　臺北　天下遠見出版公司　2011 年 9 月　頁 237—242

198. 陳芳明　臺灣鄉土文學運動中的論戰與批判——季季的意義：鄉土與現代的結合　臺灣新文學史　臺北　聯經出版公司　2011 年 10 月　頁 545—549

199. 陳正維　拓荒尚未結束，書寫仍在繼續——拓荒者之外與之後的婦女問題書寫——其他書寫婦女問題的小說家：季季與曾心儀　「拓荒者」的多重實踐——論七〇年代婦運者與女作家的書寫／行動　清華大學臺灣文學所　碩士論文　陳萬益，陳昭如教授指導　2012 年 1 月　頁 126—133

200. 戴華萱　描摹臺灣經驗的鄉土散文——女性鄉土散文——季季　鄉土的回歸——六、七〇年代臺灣文學走向　臺南　國立臺灣文學館　2012 年 11 月　頁 162—164

201. 戴華萱　進入鄉土的寫實小說——女性鄉土小說——季季　鄉土的回歸——六、七〇年代臺灣文學走向　臺南　國立臺灣文學館　2012 年 11 月　頁 251—260

202. 張雪媃　讀 60 年代的季季　文訊雜誌　第 330 期　2013 年 4 月　頁 28—33

203. 張雪媃　讀六〇年代的季季　當代華文女作家論　臺北　新銳文創　2013 年 5 月　頁 71—98

204. 傅素春　從季季「永定日月」專欄談記憶・鄉土的重組與變異　第十三屆現代思潮全國學術研討會：當代臺灣的文學、傳播、環境與社會實踐　臺中　靜宜大學人文暨社會科學院主辦；靜宜大學臺灣文

學系承辦　2014 年 5 月 30 日

205. 陳素娥　雲林地區戰前（1945 年前）的小說作家——四〇年代前期的雲林小說作家——李瑞月（季季）（1944—）　雲林地區小說之研究　南華大學文學系　碩士論文　鄭定國教授指導　2014 年 6 月　頁 44—46

206. 張雅涵　論季季一九七〇年代小說中的鄉土語境　第二屆麗澤全國中文研究生學術研討會　臺中　中興大學中國文學系主辦　2015 年 5 月 2 日

◆單行本作品

散文

《夜歌》

207. 薇薇夫人　《夜歌》的吸引力　落花一片天上來　臺北　爾雅出版社 1976 年 12 月　頁 174—175

208. 鄭明娳　評季季的《夜歌》　中華文藝　第 71 期　1977 年 1 月　頁 205—216

209. 鄭明娳　評季季的《夜歌》　中國現代文學評論集　臺北　中華文藝月刊社　1977 年 2 月　頁 158—232

210. 鄭明娳　評季季的《夜歌》　現代散文欣賞　臺北　東大圖書公司　1978 年 5 月　頁 97—110

211. 冷　然　如歌的行板——介紹季季的《夜歌》　臺灣時報　1977 年 4 月 28 日　9 版

212. 陳信元　《夜歌》的吟詠者——季季　中學白話文選　臺北　故鄉出版社 1979 年 7 月　頁 334—335

213. 琦　君　猶有最高枝——序季季散文集《夜歌》　夜歌　臺北　爾雅出版社　1981 年 5 月　頁 3—10

214. 琦　君　猶有最高枝——《夜歌》　爾雅　臺北　爾雅出版社　1981 年 7

月　頁 41—46

《寫給你的故事》

215. 陳希林　季季深情書寫，新作凝視兩岸文壇　中國時報　2005 年 9 月 18 日　D8 版

216. 曹麗惠　《寫給你的故事》追憶 40 年來文壇往事，見證臺灣文學發展重要時期　人間福報　2005 年 10 月 6 日　6 版

217. 陳宛茜　季季文壇回顧，喚出大時代　聯合報　2005 年 10 月 6 日　C6 版

218. 張瑞芬　文星與明星──讀季季《寫給你的故事》　文訊雜誌　第 240 期　2005 年 10 月　頁 118—119

219. 張瑞芬　文星與明星──評季季《寫給你的故事》　狩獵月光：當代文學及散文論評　臺北　聯合文學出版社　2007 年 4 月　頁 97—100

220. 阿　鎧　讀季季《寫給你的故事》　明道文藝　第 359 期　2006 年 2 月　頁 76—80

221. 歐宗智　兼具知性與感性的記述散文──談季季《寫給你的故事》　全國新書資訊月刊　第 87 期　2006 年 3 月　頁 33—35

《行走的樹》

222. 向　陽　逝去的年代・感傷的歌　中國時報　2006 年 11 月 25 日　E2 版

223. 向　陽　逝去的年代・感傷的歌──評季季散文集《行走的樹》　行走的樹──追懷我與「民主臺灣聯盟」案的時代　臺北　印刻文學出版公司　2015 年 7 月　頁 337—338

224. 應鳳凰　誰開季季生命的玩笑──評《行走的樹》　聯合報　2006 年 12 月 10 日　E5 版

225. 應鳳凰　誰開季季生命的玩笑──評季季《行走的樹》　鹽分地帶文學　第 15 期　2008 年 4 月　頁 87—88

226. 風馬牛　《行走的樹》　自由時報　2006 年 12 月 20 日　E5 版

227. 鍾怡雯　時間的意義──《行走的樹》　聯合報　2006 年 12 月 31 日　E4 版

228. 鍾怡雯　時間的意義　內斂的抒情：華文文學評論　臺北　聯合文學出版社

2008 年 12 月　頁 14

229. 李奭學　　何索震盪——評季季《行走的樹——向傷痕告別》　文訊雜誌　第 256 期　2007 年 2 月　頁 104—105

230. 劉大任　　生死皆為君——讀季季《行走的樹》　憂樂　臺北　印刻出版公司　2008 年 11 月　頁 138—142

231. 劉大任　　生死皆為君——讀季季《行走的樹》　行走的樹——追懷我與「民主臺灣聯盟」案的時代　臺北　印刻文學出版公司　2015 年 7 月　頁 332—336

232. 孫梓評　　傷痕也該有它們的尊嚴　自由時報　2015 年 10 月 13 日　D08 版

《奇緣此生顧正秋》

233. 楊　青　　一代青衣祭酒的戲夢人生——《奇緣此生顧正秋》　全國新書資訊月刊　第 110 期　2008 年 2 月　頁 30—32

《我的湖》

234. Starry　　《我的湖》　自由時報　2008 年 8 月 19 日　D13 版

小說

《屬於十七歲的》

235. 鐘麗慧　　季季／《屬於十七歲的》　人間福報　2012 年 4 月 16 日　15 版

236. 應鳳凰　　季季《屬於十七歲的》——少女的心靈世界　文學起步 101——101 位作家的第一本書　新北　印刻文學生活雜誌出版公司　2016 年 12 月　頁 190—191

《拾玉鐲》

237. 郭明福　　失落之後　琳琅書滿目　臺北　爾雅出版社　1985 年 7 月　頁 155—159

《澀果》

238. 谷　嵐　　《澀果》　民眾日報　1979 年 12 月 11 日　12 版

239. 鮑　芷　　《澀果》　中央日報　1980 年 1 月 9 日　11 版

240. 林雙不　　《澀果》　中央日報　1981 年 1 月 4 日　5 版

241. 林雙不　　《澀果》　爾雅　臺北　爾雅出版社　1981 年 7 月　頁 175—178

242. 林雙不　　《澀果》　青少年書房　臺北　爾雅出版社　1981 年 10 月　頁 157—162

243. 〔許燕，李敬編著〕　　季季《澀果》　感人的書　臺北　希代書版公司 1984 年 12 月　頁 123—129

244. 包恆新　　臺灣鄉土作家文藝美學思想初探〔《澀果》部分〕　臺灣香港文 學論文選　福州　海峽文藝出版社　1985 年 9 月　頁 27

245. 鄭清文　　《澀果》　臺灣文學的基點　高雄　派色文化出版社　1992 年 7 月　頁 315—317

246. 藍建春　　誰之過？——從季季《澀果》論「不幸的女性命運」之構成　靜 宜人文社會學報　第 2 卷第 2 期　2008 年 7 月　頁 81—110

247. 藍建春　　女性當自強——從《澀果》論季季小說中不幸的女性命運　遠走 到她方——臺灣當代女性文學論集（上）　臺北　女書文化公司 2010 年 5 月　頁 7—46

單篇作品

248. 隱　地　　讀季季的〈假日與蘋果〉　自由青年　第 33 卷第 3 期　1965 年 2 月 1 日　頁 16

249. 隱　地　　季季〈假日與蘋果〉　隱地看小說　臺北　大江出版社　1967 年 9 月　頁 31—37

250. 隱　地　　季季〈假日與蘋果〉　隱地看小說　臺北　爾雅出版社　1981 年 6 月　頁 51—57

251. 林懷民　　〈第一朵夕陽〉　自由青年　第 33 卷第 3 期　1965 年 2 月 1 日 頁 189—212

252. 隱　地　　讀季季的〈擁抱我們的草原〉　自由青年　第 34 卷第 5 期　1965 年 9 月 1 日　頁 19—21

253. 隱　地　　季季〈擁抱我們的草原〉　隱地看小說　臺北　爾雅出版社 1981 年 6 月　頁 103—109

254. 隱　地　　季季〈擁抱我們的草原〉　隱地看小說　臺北　大江出版社　1967 年 9 月　頁 93—99

255. 楊昌年　　復興時期的小說發展——作品抽樣分析——短篇小說〔〈擁抱我們的草原〉部分〕　近代小說研究　臺北　蘭臺書局　1976 年 1 月　頁 636—641

256. 顏元叔　　《人間選集》讀後感〔〈異鄉之死〉部分〕　文學經驗　臺北　志文出版社　1972 年 7 月　頁 54—55

257. 顏元叔　　《人間選集》讀後感〔〈異鄉之死〉部分〕　文學經驗　臺北　志文出版社　1975 年 1 月　頁 54—55

258. 李鴻來　　華副「系列小說」讀後感〔〈一葉扁舟〉〕　A 字二十三號——中華日報副刊連載系列小說　臺北　黎明文化公司　1974 年 3 月　頁 203—205

259. 陳克環　　季季的〈拾玉鐲〉　書評書目　第 20 期　1974 年 12 月　頁 22—24

260. 鄭傑光　　〈拾玉鐲〉　書評書目　第 22 期　1975 年 2 月　頁 62—64

261. 鄭傑光　　〈拾玉鐲〉賞析　六十三年短篇小說選　臺北　爾雅出版社　1981 年 6 月　頁 170—178

262. 鄭啟五　　〈拾玉鐲〉作品評析　臺灣百部小說大展　福州　海峽文藝出版社　1990 年 7 月　頁 177

263. 王淑秧　　七十年代臺灣小說三題〔〈拾玉鐲〉部分〕　海峽兩岸小說評論　北京　中國人民大學出版社　1992 年 4 月　頁 179

264. 趙　朕　　都市文學：斑駁陸離的光束〔〈拾玉鐲〉部分〕　臺灣與大陸小說比較論　福州　海峽文藝出版社　1992 年 9 月　頁 96

265. 佟志革　　鑑賞〈拾玉鐲〉　臺港小說鑑賞辭典　北京　中央民族學院出版社　1994 年 1 月　頁 596—597

266. 邱貴芬　　季季〈拾玉鐲〉導讀　文學臺灣　第 38 期　2001 年 4 月　頁 133—136

267. 邱貴芬　　〈拾玉鐲〉導讀　日據以來臺灣女作家小說選讀（上）　臺北
　　　女書文化公司　2001 年 7 月　頁 282—285

268. 朱雙一　　文化形態和民性特徵——閩臺新文學中的歷史、宗教、民俗和語
　　　言——臺灣新文學中的民俗描寫——回歸傳統：當代臺灣鄉土文
　　　學的民俗描寫〔〈拾玉鐲〉部分〕　閩臺文學的文化親緣　北京
　　　人民出版社　2013 年 9 月　頁 319—320

269. 齊暖暖　　信息——我讀〈希利的紅燈〉　文心　第 4 期　1976 年 6 月　頁
　　　55

270. 鄭明娳　　評季季〈你底呼聲〉　文壇　第 198 期　1976 年 12 月　頁 14—
　　　15

271. 鄭明娳　　評季季〈你底呼聲〉　現代散文欣賞　臺北　東大圖書公司
　　　1978 年 5 月　頁 111—118

272. 葉石濤　　一九七八年臺灣小說選〔〈雞〉部分〕　民眾日報　1979 年 3 月
　　　17 日　12 版

273. 葉石濤　　一九七八年臺灣小說選〔〈雞〉部分〕　葉石濤全集・隨筆卷一
　　　臺南，高雄　國立臺灣文學館，高雄市文化局　2008 年 3 月　頁
　　　136

274. 葉石濤　　序〔〈雞〉部分〕　一九七八年臺灣小說選　臺北　文華出版社
　　　1979 年 5 月　頁 3

275. 彭瑞金　　〈雞〉簡介：市民生活的小調　一九七八臺灣小說選　臺北　文
　　　華出版社　1979 年 5 月　頁 303—304

276. 彭瑞金　　市民生活的小調——季季〈雞〉　泥土的香味　臺北　東大出版
　　　社　1980 年 4 月　頁 209—211

277.〔吳晟編〕　　季季〈丟丟銅仔的旅程〉　大家文學選・散文卷　臺中　明
　　　光出版社　1981 年 10 月　頁 113—117

278. Viaian Hsu　　Lonely Winter〔〈寂寞之冬〉〕　Tamkang Review　第 12 卷第
　　　2 期　1981 年冬　頁 165—167

279. 丁樹南，馬各　　〈在遠方的戰地上〉編者的話　五十五年短篇小說選　臺
　　　北　爾雅出版社　1984 年 12 月　頁 28—30

280. 〔洪素麗主編〕　　季季〈一九八四年三月〉　1984 臺灣散文選　臺北　前
　　　衛雜誌社　1985 年 2 月　頁 149—150

281. 何寄澎　　當代臺灣散文中的女性形象〔〈一九八四年三月〉部分〕　當代
　　　臺灣女性文學史　臺北　時報文化出版公司　1993 年 5 月　頁
　　　293

282. 呂　昱　　女作家筆下的女人世界——編選序言〔〈秋割〉部分〕　女人的
　　　故事　臺北　蘭亭書店　1985 年 7 月　頁 9

283. 許素蘭　　〈一個雞胸的人〉賞析　深夜的嘉南平原　高雄　敦理出版社
　　　1985 年 9 月　頁 46—47

284. 李　敬　　〈舊衣的聯想〉　當時年紀小　臺北　希代書版公司　1985 年 9
　　　月　頁 117—137

285. 〔阿盛主編〕　　季季〈油菜花和炊煙〉　1985 臺灣散文選　臺北　前衛雜
　　　誌社　1986 年 2 月　頁 79

286. 陳幸蕙　　〈傾斜大峽谷〉編者註　七十五年散文選　臺北　九歌出版社
　　　1987 年 2 月　頁 186—187

287. 劉　爽　　〈暗影生異采〉賞析　臺灣散文鑑賞辭典　太原　北岳文藝出版
　　　社　1991 年 12 月　頁 1125—1128

288. 林政華　　季季的〈暗影生異彩〉　耕情集　臺中　臺中市立文化中心
　　　1995 年 6 月　頁 199—200

289. 陳紹慈　　由季季的〈暗影生異彩〉看女性與文學創作　明道文藝　第 278
　　　期　1999 年 5 月　頁 70—74

290. 陳紹慈　　由季季的〈暗影生異彩〉看女性與文學創作　文學啟示錄　臺中
　　　長海出版社　2004 年 11 月　頁 13—25

291. 蔡孟樺　　〈暗影生異彩〉編者的話　人間不煙不漫　臺北　香海文化公司
　　　2006 年 9 月　頁 322—323

292. 王德威　溫文爾雅——《爾雅短篇小說選》序論〔〈澀果〉部分〕　爾雅短篇小說選：爾雅創社二十五年小說菁華（一）　臺北　爾雅出版社　2000 年 5 月　頁 1—17

293. 黃雅莉　對未知的探索與等待的熱情——讀季季的〈小草之未知〉　國文天地　第 227 期　2004 年 4 月　頁 70—76

294. 陳雨航　年度小說的光與影〔〈額〉部分〕　九十三年小說選　臺北　九歌出版社　2005 年 3 月　頁 122—123

295. 郭誌光　杜鵑啼聲：從鄉村到都市〔〈無聲之城〉部分〕　戰後臺灣勞工題材小說的異化主題（1945—2005）　清華大學臺灣文學研究所碩士論文　陳萬益教授指導　2006 年 8 月　頁 175—176

296. 楊　翠　〈火龍向黃昏——憶寫西螺大橋五十年〉賞析　閱讀文學地景・散文卷　臺北　行政院文建會　2008 年 4 月　頁 321—322

297. 楊佳嫻　〈屬於十七歲的〉作品賞析　閱讀文學地景・小說卷（上）　臺北　行政院文建會　2008 年 4 月　頁 174

298. 許尤娜　季季的現代主義鄉土小說——〈屬於十七歲的〉析論　雲林文獻　第 53 期　2011 年 12 月　頁 25—44

299. 李翠瑛　〈府城追想曲〉賞析　閱讀文學地景・散文卷　臺北　行政院文建會　2008 年 4 月　頁 374—375

300. 周芬伶　〈鷺鷥潭已經沒有了〉作品導讀——歲月宛如阿修羅　散文新四書・夏之豔　臺北　三民書局　2008 年 9 月　頁 84—85

301. 梁欣芸　城市的流浪：七〇年代前進都市的她們——賣淫無罪論：季季〈琴手〉　臺灣當代妓女題材小說研究（1960s—1980s）　東海大學中國文學系　博士論文　陳俊啟教授指導　2014 年 7 月　頁 98—102

多篇作品

302. 鄭雅文　文學行動原則下的女性鄉土描繪：校園的青春紀錄——小學篇到大學篇〔〈河裡的香蕉樹〉、〈異鄉之死〉部分〕　戰後臺灣女性

成長小說——從反共文學到鄉土文學　中央大學中國文學系　碩士論文　康來新教授指導　2000 年 6 月　頁 163—166

303. 康原主編　〈望〉、〈一九八四年三月〉、〈小草之未知〉導讀　雲林縣青少年臺灣文學讀本（二）‧散文卷　雲林　雲林縣政府　2016 年 4 月　頁 2—3

作品評論目錄、索引

304. 許素蘭編　季季小說評論引得　季季集（臺灣作家全集）　臺北　前衛出版社　1993 年 12 月　頁 385—387

305. 高敏軒　季季相關評論引得　季季小說研究　中山大學中國文學系　碩士論文　龔顯宗教授指導　2005 年 6 月　頁 225—229

306. 張瑞芬　季季重要評論篇目　五十年來臺灣女性散文‧評論篇　臺北　麥田出版公司　2006 年 2 月　頁 201—202

307. 李麗敏　評論季季的單篇論文　季季及其作品研究　政治大學國文教學碩士班　碩士論文　陳芳明教授指導　2007 年 1 月　頁 263—265

308. 李麗敏　有關季季的傳記資料　季季及其作品研究　政治大學國文教學碩士班　碩士論文　陳芳明教授指導　2007 年 1 月　頁 266—267

309.〔封德屏主編〕　季季　臺灣現當代作家評論資料目錄（二）　臺南　國立臺灣文學館　2010 年 11 月　頁 1390—1401

其他

310. 蔡源煌　同情與了解〔《六十五年短篇小說選》〕　書評書目　第 54 期　1977 年 10 月 1 日　頁 51—62

311. 蔡源煌　同情與了解——評《六十五年短篇小說選》　寂寞的結　臺北　聯經出版公司　1978 年 8 月　頁 133—151

312. 葛浩文　說些老實話——《六十八年短篇小說選》　書評書目　第 89 期　1980 年 9 月 1 日　頁 65—72

313. 楊宗潤　談季季編《七十五年短篇小說選》　文訊雜誌　第 29 期　1987 年 4 月　頁 276—279

國家圖書館出版品預行編目資料

臺灣現當代作家研究資料彙編. 119, 季季/蘇敏逸編選. -
- 初版. -- 臺南市：臺灣文學館, 2019.12
　　面；　　公分
ISBN 978-986-5437-41-1 (平裝)

1.季季　2.傳記　3.文學評論

863.4　　　　　　　　　　　　　108018300

【臺灣現當代作家研究資料彙編】119

季季

發 行 人　蘇碩斌
指導單位　文化部
出版單位　國立臺灣文學館
　　　　　地　　址／70041 臺南市中西區中正路 1 號
　　　　　電　　話／06-2217201　　　　傳　　真／06-2218952
　　　　　網　　址／www.nmtl.gov.tw　　電子信箱／pba@nmtl.gov.tw

總 策 畫　封德屏
顧　　問　林淇瀁、張恆豪、許俊雅、陳義芝、須文蔚、應鳳凰
工作小組　王譽潤、沈孟儒、李思源、林暄燁、陳玫希、蘇筱雯
編　　選　蘇敏逸
責任編輯　林暄燁
校　　對　杜秀卿、林暄燁
計畫團隊　財團法人台灣文學發展基金會
美術設計　翁國鈞・不倒翁視覺創意
印　　刷　松霖彩色印刷事業有限公司

著作財產權人　國立臺灣文學館
　　本書保留所有權利。欲利用本書全部或部分內容者，須徵求著作財產權人
　　同意或書面授權。請洽國立臺灣文學館研究典藏組（電話：06-2217201）

經銷展售　國立臺灣文學館藝文商店（06-2217201 ext.2960）
　　　　　國家書店松江門市（02-25180207）
　　　　　一德洋樓羅布森冊惦（04-22333739）
　　　　　三民書局（02-23617511、02-25006600）
　　　　　台灣的店（02-23625799）　　　　府城舊冊店（06-2763093）
　　　　　南天書局（02-23620190）　　　　唐山出版社（02-23633072）
　　　　　後驛冊店（04-22211900）　　　　五南文化廣場（04-22260330）
　　　　　蜂書有限公司（02-33653332）

初版一刷　2019 年 12 月
定　　價　新臺幣 340 元整
　　　　　第一階段 15 冊新臺幣 5500 元整　第二階段 12 冊新臺幣 4500 元整
　　　　　第三階段 23 冊新臺幣 8500 元整　第四階段 14 冊新臺幣 5000 元整
　　　　　第五階段 16 冊新臺幣 6000 元整　第六階段 10 冊新臺幣 3800 元整
　　　　　第七階段 10 冊新臺幣 4500 元整　第八階段 10 冊新臺幣 3600 元整
　　　　　第九階段 10 冊新臺幣 4000 元整　　全套 120 冊新臺幣 37000 元整

GPN　1010802255（單本）　　ISBN　978-986-5437-41-1（單本）
　　　1010000407（套）　　　　　　　978-986-02-7266-6（套）

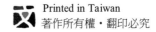
Printed in Taiwan
著作所有權・翻印必究